有爱的青春陪伴者

图书在版编目（CIP）数据

难定义关系 / 白日飞鸦著. -- 南京 : 江苏凤凰文艺出版社, 2025. 2. -- ISBN 978-7-5594-9394-1
Ⅰ. I247.5
中国国家版本馆CIP数据核字第20255NK956号

难定义关系
白日飞鸦 著

责任编辑	王昕宁
特约编辑	加　肥
出版发行	江苏凤凰文艺出版社
	南京市中央路165号，邮编：210009
网　　址	http://www.jswenyi.com
印　　刷	长沙鸿发印务实业有限公司
开　　本	880mm×1230mm　1/32
印　　张	11
字　　数	425千字
版　　次	2025年2月第1版
印　　次	2025年2月第1次印刷
书　　号	ISBN 978-7-5594-9394-1
定　　价	45.80元

江苏凤凰文艺版图书凡印刷、装订错误，可向出版社调换，联系电话025-83280257

楔子 / 001
苦橙

第一章 甜枣 / 008
"在你游淮哥哥这儿呢，
陈茵的立场就是我的全部立场。"

第二章 可乐 / 023
他们了解对方，但又过于了解对方。

第三章 冷战 / 031
"如果是最重要的，那可以，我接受，
但陈茵，我只要那个'最'，不能被任何人代替。"

第四章 悸动 / 064
想成为你喜欢的人。

第五章 恋爱 / 119
原来，接吻不是触感，而是一种感觉。

第六章 酸涩 / 159
他们是最佳友人，但似乎并不是最合适的恋人。

第七章 冷却 / 208
喜欢其实是一种可以被定义的感觉。

目录

第八章 再遇 / 233
嗯，生日快乐。
只有他听见的祝福。

第九章 复燃 / 267
"陈茵，你哄哄我。"

第十章 冬日 / 297
希望有时光机能回到只有他知道的那个午后。
然后她会走到偷偷在她的复习资料上写字的少年身边，对他说。
——没有过别人，自始至终，都只是你。

番外一 / 320
有请新娘亲吻新郎

番外二 / 326
一瞬即一生

番外三 / 332
唯陈茵主义

番外四 / 337
青梅竹马

番外五 / 342
那些时光

/ 楔子
苦 橙

  陈茵赶到同学聚会地点的时候,夏思怡正好给她打来电话。陈茵一边接通电话,一边拉开车门下去,刚说了声"喂",就看见坐在马路边的圆石墩上朝她挥手的夏思怡。
  "我说姐妹,你也太能忽悠了。半小时前我问你什么时候能到,你说十分钟,结果呢,你的计时单位跟我们不一样是吧?"说完,夏思怡又开始挑剔陈茵的着装,"高中同学聚会啊,茵茵!你就穿成这样出来?"
  陈茵满脸疲惫:"别提了,最近的滑雪比赛让我忙得脚不沾地,能抽空出来已经很给他们面子了,还想让我怎么样?"
  夏思怡听着觉得挺好笑,她当初还真没想过娇生惯养、一点儿苦都吃不得的陈茵毕业后竟然会进了电视台当记者,每逢恶劣天气或是绥北有什么大新闻,朋友圈一定能看见陈茵更新的动态。
  陈茵:别问我怎么样了,打开绥北电视台就能看见我的最新动态,我与台风同在[哭脸]。
  或是——
  陈茵:都到家了临时接到领导电话,又掉头回去,方向盘都还没变冷呢!
  底下通常都有老同学的评论:什么工作让我茵姐亲自去,话不多说直接收购好吧!
  评论的这帮人都是绥北中学毕业的,大学各奔东西,毕业后每回都在班群说要聚一聚,结果每次不是这个要办演出就是那个要飞国外,好不容易凑到大家都有空的一天,群里不少人提前放狠话,说谁要是放鸽子谁就是孙子。
  班群里二十二号人,二十号人都知道这是冲着谁说的。
  ——陈茵和游淮。

  这两人高中那会儿是形影不离的密友,后来毕业不知道怎么的从密友变成了恋人,朋友圈秀恩爱频率一天三条:早中晚,一次不落。

他们大学在同一所学校,根本没有异地恋的烦恼。所有人都以为这两人等法定结婚年龄到了就是最早在朋友圈甩结婚证的一对,哪知道毫无征兆地就看见两人换了情侣头像、删了曾经秀恩爱的照片。

陈茵当时在朋友圈发了条:有帅气小哥哥介绍一下吗?

大家都没敢吭声,以为也就是闹一闹,分手都成他们的家常便饭了,一个月里能刷到好几条两人闹别扭阴阳怪气的朋友圈。哪知道这次是玩真的,直到大学毕业他们都没有和好。

夏思怡曾经问过陈茵,是不是跟游淮就这样了?

陈茵反问夏思怡:"你觉得我跟游淮该是什么样的?"

"跟以前那样形影不离啊。你们关系那么好,高中那会儿谁不羡慕你有游淮这么个竹马啊!"

问题就出在,她跟游淮认识这么多年,没有在一起的时候关系亲密,在一起之后关系仍旧亲密。她分辨不清游淮到底是对她喜欢居多还是习惯居多。

学生时代没有那么多工作压力,每天脑子里装着的就是那些情情爱爱。陈茵以前性格骄傲从来不肯主动低头,所有确认爱意的手段都是向游淮找碴儿,从他无条件的忍让和讨好来获得"他果然很爱我"的满足感。

那时候不成熟,不知道感情再好都会被争吵消磨,也不知道感情需要两个人共同维护。

夏思怡看陈茵沉默着不知道在想些什么,从包里摸出口红和化妆镜让陈茵补妆。

陈茵没接夏思怡的话,将自己扎着的头发散开,又摘下鼻梁上戴着的防蓝光眼镜夹在领口,问夏思怡:"现在呢?"

夏思怡很给面子地吹了个口哨,竖起大拇指夸赞:"不愧是我们绥北电视台的美女主持人,就这颜值,进去了谁不盯着你看啊!"

聚会的地点定在"不开"KTV,读高中时,每回周末无聊的时候会来这里,说是开开嗓练练功,其实只是为了凑一块儿瞎玩。

这回定在这里说法也挺好听:找回曾经的光辉岁月。

陈茵跟着夏思怡上了二楼,临到包间门口,夏思怡突然拉住了她的手腕,犹豫了好一会儿才整理好措辞:"刚在楼下怕你跑了没跟你说,游淮也在里面呢。"

陈茵有些好笑:"在就在啊,分手又不是撕破脸老死不相往来,见个面唱个歌而已,他都无所谓,我怕什么。"

夏思怡不由得感慨一句陈茵真是长大了。

里面有人正在唱五月天的《干杯》。

002

灯光闪烁中,偌大的豪华包间里坐了不少人。

男生正在摇骰子喝酒,女生正在闲聊。

陈茵站在门口,手还拉着包厢的门把手,就有人已经看见了她跟夏思怡,冲她抬起手喊了声"茵姐"。

房间里人很多,但陈茵一眼就看见坐在点歌台那边的游淮,他拿着酒杯,旁边的人不知道跟他说了句什么,他勾唇笑了起来,一如记忆中的漫不经心。

大家都知道他们是前任的关系,没人瞎起哄胡乱开玩笑,座位安排得遥远,游淮在最右边,陈茵在最左边,两人之间几乎隔了一条银河。

夏思怡拿了两瓶饮料过来,递给陈茵,让她点首歌来唱。

陈茵指了指自己的喉咙:"说了一天话,太累了,不想开嗓。"

过来找夏思怡的申铠扬闻言"哇"了一声:"怎么回事,是什么让麦霸沉默?我都做好准备给你当氛围组疯狂打 call 了,结果你不唱?"

他嗓门大,又正值一首歌结束进入下一首的空白期,顿时半个包厢的同学都看了过来。

有人跟着应了几声。

"是啊,还让我们喊'666'来着!"

"来一首呗!"

起哄声里,有人忽然来了一句:"懂了,是不是得找淮哥唱和声啊?"

所有声音都戛然而止。

一双双眼睛看过去,都瞪着那人,怎么哪壶不开提哪壶。

那人也是话赶话忘了陈茵跟游淮已经分手,这会儿想撤回已经来不及了,后悔得恨不得咬舌谢罪时,就听游淮笑了一声。他面前就是点歌台,随手摁了暂停键。

"行啊。

"想唱什么歌?"

他看着陈茵。

游淮没什么变化,在人群之中依旧是最耀眼的那一个,唇边永远挂着笑容,看上去跟路边的狗都能随便唠两句一般的阳光开朗,也永远坦荡,看向她的眼神是清澈的,看不出旧情。

在周遭安静到诡异的气氛里,陈茵抬眸,和游淮远远对视着。

她放下夏思怡递给她的饮料,勾唇回了句,学他的语气:"行啊。"又看向最开始让她唱歌的申铠扬,"那就给我点首《好心分手》吧。"

申铠扬:……瞧自己这张嘴!真是该打!

他苦着张脸,看看陈茵又看向夏思怡,用眼神向自己女朋友求救:怎么

003

办啊?

夏思怡知道陈茵向来不肯落下风,但没想到会直接来这么一句。

她沉默着装作什么都不知道,低头看手机。

游淮手里还拿着可乐,拎着晃了下:"抱歉。"他笑,"这首不太会。"

自分手至今,两人不是没见过,共同好友那么多,但凡是聚会都避免不了撞见。这也是青梅竹马的弊端所在,刚分手时跟朋友的聚会里陈茵和游淮也是像这样坐得很远,话题偶尔到他们身上,也只是潦草带过,谁也不主动接谁的话,像在进行一场意念拔河比赛。

算起来这么正儿八经的对话,还是分手后的头一遭。

…………

短暂的沉默过后,陈茵找回了自己身为记者的伶牙俐齿,反问游淮:"那你会什么?"

有些挑事儿的语气,让空气凝滞了片刻。

有人倒吸一口冷气发出蛇一般的"嘶"声。

没有播放音乐的包厢里安静得像是被人摁下了暂停键。

这时,抠开拉环的声音响起,随后窜出一阵沸腾的气泡声。

陈茵看过去。

游淮打开了一罐可乐,修长白净的指尖还勾在拉环上,被他随意地搁在桌角,发出轻微的"啪嗒"声。

视线再往上,她看到游淮倚着沙发,背靠角落,阴影落了他一身。

霓虹灯在他身上打转,短暂地扫过他的脸。

就在亮起的一瞬间,游淮抬眸,直直地朝着陈茵望了过来。

他面无表情,扫过来的一眼像是凑巧,不带任何情绪。

很快,霓虹灯转走,游淮再次陷入阴影之中。

陈茵被那一眼看得心跳一漏,心中平白生出一抹怪异。

两人各自在对角落座,隔着人影和昏暗的灯光,游淮透过重重阴影,准确无误地锁定了她的视线。

这怎么看,都不像是凑巧。

陈茵有些别扭地挪开视线。

游淮目光从她身上掠过:"我会什么——"他停顿片刻,才语调懒散地接了上一句,"你不知道?"

临场发挥能力一流的陈茵感觉自己像是吃了一颗柠檬。

她不明白游淮这是什么意思。

当初分手尽管没说些老死不相往来的狠话,但也不代表两人能回到从前那种随意调侃的朋友关系。

所以游淮这是做什么?

004

说这种暧昧的话，让周围人都一脸吃到瓜的表情在他们之间来回看。

如果是过去的游淮，在她沉默不语时就会主动解围，竖起白旗来求和说"对不起我错啦"，嬉皮笑脸地跟大家说"你们别欺负陈茵啊，有什么冲我来"。

但显然现在，游淮不会再帮她解围了。

时间能带走太多东西，他们分手到现在已经有接近三年的时间，三年足够让职场菜鸟升职加薪，也足够让旧情人从彼此了解变得不再明白对方在想些什么。

陈茵深吸一口气，才笑着看向游淮，对他说："不太了解。

"毕竟，分手这么久，养头猪都能吃了，我哪记得你有什么习惯？"

说完，陈茵起身，不愿再让别人看他们之间的笑话，主动结束了话题，侧身对夏思怡说："我去趟洗手间。"

陈茵拧开水龙头洗了把脸，盯着镜子里的自己看了会儿。今晚夏思怡一见到她，就说她清汤寡水。读高中的时候陈茵爱美，出来玩总喜欢穿漂亮衣服，化好看的妆容，会用纸巾矜持地擦擦唇角又立马补上口红。

现在长大了，反而不太注重这些了。

她关了水龙头，抽了纸巾擦了把脸，丢进垃圾桶里。刚踏出厕所的门，就看见站在外面打电话的游淮。

包厢里光线昏暗，他又一直坐在角落里，陈茵其实没太看清游淮的着装。

这会儿就着走廊明亮的灯光，陈茵站在女厕门口，视线多往游淮身上看了几眼。

白衣黑裤，看着简洁，却显得肩宽腿长。他腕间戴着手表，抬手时表盘上折射的亮光晃得陈茵眯起眼，随即垂眸，看见游淮脚上那双白色帆布鞋。

她有双一样的，只不过分手的时候被她赌气丢进垃圾桶了。

陈茵收回视线。她离开包间的时间有些长，夏思怡已经发消息问她是不是偷偷溜了。

她握着手机，脚步很轻地从游淮身边路过，感觉胸口一直悬着的那口气终于要松懈下来时，被人拉住了手腕。

不属于自己肌肤的温热，停在腕间片刻，又松开。

快得仿佛只是一个错觉。

陈茵有些愣怔。

她抬头看向游淮。

他手机还贴在耳边，稍微挪开了些距离，没看她的脸，下垂的眼眸落在她衣领上，用视线和声音一同对她说："衣服。"

语气冷淡疏离，仿佛刚才的触碰只不过是个善意提醒。

陈茵低头，看见自己洗脸时怕打湿衣领解开的纽扣还敞着，散开的三颗纽扣算不上暴露，厮混过无数次的人，见过对方最赤裸的样子，此刻却让她无比尴尬。

陈茵背过身谨慎地扣到最上面一颗。

她本想礼貌地道谢，却听游淮说："猪一般养六个月到一年才好吃，养三年的谁爱吃？"

有些挑事儿的话，回应她在包厢里那句养猪论。

她反应过来后，气恼地喊他名字："游淮，你——"

"你怎么那么小气"几个字还没说完，就听见游淮对手机那头说了声"等会儿"，又问陈茵："什么？"

他这动作仿佛刚才的话只是对电话那头的人说的。

一口气悬在那里不上不下，游淮脸上的冷淡实在是过于刺眼，陈茵刹那间觉得有些无趣，今晚的聚会和包厢里的你来我往都变得幼稚至极。

"没什么。"她冷声，"麻烦让让，我要进去。"说着，她就要打开包间的门进去。

"分手这么久，再见面还要这样吗？"游淮的声音却让她停住了脚步。

陈茵像只刺猬，拧眉看他："哪样？"

"针锋相对、唇枪舌剑。"

游淮的两个成语让陈茵沉默片刻，随即扬眉，问他："那不然呢？"她语气寻常，"都说合格的前任应该像死了一样，照这话，我们现在属于双双诈尸。这么惊悚的场面难道还要彼此寒暄说声新年好吗？"

陈茵从来吃不得亏，从小到大哪怕打架输了气势都不能输。

她是骄傲的公主，站在灯光下半点儿不肯忍让。

"口才不错。既然该像死了一样，陈茵，你今天为什么会来？"

游淮手里握着的手机屏幕还是亮着的，电话不知道有没有挂断。

他视线平直地看着陈茵的眼睛，不容许她避让、躲闪的注视让两人之间的空气都变得稀缺了起来。

他们之间隔着三人的距离。

包间里的冷气从门缝里流窜了出来。

在两人的对视中，谁都没有主动靠近，谁都没有主动投降。

"因为——"

陈茵刚说完这两个字，喉咙里就像堵了一块湿棉花。

她工作很忙，这一点所有人都知道，之前不是没有过这种聚会，大学朋友从上海来绥北约她出来玩，都被她用工作忙没空做借口给拒绝了。

之前有那么多次可以见面的机会，陈茵都选择了避开。

高中同学聚会有那么重要吗？关系好的朋友想见面随时能约，关系不熟

006

的哪怕见了面，未来还是相忘于人海，打着追忆光辉岁月旗号的聚会真的能让陈茵没办法拒绝吗？

不是的。

那个原因就站在这里。

她跟游淮过于了解彼此，所以很多话两人绝口不提。

比如当初的分手，又比如当初在一起的原因。

这种默契理应包括不拆穿对方的心思，将彼此心知肚明的事情掩盖在漂亮的借口之下，把这个聚会当作一场寻常高中同学聚会而非给许久未见的前任提供见面的机会。

他懂得，他明白。

但他刨根问底，让陈茵的话堵在喉咙里，连一个漂亮的借口都捡不起来。

"……你想听我说些什么？"陈茵抬起头，看着游淮。近期连轴转的加班熬夜让她眼里布着血丝，疲惫又脆弱。

"说我是为你来的，这么久没见了有些想你？还是说当初分手我后悔了，对你忏悔求饶？你想听这些？"

陈茵层层逼问，甚至上前一步。

两人之间的距离被拉近，鞋尖对着鞋尖。

只要游淮低下头就能亲吻上的暧昧距离。

可是他没有动。

"我没有这个意思。"

他垂着眸，看着女生的发顶，攥着手机的手用了力。

穿着校服对镜头比耶的女生出现在屏保上，屏幕侧对着包厢门。

陈茵没有看见。

游淮无声地叹了口气，最终选择了退让。他后退一步，让开进包间的路。

"进去吧，我不挡你的路了。"

游淮转身，往走廊的方向去。

陈茵站在那里，手握着门把手。她看着游淮离开的背影，有些不太明白，他们到底为什么会走到这一步。

明明以前一直很好的，不是吗？

从幼儿园到高中，一直都那么要好，转身就能看见彼此的存在。

到底是从什么时候起，开始走散了呢？

第一章 /
甜 枣

2017年。

这一年世界首台光量子计算机诞生、国产航母下水、特朗普当选美国总统，在一众大事件里，陈茵从高二升到高三这件事显得渺小又不值一提。

她高一下学期分班选的是音乐，这是她老本行，小学那会儿她就在绥北少年宫学唱歌和钢琴。

用她妈蒋琪筝的话来说就是：陈茵出生时哭得就比其他孩子嘹亮动听，一听就是未来的女高音。

陈茵选音乐的原因倒没她妈想得那么长远，她只不过是觉得自己文不成理不就。

小学画个丁老头都被游淮说：这也太抽象了，你要不说，这谁看得出是个丁老头啊，不知道的还以为是棵参天大树呢。

因此，文科、理科、美术的路全被斩断，陈茵果断在分科意向表上写了"音乐"两个字。

开学前一天陈茵还在群里跟朋友语音聊天。

夏思怡问："明天开学，你们暑假作业写了没？"

夏思怡的同桌申铠扬自信满满："早写完了。不就是四张卷子嘛，我上周跟淮哥一起去阿域那里就抄完了。"

"四张卷子？"夏思怡冷笑一声，"谁告诉你暑假作业就只有四张试卷的？光老李的数学就六张试卷了，你那四张卷子是在哪个小学领到的？"

申铠扬："什么？不是四张卷子？那谁跟我说的四张？救命啊，夏思怡，私聊私聊，给我抄一下！"

夏思怡："可以，但开学以后垃圾都归你丢。"

申铠扬："成交。"

两人都从语音里退了出去。

陈茵正在吃薯片，听见游淮那边窸窸窣窣的声音，问他："你在干吗？"

008

游淮说:"数试卷。"他问陈茵,"不是说就四张吗,哪儿来的六张卷子?"

陈茵哪记得多少试卷,她要是会写暑假作业,也不至于文化课分数那么低了。

现在是晚上九点,门缝里传来她爸妈在楼下看电视剧的声音,她想出去玩都不行,坐在椅子上晃啊晃,最后对游淮说:"你要是实在想知道呢,就亲自上门来问。"

"行。"

游淮也不知道是来真的还是说着玩,语调散漫地对陈茵提醒了句:"你别锁门。"

陈茵在椅子上坐了会儿,忽然起身,拉开紧闭的窗户。

晚风簌簌,楼下昏黄路灯亮着,她探出脑袋也没看见游淮的人。

游淮家和她家相隔不远,两家人关系不错,父母之间经常走动。陈茵有游淮家的备用钥匙,游淮也有她家的备用钥匙,用双方大人的话来说那就是远亲不如近邻,要是家里出了什么事儿方便及时照应,反正都不是外人。

双方父母是他们幼儿园开学时认识的。那会儿别的小孩儿都在哭,只有游淮站在老师旁边对自己爸妈说"你们快回去吧,我会在幼儿园照顾好自己的",说完就帮着老师招呼小朋友。

"叔叔,妹妹为什么一直哭啊?幼儿园这么有趣,妹妹不喜欢幼儿园吗?"

——这种程度的贴心。

那位叔叔就跟看见天使宝宝一样,对挂在自己身上哭个没完的女儿都失去了些耐心:"茵茵,你看看别人,别人怎么就能好好上幼儿园?"

她就是那个被游淮比下去的倒霉蛋,直接被爸爸丢在幼儿园,任她哭得惊天动地就是没回头。

从这天起,陈茵就常听到爸爸、妈妈提起游淮的名字,说真有缘分啊,竟然住得这么近,走路不用五分钟就到了。

五分钟不到的路程。

现在游淮却跟迷路似的,陈茵在窗边站半天了都没看见他的人影。

该不会又是骗她的吧?

就跟小学那会儿她骗她泡泡糖能吞一样。

陈茵拿出手机打算发消息控诉他,就听见房门被敲响的声音。

"开门啊,陈茵。"

前不久还出现在耳机里的声音,现在就隔了扇房门,格外清晰地落在陈茵耳边。

房门被叩响的声音毫无规律可言,仿佛门外那人随时都会丧失耐心走掉。

但陈茵知道,他不会。

长久的相处里,游淮最不缺的东西一个是耐心,另一个就是好脾气。

无论她说什么、做什么,他都不会生气,会哄着她、顺着她。用别人的话来说,游淮完全就是把陈茵当祖宗在供着。

这话对也不对,需要加一个前提,才能成立。

——在不触及他底线的情况下。

陈茵打开房门。

楼下,蒋琪筝扬声问:"阿淮,茵茵给你开门没?没开的话,阿姨这里有钥匙——"

陈茵很无语,她妈妈对游淮有着过度的信任,在这个家长防早恋如防贼的年纪,游淮在他们家来去自如,仿佛他才是她爸妈的亲生儿子。

"我开了!"她说完,才注意到游淮穿着睡衣。

黑衣黑裤,他个子又高,像个午夜杀手来索命。

说起来游淮小学那会儿跟她身高差不多,但初中就开始抽条,到高中就已经跟她拉开二十厘米的身高差了。

错身而过的瞬间,游淮的手腕擦过她的胳膊,冰凉的银色腕表像是冰块,让陈茵打了个哆嗦。她关上门,坐在自己堆满公仔的床上,随手抱了一只小熊,指责他:"这么晚你戴什么手表?"

陈茵卧室很乱,到处都摆着公仔,其中很多是他们一起出去玩的时候,游淮给她抓的,还有一部分是游淮给她买的。

看着就跟自己屋子似的,全是熟悉的猫猫狗狗、兔兔熊熊,游淮拉了椅子坐下,故意把手表露出来让陈茵看得更清楚,嘴上说的话也挺欠打:"嫉妒就直说。毕竟,这可是你爸婉拒了你买狗的请求给我买的手表。"

陈茵直接把手里的熊朝游淮砸了过去。

游淮眼疾手快地抓住,跟挟持人质似的提着熊腿冲陈茵晃晃。

"你熊儿子不要了?"

"小明的爷爷说话不嘴欠活到了九十八!"

"哦——"游淮看她一眼,"那你听小明说过没,他奶奶不乱扔东西、与人为善活到了一百〇八。"

…………

游淮是真的,超级烦。

游淮大半夜跑来不是跟陈茵讨论小明爷爷、奶奶的。他当惯了陈茵的仆人,不由自主地开始帮她整理桌面,接着从地上捡起她的书包,从里面拿了试卷出来数了下,数学还真是六张。

他顿时就有点儿无语:"服了。"

他坐在陈茵花大价钱买来的电竞椅上,转过来面朝着她。他有点儿故意

010

似的,房间那么大,腿往哪儿放不好,非要对着她,踩着的史努比拖鞋贴着陈茵的星黛露拖鞋耳朵。

"申铠扬跟我发誓老李布置的作业就这些,说让我们享受快乐暑假,我还真信了他的鬼话。"游淮有点儿自暴自弃地靠在椅背上,踢了一下陈茵的脚,忽然俯身,手撑在膝盖上,一双漂亮的眼睛直白地看着陈茵,"我说茵茵。"

这句"茵茵"让陈茵鸡皮疙瘩都起了一身。

她踩了游淮一脚,一点儿都没留情面,极为用力,游淮直接倒吸一口冷气。

陈茵伸手指着游淮:"别恶心啊,我警告你。要干什么直接说,我看心情决定要不要答应你。"

游淮就跟被陈茵踩瘫痪了似的,懒洋洋地靠在椅子上,笑着问她:"包括帮我赶夜车写试卷?"

陈茵:"……你在说什么屁话,我自己作业都懒得写。"

游淮拿起桌上放着的冰激凌,他专门从家里冰箱拿出来的,临进陈茵家的时候才放进了自己衣服口袋里。陈茵爸妈对她饮食管得比较严,一日三餐都吃得健康,像零食、饮料、冰激凌这类,陈茵在家基本碰不着,全靠游淮救济。

他拎着那袋冰激凌,使者进贡般双手虔诚且礼貌地递给陈茵:"给您。"

陈茵婉拒:"一袋冰激凌收买不了正直的女高中生。"

游淮:"有点道理。"

他拿出手机,打开零钱,问陈茵:"正直的女高中生,问一下,我有荣幸把自己的生活费并入你的小金库吗?"

哇!

这不正好拿捏了陈茵的命脉吗!

她最近手头紧,前阵子跟夏思怡找黄牛高价买了演唱会门票,最近又看中了喜欢的品牌新出的衣服。金库告急正愁怎么赚钱呢,游淮就送上门了。

陈茵满意但矜持,咳嗽两声,做出一副虽然这钱我不太想要、但你送都送上门了我也没办法拒绝的姿态,对游淮说:"行吧,看在你实在赶不完作业的份上,我就勉为其难帮帮你吧。"

"但你的试卷呢?你带来了吗?"

"好问题。"游淮看着她,"你猜我为什么空手来?"

"我哪知道,我又不是你肚子里的蛔虫!"

"那你还记得,发暑假作业那天我请病假了吧?"

陈茵记得,连游淮为什么生病她都记得。

是前一晚陪她在外面玩抓娃娃机,她想要里面的 Loopy 公仔,对游淮大放厥词,问他信不信自己能抓到。

游淮脸上明显写着不信,但还是挺给她面子:"信,行,等。"他直接扫了码买了币,靠那儿对陈茵说,"搞快点啊,我就给你半小时,急着回家睡觉。"

陈茵抱着那堆游戏币开始认认真真地玩,手握摇杆比看考试卷子还要认真,结果每次都与其失之交臂。她越玩越上头,过去了好几个半小时都不肯走,要赖站那儿指着抓娃娃机对游淮说:"你去把老板找来,这绝对有问题!"

游淮把自己外套给了她,又扫码重新买了游戏币,就蹲在那里,陪着她直到抓出一个 Loopy 才回家。

当晚陈茵收获了一只粉色海狸,游淮喜提流感。

"游淮不要打感情牌哦,我警告你,我当时可是拿着感冒药去你家看望了你的!"

游淮问她:"那你还记得,你那天除了感冒药还拿了什么吗?"

陈茵想了下,然后就沉默了。

除了感冒药,还有暑假作业。

老师发下来,她帮游淮收着的。

游淮朝她扬眉,学着她刚才的语气:"所以,我的试卷呢,陈茵?你放哪儿了?"

……情况顿时变得有些复杂。

她沉默许久,才小心翼翼地冲游淮提议:"不如,我们一起收拾一下房间?"

游淮气笑了:"我是来给你当清洁工的?"

"然后——"陈茵站起身,放软了语气,想着伸手不打笑脸人,她笑眯眯地对游淮说,"说不定我们就能在房间里找到你失踪的试卷啦!"

游淮竖起大拇指:"厉害。"

"谁看了不说你有商业头脑。"他晃晃那袋冰激凌,"免费快递员,"又抬起手机,"白嫖一个小金库,"最后指着自己,"附赠一个帅哥清洁员。"

"陈茵,福布斯富豪榜上没有我都不服。"

蒋琪筝和陈子芥在楼下看完了肥皂剧还不见游淮下来,又听见楼上乒乒乓乓的动静,以为自家女儿跟游淮打起来了。陈茵读小学的时候跟游淮三天一小吵、五天一大闹,两人的打打闹闹都快成为融萃湖庄的特色景点了。

蒋琪筝撞了一下陈子芥:"你上去看看?"

陈子芥拒绝:"我一个人去算怎么回事儿,看起来像不放心他们独处似的。"他想了下,忽然有了主意,对蒋琪筝说,"这样,你去厨房洗点水果,给他们送过去,顺便看看他们什么情况。"

蒋琪筝洗了盘草莓送上去,站在门外敲了下门。

里头没人说话,动静还是很大,听着跟拆家似的。

蒋琪筝等了几秒,才直接打开了房门,然后就愣住了。

床上摆满了公仔,地毯都被掀开了,陈茵正在翻箱倒柜,游淮在卧室的

012

洗手间里找了块毛巾正帮她擦桌子,陈茵嘴里还在念:"你先别擦了,先找东西。"

游淮也不像个会干活的样子,看着脏的地方随便擦了两下,发现擦不干净又扯了纸巾,用劲儿擦纸巾又容易烂,他也有点耐心告罄。

"不是陈茵,桌子这么脏你怎么坐得下去?能不能讲点卫生啊你?你上辈子在垃圾桶旁边建别墅的是吧?"

蒋琪筝在两人的斗嘴里沉默两秒。

陈茵直接飞了个公仔过去正中游淮的头,她双手叉腰警告:"你说话好听点!我现在是为了谁在找东西!"

游淮挑眉,正准备说些什么,终于发现了站在门外的蒋琪筝。

前一秒还在斗嘴的男生立马变回恭顺有礼的好孩子:"蒋姨。"

"我给你们送点水果,你们这是干什么呢?"蒋琪筝纳闷地问陈茵。

陈茵本想说给游淮找试卷,又想起游淮在她爸妈面前的好学生人设,随口撒了个谎说:"我们刚才看见了一只蟑螂,正做卫生呢。"

蒋琪筝皱着眉对陈茵念叨着,平时让她注意卫生注意卫生,怎么就是不听,说着又让他们别收拾了,明天请专业消杀蟑螂的公司来打药,从兜里拿了手机出来跟没有住家的阿姨发消息让她明天大清洁一下陈茵的房间。

陈茵有些疲惫地靠在墙上,用口型对游淮说:找不到了,真的找不到了。

游淮靠在桌上,偏着头就这么一直盯着她看。

陈茵被游淮看得有些心虚。

蒋琪筝放在桌上的那盘草莓在空气里散发着淡淡甜香。

那袋冰激凌没有被蒋琪筝发现,放在电竞椅上,转啊转地重新朝向陈茵。

甜的草莓、甜的冰激凌。

还有倒霉的游淮和莫名忙碌的她。

陈茵抓着公仔,慢吞吞地走到游淮身边:"要不然,我明天去帮你跟老师说啊,就说……"

这个理由不太好找。

老李不是个很好糊弄的班主任,最擅长对班里的同学见招拆招。

陈茵绞尽脑汁想了好一会儿,才想出个好的借口。

她眼里闪烁着智慧的光,兴致昂扬地对游淮提议:"就说你发烧烧坏脑子了,饿狠了把试卷当卷饼给吃了,怎么样?你这智商,老李绝对会信,一点儿都不带怀疑!"

她的手还抓着他的袖口,跟着说话的声音一同晃啊晃。

游淮低下头看着陈茵的手,又听着她说的话。

"可以,挺聪明的。"他抬眸,看着陈茵那双亮晶晶的眼,"但你想没想过——"

"什么?"

"我这智商,你跟我走那么近,"游淮伸手捏她的脸,在她想要伸手打他的时候,笑着问她,"你又能好到哪里去啊,我的好同桌?"

那袋冰激凌最后化成水被游淮带走,陈茵说自己弄丢了他的试卷没脸吃他的东西,被游淮狠狠戳穿:"你是怕长胖吧?"

陈茵顿时就恼了:"游淮!我是那种人吗!"

"你是。"游淮拍拍她的脑袋跟她说,"别惦记你那二两肉了,胖瘦我看都差不多。"

游淮熟练掌握拿捏陈茵的技能,在陈茵忍无可忍要揍他时笑着躲开。

"不管怎么样,你都是人群里最引人注目的那个,想吃什么就吃,开心才是最重要的,笨蛋。"

他说完,相当潇洒地给了陈茵一个不必送的手势,径直下了楼。

陈茵在卧室门口愣了好一会儿。

直到游淮原本消失的身影又跟变戏法似的再次出现,冲她晃了晃手机:"记得看手机,这次真走了,明天见。"

陈茵关上门。

往里走才发现房间还是乱的。

刚才翻箱倒柜把房间翻了个底朝天,游淮没帮她收尾就走掉了!

她拿起手机,翻到游淮的微信。

DOKi DOKi:游淮!我今晚睡哪儿?

yh.:好问题,我也想问问我明天怎么应付老李。

陈茵沉默两秒,然后回。

DOKi DOKi:你心胸怎么那么狭隘,一件事你要念那么久吗?

游淮似乎被她逗笑了,回了一个 Loopy 的表情包,上面写了四个字"有病是吧"。

陈茵正"噼里啪啦"打字呢,就看见游淮给她转了钱。

yh.:正在输入那么久,确认收款倒点得挺快,来说点好听的给我听听。

陈茵拿了钱说话格外好听,夸人的话张口就来。

DOKi DOKi:人帅心善游小淮,肤白腿长游小淮,神仙下凡游小淮,财神转世游小淮!

DOKi DOKi:魔镜魔镜,世界上谁是最好的男孩子?魔镜当场裂开,碎在地上,竟然是游淮的名字!

DOKi DOKi:此时此刻,你在我心里,就跟沈域一样帅。

那边发了串省略号。

014

yh.：我后悔了，把钱还我。

陈茵压根不可能还，她哼着歌抱着自己的枕头被子去客房睡觉了。

临睡前，才想起她叫游淮来自己家的原因。是听见申铠扬说他跟游淮去了沈域家，她想问游淮，沈域最近在干什么来着。但被游淮几句话给打岔弄忘了。

算了，明天开学就知道了。

明天再说吧。

第二天醒来，陈茵第一件事就是打开手机确认，游淮给她转账确实不是做梦。

她现在确实是拥有一万元巨款的女高中生了。

陈茵满意地下楼，为了表示自己也不是那么无情的人，给游淮发了个消息问他醒了没，提醒他今天开学。

"走路还玩什么手机，过来吃早餐，吃完你爸送你去学校。"蒋琪筝把早餐放在餐桌上，品类丰富，虾饺、流沙包、油条、豆浆、小笼包。

偏广式的早餐让陈茵有点儿诧异，他们家平时的早餐要么是粥，要么是面，十几年都没变过，这会儿突然换了品类，让她困惑："妈，你是去新东方进修了吗？这都可以直接开茶餐厅了吧？"

"前阵子跟你司琦阿姨学的。你开学不是升高三了嘛，我跟你爸没什么能帮到你的，只能让你在家吃好喝好休息好有十足的精力好好准备高考。"

话题又到高考这儿来。

陈茵听得心虚。她从初中那会儿就知道自己不是读书这块料，一碰书就犯困。对学习最上心的时候，就是中考前跟游淮打赌，看谁能考进绥中，赌注是三个月生活费，哪知道最后两个人打成平局。

蒋琪筝还在说着高三的事情，陈茵伸手拿了流沙包，正在想溜走的借口，游淮给她发来消息让她出门。

陈茵拿起书包就对爸妈说："游淮在外面等我呢，我去学校啦！"

游淮穿着校服，正扶着自行车在看消息，听见一阵"砰"的关门声。

陈茵喘着气跑过来，径直坐在他自行车后座上，拽拽他的书包："走走走，快走。"

游淮将背着的书包丢在了她腿上，正好遮住她蓝色格纹校服裙下的大腿。

"使唤狗呢你？"

陈茵一只手抱着两个书包，另一只手环着他的腰，在徐徐微风下，抬头看着从树影中斑驳洒下的光，手里攥着他的衣服："快点啊，游小狗，你可是暑假作业没写完的人，要是迟到了，双罪并罚，死罪难逃了你！"

"放心，到那时候我会跟老李申请株连九族，不会让你跑掉的。"

"滚啊！"陈茵动手想掐他，哪知道游淮使坏，忽然一个蛇形走位，吓得陈茵手里的书包都差点儿丢出去，她立马抱紧了他的腰，这会儿倒真的差点儿两个人都摔下去。

别墅区八点的早上除了他们两个没有别人。

"游淮！你什么技术啊？"

"我要下车！"

女生气急败坏的声音惊得鸟雀纷飞。

少年笑着哄。

"不好意思了，朋友。"他重新掌握了平衡，任由女生抱着自己的腰，"我注意点儿。"

到了学校，游淮拎着两个包跟在陈茵后面。

不时有认识的朋友和他们打招呼，说，哟，游淮又给你青梅当助理呢？

游淮就笑，指着陈茵跟人说："小声点儿，生气你哄？"

陈茵扭过头正想骂他，就看见拐角出现了沈域的影子。她顿时扯住游淮的衣服，拉得游淮一个趔趄："干吗呢你？"

陈茵拉着他的胳膊让他弯腰："你凑近点儿！"

游淮不明所以，还是弯腰照做："这样？"

距离陡然拉近，陈茵用游淮的眼睛当镜子，从那双黑白分明的瞳孔里反复确认自己此刻着装得体、完美无缺，才松了他的胳膊，她后退一步，扬起个笑，然后冲沈域打招呼："早啊，阿域。"

沈域抬眸，没说话，只是看了眼游淮。

游淮重新站直，伸手戳了一下陈茵的额头。

陈茵"哎"了一声，考虑到自己的形象没骂人，只是轻声问游淮："你干吗？"

游淮借着那二十厘米身高差的优势，左右肩一边一个书包，冲陈茵抬起下巴，难得倨傲，白色的校服衬衫挺括，顶上没扣的纽扣让凸起的喉结更明显。

"听见了吗？"他问。

陈茵困惑："什么？"

游淮就望着她笑："你脑子进水的声音。"

…………

陈茵关注沈域不是秘密。

高一开学那天，沈域作为优秀新生代表上去发言，她在学生队伍里被太阳晒得眼睛都睁不开，周围闲聊的声音忽然停了一下，紧接着就有女生小声嘀咕了一声"好帅"。她伸手挡着太阳，看见了站在国旗下格外耀眼的沈域。

女生说，完全想象不出，以后沈域身边会站着什么样的女生。

隐含其中的潜台词就是：足够优秀、耀眼的人才能站在他身边。

陈茵盯着台上看了会儿，侧身问站在后面正跟人扯淡的游淮。

"游淮，你觉得沈域怎么样？"

在别人眼里，陈茵对沈域一直不一般，但陈茵又跟游淮每天形影不离。

这关系足以让生活枯燥乏味的高三学生脑补一出大戏。

泛着困意的音乐班学生刚走上楼梯，就看见陈茵追着游淮满走廊跑。

游淮拿着两个包身手依旧灵活，逗着人玩似的，跑了一会儿，看陈茵追不上想放弃，又停下脚步，给了她希望，等她往这边跑就迅速几步拉开距离。

申铠扬咬着包子，有些感慨地对夏思怡说："这两人喝了几瓶红牛啊？精力旺盛成这样？"

申铠扬身上一股韭菜味儿，夏思怡嫌弃地推开他的脑袋："走开啊，你这个韭菜精！"

"哎哎哎——"申铠扬这就挺伤心了，跟在夏思怡后头刚踏进班级大门，就差点儿被陈茵丢来的东西给误伤。他下意识地接了过来，温热软软的东西，一个用力还流了什么出来，他低头一看。

"茵姐，你不吃流心奶黄包也别丢啊！"

游淮拉开自己椅子，坐下伸出手对陈茵做休战状，顺着申铠扬的话对陈茵说："怎么浪费食物啊你？"

追着游淮跑了几圈的陈茵这会儿有些后悔，觉得自己刚才的行为像个小学生，但又气不过，去踢游淮的腿："要你管啊？"

游淮看都没看，直接握住她的脚踝。

"'给钱的都是爸爸'这句话听过没？照这么说，我在学校相当于你的监护人，你说我能不能管？"

陈茵挣扎了几下没有用，平时任她打着玩的男生还很气人地懒散靠在椅子上，一副自己也没用力的样子。

游淮冲她扬眉，有些幼稚地非要争个高低："服不服？"

陆陆续续到班的人都往这边看。

大家都见怪不怪，甚至调侃说："这大清早的，你们又杠上了？"

陈茵气急，伸手想挠他，结果又被游淮捉住手。

这下就跟被人挟持在桌上了一样。

陈茵沉默几秒，最后选择投降，小声说："服了。"

班主任老李的到来阻止了陈茵想打击报复的心。

新学期新气象，他们班老李也换了新发型，剃了个挺时髦的板寸，一进班就被坐在前排的同学打招呼说："帅啊，李哥。"

申铠扬转过身，对陈茵和游淮说："你们觉不觉得，老李换了发型之后更像《熊出没》里的光头强了？"

陈茵抬头看了会儿老李，随即表示认同："还真有点。"

老李全名李长清，也不过才四十岁。他跟别的班主任最大的区别是，别人对自己班熊孩子打击教育都是直来直去的，但老李阴阳怪气水平一流，你以为他是在夸你，但一回味就会发现不是那么回事儿。

平时碰面大家都一口一个"李哥你真帅"，背地里却都在嘀咕"老李说话可真难听"。

夏思怡从桌子底下给陈茵递杂志："茵茵，快看第三页，有季延礼啊啊啊啊！"

季延礼就是前阵子陈茵跟夏思怡高价买黄牛票去看的明星，他其实是个演员，只是给朋友当特邀嘉宾出现了一首歌的时间，只哼了几句，陈茵和夏思怡却豪掷一万五。

申铠扬没办法理解女生的追星精神，但又挺欠地非要凑过去看："这就是你们天天嘴里说的季延礼吗？我觉得也没多帅啊！"他说就算了，还要拖着正在赶作业的游淮下水，"你说是吧，淮哥？"

游淮忙得要命，他一来班里就找课代表要了多余的试卷补作业，头都没抬，随口摆了句："是吧。"

陈茵没去管罪魁祸首申铠扬，反而伸手去掐游淮。

游淮笑着躲："别——"

他手里的黑色签字笔在卷子上拖出一道长长的痕迹，他指着那道长痕对陈茵说："怎么办吧你说？"

陈茵把杂志上季延礼的照片推到游淮面前，盖在他试卷上，还知道低着头躲过老李的注视，问游淮："这不帅？这不比你们帅出个几百倍？"

游淮看了一眼。

杂志上的男明星确实是帅的，比他们这个年纪的青涩少年多出了些成熟的魅力。但游淮不认："那你让他给你生活费。"

陈茵顿时气弱。

只要提到生活费她就大声不起来，把杂志抽走往自己抽屉里塞。

"你怎么还输不起呢？我从小怎么教你的？要允许世界上有比你优秀的存在，怎么就不听你姐姐我的话呢？"

游淮听笑了，挺斤斤计较地问她："谁是姐姐？"

陈茵指指自己："我啊？"

游淮扯过张草稿纸，在上面"沙沙"写字。

陈茵 1225

游淮 0401

他指着这两行字给申铠扬看:"你说,是姐姐还是哥哥?"

"当然是哥——"申铠扬话没说完,被陈茵瞪得咳嗽了一声,立马做痛苦状,往夏思怡的方向倒,"思怡!救驾啊思怡!朕中毒了!"

夏思怡嫌弃地躲过:"……中毒了就给我死远点。"

游淮的笔在手里转了一圈,用笔帽在纸上点了下。

"怎么跟比你大八个月的哥哥说话的,茵茵?"

陈茵也学着从自己花里胡哨的笔袋里拿出一支笔。

"你怎么这么死脑筋呢?这样不就行了?"她说着,在游淮名字后头那个0401稍作修改。

游淮 1231

她抬起头,对游淮说:"怎么跟比你大几天的姐姐说话的,淮淮?"

夏思怡:"……有的时候,不得不说。"

申铠扬流畅地接过话:"他们之间确实有一种别人融入不进去的幼稚。"

组长邓畅走过来收暑假作业,陈茵率先拿出自己的作业递过去,又拱火:"写不完就算了,我舍不得你这么辛苦地赶作业,直接去老李那里磕头认错吧,淮淮。"

邓畅跟游淮关系好,本来想帮游淮说话,但一看游淮边上还有五张空卷子,他顿时改口了:"陈茵说得对,你还是去给老李磕头认错吧,淮淮。"

游淮也是无力回天,松了笔,靠在椅子上颓废了会儿。

"畅畅,"他递了自己鬼画符的试卷过去,指着陈茵对邓畅说,"看清这张脸,我要是死了,这就是杀人凶手。"

邓畅皱起眉,认真地点头,双手握着游淮的手:"我会帮你报仇的,我的淮!"

申铠扬在旁边配音似的号了一嗓子:"淮啊——"

夏思怡问陈茵:"他们是不是有毛病?"

陈茵看着游淮,冷笑了声:"估计是治不好了,直接联系殡仪馆拖走吧,问下能不能烧一赠二。"

申铠扬明知道在骂他,非忍不住好奇地问:"他俩是赠的那个吧?我这么高贵冷艳,怎么都得原价吧?"

"不呢。"陈茵礼貌地微笑,"你淮哥哥是原价的那个呢,你跟畅畅才是赠送的。"

申铠扬愤怒地扭头找夏思怡:"思怡你看她!"

邓畅环顾四周随即茫然:"服了——"

他抱着试卷一脸悲愤:"我连个可以主持公道的人都没有!"

游淮在边上笑得像个昏君,还跟邓畅打着商量:"畅畅,要不这样,"他指着自己没写完的试卷说,"你帮我把卷子写了,哥哥给你主持公道。"

"滚啊!别恶心我。"那声哥哥说得邓畅鸡皮疙瘩都起来了,他搓搓胳膊,抱着收完的试卷离开是非之地。

等试卷交上去,游淮基本上就可以开始等自己的死期。

大难临头他反而冷静下来,转着笔听着老李在上头说一会儿打铃要下去参加开学典礼。

开学第一天:开学典礼、班会、打扫卫生,绥中每年都这样。

陈茵拉着椅子往后靠,偷偷在抽屉里看杂志。

游淮撞了下她的胳膊:"我说茵茵。"

陈茵投来嫌弃的一眼:"好好说话,不然拉黑。"

"我说陈茵。"游淮从善如流,"你一会儿是不是要去便利店?"

"我不去。"陈茵拒绝,"这么热的天,我又不买东西。"

"行,那我换个问法。"游淮说,"你一会儿去趟便利店吧,我想喝可乐。"

陈茵觉得游淮多半是疯了,才会那么理直气壮地说出这种话。

"哪儿来的——"

话没说完,就见游淮笑着看向她,用口型跟她说了三个字:"生、活、费。"

陈茵沉默了,游淮给的真是生活费,而不是保姆费吗?

然而下一秒,游淮轻描淡写一句话,就让陈茵妥协。

"之后都上交给你,以后我就在你手下讨生活,怎么样?能不能买这瓶可乐就给我一句话。"

陈茵连杂志都不看了,拉着游淮的手生怕他耍赖。

"能!"像怕他听不清似的,她好似复读机一样重复了好几遍,"能能能能!"

申铠扬咋舌:"天价可乐啊?要用生活费来买?"

夏思怡看他就烦:"你懂什么,离我远点儿啊申铠扬,你一身韭菜味烦死了,干吗早上吃韭菜馅包子啊?你是不是有病!"

陈茵本来想跟夏思怡一起去便利店的,但夏思怡一下课就跑去了厕所。

她直接拦住想跟邓畅他们出去的游淮:"我不知道你要喝什么口味的,你跟我一起去。"

游淮有些好笑:"可乐还能有几个口味?别瞎扯啊你。"

陈茵信口胡诌:"有好几种。"

她掰着手指跟游淮数:"游淮陪陈茵去便利店还算个人口味、游淮不陪陈茵去便利店简直该就地绞杀口味,你选选呢?"

"……第一种。"

也不知道陈茵怎么编出来的,游淮想了会儿才说:"游淮陪陈茵去便利店简直就是陈茵救命恩人口味可乐,走吧,就买这种。"

申铠扬扯着邓畅就走:"畅啊,等不到的人就别等了,不要在机场等一艘船知道了吗,畅畅?"

音乐班教室在高三教学楼五楼,便利店在食堂那栋楼,两地相隔较远。平时课间休息十五分钟,要不是特别馋,陈茵一般不会去便利店。

九月的绥北依旧炎热,陈茵在游淮身后躲着阳光,没走几步就听见有人喊游淮的名字。

陈茵从游淮身后探出脑袋,看见了乔之晚。

要说在学校最讨厌谁,陈茵第一个想起的名字就是乔之晚。

她跟乔之晚之间的恩怨要从高一军训起,那时她们都报名了主持人,负责选拔的学姐私下对陈茵透露主持人应该就是她,陈茵开心地跑去跟游淮炫耀,结果到确定名单那天,却变成了乔之晚。

中间究竟是怎么回事至今没人弄明白,每个人都有自己的说法,学姐说其他人觉得乔之晚更合适,但认识的学长又说是老师拍板的,偏偏乔之晚还跑来安慰陈茵,说她会想办法跟老师申请让陈茵一起来主持。

陈茵觉得乔之晚很假,没给乔之晚好脸色看。

乔之晚觉得陈茵脾气大,都读高中了还把自己当公主。

偏偏两人又都围着沈域转。

两个本来就看不对眼的人更加不对付了。

游淮性格好,在学校跟谁都能说几句话。

乔之晚笑着跟游淮打招呼,陈茵掐着他的腰警告他:"你要是敢跟她说话你就完了!"

完全的小学生闹别扭做派,也没管乔之晚听不听得见,对游淮的态度就很蛮横,她一字一顿地对他说:"别说是可乐了,以后你到我家,我一口水都不会给你喝!"

这个选择题不用游淮来做。

乔之晚耸耸肩,拉着朋友就往体育馆的方向走。

游淮这会儿才拉开陈茵的手。

"没看出来,你还挺霸道。"

离开学典礼开始仅剩十分钟不到,附近全是往那边去的学生人群。

他俩逆着人流往便利店的方向走。

游淮拉着她的手腕没松。
"但是放心吧,我选你。"
惯来散漫的少年说话听不出真假,分辨不出玩笑和真心话。
在女生晃神的刹那,他又笑着对她说。
"在你游淮哥哥这儿呢,陈茵的立场就是我的全部立场。"

第二章
可 乐

陈茵毫不留情地拆穿游淮那看似好听的话:"初中那会儿我跟别人闹别扭,你也是这么说的,结果呢?校运会接她水的人是谁?是你的尸体吗?"

游淮没想到,那么久远的事情都会被陈茵拿出来给他定罪:"拜托,姑奶奶,那件事还要我给你解释多少次?别人只是顺手给我一瓶,全班二十来号男生她全给了,我不接是不是有点儿刻意?而且,你后来都跟她和好了吧?都和好了,还要给我翻这个旧账?讲不讲道理啊你?"

"那我不管,我跟她和好那是我和她的事,但是在我跟她闹别扭的时候,你身为跟我走得最近的朋友,没有跟我同仇敌忾,你就是有罪!"

"行。"游淮勉强认了,"那就算是有罪,现在都高三了,还跟我翻初中的旧账,你心眼是用针眼做的?"

突如其来的人身攻击,陈茵脸上就写了五个字:我要生气了。

绥中美女不少,出名的几个里,美术班乔之晚走的是文艺路线,文科班陈眠走的是清冷路线,而音乐班陈茵给人的直观感受就是浓烈。或许也跟性格有关,她在学校总是活力四射地出现:要么在打游淮、要么在追着游淮打的路上,因而给人的感觉便像是一团火。

她边瞪着游淮边又往他身后的阴影处躲阳光。

游淮好笑地看她一眼。

陈茵就跟被踩着尾巴的猫似的,抬起头就对游淮说:"我热!我只是借你的影子躲一下光,没有要原谅你的意思!"

"我什么都没说,你激动什么?你这样的人要是放在古代,肯定当不了官。"

陈茵不太服气:"凭什么啊?"

游淮领着人走进便利店:"想想看呢,别人面见皇帝,恭敬地磕头喊陛下万岁,你扯着皇帝的龙袍,还傻不愣登地跟皇帝说,天气太热了挡下太阳,你这样的开局就死了,知道没?"

023

"……你有病啊游淮。"陈茵也是吃饱了撑的，明知道游淮那张嘴说不出几句能听的，偏忍不住去问。游淮能活到现在真的全靠好看的皮囊撑着，不然早就被人打死了。

游淮打开冰柜，冷气扑面而来，他笑得靠在柜门上，随手拿了一听冰可乐。

明知道陈茵生气，他还很欠地非要模仿她的语气，幼稚得不行问她："你有药啊陈茵？"

从便利店买完饮料出来，两人就没工夫拌嘴了。

操场上都看不见什么人，零星几个全在往体育馆的方向跑。

那听可乐在游淮的校服口袋里，陈茵还在看手表上的时间，结果就被游淮拉住手腕。

"还看手表呢，一会儿迟到了，你手表帮你跟老李磕头认错啊？跑啊傻子——"

他拉着她就往体育馆的方向跑。

这一路跑得狂风带闪电，陈茵800米体测时都没跑过这么快。这会儿她脑子里想的全是，日剧里那种清新唯美的少男少女在操场奔跑全是骗人的吧！根本就不写实吧！或者是地域问题？

换来中国试试呢？来拍拍两个高中生在迟到的边缘跑得气喘如牛，上气不接下气的狼狈样子看看呢？什么心动啊、浪漫啊，全是滤镜加上去的，她这会儿只想把游淮的头给摁进可乐里。

喝！让他喝！这么爱喝可乐，晚年躺病床上输液时也不用浪费医疗资源了，直接输可乐就好了。

陈茵和游淮气喘吁吁地赶到体育馆，推开门，看见里面各个班方阵都站好了。

密密麻麻全是人，陈茵跟游淮在人群里穿梭，最后穿梭进了他们班方阵。

申铠扬边打着哈欠边冲他们竖起大拇指："踩点大师啊，老李刚让班长点人呢，但凡再晚一点，你们就要被老李生吞活剥了。"

班长谢敏正好数到他们这里，看陈茵和游淮还在喘气，装作要在本子上写他们名字的样子。

陈茵立马喊了一声："敏敏——"

谢敏拿开挡住脸的本子，笑得一脸得逞："吓唬你的啦。你们跑哪儿去了，现在才来？"

陈茵立马指着游淮："还不是他！他非要去买可乐！"

游淮"哎"了一声："给你也买了牛奶好吧？"

谢敏忽然冲游淮伸出手："好了，你们现在全招了，贿赂一下我吧，不然我告诉老李去了啊。"

陈茵还没来得及反应，就听游淮笑了一声："可乐是我的，牛奶是她的，实在没多余的了。"

他扯了正在看单词本的邓畅过来："下次让畅畅请你。"

邓畅压根不知道发生了什么事，满脸困惑地看向谢敏："啥？"

谢敏收起本子朝前排走："开个玩笑啦。"

体育馆里空调温度调得很低，夏思怡穿着外套还冷，哆哆嗦嗦地撞了一下正跟游淮分赃的陈茵："乔之晚是不是换发型了啊？"

陈茵把吸管递过去让游淮给她插上，往乔之晚的方向认真看了眼。

刚才在校道上撞见，只顾着教训游淮了，这会儿才发现她确实换发型了。高二下学期乔之晚头发颜色偏浅、发尾有些卷，陈茵听乔之晚对老师说她发色天生就这样。

现在再一看，好家伙，成黑长直了。

"上学期末还有人说看见她跟沈域在食堂吃饭了，不会是因为沈域喜欢黑长直，她才换的发型吧？"

食堂吃饭那事儿陈茵也知道，根本不算是乔之晚跟沈域单独吃的，其中还有她、游淮、申铠扬跟几个理科班的人。

那会儿是沈域他们班有人想结识乔之晚，献殷勤问她要不要一起吃饭，哪知道乔之晚没拒绝。

陈茵硌硬到说不出话，只能在桌子底下掐游淮的胳膊解气。

游淮撩起自己袖子，看着上面留下的月牙形掐痕问陈茵，他又做错了什么。

陈茵十分不讲理："你错在会呼吸。"

夏思怡问她："那你跟另一个会呼吸的最近有说话吗？"

没有，不仅没有，她一整个暑假都没看见他的人影，但是在朋友面前，哪怕打肿脸也要充胖子，她道："当然啦，也不看看我是谁。"

她说完戳戳游淮口袋里的牛奶，示意他帮忙打开。然而等了好一会儿却没见到他有动作，她不免奇怪地凑过去看他，问："游淮？你在发什么呆？"

游淮手里拿着可乐，像是没听见她在说什么，他旁边的邓畅正在闲扯说自己这次考试绝对能超神。他低笑一声，食指扣住拉环，手背青筋浮现，"啪嗒"一声后，"咕噜噜"的气泡声冒了出来。

陈茵注意力立马被转移，老李就在队伍前面，她目视前方，装作认真听领导发言的样子，私底下却悄悄对游淮说："你刚刚那个，单手开可乐！教教我教教我！"

申铠扬站在游淮前面，踮脚帮他的好兄弟遮挡老师的视线。

游淮明目张胆地在队伍里仰头喝了一口可乐。

陈茵忍不住侧睨，看见游淮喉结上下滚动，清俊的侧脸透着股说不出的淡漠，和往日的开朗爱笑形象有了些反差，像是一口冰可乐下去人格都被切换。

他拎着那听可乐，语调淡淡："教不了。"

"你对人间没有任何依恋了是吗？"

"看见这上面的小字没？"游淮指着滚着水珠的瓶身。

陈茵不敢凑过去看："那么远，谁看得清？"

"哦——"游淮懒着嗓子对她说，"那这上面写了，单手开可乐禁止传授给渣女。"

她抬腿就踢了游淮一脚。

老李正好转过身看自己班同学的情况，一眼就看见陈茵跟游淮在打闹。

"陈茵、游淮！你们身手那么好，来来来，来我这儿，站队伍前面，给其他班看看，我们音乐班也不是只会音乐，武术也是一流。来，让别的班的同学们见见世面。"

…………

邓畅摸了摸自己的脖子，目送两个小伙伴迈着沉重的步伐走到队伍前列，有种自己能活下来真是太好了的庆幸感："一个暑假不见，我们老李损人的水平又长进了。"

旁边其他班的学生们都在笑。

游淮被老李教训惯了，但陈茵爱面子。

这种开学典礼的大场合，随便一个小动静都比枯燥的领导讲话吸引人。

不少班的人往这边看，她低下头在心里暗骂游淮。

老李戴着眼镜，正准备教训他们几句，游淮就状似无意地挡在陈茵前面，一米八七的高个子将女生挡了个结实。他手里的可乐也没遮掩，就这么暴露在老李的面前。

"老师，都是我的错。"

男生偏着头，满脸乖巧，一副"您说什么我都听我都改"的样子。

"我刚才喝可乐，陈茵正要替您教训我来着，这不，就被您给捉了个正着。"

老李一听这话，就问陈茵："是这样？"

陈茵全无战友情可言，毫不犹豫地卖了游淮："是这样的，李哥。"

老李赦免了陈茵，看游淮吊儿郎当的样子就气不打一处来。

陈茵重归队伍。

夏思怡冲游淮的身影比了个大拇指，问陈茵："你有没有觉得，游淮现在形象特别高大？"

026

陈茵满脸问号："能有多高大？跟珠穆朗玛峰肩并肩那么高大吗？"

"不是，你看啊。"夏思怡冲游淮口袋的方向指了下，那里鼓鼓的，塞着陈茵的甜牛奶。

夏思怡说："不觉得他罚站口袋里还装着你的甜牛奶，挺带感的吗？"

陈茵也是不明白夏思怡的脑回路了："哪儿带感了？"

"就——"

夏思怡博览群书，这会儿却苦于不知该怎么形容，想了好半天才对陈茵说："说不定，他现在心里就在想，牛奶和你，我都要保护。"

陈茵嘴角抽抽，被夏思怡雷得外焦里嫩。她纠正夏思怡："他要是这会儿真在想事情，那也只可能是——

"'又救了陈茵一命，一会儿我要怎么让陈茵对我感恩戴德呢？'这一种想法。"

夏思怡没有停止话题，开学典礼结束，从体育馆回教室的路上，她一直试图让陈茵相信游淮对她不是朋友那么简单。

这种话陈茵听得耳朵都要长茧，初中时班里女生就这么说过，并且列举了种种事例作为佐证。那时陈茵对感情尚且懵懂，被怂恿着去问了游淮，结果游淮笑着让她猜。

这在陈茵看来就是否定的意思。

他们是青梅竹马，从小就认识，这么些年相处模式从未改变过，打打闹闹，今天吵架明天就和好。

甚至在很多时候性别观都被模糊，就如同她有游淮家的钥匙，游淮可以在深夜自由出入她家，双方大人都不会感到有任何不妥。

曾经热播一部青梅竹马的肥皂剧。

陈茵的妈妈蒋琪筝和游淮的妈妈司琦一起看的。

两个大人看到电视剧里相识多年的青梅竹马克服重重阻碍后终于在一起，给出了极为类似的评价：认识这么多年，要是真能在一起也不错啊，毕竟知根知底，总比不认识的人要放心。

可陈茵又很清楚，这句话的前提是，无论是她父母还是游淮父母他们都认为两人不会发展成恋人。

他们见过彼此太多狼狈瞬间了。

初中时陈茵和学校校霸关系不错，跟着对方进了游戏厅，是游淮把她拎出来给骂清醒的。

游淮被他爸妈揍的时候，也是陈茵借着送水果的名义过去解围的。

他们在彼此眼里，不是光鲜亮丽的帅哥美女，没有外人眼中的那些光环。

他们了解对方，但又过于了解对方。

大家都说哪有什么纯友谊，无非一个不说，另一个装傻。

但不是这样的。

陈茵对夏思怡说："你们都不懂啦。虽然不太想承认，但游淮勉强能算个好人。他到现在看见老奶奶过马路都会帮忙，学校里的女生有需要帮忙的地方，他也从来没拒绝过，更何况我跟他从小认识。"

夏思怡看出陈茵的敷衍，笑着换了个话题。

开学第一天都是枯燥的，开学典礼过后又分发了新学期的书、开班会、大扫除，就到了放学的时间。

铃声一响，申铠扬就收好了包，催着陈茵和游淮搞快点。陈茵还在用镜子补润唇膏，听到申铠扬没完没了的催促声，抬头就冲他翻了个白眼，正想骂人，却听见门外有人喊沈域的名字。她拿着润唇膏转过身，透过窗户，看见沈域站在班门口的走廊处，靠在栏杆上正在玩手机，偶尔抬头跟和他打招呼的人点个头。

冷淡至极，又实在是吸引人的目光。

陈茵有些蠢蠢欲动。她上学期末就放话说高三肯定会有所转变，现在高三开学，进展依旧为零。她收了笔放进包里，刚准备往外走，却看见忽然出现在班门口走过去和沈域打招呼的乔之晚。

陈茵脸色不太好地问游淮："晚上出去玩还有乔之晚吗？"

回复她的人是申铠扬："是有些不巧了茵姐，胡斌的同桌跟乔之晚是闺蜜，刚在群里说带着她一块儿去。"

陈茵的脸色立马沉了下来。

夏思怡及时打圆场："人那么多，一会儿各玩各的就行啦。"

但事情并不是这样。

唱歌的时候也不知道是故意还是碰巧，平日里大家点了歌都是打乱顺序以示公平，但这次还真是邪门，陈茵和乔之晚但凡轮到其中一个人的歌，下一首一定是另一个人的。传话筒的人也很痛苦，最后有点儿放弃似的拿上厕所当借口，回来就换了位置，打死不坐正中间。

游淮坐在陈茵旁边，没他歌的时候就拿着手机打游戏，他点的歌轮到了才拿着话筒唱一首。

陈茵咬着西瓜，注意力一直在乔之晚身上。乔之晚和沈域中间就隔了一个人，距离比她要近很多。

军训表演那次主持人落选的不开心重现，陈茵一口气堵在胸口，不上不下，最后伸手挡住游淮的手机屏幕："你帮帮我。"

游淮抬起头，在昏暗光线中静静看着她："帮你什么？"

陈茵自然是有自己计划的。她想让游淮帮忙，让她和沈域独处，说不定

028

聊几句就能发现其实他们很合得来,能成为关系熟络的朋友呢?

她把计划对游淮说完,但游淮没有帮她。

他拒绝得彻底,给的理由漂亮。

"不好意思,不擅长说谎。"

陈茵有些不高兴,正想回游淮一句,夏思怡就拉着她的胳膊,小声说:"我怎么觉得游淮像是不高兴了。"

陈茵正要说怎么可能,游淮点的歌就出现在屏幕上。

"以后别做朋友"六个字像是隔空给了个回应,夏思怡露出果然如此的表情,冲陈茵表情复杂地摇摇头。

陈茵有些蒙,扭过头看见游淮手握话筒,手肘撑在膝盖上,另一只手里还拿着手机,眼睛专注地看着屏幕,旁若无人地唱着这首苦情的歌。

这歌前面听着还挺正常,但往后听了十几秒陈茵就品出不对劲。

歌词和他们的状态过于贴切,每一句都像是在隐晦暗示些什么。

歌词里写:以后别做朋友,朋友不能牵手。

还写:想爱你的冲动我只能笑着带过,最好的朋友有些梦不能说出口。

每一个字都让她觉得奇怪。

周围不时有人朝他们看过来,原本跟人说话的沈域也露出个笑,看向游淮的表情略带揶揄。

而游淮却只是在唱歌,任由周围人表情复杂地打趣,他没有分出多余的眼神,直到一首歌唱完,才把话筒重新放在桌上。

有人笑着起哄,说歌词不简单啊,游淮。

夏思怡捏了下陈茵的手。

游淮低笑着骂了声滚,话题却就这么撂着,他没否认也没承认。

一如过去无数次别人当着陈茵的面和他打趣,问他是不是对陈茵有意思,游淮也是这样,用玩笑的语气让问的人滚远点。

问题像是雪球,有去无回。

陈茵扯了扯唇,没继续说什么,只是在接下来的时间里都有些漫不经心地晃着自己手机,没再继续对游淮说约沈域的事情,也没再往沈域的方向看。

直到晚上十点,大家打算各回各家。

陈茵陪着夏思怡去了趟厕所,出来的时候人已经走得差不多了。

游淮正跟申铠扬站门口聊天,见她们出来就朝她们看去。

申铠扬手里拿着夏思怡的包,他跟夏思怡家住得近,平时都是一起回家,夏思怡冲陈茵挥挥手道别。

陈茵走在游淮身边,等红绿灯的时候,她问游淮:"你唱那首歌是什么意思?"

游淮垂着眸，手放在外套口袋里，像是回忆了会儿她说的是什么，才"哦"了一声，问她："不好听吗？"

"这是好不好听的事儿吗？"

游淮又在装，揣着明白装糊涂。

陈茵碾着地上的小石："连沈域都在看我们。好听的歌那么多，你要不是故意的，干吗点那首？"

绿灯亮了起来。

但没人管。

两个人站在红绿灯旁边。

游淮没往前，听完她的话后，重复了一遍"连沈域都在看我们"这八个字。

"他就那么特殊？"

他很少用这种语气对她说话，陈茵微微一愣，正想说什么，余光却看见马路对面，乔之晚上了沈域的车。

陈茵脑子里"嗡"的一声。

沈域跟乔之晚根本不熟，她在包厢里让游淮给她和沈域制造机会，游淮拒绝得那么干脆。

但现在散场了，乔之晚却跟沈域走在一起。

电光石火般，陈茵又想起申铠扬说，乔之晚是跟着胡斌的同桌一起来的，但胡斌最开始是游淮的朋友，如果不是游淮的默许，胡斌怎么可能让同桌带着大家都不熟的人过来。

一个个推论到最后，得出的答案只有一个。

——游淮制造的机会。

游淮拒绝了她的要求，扭头去帮了她最讨厌的乔之晚。

无论是动画片还是电视剧，陈茵最讨厌的剧情就是原本顺风顺水的千金大小姐被朋友背叛，所有人都站在小白花那边指责大小姐不讲道理、娇纵蛮横。

陈茵那时想的不是避免成为电视剧里脾气差的千金大小姐，而是她绝对不会跟不懂得跟她死对头保持距离的人，继续做朋友。

"游淮。"

陈茵面无表情地收回视线，抬头看向游淮。

在夜色里，她问他："他不特殊的话，难道特殊的那个人是你吗？"

030

/ 第三章
冷 战

　　马路上一时间没有来往车辆，红绿灯又交替亮起，整条街上安静得只剩下他们两个人。
　　游淮在手机上找了网约车，跟司机重复了一遍目的地，便一路沉默。他全程没有对陈茵说过一句话，更没有对那句嘲讽做出回应。
　　这跟陈茵构想的截然不同，往常发生的争吵里，游淮都是主动示好的那一个，会嬉皮笑脸地说"茵茵，我错了"，或是卖乖求饶问她究竟因为什么而生气。
　　人是具有惯性的，陈茵习惯被游淮哄着，潜意识里总觉得无论对游淮说什么，他都不会生气。
　　更何况她不认为自己有错，她很早就对游淮说自己不喜欢乔之晚，不喜欢他和乔之晚说话，更不喜欢他帮着乔之晚，但他这么做了。
　　所以她生气是合理的，是不需要反省的。
　　游淮才是需要低头的那一个。
　　陈茵生气的情绪在游淮的沉默中逐渐加剧。
　　凭什么？
　　凭什么聚会里都是她的朋友，但作为她最讨厌的人，乔之晚可以轻松加入。
　　凭什么明明游淮跟她认识那么多年，他却站在乔之晚那边。
　　陈茵越想越烦，车停在融萃湖庄门口后，没等游淮付款，直接下了车。
　　"闹别扭啦？"司机是个二十来岁的年轻人，看高中生吵架觉得有意思，随口劝了句，"女孩子嘛，心软得很，闹别扭了就去哄哄，甭管谁对谁错，认认真真道个歉准没错。"
　　游淮低着头，手指输入着支付密码，屏幕的光映亮他略显疲惫的神色，闻言轻笑了声："行，我知道了，谢谢。"

陈茵回到家，蒋琪筝跟陈子芥正在客厅看电视等她，正准备跟她说话，却看她明显带着气地上了楼。

蒋琪筝和陈子芥对视一眼。

陈子芥有些好笑："估计是又跟阿淮吵架了。"

"那没事了。"蒋琪筝继续看电视，"这两个孩子，吵架是常有的事，明天就好了。"

却没想到这次冷战持续时间格外长。

在家里倒是能避开游淮，可是在学校就显得艰难。

两人是同桌，每天抬头不见低头见，尽管在冷战第一天，陈茵就拉开了自己的桌椅划分开一道三八线，但呼吸着同一片空气仍然让陈茵觉得烦躁。

什么都很烦，游淮跟别人说话她听着烦，游淮翻书她也很烦，最烦的就是游淮若无其事地把从第一排传下来的试卷放她桌上。

体育课上，夏思怡终于忍不住，问她："你们这次又是因为什么而吵架啊？怎么搞得跟要决裂似的？我跟申铠扬一开始还以为你们是吵着玩，没多久就能和好呢，这都三天了，你们还不说话。他是抢银行栽赃给你了，还是犯了什么该株连九族的大罪？"

陈茵翻时尚杂志的手停了下来，语调淡淡："他又不缺我这个朋友。"

夏思怡一听就发现这次跟往常有所不同。之前陈茵和游淮吵架是常有的事情，要么是因为陈茵睡觉的时候游淮用可乐冰她的脸，要么是因为两人拌嘴陈茵说不过游淮，但这种程度的吵架，和打情骂俏没区别。

一个生气只是为了等着被哄。

另一个纯粹享受哄人的快乐。

夏思怡大胆地揣测："难道他终于鼓起勇气反抗，掀翻你的暴政了？"

陈茵投来莫名其妙的一眼。

夏思怡就不明白了："还有什么理由让你们吵架，游淮不来主动示好的，总不能你们祖上其实有仇吧？"

"不是。"

陈茵合起杂志。那晚的事情在她这里一直没翻篇，她其实只是想让游淮对她说，他没有站在乔之晚那边，然后明确表明他只是她一个人的朋友，只会帮着她。

但游淮没有。

或许在别人听来矫情，但在陈茵看来，这是极其严重的过错。

她怒气未消地对夏思怡说完，夏思怡露出个原来如此的表情。

不远处，打篮球的班级男生们吵吵闹闹。

两边截然相反的气氛里，夏思怡思索着问陈茵："所以，你生气的点在于游淮帮乔之晚,还是游淮明知道你讨厌乔之晚却还是帮了她?"

"有区别吗?这不是一件事吗?"

"不是一件事啊。"化身情感大师的夏思怡给陈茵分析道,"如果是前者呢,说明你是因为乔之晚所以对游淮的这个举动格外生气,但如果是后者就微妙了。"

"怎、怎么就微妙了?"夏思怡说的每句话她都能听懂,但凑一块儿她就有些茫然,听不明白其中的区别,也搞不懂后者微妙在哪里。

夏思怡:"如果你是因为游淮明知道你讨厌乔之晚还帮她才生气,那说明,你更生气的是游淮的态度,而不是乔之晚和沈域走在一起这件事,说明你对沈域根本没有你所想的那么在意,你在意的——"

像终于发现了凶手的名侦探柯南,此刻应该出现"真相只有一个"时的配乐。周遭的纷乱吵闹和脑子里短暂出现的忙音融为一体。

"嗡嗡"的声音里,陈茵听见夏思怡言之凿凿地说:"只是游淮!"

陈茵震惊地反驳:"怎么可能,夏思怡你瞎说什么呢!"

她惊慌失措,大声辩驳:"我跟他一天里有一大半的时间都在吵架,我在意他干什么!我疯啦?"

夏思怡笑着看她。

此刻像极了隐藏的武林高手。

一个"平A"过去逼得人连环放大招,最后落荒而逃。

夏思怡的这番话让陈茵起了逆反心理,她为了证明游淮也没多特殊,开始频繁地去理科班找沈域。学校里关于沈域和陈茵的传闻甚嚣尘上。

申铠扬看游淮就像在看个苦情人物:"你要是不开心,不用强颜欢笑,要去怎么发泄我都陪你啊。"

游淮推开他的头:"滚。"

申铠扬嬉皮笑脸地说:"你说这事儿闹的。你当时就该听我的,直接低个头得了。现在你俩一句话都不说,她下课就往理科班那边跑,我怎么看着是故意气你呢?"

"我都帮你从思怡那儿旁敲侧击了,思怡说这事儿还是跟去 KTV 那晚有关。"申铠扬通风报信又生怕夏思怡忽然从哪里出现,声音放低,"——但那不就是个误会吗?陈茵以为是你帮着乔之晚找机会靠近沈域,那哪能,你一句话都没跟乔之晚说过,你这不比窦娥还冤?"

申铠扬说着又叹气:"你说她们女生生气之前怎么就不能问问我们呢,嘴长着不就是用来交流的吗?但凡她多问你一句,你俩也不会闹成这样,要不我帮你去说说?"

"不用,没什么好说的。"游淮收了手机放进书包里,站起身,问申铠扬,

"你走不走？"

反应平淡到申铠扬以为游淮真的不在乎，挠挠头说"好吧"，收了东西就跟着游淮走了。

一帮人去了离绥中较远的游戏厅。

二楼无烟区没几个人，游淮坐在角落，校服外套丢在了座椅的扶手上。

申铠扬怀里抱着矿泉水过来，递给他一瓶，挨着他坐下："排一把？"

游淮接过矿泉水，什么都没说，只是点了点头。

申铠扬瞬间精神抖擞了不少，捋起袖子，大放厥词说今晚要让碰见的所有对手颤抖。

至于对手要如何颤抖，那就要看游淮怎么带飞了。

谁知道刚排一把就出师不利，三线全崩，不到二十分钟就被推上了高地。

申铠扬和胡斌向来都是喷子选手，对方点塔的速度完全跟不上他们打字的速度，一个塔没点完，自家聊天框的对话跟刷弹幕似的，"哗哗"滚了一屏幕。

游淮玩游戏向来都比较安静，更不在乎输赢，除了乱杀，他甚至连字都懒得打。虽然他名字带个游，但游戏这种倾向于物欲追求的东西，对他并没有太大的吸引力。

但很明显，他今天打游戏的状态似乎有些太……无欲无求，以至于能被他乱杀的局，仅仅因为申铠扬和胡斌这两个拖累就输了。

申铠扬只当是游淮很久不玩，生疏了，多打几局就能找回感觉，谁知道这只是刚开始。

他们接二连三地输了四把，直到第五把又输了，他和胡斌都失去了强烈的辱骂欲望时——

耳边突然传来清脆的摔鼠标的声音。

申铠扬看过去，发现游淮手边的鼠标已经翻了肚，像个不倒翁一样左右晃着。

毋庸置疑，刚刚砸鼠标的人是游淮。

申铠扬和胡斌愣了会儿，才开始劝。

"阿淮，不不不、不至于阿淮。"

"游戏而已，游戏而已，别人生气你不气，气出病来无人替。"

申铠扬到底比胡斌跟游淮更铁一点儿，知道提头发誓："我下把绝对不坑了，你消消火。"

听见动静跑过来的工作人员看见坏掉的鼠标，语气不太好："这要赔钱的啊。"

游淮从桌上拿了手机，径直起身去收银台扫码给了钱，再回来的时候，手里拿了一个崭新的鼠标。

申铠扬在旁边一琢磨，觉得问题或许不出在他们自己身上，得往对手的方向想想，今天可是周五，说不定对面都是技术高超的学生。他直接退了账号，跟游淮说："换个号再战，我就不信遇不到比我们菜的对手。"

他给游淮和胡斌都发了邀请过去。

"来来来，换号再战！"

游淮窝在椅子里，操纵着新换的鼠标，话没多说地切了个不常用的号进了游戏，结果刚点进去就看见屏幕上显示着自己的游戏ID。

——DOKi的小狗。

陈茵正跟理科班的人一起在学校附近的烧烤摊吃东西。

大家嘻嘻哈哈地说着学校八卦，她兴致欠缺地靠在椅背上，划拉着手机，偶尔被喊到名字才"嗯"一声表示自己在听。

话题来回切换，不知道是谁提到了游淮的名字，说大课间的时候看见游淮帮学妹搬箱子，在场其他人都见怪不怪："他最大的品质就是善良，还有谁不知道，小学那会儿他成绩吊车尾都能每年拿到三好学生。"

陈茵面无表情地抬头，语气冷淡得堪比机器人："是因为他跟老师的儿子关系好，他要是真善良怎么不去做慈善呢？你们还是太片面了。"

随着冷战的时间越来越久，她的心情从"如果他好好跟我解释，我就原谅他"演变成为"我再也不要和游淮说话了，我绝对不会原谅他的"。

话不投机半句多，陈茵懒得跟这帮觉得游淮是个大善人的朋友一起吃饭，直接叫了车回家，回去的一路一直在听歌。但也不知道怎么回事，那些歌都像是在跟她对着干。

——到底发生过什么事。

还能是什么事，游淮不做人。

——模棱两可。

对！这就是游淮的态度，对什么都模棱两可，话不直接说，非让人去猜。

——唯独你是不可取代。

不，没有任何人是不可替代的，就像游淮，信誓旦旦地说他永远站在她这边，还不是轻而易举就反悔。

切歌，又切，再切。

结果每首歌都跟游淮有关。

她烦透了，扯下耳机塞进包里，慢吞吞地往前，临近自家时，看见了站在她家门口的少年。

他身上的校服没换，包也还背在身上。

他们这些天虽然交流为零，但对彼此的行程都心知肚明。

比如，陈茵从夏思怡那里知道游淮跟申铠扬他们玩游戏去了，游淮也能从理科班朋友那里得知陈茵和他们去吃烧烤了。

陈茵停下脚步，心里那些碎碎念的抱怨戛然而止，警惕地后退一步。竖起防护墙拒绝别人靠近的公主殿下，在自己的城堡里冷淡地注视着他。

对视变得像是场博弈。

但从游淮出现的那一刻，两个人就都知道，游淮是认输的那一个。

陈茵又赢了。

但她赢得并不愉快，维持太久的冷战将胜利感无限削弱。

明明从发生争执的那一刻起，她就在等着游淮来主动求饶，但现在，她却不太想听他说话了。

她手里拿着钥匙，从游淮身上收回视线，想做出冷酷无情的样子直接回自己家不给游淮说任何话的机会。

然而，游淮却径直朝她走来，拉住了她的书包。

"陈茵，我们谈谈。"

"我们有什么好谈的？之前都没话说，现在更没什么好说的了。你松手，我要回家了。"

陈茵嘴上这么说，却没有跟说的一样转身走人，更没抽出自己的书包带，还是站在这儿，给游淮哄她的机会。

这话挺好解释。

在申铠扬和夏思怡看来，无非把误会说清楚。

游淮把话说明白，跟陈茵说，他没有帮乔之晚，乔之晚跟沈域走是因为胡斌。

就这么简单一件事，所有人都不清楚这有什么好闹成这样的。

但游淮没有解释，而是问陈茵："DOKi 的小狗是什么意思？"

陈茵原以为游淮会赔礼道歉，没想到等到的却是游淮的一句疑问。

游戏 ID 确实是她给游淮改的。

那时候他们因为一件小事吵架，游淮被她气得扭头就走，还丢下了一句狠话，说谁先低头谁就是小狗。

陈茵多硬气一人啊，心想自己绝不可能是那个先低头的狗。

结果就是那么凑巧，吵完架后不到半小时，快递员就给她打电话问她在不在家，她买的明星周边要送到了。

蒋琪筝和陈子芥原本对她追星没什么意见，不巧的是那时候关于追星的负面新闻铺天盖地，学生加偶像 QQ 结果被骗钱、疯狂追星族因偶像塌房想不开跳河等，尽管陈茵再三保证自己不会疯狂到失去理智，但还是被蒋琪筝以停生活费做警告。

没钱如没命，陈茵买周边填写的都是游淮家的地址。

那通快递电话让小公主垂头丧气地去摁响游淮家的门铃，从未如此屈辱过，她低着头问双手环臂看着她的少年，问他："可以是博美吗？博美比较可爱。"

解决完快递问题，陈茵回去就上线给游淮改了ID名。

没想到他现在才发现。

不提还好，提起来新仇旧恨叠加在一起，她看游淮更不顺眼了："那又不是我改的，你找我干什么？"

游淮听她鬼扯："不是你改的，难道是鬼改的？除了你还有谁知道我游戏的账号密码？"

陈茵的嘴比铁还硬："那谁知道呢，可能是你的某个异性朋友吧。"

游淮冷淡地睨她："我哪儿来的异性朋友？从小到大我身边最亲密的异性除了你还有谁？"

陈茵扯着唇角露出个冷笑，开始阴阳怪气："那就不清楚了。你朋友满学校都是，走哪儿都有人和你打招呼，你又乐于助人，说不定是某个你帮助过的对象呢？"

游淮："好问题。那按照你这种说法，某个我帮助过的对象、在学校满地走的朋友，为什么给我的游戏ID改成是你的狗？"

话题重新绕了回去。

陈茵皱起眉："这重要吗？你今晚找我就是因为我改了你游戏ID？"

她难掩失望，说着就要从游淮手里抽出自己的书包带，结果游淮不撒手，她愤怒地抬眸看他。

"你还想干吗啊，游淮？行，你就当作我改的，我现在跟你道歉！对不起，对不起行了吧？你要自己改回去或者我上线帮你改回去都行。你以后不用再来找我了，从今以后，我们桥归桥路归路，你想帮谁都行，无论是乔之晚还是乔之光都跟我无关！你松手！我不想跟你说了，也不想跟你谈了！"

陈茵气得眼睛都是红的，书包也不想要了，丢了包就要走。

手腕又被人给拉住。

"你是真不明白还是装不明白？我们认识这么久，哪一次不是我先跟你示弱服软？你跟我生气的原因我明白，但我不来主动找你的原因你想过吗？我有可能在明知道你不喜欢她的情况下去帮她吗？陈茵，但凡你仔细想想就知道这是没可能的事情。你不信我、跟我生气发火，还不是觉得无论怎么样我都会来跟你低头，所有人也都默认我会去哄你，但是为什么？"

游淮难得情绪外露，尽管生气，声音却一直压着，怕惊扰家里长辈。

安静几秒，平复呼吸后，他才问她。

"陈茵，你真把我当你的狗？"

"我没有！"

陈茵转过身,几乎是下意识地大声反驳他。

游淮不知道是信了还是没信,低眸望着她的眼睛。

这种注视让陈茵莫名避让,错开视线的刹那,听见游淮又一次问她。

"那你为什么给我改那个ID,陈茵,DOKi的小狗,在你看来是什么意思?"

诡异的气氛里,晚风倒是不知死活地吹,凉意传递过来时,陈茵因争执而带了怒意的大脑倒是降了温。

"我只是觉得——"

只是觉得他理所当然就该冠上自己的名字。

陈茵的朋友,陈茵的竹马,陈茵最忠贞不渝的队友。

以及,无论如何都会看向她、哄着她的游淮牌小狗。

这个解释就在嘴边,但陈茵怎么都说不出口。

过于暧昧。

脱离了朋友的范畴。

像是某种沉入水底的东西终于要浮出水面。

陈茵慌了,呼吸都有些乱。

明明可以开玩笑说因为你就像只小狗,或是理直气壮地反问你以为是什么意思。

但此刻,脑子跟宕机似的,什么想法都没有,什么理由都找不出来。

游淮甚至直接杜绝了她逃跑的可能,拦住了她。

"你是觉得,我应该站在你这边,无论什么时候都选择你、看向你,所以你才会生气。"

游淮上前一步,路灯下两人的影子重叠。

温热的呼吸扫过她的脸。

游淮不再需要陈茵的答案,直接替她做出结论:"你觉得我是你的。"

陈茵一怔,下意识地反驳:"我没有!我只是觉得我们做了那么久朋友,无论怎么样都比别人更亲近,这不是很正常的事情吗?我们一直以来不都这样吗?"

"朋友?"

游淮重复了一遍她的话,而后轻笑:"只是朋友的话,你这几天到底在生什么气?胡斌是你朋友,他带着乔之晚来了聚会,你没有生气。阿域和乔之晚说话,你也没有发脾气。你为什么要对我这个朋友生气?你对朋友的定义,是只针对我吗?"

游淮今晚反常到让陈茵陌生。

她张张唇却不知该如何作答。

游淮松开她的手腕,人却没有站直,仿佛认真地从她脸上捕捉答案。

"陈茵，如果是这样的朋友，那我做不到。"

游淮说完就走了，留下晕晕乎乎的陈茵站在原地愣了许久，才知道往家里跑。

她心里像有只兔子没完没了地蹦跶，问题一个个往外蹦。

游淮为什么会说这种话？

他是什么意思？

什么叫作如果是这种朋友，那他做不到？

他们认识的时间太长，她一直自认为足够了解他，表情的含义、没说完的话，都是两人之间长期相处下来的默契，不需要点破，就能够懂得。

但现在，她又觉得自己不够了解他。

她摸着自己的心跳，终于迟钝地发现。

他问的问题，她一个都没能回答上。

那一刻的沉默和心虚没有任何区别。

持续好几天的冷战和拉锯，因为他提出的一个问题就被他轻而易举给占据了上风。

她还说了对不起……她竟然在说气话的情况下还对游淮说了对不起……

这一晚陈茵连做梦都是游淮的脸。

一会儿是读幼儿园的他蹲在她面前问她要不要一起玩玩具，一会儿又是小学的他举着手向老师告状说她上课没听讲，梦境似乎随着时间递进，一幕幕晃到初中开学第一天他把书包丢在她旁边笑着跟她说以后好好相处，最后变成了读高中的游淮。

是开学第一天。

她低着头被太阳晒得昏昏欲睡，周遭都在讨论着台上过于惹眼的优秀新生代表，手臂忽然被什么东西给冰了一下。她回头的刹那，前排有人丢擦汗的纸巾被风卷着朝她的方向跑，游淮抬手轻而易举捉住。

他还笑着调侃她："天之骄子啊陈茵，我给你送可乐，风给你送纸巾，怎么这么幸福啊，茵茵？"

没什么正形、话里总带着玩笑的意味，是陈茵最熟悉的游淮。

然而在梦境之中，画面被定格。

她终于看见游淮笑起来的眼睛里，总是被忽视的认真。

醒来后陈茵浑浑噩噩地下楼吃了饭，接连送了她好几天的陈子芥喝完咖啡，对陈茵说今天有个会议没时间送她了。坐旁边的蒋琪筝也拿起包，面露难色："茵茵啊，妈妈——"

话没说完，陈茵就点了下头："我可以自己坐车去学校。"

蒋琪筝不太放心："最近不太安全，要不一会儿你跟着阿淮一起去学校？"

陈子芥也说："我看行，你们两个人总比一个人安全点儿。"

放在平时，陈茵也就答应了。

但昨晚那个谈话让她此刻难以面对游淮，于是艰难地想着理由："游淮他……他最近很忙的，肯定已经先走了。你们要实在不放心，我可以打车去学校。"

蒋琪筝闻言皱眉："你们这别扭闹得还没和好吗？茵茵你也不要太任性，别人凭什么总得哄着你哦？"

陈茵想否认却找不到话，只能应着出了门，手里还拿着没吃完的包子，忽然听见一声车铃的声响。

游淮推着车站在昨晚两人吵架的地方，仿佛什么都没发生，又回到了原点般，对她说："走啊，你不上学了？"

陈茵坐上他的自行车后座，抱着书包："游淮。"

"嗯？"游淮的声音被风送到她耳边。

车轮压在地面发出"咕噜噜"的声响，昨晚争吵的地方逐渐消失在视野里，陈茵伸出手慢慢捏住游淮的衣角，问他："我们现在算是和好了吗？"

男生的衣服被风吹得鼓起。

"不好说。"他拨动车铃，提醒前方的行人，"我不是还没给你道歉吗？"

"那……那我看在你现在骑车载我的份上，也不是不能给你开个特例。"陈茵努力抿直唇，伸手拽拽他的衣服，"我原谅你了。"

"是吗？"少年嗓音带笑，学着她的语气回，"那我谢谢你了。"

车驶出融萃湖庄，从鹤沙区到绥中的路上，陈茵看着郁郁葱葱的树群，又低头看着两人在光斑之中模糊又清晰的影子。这段路他们经常走，风景也经常看，游淮的车后座总是她的位置，他们一直那么好，从需要父母接送连单车都不会骑的小朋友变成了即将成年的大人，度过了那么久、那么久的时光。

陈茵闻到青草和阳光的味道，抓着书包的手紧了紧，如自言自语般轻声说："我没有把你当傻子，也没有把你当小狗，更没有把你往最坏的地方想，我就是不想你对别人好。你一开始就知道我自私、傲娇、脾气差，但你没有来哄我，所以我才生气的。"

"但游淮，你是对我而言最重要的朋友，也是和任何人都不一样的朋友，这样的朋友。你可以接受吗？"

她声音落下后，游淮一时间没有说话。

陈茵以为他没听清，又拽拽他的衣服："游——"

"好啊。"

游淮打断她，一改往日懒散的腔调，用格外认真的语气对她说："如果是最重要的，那可以，我接受。但陈茵，我只要那个'最'，不能被任何人代替。"

维持好几天的冷战，终于被画上句点。

当天放学，申铠扬迫不及待地提议："容平区那边开了个密室逃脱，一起去玩玩？"

夏思怡怕鬼，格外警惕地问："什么主题的？恐怖的我不玩啊。"

申铠扬拍着胸脯打包票："绝对不恐怖，很有意思的！"又转过身问正在收拾东西的游淮和陈茵，"一起呗？"

游淮看向陈茵。

刚和好第一天，友谊急需维护，陈茵想也没想就点头："可以！"

到了密室逃脱的店里，夏思怡还没发现不对劲，跟陈茵抱着店里养的布偶猫咪一个劲儿地拍照。

申铠扬借口有事把游淮叫到前台的位置，偷偷摸摸地拿出一张宣传单，上头写着"恐怖医院"四个字："兄弟我冒着被夏思怡打死的风险，给你制造机会。我在网上都看了，哄女生开心最好的办法就是展示自己的体贴。这地儿绝佳啊，黑灯瞎火，她一哭你就哄，你这形象不就立马高大起来了？"

游淮表情有些复杂："你可能想错了。"

"什么意思？"申铠扬刚问，陈茵和夏思怡就走了过来，申铠扬立马把宣传单揉成一团塞进了口袋里，生怕露馅让她们发现。

他提前跟老板打好招呼，让老板绝口不提主题是恐怖医院。

陈茵戴着眼罩，夏思怡紧紧牵着她的手，被牵引着进了房间。

空调温度开得很低，飕飕冷风吹过来，微弱的哭声像是从对面又像是从头顶传过来。

夏思怡感到不对劲："这到底是什么密室？"

申铠扬这时候已经不需要再骗了。眼罩摘下来，幽暗的光线下依稀可辨是医院的布景，看到墙面上布着血红的掌印，夏思怡吓得叫起来，伸手想拉着陈茵，却被申铠扬拉住就往前跑。

他边跑边叫："跑啊，思怡，你后头有鬼！"

夏思怡什么都没看见，被申铠扬这么一说，脑子里都是空白的。

"申铠扬，你有病啊！你是不是有病！"

留在原地的游淮有些头疼。

他怎么可能看不出来申铠扬是故意给他和陈茵留独处的机会，这确实是好心，但问题就出在，申铠扬想了陈茵怕不怕，也想了夏思怡怕不怕，但就是没想过，他会不会害怕。

而且——

摘下眼罩的陈茵东摸摸西看看,甚至走在了游淮前面,大有种她来开路、魑魅魍魉全部走开的大无畏精神。

作为从小学就把鬼片当喜剧片来看、在游乐园里进鬼屋还能凑近过去拨开"鬼"的头发看看脸的胆大包天第一人,这种密室,对陈茵来说简直就跟进了游乐园没有区别。

黑暗里。

陈茵脚步越来越快,尖叫声和哭泣声都成了她的兴奋剂,她四处搜寻,走到亮着光的窗边,和忽然冒出来满脸鲜血的女护士兴奋地对视。

绥北的恐怖主题密室,陈茵都玩腻了,这个新开的她还没来过,要不是申铠扬,她都不知道还有这地儿。

她扭头,想跟游淮说这个护士姐姐的妆效真的很逼真,就被人抓住。

不时闪动的微弱红光,让游淮的脸变得不再清晰。从窗口跑出来吓唬他们的护士没有得到满意的效果,又消失在窗边,光线随之熄灭。

密室重归黑暗,只有哭声始终持续。

他走到她身边,气息不均匀,不知道在对谁发脾气,难得低声说了句脏话,才对陈茵说:"你就不能管着我点儿啊?你又不是不知道我害怕。"

游淮天不怕地不怕,唯独怕鬼。

这事儿不讲道理,就跟有些人怕老鼠,有些人怕蛇一样,明知道都是假的,没有鬼,都是人扮的,可就是害怕。

他现在的胆子也就芝麻大点儿,但青春期的少年总免不了喜欢在女生面前逞强。

哪怕后背都出了汗,他仍是一副没什么大不了的样子,刚才指责她那一句像玩笑话似的,说完就没再说话了。

光线过暗,有些近视的陈茵看不太清游淮此刻是什么表情,听他这么说,就"哦"了一声,难得有点儿青梅竹马的情谊,主动走在了游淮前头。

"你放心,我会保护你的。"

这话简直不要太耳熟,游淮慢吞吞地跟着她往前挪,嘴上还不饶人地提醒她:"初中那会儿去鬼屋,你也是这么跟我说的,结果没几分钟,你就跑没影了,出来还指责我自己瞎跑,你良心不会痛的吗?"

陈茵:……你屁话真的很多。

她至死不会承认自己有问题,一直走在拒绝内耗前沿:"你怎么还翻旧账,那次是我的错吗?我都跟你说了跟紧一点,我也不是总能那么勇敢,你也要多体谅我一下。"

什么玩意儿？

游淮有点儿不敢相信自己刚才听见了什么鬼话，揉揉耳朵："你害怕？"

她害怕？

这如履平地就跟下乡慰问放个话筒能原地开个演唱会的架势，她说她害怕？

陈茵毫无负担地点头，说："那我毕竟也是个女生，害怕不是很正常的事情？"

她嘴上这么说着，动作却一点儿都不含糊，顺手推开前方一扇虚掩的病房门。

在密室逃脱里，不需要钥匙就能打开的房门内必定有鬼。

果然，这是间停尸间。

八张灵床上盖着白布，距离他们最近的一张床上有个东西忽然一跃而起，跟离他最近的游淮来了个贴脸。

这个密室逃脱单人收费298元，昂贵的价格大部分都出在妆造上。

也不知道是哪位人才，给这位木乃伊兄弟化得格外逼真，一只眼睛缠在纱布里，另外一只眼睛血红，嘴巴咧开，血浆在他吓唬人的时候顺着唇角往下流，斜侧方打过来的红光一闪一闪。

这时候，密室里不知那个角落传来申铠扬杀猪一样的叫声："别追了！我让你们别追了！我不是花钱过来玩百米赛跑的！"

陈茵的注意力从扮鬼的工作人员身上挪开，往游淮的方向看了一眼，挺有担当地挡在他面前，伸手握住面前工作人员的手："辛苦你了，但别吓唬他了，他是真的怕，你冲着我来就行。"

"木乃伊"还是头一次见挡在男生前头说这种话的女孩子，也是头一次看到人高马大的帅小伙儿心安理得地站在略显娇小的女孩子身后，还点了下头。

——"嗯，我超怕的。"

"木乃伊"收回僵直的手，临走前又朝游淮看了一眼，如果眼神可以转变成文字，那里头大概写的是：有点儿给我们男人丢脸了，哥们儿。

这是个找出口的简易密室，没什么复杂的解密环节，基本都是追逐战。

不知道申铠扬带着夏思怡跑哪儿去了，偶尔有尖叫声传过来也分不清是音效还是他们两个的尖叫声。但凡换个游戏陈茵也是闭眼玩家，这难得撞在了陈茵的擅长区域。

一路上陈茵都积极地找出口并且照顾游淮的芝麻胆子。

有突然冒出来吓唬人的鬼，她直接冲在前头，"别吓唬他"和"他害怕"

这两句话一直挂在嘴边。

这个时候，游淮又觉得申铠扬没那么不靠谱了。

怎么说呢，虽然过程有些曲折和意料之外，但结果还是好的。

——促进感情、深化友谊。

陈茵在前头吵吵嚷嚷着，嘴里念着"游淮你真是个胆小鬼"。

游淮低头看着拉着他的陈茵，想起小时候他们在家踢球，结果撞碎了花瓶，陈茵也是这样立马拉住他，拽着他就往外跑。

游淮突然攥紧陈茵的手。

陈茵回头："你干——"

游淮面不改色："我害怕啊，超怕，怕死了，你保护我。"

从密室出来，申铠扬主动找了家评分高的烧烤店，请大家吃晚饭。

陈茵看了眼菜单，没有想喝的饮料，拉着夏思怡去附近的便利店。

买完单出来，正好碰见一群穿着校服的人走过来，为首的是一个头发挑染成银灰色的英俊非主流。

夏思怡问陈茵："这是附近三高的吗？长得挺帅啊！"

她刚说完，那帅哥就径直朝她们走来。夏思怡顿时有些蒙，以为自己的低声议论被听见。

没想到那个英俊非主流停在了陈茵面前，手还插在兜里，抬了下肩膀："好久不见啊，陈茵。"

夏思怡看向陈茵："你们认识？"

还真认识。

这人叫李秋明。

初中的时候是陈茵学校的校霸，一开始陈茵对他并不感兴趣，在众多说李秋明好帅的声音里还能保持理智地反驳，直到有一次她和游淮放学后去容平区新开的夜市吃东西，结果被一帮不良少年盯上，游淮跟人打架挂了彩，最后是路过的李秋明赶跑了那群人。

救命恩人和混混头子的双重身份之下，让陈茵对李秋明有了滤镜，喊了小半年的大哥。结果对方真要跟她交朋友时，她又发现李秋明这人素质堪忧，他在学校随地吐痰，还说脏话，滤镜消失得轻而易举，她摇摇头就拒绝他说还是不了吧。

这点儿过往，陈茵都快忘了。

现在再遇见，她以为他是来找她算账的。

没想到李秋明笑得挺友善，冲后头跟着的朋友抬手，那帮小弟反应极快地把兜里装着的阿尔卑斯棒棒糖递过去给他装社会人。

李秋明手指夹着糖，单手插兜，故作姿态地冲陈茵眨了下眼睛。

陈茵被腻住了。

当初她追在李秋明后头喊大哥的时候，游淮就问过她脑子是不是坏掉了。多年前的飞镖在此刻正中眉心。

确实是坏掉了，脑子没点儿毛病还真不会觉得这种中二病很酷。

夏思怡表情也挺复杂，嫌弃就差没写在脸上。

她拉着陈茵的袖口，想把刚才那句挺帅给吞回去。

李秋明把她们的沉默当作羞涩。他身高一米八，平时在学校被捧他臭脚的人夸作天菜。他本想弯腰耍个帅，奈何陈茵和夏思怡站在台阶上，他要是弯腰，身高差的优势立马消失。

于是，他脊背好似藏了一把剑，站得更直，问陈茵："好久不见，请你吃个饭？"

游淮和申铠扬半天没等到陈茵和夏思怡回来。

申铠扬一开始觉得她们可能去找奶茶店了，但十多分钟过去还是没见人，他也开始担心起来，出门去找。

游淮给陈茵打了通电话，没人接，准备再打的时候，听见不远处陈茵喊了他的名字。

此刻的陈茵和夏思怡跟被挟持的人质没什么区别。

游淮脸上没什么表情，但拇指摩挲着食指的动作已经意味着失控。

"老熟人啊，这不是我们阿淮吗？好久不见啊。"李秋明走过来，熟人叙旧似的拉开游淮旁边的椅子准备坐下，没料到原本懒散坐那儿的人勾着椅子腿，在他即将坐下时，直接踹飞了那张椅子。

李秋明差点儿跌倒在地，好在及时扶着桌子，但模样也狼狈。

游淮这时才笑："是好久不见，这么久没见，怎么还没学会用人的方式走路呢？"

他低眸，勾唇笑得恶劣，用所有人都能听见的声音一字一顿道："是忘了被人打的感觉，又来找虐了？"

匆匆赶来的申铠扬：不是，哥，你怎么不给我一个准备的时间？

这敌众我寡的形势你怎么那么硬气，都不带商量地就直接开战了？

李秋明骂了句脏话，后头那帮人直接就冲了上来。

夏思怡哪见过这阵仗，绥中的人都很规矩，哪怕起了矛盾，也只是点评几句对方的脑子，从来没发生过打架斗殴这种恶性事件。

游淮跟申铠扬脑子坏了在别人地盘上跟人打架？

那边形势激烈。

她扭头正想问陈茵要不要报警,就见陈茵已经拿起了手机。

容平区治安一直不太好,这里是老城区,附近都是筒子楼。

苍蝇馆子一家挨着一家,桌椅摆出来占据整个人行道。放眼看去都是些裸露着上半身的中年男人红着脸喝酒,吹牛的话一句接着一句,看见这边有学生打架,也没人上来拦,看热闹似的拿手机在拍视频。

陈茵打电话给表姐。

表姐在容平区开夜场,接了电话来得很快,颇具大佬风采地摘下墨镜,往这边看了一眼。

"谁闹事啊?站出来我看看。"

出来玩密室逃脱结果变成打群架的四个高中生被表姐拎着耳朵挨个教育完,就让他们赶紧各回各家了。

申铠扬还有点儿没回过神,用力拍了把大腿,发现不是梦,扭头两眼亮晶晶地看向陈茵:"茵姐,你有这么牛的表姐怎么从来不说?我之前在游戏厅被职高那帮人抢位置,我都没敢吭声,你早说你有这资源,我不是可以在游戏厅横着走啊?"

夏思怡拧他的耳朵:"关你什么事?啊?茵茵的表姐关你什么事?申铠扬!你不是跟我说你再也不去游戏厅了吗!"

申铠扬立马双手合十,摆出小狗拜年姿势求饶。

游淮看得想笑,陈茵就一根棉签戳上他唇角的伤口。

"哒——"

他倒吸一口冷气,陈茵恶狠狠地瞪过去:"你是不是有病?你以为自己是武松呢,明知山有虎偏向虎山行啊你?直接揍人你多勇啊,有本事别挂彩啊!二打六你当自己身怀绝技扯根头发变出猴子帮你挡呗?你也就运气好!你要遇见的不是李秋明,而是个拿刀的精神病,你就已经升天了,你知不知道?"

陈茵气得不行。

骂完,她还不解气,又抬腿去踹他。

申铠扬看得肉疼,心说陈茵是不是有点太暴力了?

"看不出来,你还挺会讲道理。"游淮又恢复了那股懒散的劲儿,"别生气了,以后只要不碰见李秋明,我就不打架。"

这话听着就挺有意思。

不碰见李秋明就不打架,等同于,我见他一次,打他一次。

陈茵就奇怪了:"你们是有什么深仇大恨吗?"

初中时,李秋明之所以会帮他们,也是因为跟游淮关系不错。

但他们是什么时候关系变差的？

跟陈茵关系好的朋友当过狗头军师，说："因为游淮不想让你变成精神小妹吧，感觉你真跟李秋明当朋友，会穿紧身裤摇花手。"

陈茵满脑子问号。

这军师明显不靠谱，她选择直接把问题抛给游淮。

游淮说："我初中就跟他打过架。"

他原本没想跟她说的，李秋明就是个烂人，陈茵追着他献殷勤的那段时间，李秋明表面上装高冷，吊着陈茵，一会儿冷淡一会儿给点甜头。

李秋明嘴巴也不干净。李秋明是住宿生，游淮一直走读，是跟李秋明一个宿舍的朋友对游淮说，李秋明在宿舍里嘴巴不干净，逢人就点评陈茵。

游淮在放学后直接把人给揍了。

李秋明挨打的第二天就去找了陈茵，没想到陈茵自己疏远他了。

游淮："你还算有点脑子，那种烂人你要是还上赶着喊大哥，我也懒得管你了。"

陈茵一双大眼睛就这么古井无波地望着他。也不知道绥北公园是怎么设计的，灯光是绿色就算了，还安在草丛里头，跟卧底似的，主打一个隐秘性，这儿来一束、那儿来一束，交错打过来就格外诡异。

陈茵一张白净的小脸泛着绿光，比密室逃脱里精心化妆的工作人员看着更像个鬼。

游淮忽然抬眸，看了一眼差点儿没把自己魂吓丢，一句脏话就在嘴边，又被陈茵的表情给吓了回去。

"你……"游淮尽量用温和的语气对陈茵说，"你换个位置，别坐那儿，我是伤残人士，受不起惊吓啊。"

陈茵直接站起来，就往烧烤摊的方向走。

游淮及时拉住她："干吗啊你？"

陈茵气得脸都是红的："我要让我表姐废了他！你怎么不早跟我说他说了那种话！我要是早知道，我见他第一眼我就踹废他！"

"冷静，现在是法治社会。"刚打完人的游淮说出这种话完全不心虚，还顺道教育她，"以后眼睛擦亮点儿，别长得帅点儿就当作是个好人。我告诉你，这种人多得去了，看着人模人样，背地里其实什么没下限的话都说得出来。不是谁都跟我一样表里如一，明白吗？"

旁听八卦的申铠扬时刻不忘夸奖自己，立马举手："还有我啊。我也表里如一，从来不在背地里说那些恶心人的话啊。"

夏思怡面露嫌弃："申铠扬你给我把手放下，关你什么事儿，你瞎插什么话啊？"

她实在看不过去自己这个二货同桌，跟拎猫似的揪着申铠扬的后领子就跟陈茵和游淮说:"我先带他回去了,你们也早点儿回去啊,注意安全。"

这么一打岔,陈茵错过回怼游淮的最佳时机,等人走远,才收了东西,跟游淮说:"不管,反正这口气我咽不下去。你打了他算你的,他在背地里说我坏话,我就是忍不了,我要让我爸收拾他。"

游淮:"他在三高,你爸怎么收拾他,你说说看?"

陈茵:"那我让我表姐收拾他!"

游淮:"陈茵,好奇问一句,你这一点儿亏都不肯吃的样子,怎么做到在阿域不搭理你的情况下,还保持那么高的热情?"

陈茵顿时被噎住。

游淮却似只是随口一问,便主动岔开了话题:"现在都高三了,你跟人算初中的账,你表姐是厉害,但你把李秋明惹急了,你讨得到什么好?他少管所都进过,这种人,你跟他纠缠?"

话说得挺有道理,陈茵差点被游淮说服,但很快发现了盲点:"那你呢?你道理都懂,那你今晚看见他,跟他打什么架?这种人,你跟他纠缠?"

"那能一样?"

那灯光是真的有些诡异,坐在游淮旁边,灯光全被自己给挡住,这会儿站起来,游淮满张脸都是绿的。

……像个英俊版的绿巨人。

在游淮说话的时候,陈茵出神地想着些不着调的东西。

直到坐在那儿的人站起来,伸手直接敲了下她脑袋。

陈茵皱眉,教训他的话就在嘴边了,又见英俊版绿巨人重新变回了她玉树临风的竹马。

竹马单手插兜,李秋明摆这姿势怪装的,但游淮做起来格外有魅力。

他浑然不觉,还低眸跟愣在那儿的陈茵说:"我是男的我能吃什么亏?知道竹马是干什么用的吗,陈茵?"

陈茵呆呆地说:"啊?"

游淮告诉她:"竹马不就是因为足够了解你,所以知道你所有讨厌的事情,然后将你所厌恶的事情挡在你身后吗?不然,一起长大的意义在哪儿?总不能是在别人欺负你的时候,在旁边添油加醋说你小时候尿裤子吧?"

"所以,你就追你的星,花你的钱,每天开开心心当个快乐的小傻子。那些烂人,我就勉为其难帮你处理了。"

"砰——"

公园里散步的人忽然抬头。

不知是谁燃放起了烟花。

游淮注意力被转移,抬起头看向天空。

陈茵抿唇,开始分辨不清,究竟是烟花的声响,还是心动的声音。

"嘭嘭嘭！"

急促而有力的跳动。

第二天出门前，听陈茵的表姐说了昨天打架事件的家长们都很不放心，最后决定由司琦送他们去学校。

陈茵和游淮在后排，两个人都坐得笔直。

司琦属于很开明的家长，没要求游淮考年级第一，也可能是觉得自己儿子没这个脑子，对游淮的要求只是遵纪守法。

但她没想到，这么简单的要求，游淮竟然也做不到。打架就算了，还打不过让人家女孩子找表姐来撑腰。她现在看游淮不顺眼，连后视镜里他眨个眼睛，司琦都能找到角度骂他一通。

游淮也是被骂惯了，陈茵在旁边添油加醋又卖乖地说："阿姨，您消消火儿。"

下车前，司琦又扭头对他们说："放学我来接你们。"

游淮表情复杂："别了吧妈，我们都高三了还让家长接送，不得被人笑死啊？"

陈茵点头如捣蒜："放心吧阿姨，我会看着游淮不让他在外面鬼混，早点回家的！"

…………

憋屈了一路的游淮冲陈茵做出嘴巴上拉链的动作："积点德吧，损我你是能一夜暴富还是长命百岁？劝你做个人。"

班里，申铠扬已经把昨晚的经历夸大吹完一波了，旁边夏思怡一副看弱智的表情看着他。

其他人完全没捉住重点，注意力只停在"为什么你们四个去玩密室逃脱不叫我们，还是不是朋友了"上面。

反应最大的是邓畅："平时畅畅、畅畅喊那么亲密，出去玩都不叫我，还算朋友吗？"

申铠扬立马安慰他："不是啊，畅畅，我跟你说，昨天那种情况，也就只有我跟游淮两个身强力壮的男子汉能招架得住。你要是去了，不得吓得跪地求饶？"

"申铠扬，你出来，看看实力。快！把申铠扬给我抬出去！"

申铠扬宛如死猪般被人抬到走廊，嘴里一个劲儿地哀号着，结果压根没用，无力回天之际瞅见游淮跟陈茵走过来，立马喊了游淮的名字。

游淮太了解申铠扬了，看他这状况就知道他刚才在班里吹了什么牛，不慌不忙地冲看过来的同学们指挥："那边吧，那根柱子比较大，扬扬会比较喜欢。"

申铠扬震惊："游淮你是不是人？"

游淮笑得格外讨打："不好意思，不是呢。"

哄闹的氛围止步于老李来之后。

李长清也是服了这帮小浑球，挨个骂了一通还不解气，教案在讲台上拍得"啪啪"作响。

"看看你们！一个个像什么话！现在高三了，别人班是千军万马过独木桥，你们算那个独木桥是吧？一天到晚嘻嘻哈哈，正事儿不干，小学生考的分数都比你们漂亮。十七八岁的人了，还跟个小孩儿似的，高考别可怜巴巴！"

底下坐着的人原本还觉得挺搞笑的，结果听到后面，笑容全部僵在脸上。

上次月考，通过音乐班全体成员的努力，成功地成为年级垫底。

陈茵只看了眼自己各科的分数就往抽屉里塞。

谢敏把游淮的试卷发给他："你们也算是卧龙凤雏了，座位挨着排名也挨着。"

陈茵凑过去看游淮的试卷，没比她高几分，总成绩加起来也就跟她有个五分的差距。

自己的失败纵然让人难过，但朋友的失败，就是救赎心灵最好的良药。

陈茵心满意足地瘫了回去，拍拍游淮的胳膊："我觉得敏敏的话很有道理，你快努力，你什么时候考第一，那我应该就是第二了。"

游淮笑了声，把试卷收进了抽屉里。

考试分数他俩都不太在意，从小到大他们都不是成绩好的选手，班会、家长会这种夸奖小孩儿的场合，他俩被夸的原因只是乐观开朗、团结友爱。

陈茵对好好学习没什么兴趣，游淮恰巧也是。用沈域的话来说，两个从内到外这么高度一致的人，也能算得上某种程度上的灵魂伴侣了。

谢敏说完后，直接坐在申铠扬的座位上："你们到底为什么会跟三高的人打起来啊？"

游淮拿出了一本漫画书，靠在椅背上翻着页，没说话。

陈茵手机里的游戏正在更新，她放在桌上用书本盖着，对谢敏说："那是我们初中同学，以前有点儿恩怨，昨晚意外撞见了。"

陈茵说得并不详细，听起来有点儿敷衍人的意思。

谢敏"哦"了一声，手依旧撑在游淮的桌上。

"那你们要注意安全，我有朋友在三高，那边学习氛围不怎么样，打架斗殴是常有的事，小心他们来找麻烦。"

这话陈茵已经从早上就开始听了，囫囵点头表示自己知道了。

谢敏走后,夏思怡抱着手机扭过头:"昨天那个非主流我好像在微博上刷到了,还是个小网红,你说有意思不,微博粉丝好几万了。"她把手机推过来给陈茵看。

李秋明微博名叫秋日里,凹了个冷淡拽哥的人设,放眼望去微博照片风格都是性冷淡的黑白灰色调,配文要么是一个横杠,要么就是个句号、问号。

有几条微博被红V账号转发,转评赞都有好几千,全在喊:哥哥我可以。

说实话,李秋明颜值确实能算得上七分。但精修后,就成了个九分帅哥。

夏思怡:"他这是奔着出道去啊?我都看到有个导演评论问他有没有兴趣演戏了。"

知道李秋明人品的陈茵一言难尽:"他都能出道的话,那内娱要完。"

李秋明的事儿并没有在陈茵心里停留多久,因为学校举办活动,开始选拔主持人。这种活儿通常都落在传媒班头上,但不巧的是,去年担任主持人的女生请了半个月长假,学校为了彰显公平,开始了民选投票。

陈茵听说乔之晚去报名了,立马就填上了自己的名字。

游淮对她这个举动感到好笑:"乔之晚要是年级前几,你不是得挑灯夜战拿个高考状元?"

陈茵推开他的头:"别说话,你不懂。"

陈茵把时间都花在准备主持人上,稿子写完不放心,花了钱找文科班的陈眠又帮自己修改一遍。

陈眠看完她的稿子,拿着笔不知该从何改起,最后对陈茵说:"多出点钱吧。"

坐在桌子上正拆棒棒糖的陈茵没听清:"什么?"

陈眠平静地道:"多出点钱,你这稿子需要的不是修改,而是重写。"

陈茵就纳闷了:"有这么烂吗?"

陈眠不说话。

陈茵有点儿生气,本想硬气地说能改就改不能就算了,结果走了几步,又忍气吞声地绕了回去加了钱。

花了这笔钱,她才发现自己零花钱没剩多少了。

她头一次知道拮据这两个字是什么意思。她不知道要怎么告诉游淮这种奶茶低于十五块就不喝的少爷,他们没钱了。

中午在食堂吃饭。

陈茵给自己和游淮刷完卡后,看着余额不到五十的饭卡,斟酌再三,最后找了个很难让人挑刺的角度:"我们得节约一点了。爸妈在外面努力工作,不是让我们随便挥霍的,我们应该学习革命先辈艰苦奋斗的精神,不要总是那么铺张浪费。"

边上的邓畅被她唬得一愣一愣的："太阳是从西边出来了还是我耳朵出问题了？有生之年竟然能听见这种话从你嘴里说出来。"

游淮过于了解陈茵，直接透过问题看见了本质："你没钱了。"

他拿筷子在自己餐盘上敲了一下："我这份，二十。"又在陈茵有菜有肉满满当当的餐盘上敲了一下，"你这份，三十五。"

他收了筷子，目光笔直地落在她脸上。

"虽然没有攀比的意思，但朋友，你是怎么在月中就把自己变成了个在食堂卖惨的穷光蛋的？"

陈茵沉默片刻，拿起筷子将自己餐盘里的肉给游淮分了些。

"给你。"说着，又将自己的紫菜蛋花汤放到游淮面前，"匀一下，现在我们一人二十五块七毛了。"

哪怕跟陈茵在一起厮混这么多年，但此刻，游淮也被陈茵的这一番操作给弄得说不出话。

申铠扬竖起大拇指："厉害。"他嚼着饭，含糊不清地夸赞，"你简直就是当代善良版的黄世仁啊，茵姐。"

晚自习前的大课间，夏思怡陪着陈茵去了小礼堂面试主持人。

陈茵拿着陈眠给她重新写的主持稿，念了几遍后觉得准备得差不多了，就直接举手先上。

担任评委的都是学生会成员，坐在最中间的高三年级学生会成员徐薇薇跟陈茵关系不错，评分纸上给的几乎都是满分。等陈茵下场时，一张张评分纸收过来算总分数，发现里面有一张评分给得都偏低。

徐薇薇有点儿困惑地朝这张纸的主人看过去。

那人是高二传媒班的，叫宋澜溪，长相甜美，为人友善，和谁关系都好。

宋澜溪停下正在写字的手，有些为难地说："陈茵学姐表现确实很好，但是……衣着是不是有点儿不得体，这个活动毕竟是面向校领导的。"

陈茵爱美，把齐膝的校裙改短不少，校服上衣也收紧腰身。

这确实算个理由。

徐薇薇收了纸，替陈茵说了一句："正式主持的时候，学校会统一着装。"

陈茵下场后懒得看乔之晚什么表现，跟着夏思怡去了趟便利店。

"十拿九稳啦，我感觉肯定是你，就你刚才那个表现，不是你都说不过去好吧？"夏思怡坚定且无脑地站在陈茵这边，打开冰柜，拿了瓶冻柠七，又往零食的方向走。

陈茵本来想给游淮买瓶可乐随便哄哄，但一看价格，五块，算了……穷

得充不起饭卡的人不配购置快乐水。她给游淮拿了瓶一块五的矿泉水，走在夏思怡后头："希望他们都能有点眼光吧，前几次活动，学校是不是会给主持人发奖金啊？"

夏思怡："奖金吗？我怎么记得是本子和笔？也可能是我记错了，但是谁跟你说学校发的是奖金的啊？"

陈茵："……申铠扬，他跟我说每年这个时候校长都会斥巨资。"

夏思怡："……你穷到连申铠扬那二货的话都会信了吗？别这样宝贝，你想买什么我给你买，你这个样子我心疼。"

…………

球场。

游淮扯了下手上的腕带，冲胡斌比了个手势。

篮球"砰"地砸了过来，游淮伸手接过。

"砰砰砰"，球被拍着跳动。

申铠扬热得不行，喘着粗气，扯着衣领："这都要十月份了，怎么还这么热，绥北是跟夏天锁死了吗？"

邓畅："你知道你和帅哥的差距在哪儿吗？"

申铠扬："在哪儿？"

邓畅指了下游淮的方向。

"人家帅哥，热，但保持安静。而你，热但喧闹，跟只池塘里的蛙似的，这就是你们的差距。"

沈域洗了把手，出来接过游淮抛过来的球。

"听说你没钱了？"

游淮坦率地点头。

沈域拿出手机，没关闪光灯，直接对着他拍了一张，然后发去了群里：@迟盛 不是想养狗？舔狗养不养？

迟盛有点儿犹豫：这么大的不好托运吧？

迟盛：让他练个缩骨功，我倒是能考虑考虑。

游淮手机一声声地响，拿出来一看就气笑了。

他直接精准打击：@沈域 骂谁舔狗？

幼稚得不行，远在美国的迟盛没跟他们玩了。

沈域将手机放进口袋里，冲游淮比了个中指，边给他转钱边问："你生活费这么快就花完了？"

游淮收款的动作利索："超前消费了。"

沈域没往下问，那边休息好了的朋友又在喊他们赶紧来打球。

球场边围了些吃完饭散步的女孩子，视线基本都集中在沈域和游淮身上。

申铠扬郁闷得要死，扯着邓畅一直问："我不够帅？我哪里不帅？我跟我妈出去买菜，别人都喊我小帅哥的！"

邓畅烦不胜烦："那你去趟广东。"

申铠扬狐疑："我去广东干吗？"

邓畅："你去广东，小便都有人喊你靓仔。"

申铠扬："……你是老李的亲儿子吧，这么能骂。"

然而，邓畅那嘴就跟开了光似的，申铠扬刚提了把裤子，就听见有人喊："申小帅！"

他扭头，陈茵和夏思怡手牵手朝这边走，陈茵跟招呼小狗似的冲他挥挥手："帅哥，你过来一下。"

申铠扬本想严肃地说这种公认的事就不要到处说了，结果没忍住笑，"扑哧"一声，严肃不起来了，装模作样地晃了两下手："好了好了，我知道你们很崇拜我，但在外面也要注意一点儿场合。找我干吗？"

"砰——"

篮球进筐。

投了个三分球的游淮引起全场欢呼。

陈茵收回视线，把手里的水递给申铠扬。

申铠扬不会自恋到以为陈茵是给他的，他眼巴巴地看向夏思怡。

夏思怡略显嫌弃地把还没喝的冻柠七递给他。

申铠扬要宝似的，食指抵着额头冲着她们的方向指了下。

"放心吧，小扬快递，直达手里。"他扭头，嘴里欢快地喊着"哥来了"，就朝篮球架下跑去。

陈茵和夏思怡尴尬到说不出话。

陈茵没说这水要给谁，申铠扬默认是给沈域的，冻柠七抱怀里，怡宝递出去，还不忘帮陈茵说话："阿域，陈茵让我给你的，还是冰的呢。"

沈域没接，朝游淮看了一眼。

游淮的笑意淡了不少。

一直关注那边的陈茵瞪圆了眼睛："谁让他给沈域了啊——"

夏思怡正在拆糖，头也没抬："不给沈域，你给游淮啊？"

陈茵沉默了。

"原来是给游淮的啊……"夏思怡像抱着水晶球算命的女巫似的，笑眯眯地拍着陈茵的肩膀，"那你去跟他说啊，你不说，所有人都以为你是给沈域的呢。"

这话也不知道怎么戳着了陈茵的心。

她支支吾吾半天也没能说出个所以然，最后梗着脖子对夏思怡说："给沈域还更好呢！"

连一块五的矿泉水都没喝着的游淮打完球去厕所洗了把脸，回到教室趴在桌上就补觉去了。

九月底的天气，学校早就给他们停了空调，教室里只有风扇"哗哗"转动。

陈茵接了水放在游淮的桌上，看他没醒，又从抽屉里摸出小面包放在水杯旁边。挨着放好后，又想起他没看完的漫画书在自己抽屉，也拿出来摆在小面包旁边。

转过来准备问作业的申铠扬看见游淮脑袋前面整整齐齐一排东西，直接惊呼了声。

还真别说，这架势就跟清明节上坟时坟头摆着的贡品似的，让人忍不住想上个香。

他从自己的文具盒里拿了三支笔，恭恭敬敬地朝着游淮的方向祭拜。

陈茵跟看神经病似的看着他："你有病啊？"

申铠扬："我这完全是出于本能。"双手合十，鞠了个躬，"游菩萨，保佑我考试顺利，一夜暴富，走上人生巅峰。"

被这动静吵醒的游淮沉默地看了会儿自己面前的"贡品"，问陈茵："这是干什么？"

陈茵也说不出来，就是本能地觉得，在球场上那瓶本该给他的矿泉水被申铠扬胡乱送人，担心游淮生气。

那这就很诡异。

游淮会不会生气关她什么事。

不对……一瓶一块五的矿泉水而已，她有什么好担心游淮会不会生气的。

这逻辑她自己暂时是绕不明白了。

游淮又看着她。

陈茵在这一刻，就跟被申铠扬传染了似的，竟然莫名其妙地双手合十朝游淮拜了拜："保、保佑我，财源广进，一夜暴富。"

游淮没说话，看表情好像有点儿被她气到了。

"唰——"

有人拉开窗帘，然后惊呼。

"哇！看看看！晚霞！

"粉紫色的晚霞！"

粉紫色的晚霞如同泼墨画在游淮身后展开，周遭响起"咔嚓咔嚓"拍照的声音。

陈茵完全是被周围人影响，刚从口袋里拿出手机，却听见走廊外有一道清亮的女声冲里面喊："游淮学长，我找你有点事，可以麻烦你出来一下吗？"

身旁神色冷淡的少年站起身，原本被他遮挡住的晚霞就彻底落进了陈茵眼里。

她目光迟钝片刻，才讷讷地扭过头，看见长相甜美的女生笑着递给游淮一瓶可乐。

据夏思怡所说，来找游淮的是高二学妹，学生会的，叫宋澜溪。

"我表妹跟她一个班，说她在高二挺有名。"

音乐班众人八卦之魂熊熊燃烧，一双双眼睛盯着窗外看。

夏思怡话刚说完，就有人补充："之前在食堂吃饭的时候，她好像也来找过阿淮来着。"

"好像是，但他们是怎么认识的？"

"那谁知道呢，绥中就这么大，谁跟谁认识都不出奇吧？"

那些人碎碎念着，夏思怡收回视线，正想问陈茵要不要去厕所，却发现陈茵不知道什么时候走了。

陈茵在厕所洗了把脸，出来的时候意外碰见了乔之晚。

通常情况下，两个人见面都是无话可说扭头就走的状态，但乔之晚也不知道吃错了什么药，竟然喊了声她的名字，然后情况就莫名其妙变成两个人站在走廊上，边看着楼下走来走去的人群边聊天了。

乔之晚问陈茵知不知道沈域跟文科班的陈眠走得近，陈茵没回话，有些不耐烦地双手环臂看着她，问："你想说什么？"

乔之晚看着陈茵的眼睛，这一刻找到了答案："你对这件事不感兴趣。"

陈茵从来不擅长隐藏自己的情绪："你就不能说点人能听懂的话吗？"

乔之晚笑了声："我刚才在楼下看见游淮跟高二的学妹在便利店，你知道吗？"

陈茵表情顿时更难看："挑拨离间啊你？乔之晚你不觉得自己特别幼稚吗，我会在意这些？你找上门就说这个，你不觉得自己很无聊吗？"

然而乔之晚张唇，露出一副了然的表情，笑道："装什么，你明明在意得要命。"

她说完不给陈茵反驳的时间，摆摆手就背过身往自己班的方向走，徒留陈茵一个人摆出一脸吃了苍蝇的表情，在走廊站了好一会儿，才气鼓鼓地回了班。

乔之晚口中的游淮已经坐在了座位上。

晚自习只剩下一节就放学，陈茵放在游淮桌上的小面包和漫画还在，陈茵想看看他抽屉里有没有那个宋什么的女生给他送的可乐，结果没看见，还被人给抓了个正着。

游淮冷眼看向她。

陈茵心虚得很，只能没事儿找事儿，站在道德高地指责他："你有最新消息怎么能不跟我说呢？你知道乔之晚刚才来找我说沈域跟陈眠走得近吗？"

游淮跟沈域关系好得能穿一条裤子。

两个人之间没什么秘密，这事儿他要说自己不知道，那就虚伪了。

但他多坦荡一人啊，被指责都神色如常，手里还转着笔，学着陈茵说话的语气反问她："什么怎么回事儿？"

陈茵看他不顺眼，直接没收了他的笔，"啪"地打在他手背上："你也不能说人话是吗？"

她没收着力气，游淮手背上红了一片。他没在意，看着讲台上一直在批改作业的政治老师拿起手机去往走廊，才对她说："想知道啊？"

很烦的一点，游淮这些年脑子不见长，颜值倒是与日俱增，帅得越来越醒目。

一看就是虽然不一定会读书，但一定很会哄女孩子开心的类型。

陈茵好一会儿才说："你爱说不说，我写作业去了。"

这么一直到放学，陈茵也没再提起沈域、陈眠。比起这个，她更想问游淮跟那个学妹到底是什么关系。这个问题在心里一直挠痒痒，她迫切地想知道答案，但又不知道该怎么问。

她低着头，闷不吭声地走在游淮身边。

直到书包被人拎住，她被迫停住脚步。

安静了一整晚的游淮冷着嗓子对她说："李秋明在外面。"

陈茵顺着游淮的视线，看见李秋明带着几个人骑在车上在学校门口等着，一看就是来找麻烦的。

很不巧的是，申铠扬和邓畅他们一放学就走了，说是急着回家看球赛。

现在就游淮一个人，表姐在容平区，就算过来都要半小时。陈茵拽住游淮的衣服，拉着他到保安亭的方向避开李秋明往这边看的目光。

游淮表情已经彻底冷了下来："还敢来呢。"

他语调也冷，势单力薄还敢这么嚣张，就跟一个人能直接打趴下那边一群似的。

他说完，就要往外走，陈茵又拉住他的衣服："你傻啊！"

她急得不行。游淮对谁看似脾气都很好，但他骨子里其实胜负欲很强，男生都有的通病，觉得自己一个人能干翻全世界。

她难得理解了爸妈的忧虑心情，拽着游淮的衣服苦口婆心："你别那么莽，出去挑衅他们对你有什么好处，打赢坐牢、打输住院，而且他们一看就是有准备才来的，你以为自己是武林高手啊，一个人出去单挑他们一群。"

稀奇，他有生之年竟然能从陈茵嘴里听见这种话。

游淮问她："那怎么办？"

陈茵："退！退！退！"
…………
李秋明等了好一会儿了，都没见到人。
一起等着的朋友犹豫着问："明哥，他们是不是已经走了啊？"
"不会。"李秋明保持着拽哥人设，半靠在自行车上，他放学后特意换下了校服，现在穿着黑色铅笔裤、黑色T恤，戴着条银色骷髅架项链，一看就是个不良少年。
他手捂唇，轻咳一声，余光扫过一个看向他的路人，又冷酷地放下手，做出一副不爽的表情，用气泡音对问他的那人说："急什么？我说的话不会有错，等着就行。"
那人点点头，又掏出个口香糖塞嘴里，默默换了个姿势。
自行车车座太硬了，硌屁股。

而这时候，陈茵已经拉着游淮回到了学校。
这时间，住校生回了宿舍，走读生已经出了学校。
保安拿着电筒在学校里来回穿梭检查有没有逗留在外面的漏网之鱼。
陈茵拽着游淮蹲下去，躲避着灯光。
她轻声说："我给你妈妈打电话了，她说一会儿到了就给我们打电话，让我们先藏好。"
游淮低着头，不知道在想些什么，闻言只是轻轻地"哦"了一声。
好奇怪。
最近两人近距离接触的概率远远高于过去十几年。
陈茵闻到青草味和冷冽的薄荷味，她这时候竟然有空分辨，青草味应该是来源于树叶，薄荷味是游淮用的沐浴露。他之前跟自己吹过，说用起来冰冰凉凉的自带降温功效。
陈茵忍不住嗅了两下，安静的氛围里，呼吸声就格外明显，像闻东西的小狗。
正看向外面的游淮低眸，自上而下的视角，女生鸦羽般的睫毛乖乖低垂，皮肤很白，嘴唇殷红。
齐大腿高的绿篱遮挡着他们。
陈茵双手抱着膝盖，视线落在游淮的球鞋上。这双球鞋她有同款，妈妈跟司琦阿姨出去逛街的时候买的，游淮那双是第二双半价买来的。
她又看向自己的鞋，米色帆布鞋，游淮也有双一样的，是班级聚会出去玩的时候，他们在商场买的。那时候，她指着情侣款三个字对游淮说是姐弟款，还拍着他的脑袋让他喊姐姐。
所以，这么熟的关系，关心两句他的交友也没问题吧？

陈茵鼓足勇气，抬起头却瞥见不远处有光线扫射而来。

游淮一米八七的大高个儿，比绿篱高出半截。

保安要是过来，不用拿电筒照，一眼就能看出来他们两个人蹲在这儿。

一男一女在放学时间蹲在学校花坛，不用想就知道会被拉着训话。

陈茵看游淮压根没有想躲藏的意思，伸手将他往自己的方向拽，她对天发誓没有占游淮便宜的意思。

但或许老天拿着少女心的剧本，她这一拽，原本蹲着正在看保安走到哪里的游淮直接失去平衡，往她的方向倒，草丛发出簌簌的动静。

保安警惕地拿着电筒扫过来："谁？谁在那里？"

光亮之处，没看见人。

大概只是一阵风，保安摸摸胳膊，拿着电筒往前面去了。

绿篱后面，陈茵彻底跌坐在地上，手里拽着游淮的衣服用来掌控平衡，却没承想让距离彻底消失。

此时两人之间气氛安静。

而在刚才，电光石火之间，游淮倒过来的刹那，她躲闪不及，两人直接撞到一起。

两人距离陡然拉近，她顷刻间发蒙，看着他的眼睛正不知道该说什么时，他已经笑了起来："发什么呆啊？"随即又伸手在她面前晃晃，放轻了音量问她是不是撞傻了。

她瞬间回神，面无表情地推开他。

"游淮，你是真的很欠打。"

李秋明等了足有半小时，都没看到有人出来。

"明哥，人会不会已经走了啊？这里头看着都没人了啊。"

李秋明这会儿也从笃定变得有些不敢确定，主要是他也算是了解游淮，游淮看似跟谁都很好说话，其实骨子里很硬气，由己及人，他要是游淮，那天都在陈茵面前装成那样，今天要是见到他就跑了，那也太跌份了。

"可能老师拖堂吧。"思来想去，只有这一个理由能让李秋明信服，他有些不耐烦地扫了黄毛一眼，"你急什么？"

黄毛就是个不学无术没脑子的，李秋明一说就信了，还心说这名校就是不一样，拖堂都比别的学校拖的时间要长，要不然怎么往年高考状元都从绥中出呢，一寸光阴一寸金呢这是。

李秋明蹲着数蚂蚁，肩膀忽然被人拍了一下。

他以为是黄毛又在催，一句脏话已经说出来了，抬头却看见一个很美艳的大姐姐居高临下地睨着他："小朋友，就是你在堵我儿子？"

游淮和陈茵上了司琦的车还是觉得刚才的一切都很魔幻。

他们接到司琦的电话从学校出来,就看见司琦跟大姐大似的站在最前面,后头一帮豆芽菜垂头丧气的,见他们一出来就举手保证以后不会来堵他们。

很像是回到了小学时期,见到家长来帮忙就瞬间蔫菜的小屁孩。

游淮有些神游物外,司琦一路上把他损得连块厕所的垫脚石都不如,他也难得没有反驳。

司琦偶尔来个互动问一句他知错没,他还很老实地点头,认错态度看似诚恳说知道错了。

司琦以为是自己今晚的魅力降服了叛逆期的儿子,有些骄傲自得,没继续跟他计较,也没注意到坐在儿子旁边的陈茵状态也不对。

车载音响放了首杨丞琳的《暧昧》,又被司琦给掐掉。

司女士毒舌且犀利地点评:"什么年代了还搞暧昧。"

一辆车上三个人各怀心思。

当晚。

游淮收到了李秋明的好友申请。

他擦着头发,坐在椅子上点开,想看看李秋明到底在放什么屁。

好友申请:往日种种譬如昨日死,往后种种譬如今日生,重新认识一下,我是李秋明。

游淮一头雾水,直接截图发给了沈域:他什么意思?诅咒我死?

沈域回复得挺快:嗯,真聪明,这都能看懂,你下次语文考一百三不是问题了。

游淮跷着二郎腿,回复李秋明:滚,你死我都不会死。

然后他在家族微信群里艾特了他大姑:姑,你上次分享的公众号再发一次呗。

大姑:你小子可真识货!跟你说这公众号里知识可多了,你们高中生就应该多看看。你等会儿啊,我翻一下。

三分钟不到,大姑就发在了群聊里。

游淮找到了名为"警惕!你就很可能面临感情诈骗!"的文章,手指动动,转发给了陈茵:我姑刚发的,说最近感情诈骗很多,你看看呢?

发完后,他又回味了一下自己刚才这一番操作,顿时觉得自己是个天才。

游淮晃着手机等陈茵回复的同时,又给沈域发了一条消息:有时候真的搞不懂,为什么你能有我这么既聪明又帅气的朋友,难道是你上辈子做的善事太多吗?真的很羡慕你,我就不行了,我没有这么完美的朋友。

沈域:滚。

陈茵坐在书桌前，书包里的书是一本都没往外拿，随手捞起一个公仔抱在怀里，刚拿出手机就看见游淮发来的消息：［警惕！你就很有可能面临感情诈骗！］

游淮搞什么？他什么意思？

陈茵困惑地点进去，扫了第一行后就愤怒地退了出来。

名为DOKi DOKi的微信用户给yh.发送消息：你！再！骂！

然后动动手指，删除拉黑一条龙把游淮给送走了。

因为标题党游淮没点进去的文章正文是这样子的。

［不要在脑海里为他/她进行美化，但凡不负责任的都不能称为好人，玩弄他人感情不得好死！］

游淮：不是，这内容怎么是这样的？

这不是一个科学严谨的中老年科普公众号吗？

上回他大姑在群里发的都是很严谨的专家发言啊。

他愣怔了没几分钟，就见这文章被发布者删除了，紧接着是一条群发消息——实在是抱歉，发布文章的作者惨遭杀猪盘，感情和钱遭遇双重诈骗后发表的作品，望大家见谅。

……真是谢谢了。

这一番操作猛如虎，回头一看他觉得自己就像个二百五。也拜游淮这通操作所赐，那天的意外变成了一场引人发笑的乌龙事件。

再回忆，和当时场景一同想起的就是游淮给她发的那篇公众号文章。

陈茵以此为要挟，让游淮给她当牛做马，去便利店给她买旺仔牛奶和蛋黄派。

陈茵坐在椅子上，跷着二郎腿，鞋面轻抬，抵着桌子腿，听着游淮在旁边给她胡扯："没有骂你的意思，真没有，谁知道那文章里头写的是那些啊，我要是有骂你的意思，我考试不及格好吧？"

陈茵："你考试不及格是个很稀奇的事？"

游淮："……那就没钱花好吧？"

陈茵再度抬杠："你现在有钱花？"

游淮："你好意思提？"

陈茵面无表情地拿起手机："你不想从小黑屋出来了是吧？"

游淮求饶的速度让人惊叹，几乎是没有任何思考就弯下了食指和无名指"扑通"在陈茵桌上给她跪了："给你磕一个了，姑奶奶。"

宋澜溪从高二教学楼走过来到门口时，看见的就是这一幕。音乐班靠后门睡觉的林康睁开眼刚打了个哈欠就看见女生站在窗边，吓得差点儿没从椅子上摔下去："找谁啊，同学？"

宋澜溪笑着指了下游淮："麻烦学长，帮我叫一下游淮学长，谢谢！"

林康扯着嗓子就喊："游淮，快，有学妹找你！"

陈茵脸上的笑容顿时消失，面前还用手指下跪的男生揉着脖子站了起来，拖腔带调地回了句"知道了"，就往外走。

申铠扬转过来，一副发现新大陆的样子对陈茵说："你发现没，她总是来找我们阿淮。"

夏思怡翻了个白眼："我觉得但凡长了眼睛的，都能发现。"

申铠扬摸着下巴，一副老父亲深感欣慰的样子说："挺好挺好，多个朋友多条路嘛，总不能每条路都像我们茵姐一样通往斗兽场吧？"

陈茵拿起桌上的蛋黄派就朝申铠扬砸了过去。

正中面门。

申铠扬一脸蒙，疼倒是不疼，就是不知道自己为什么挨打，还愣愣地弯腰捡起来，抱着蛋黄派挺善良地替陈茵找好了理由："这是……给我吃？"

陈茵觉得自己多半是中邪了，看见游淮跟别人说话就烦得不行，听见申铠扬说那种话更是气不打一处来。面对夏思怡一脸我都懂的表情，她举起桌上的书挡着自己的脸，故作冷漠、略带敷衍地对申铠扬说："对对对，就是给你的，我祝你跟游淮当一辈子的好基友。"

申铠扬转过头，问夏思怡："是我的错觉吗，怎么感觉她在骂我？"

夏思怡怜爱地摸摸他的脑瓜："想太多了宝贝，她是在祝福你。"

申铠扬小脸通红："你也太随便了吧，怎么随便喊人宝贝，我妈都不这么喊我！"

…………

宋澜溪找游淮说的是学生会的事情。

学校组织的活动除了要评选主持人，还要准备表演，本来这事儿该是班长谢敏忙活，但老李给谢敏安排了别的活儿，就在自班崽子里找了个最闲的游淮跟学生会的对接。

宋澜溪递给游淮报名表："这是可以加学分的，而且老师那边会评选出名次，前几名还有奖品。"

游淮收了表，对她道了声谢，转身就要进班。

宋澜溪又叫住他："学长，还有件事，我可以问一下你吗？"

游淮："什么？"

宋澜溪往游淮的方向走了几步。

她高一入校军训时，晒得中暑被送去了医务室，晕晕乎乎地只看见里面有个人影，送她来的朋友又尿急去了厕所，她对那人说："校医叔叔，我好难受，你能过来帮我看看吗？"

话刚落下,就听见本子被放在玻璃柜上的闷响,紧接着是男生没绷住的闷笑,她这个时候意识到说错话了。她躺在病床上,昏昏沉沉的,看什么都有点儿重影,一瓶藿香正气水突然出现在她手边。

与此同时,她也看清了男生的脸。

不是校医叔叔,而是个极为英俊的男生,穿着和她一样的校服,笑着对她说:"一会儿校医回来再帮你看吧,我只能帮你到这儿了。"

从厕所出来的朋友匆忙赶进来,正好和出去的男生撞上,一脸喜色地攥着她的胳膊对她说:"那不是高二的游淮吗?真人果然比照片好看。"

游淮的名字,也就被她记在了心里。

游淮是沈域的朋友,学校风云人物,身边朋友很多,跟谁都能笑着聊几句,性格好,总是和一个很漂亮的学姐走在一起。

她也看到过几次,周一升旗的时候,男生懒洋洋地顶着太阳站那儿,身后的一片阴影区躲着个打着哈欠的女生,两人一前一后,远看跟其他人没什么区别,可细看就能发现他们在聊天。男生脸上总是挂着闲散的笑,似乎逗了几句把女生惹生气了,直接一脚踹上他的小腿,男生立马弯下腰求饶,惹来前排巡视的老师注意,走到两人面前,顿时两个人都站直听训。

又或者是在学校便利店里,女生扯着男生的袖子喋喋不休地说着"游淮,一会儿你要给我买冰激凌饼干吧",男生被拽着袖子走,摆出一副不情不愿的样子。两人从她身边擦肩而过时,她听见男生拖着嗓子,带着笑意对女生说"别走过场了,我饭卡都在你手里,要刷就刷问个屁,你就是找我给你当苦力的"。

是让人羡慕到无以复加的关系。

"学长,有人大力推荐沈域学长担任男主持,听说你跟沈域学长关系不错,可以麻烦你帮我问问,他有没有兴趣担任主持人吗?"

宋澜溪停顿一瞬,继而对游淮说。

"还有就是,女主持人人选我们这边其实已经定下来了,是陈茵学姐,但我跟学姐不太熟,忽然来告诉她这个显得我好奇怪,麻烦学长也帮我跟学姐说一下啦,谢谢学长!"

女生双手合十,有些俏皮地歪着脑袋,像动漫里的人物,身体左右轻晃。

高大英俊的男生低头看着她,脸上的神色被光线模糊。

场景像少女漫画中的一幕。

陈茵低下头,心脏酸胀到了极点,终于亮起了引她警觉的红灯。

"嘀嘀嘀"的尽头,有一道毫无感情的女声对她说。

——陈茵,你不对劲。

第四章 /
悸 动

　　游淮从外面进来，里头一帮闲出屁来的男生就拍着桌子起哄："淮哥，人气真高啊你！"
　　游淮拿着报名表，忽然有点儿理解老李为什么让他来负责这玩意儿了。一教室里挑不出几个成熟稳重的，不知道的还以为进了"猴"山亲眼见证人类进化，他这些同学恰好属于优胜劣汰里被淘汰的、脑子还没能长出来的"傻猴"。
　　他拿起老李放桌上的三角尺拍了两下，一身懒散气质收敛大半。
　　他平日见人三分笑，看起来阳光明媚、朝气蓬勃，什么玩笑都能接几句，脾气好到仿佛没有底线，以至于现在收敛了笑意、表情变得冷淡，底下的人一时间也没察觉出不对。
　　从陈茵的角度望过去，疏冷光线全落在他身上，修长身形显得寻常校服要比别人身上的更为挺括。
　　短暂的沉默让气氛变得有些风雨欲来，脸上还挂着笑的人逐渐感觉到不对劲。
　　"啪啪"两声过后，他冷淡地出声。
　　"别瞎起哄，那是学生会来送报名表的，一天到晚别闲着无聊在我身上找八卦。表放这儿了，你们自己看着填。"
　　游淮说完就径直下了讲台。
　　脑子里缺根弦的男生没品出味儿，还有些莫名其妙地轻声问："什、什么情况？这怎么搞得跟开发布会似的？这是……生气了？"
　　嗅觉灵敏的女生已经发现了原因所在。
　　夏思怡扭头冲陈茵眨眨眼，用口型对她说：他、超、正、直、的。
　　陈茵对夏思怡翻了个白眼，在游淮拉开椅子坐在她旁边的时候，又露出一副"哇！你也太夸张了，不过是跟女生在外面聊了个天，你竟然还要开个记者发布会哦"的浮夸表情，问她刚坐下的同桌："那学妹跟你说了什么啊？"

陈茵自己觉得这话说得挺有水平的，一点儿揶揄、一点儿八卦、一点儿关心，再纯洁不过的朋友之间该有的关怀。

游淮根本没想那么多，陈茵平时看他热闹多得去了。他在球场打球输了，陈茵听说了都要特意跑下来给他鼓掌喊：输得好，输得妙，游淮输得呱呱叫！

现在一听就是又来看他热闹，他坐没坐相，颠着椅子玩，又恢复了那股懒散劲儿，对她说："知道什么叫洁身自好？现在这个时代呢，我们男生的贞操也是很重要的，名声有如身家性命，万一我未来女朋友知道我跟别人瞎传绯闻，气跑了怎么办？"

话是好话，简直就是未来的二十四孝好男友。

但怎么听起来那么不正经呢？

陈茵合上小说，扭头看向低眸正把玩着手机的游淮。

"给你个建议。"

游淮正给人回消息，头也没抬："什么？"

陈茵："现在这个时代呢，你们男生除了贞操很重要，安全也很重要，像这样——"

她停顿，忽然抬腿扫向游淮稳定平衡的腿，而后只听"砰"的一声，原本气定神闲坐那儿晃来晃去的少年在众目睽睽之下摔在了地上。

他有点儿蒙，显然还没反应过来刚才发生了什么事。

听见声响的申铠扬吓得一激灵，扭头就看见先前在讲台上大杀四方的他的好兄弟坐在地上，而他好兄弟的漂亮同桌单手撑着下颌，笑得阳光明媚，声音也温柔得不像话。

"就不太安全了，椅子是用来坐的，不是给你荡秋千的，万一你瘫痪了，我觉得你未来女朋友应该会扭头就走，把你丢在病房，而你余生只能看窗外的落叶度日了。"

申铠扬默默扭过头，手摸了把自己的尾椎骨。

光是听那声音，他已经觉得疼了。

晚上，陈茵打开尘封许久的日记本。

上一页还是初三毕业写下的，明显稚嫩的字迹写着：高中要好好学习！天天向上！当个学霸！碾压游淮！

笔在手里转着圈，她不自觉也学着游淮的动作颠着椅子一前一后地晃。

——别瞎起哄。

男生的话在安静的教室内重新回荡在脑海中。

有点开心，忍不住想笑。

她之前还烦恼于该怎么问游淮和那个女生的关系，哪知道还没想出要怎么开口，游淮就自己给了个答案。

这种感觉就像是刚想着牛奶，牛奶就自己朝她跑来了。

但一细想，游淮从小到大一直都是亲疏分明的典型人物。

帅哥从小就是帅哥，从幼儿园开始就不乏对他示好的小女生。那时候小朋友们排排坐，老师带他们玩玩具，陈茵爱玩过家家的游戏，别的小朋友都玩腻了，只有游淮陪着她玩公主和骑士的游戏。有别的小女孩儿拿着积木过来找他，他都会礼貌地指着陈茵对她们说，我现在是她的骑士，不能跑。

这句话就好像贯穿了他们整个童年，即使这个骑士总喜欢以下犯上，总喜欢逗着她玩，有时候把她气出眼泪，但记忆里的所有片段，游淮都是站在她这边的。

初中她帮朋友问他要不要一起看电影，他冷漠地摇头拒绝，还说："马上就要考试了，你不好好学习整天怎么尽想着玩？能不能有点当学生的自觉啊，陈茵？"

也不知道倒数第一哪儿来的勇气教育倒数第二。

游淮从小到大被人揶揄最多的，大概就是和她的关系。

陈茵敛眸，收了腿，重新坐好，手里晃着的笔停下，笔尖对着纸。

她慢吞吞地、一笔一画地在空白纸张上写着：

　　游淮说，他是个很洁身自好的人，好吧，我勉强信了。希望他再接再厉，再创辉煌。

合上笔记本，重新放进抽屉里。桌上的手机响了一声，陈茵拿起来，是夏思怡给她发的消息。

不可思议的夏天：茵茵！主持人定下来了！是你！你知道吗？

陈茵不知道，甚至已经忘了还有这件事。

但不影响"陈公主"理直气壮地回复：不奇怪啊，除了我还能选谁？

那边发了好几个撒花的表情包，最后对她说：那你知道，这次活动是学校组织的歌唱比赛吗？

夏思怡想着，这事儿得慢慢说。打字也一行一行的，跟挤牙膏似的往外蹦。

不可思议的夏天：而且活动第一名可以被选到绥北卫视和明星一起唱歌！

DOKi DOKi：哪个明星？

不可思议的夏天：这就不清楚了，不过！

不可思议的夏天：这次的活动名，你知道是什么吗？

陈茵不知道。她像个山顶洞人，什么都不知道只顾着游淮去了。

不可思议的夏天：或许，你可以看看班群。

陈茵一看夏思怡这意思就知道可能是个坏消息。

但她抱着活动名又能坏到哪里去的想法打开了班级群。

△……想过土，却没想过能这么土，就问问，月光男神和月光女神评选大会是谁选出来的？不知道的还以为是中秋节随机挑一男一女奔月呢！

△怪不得说第一名能去绥北卫视跟明星一起唱歌，这根本不是奖品而是为了让人去报名吧。这就跟给你一百万让你摇花手社会摇一个道理！阴险！实在阴险！

△就问问，有人报名吗？各位月光男神和月光女神。

△有没有人报名不知道，但我知道月光男神和月光女神的主持人出在我们班。

△@DOKi DOKi 月光主持人出来说两句？

在她日记本里被表扬的游淮这时候也在群里回。

yh.：一个个怎么说话的？把我青梅当什么了？什么月光主持人？来，让我们掌声欢迎太阴星君！@DOKi DOKi

陈茵木着张脸去百度了一下太阴星君。

百度释义：太阴星君，又名月光娘娘……

她关上手机，拿起笔，重新打开日记本。

画掉刚才写下的那一句，在下面补充：游淮有病，还病得不轻，他不会好了！！！！！！！

"啪嗒！"

窗户处发出清脆声响。

有人拿小石头在砸她的窗。

陈茵踩着拖鞋走过去，推开窗就看见站在楼下的游淮。

她还记着班群的仇，游淮那句太阴星君说完，底下全是一串"哈哈哈"艾特她喊她太阴星君的。

她没好气地往下看他："干吗！"

九月底的天，夜间不同白日灼热，冷风阵阵吹来，院子里栽种的桂花树随着风飘来阵阵甜香。

游淮站在路灯下，仰头看着她："有点事想问问你。"

陈茵冷着脸："说。"

陈茵的卧室在二楼，这样自上而下的注视，有点儿像是小时候看过的动画片里的画面。

住在城堡里的长发公主推开窗看见站在城堡外的王子。

只不过现在陈茵不如长发公主温柔善良，游淮也不如来拯救公主的王子殿下嘴甜。

"是这样的，为了不让你一个人丢人，我打算报个名，帮你分担一下火力。

"但我呢，会的曲目太多了，一时间拿不准主意，所以想来问问你。"

夜晚太安静了。

桂花太香了。

路灯下站着的人太好看了。

陈茵脸有些燥热，心脏再次不受控制"怦怦怦"快要跳出来。

然而下一秒，那人又用让人想丢拖鞋直接砸死他的语气笑着问她——

"亲爱的太阴星君，能冒昧问下，您想听哪首歌呢？"

陈茵没有回答游淮，而是直接拉上窗帘表示拒绝沟通。

她拿出手机找到徐薇薇的对话框问主持人的事情时，对方才发来好几个小狗打滚的表情包认错。

徐薇薇：不好意思！茵茵！忙到忘记跟你说主持人定下来是你了，还有件事要跟你说一下。本来男主持人我们是想在肖屿荣和沈域之间定的，但找人问了沈域，他没这个兴趣，所以你搭档是肖屿荣没问题吧？

沈域不当主持人，陈茵是一点儿都不意外。他跟游淮是恰好相反的人，游淮对参加活动无比热衷，但沈域从不参加任何校级活动。

陈茵给徐薇薇发了个"OK"的表情包，又问徐薇薇：乔之晚是落选不是自己放弃的吧？

徐薇薇：是的宝贝，你分数比她高，是你赢过她了。

陈茵这才满意。

徐薇薇拉她进了活动群，大概学生会里的人都觉得这活动名实在土得可以，群名没用月光男女神，而是moonlight。

陈茵一进去，就有人发表情包说"欢迎我们的主持人"。

肖屿荣比陈茵要早进来十几分钟，已经在里面问清楚流程了，跟在欢迎队伍里给陈茵发了个汤姆顶门的表情包，上头配文是"这谁顶得住啊"。

陈茵之前就认识肖屿荣，音乐班和传媒班隔得很近，两个班的人基本都熟。

肖屿荣给陈茵单独发了消息：没想到我们第一次搭档，竟然是这种活动。

陈茵给他回了一串省略号，显然不想多提。

当初军训的时候，肖屿荣是男主持人，如果陈茵没有落选，现在该是他们的第二次合作。

肖屿荣还有点儿感慨，又给陈茵发了好几条消息，文字挺长，高频出现的名字就是乔之晚。

他高一入校就开始对乔之晚示好，但乔之晚并不搭理他，结果扭头就去给沈域送可乐，肖屿荣觉得自己成了傻子，最后给陈茵发了一条消息：如果当初军训晚会的主持人是你，就好了。

陈茵懒得回他了。

回到群里，消息已经刷了99+。

聊的内容五花八门，多半都是吐槽校领导抽风定下的这个老土名字，没什么营养价值的内容。陈茵粗略扫完，准备退出去的时候，徐薇薇又艾特了她和肖屿荣，对他们说，这次活动由高二的宋澜溪跟他们对接流程，让他们方便的话互相加一下微信。

陈茵跟着肖屿荣回了个"OK"，却压根没发好友申请。

国庆小长假，班里的人之前就讨论好要去南岛区租栋别墅玩。

陈茵和游淮是被陈子芥给送过去的，到了提前租好的别墅，其他人都还在路上。

她坐在行李箱上，等着游淮去办理入住拿钥匙，身后一排茂密树木，树叶恰好遮住阳光。她下巴搁在拉杆上，拿出手机举起来对着阳光拍了张照片，又打开美颜相机自拍了一张。

配文：Holiday！

没几分钟底下就一排点赞评论。

申铠扬：太阴星君！I am coming！

夏思怡：我要到啦！

谢敏：堵死在路上……

邓畅：我淮哥呢？

…………

陈茵挺高冷的，都没回，又打开自拍的那张照片欣赏了一下。

她特意起了个大早，根据教程梳了鱼骨辫，头发扯得蓬松，配上她新买的连衣裙，看起来就一副很有文化的样子。陈茵满意地给自己点了个赞，退出去时看见好友申请里有个红点，是宋澜溪发来的，她很有礼貌地备注：学姐，我是宋澜溪，活动期间跟你对接的。

那个波浪号都透露着活泼，陈茵点了通过。

那边立马发了个表情包过来。

陈茵正在翻什么表情包是可以回复的，行李箱就被人踢了一脚。她吓了一大跳，差点儿从行李箱上摔下来，没拿稳的手机也掉在了地上。

游淮也是没想到陈茵这么不经吓，他拉着拉杆，弯下腰帮她捡起手机。锁屏是陈茵的自拍，双手捧着脸冲着镜头笑得灿烂，不停有新消息提醒跳出来，游淮扫一眼，重新塞回她手里。

"星君，看不出来，你们仙界业务还挺繁忙。"

"太阴星君"这个外号他从昨天喊到现在，陈茵已经从生气变成了麻木。她瞪着游淮，开始胡说八道："你把我手机摔坏了，你完了，快赔我一个最新款。"

游淮手里还晃着钥匙，笑道："坏个屁，它比你坚强多了，起来走啊你。"

陈茵听他这么说，偏偏就不起来了，赖在上面不动，使唤游淮："你推着我走，不然赔我一个手机。"

"行。"游淮还真就推着她往前走。他浑身上下就一个包，一只手拉着拉杆，另一只手扶着陈茵的后背，滚轮在地上发出"咕噜噜"的声响。

这种感觉有点儿像小时候坐在超市推车里让爸妈拉着走，只不过安全设施显然没有超市那么到位，陈茵害怕游淮把自己给摔死，拽着他的衣服不肯撒手。

游淮垂眸意味不明地朝她看来一眼："不赔你手机，就占我便宜是吧？"

这种往日不知道开过多少次的玩笑让陈茵有些耳热，掐了他一把。

游淮立马喊了声疼，陈茵从行李箱上站起来，踹了他一脚才虚张声势般冲他哼哼："你有什么便宜可占的，小时候该看的都看过了，哪有什么值得看的。"

游淮被气笑："小时候跟长大那能一样？照这么说，我们小时候还在一张床上睡觉呢。"

陈茵冷酷无情地回头，做了个给嘴巴上拉链的动作。

"老实拉你的箱子，闭嘴吧你。"

一路吵吵闹闹，到别墅里坐了没几分钟，申铠扬和夏思怡才姗姗来迟。他们四个算是最早到的，隔了半小时，其他人才陆续过来。

音乐班二十二个人，除了有八个人家里有事来不了，其他人都来了。

陈茵和夏思怡住在一个房间，挑在二楼，游淮和申铠扬住她们对面。

晚上大家在院子里烧烤。

食材都是提前准备好的，申铠扬自告奋勇为大家服务说展示一下他的厨艺，夏思怡在他旁边给他打下手。饮料、零食摆了一桌，有人带了唱吧麦克风充当氛围组在唱林宥嘉的《看见什么吃什么》。

不远处支着三角网红帐篷，上面挂着圈星星灯，一闪一闪地亮着暖光。

陈茵坐在游淮旁边，把杯子朝游淮的方向推了一下。

游淮格外有服务意识地给她满上了一杯可乐，陈茵满意地用手指敲了敲桌子，又故技重施推了碗过去，游淮就站起身去打劫申铠扬。

申铠扬烤了一晚上，自己没吃几串就算了，他想给夏思怡献殷勤都没时间，那帮人平时一口一个大家都是一家人，到饭桌上他就成了烧烤师傅小申。

游淮朝他伸手:"申师傅,来串烤鸡翅。"
申铠扬比中指:"别搞,我给小夏帮手留的。"
夏思怡已经找了椅子坐下了,刚喝一口饮料就听见有人叫自己的名字,抬头看向游淮:"别抢啊,我还没吃到一串鸡翅呢!"
等申铠扬烧烤,能把人给饿死,游淮索性自力更生。
申铠扬往陈茵的方向鬼鬼祟祟地看去一眼,又问游淮:"给茵姐烤的?"
游淮不置可否地"嗯"了一声。
申铠扬就叹了口气:"你别这样,你俩青梅竹马你做到这份儿上,衬托得我很垃圾知不知道?给广大男性同胞一个表现的机会,别'卷'成不?"
本来他自己在这儿,夏思怡还不时给他倒杯饮料,现在游淮站这儿专门只给陈茵一个人烧烤,就让他给所有人烧烤只为给夏思怡递根烤串的行为变得不够浪漫了。
而且游淮跟陈茵还只是朋友,就对她这么好,他以后要是谈恋爱还得了?
游淮没搭理申铠扬那些弯弯绕绕的心思,等手里这串烤完就准备撤了。
谢敏从冰箱里抱了可乐出来,路过他们身边时,停下了脚步:"我还一串没吃到呢!怎么都不知道给班长留一下的啊?"
申铠扬举起两只手表示自己的无辜:"别提你了班长,我站这儿一晚上了也就吃了几口蘑菇啊。"他指了下游淮,"他这串快好了,让他给你。"
谢敏笑着对游淮开口:"那我预订你手里这串啊。"
她手里抱着的可乐冰凉地滚落着水珠,从瓶口落到她手背上,又"啪嗒"砸在地面。
游淮没有回复她,而是伸手直接拽了申铠扬过来。
他站得懒散,手往鸡翅上一指:"上头写了什么字儿看见了吗?"
申铠扬满脸茫然:"什么?"
游淮:"'这串有主了,要是送出去,你朋友明天可以直接送去火葬厂烧了',就这行,哦,下头还有一行,烧一赠一,可以带着你一起奔赴火葬场。"
申铠扬:"……好狗啊你……"
谢敏脸上的笑容僵住。
游淮抬头,唇边还挂着笑意,玩笑似的对她说:"让小申师傅再给你烤一串?我技术挺烂的,自己都没信心吃,还是别祸害我们班长了。"
陈茵没注意那边的动静,在谢敏走过来把可乐放桌上时,还问她要不要拍照,谢敏摇头拒绝了。
那串鸡翅最后还是进了陈茵的碗里,她满意地拍了张照片,这回把游淮也框进了镜头里,挑剔地选了个她认为游淮最帅的角度给他拍了照片,然后"哇"了一声,凑过去给游淮看:"谁看了不说是天才美少女摄影师啊?你看看这个构图、光线,让你颜值都翻倍了。"

游淮手里拿着杯子，饮料差点儿全泼在自己裤子上。

陈茵压根不管，脑袋凑过来就冲他叽叽喳喳地说着。疯玩了一整天，她的鱼骨辫早就散了，一双眼睛还是亮晶晶的，问他："怎么还不说谢谢啊？"

游淮推开她的脑袋："那是我长得好看。吃你的东西去吧天才美少女摄影师，给自己的备注倒挺长，有本事政治大题也写这么长啊。"

"……你一个考得比我还烂的人到底是哪里来的底气教育我的？"

"太阴星君给的吧，毕竟我都打算搏一搏月光男神了。"

陈茵拉开椅子，埋头吃着鸡翅。

游淮又扯她的辫子："天才美少女摄影师，帮我选歌啊。"

陈茵拍开他的手："现在人太多了，我怕别人剽窃我们的创意。"

游淮点头："也行，那我晚上去你房间找你。"

那边几个男生打游戏缺人，喊着游淮过去了。

夏思怡绕过来找陈茵拍照，在别墅院子里拍了几十张后，两人又打算出去看看有没有什么适合拍照的地方。

蒋琪筝给陈茵打来电话，陈茵先一步走出去接。夏思怡去卧室拿了充电宝下楼，看谢敏和几个女生坐在院子里聊天，就问了一句她们要不要出去走走。

谢敏没立刻回答，而是问夏思怡："还有谁啊？"

夏思怡没多想，指了下外面，说还有陈茵呢。

谢敏"啊"了一声，伸手揉了揉脖子："不了吧，有点儿懒得动了，就想在这儿瘫着。"

夏思怡走出去，陈茵刚和妈妈打完电话，一脸傻白甜地拿着手机到处找角度。

夏思怡跟在陈茵后面走了十几步，才品出不对劲，问陈茵："你得罪班长了？"

陈茵一脸茫然："没有啊。"

夏思怡跟陈茵说了刚才的事情："感觉有点怪怪的。"

"哪里奇怪了？"陈茵看着屏幕里的自己头发松散，又扯了皮筋，把头发散开。

"哇——"她满脸兴奋，"思怡你看！自来卷哎！"

夏思怡：……这真是个快乐的笨蛋。

陈茵是一个对拍照要求很严格的人，两人拍了一个多小时才往回走。她挽着夏思怡的胳膊，低头专心P图。

"茵茵，我问你个问题哦。"

"嗯，你问。"

"你觉得，申铠扬怎么样？"

"很傻很单纯，就是感觉脑子不太好使，不是很懂怎么会有人语文考试古诗写错位置的。"

夏思怡："……不是问你这个。"

她抿抿唇，左右张望，确定周围没有人，才轻声对陈茵说："就是，你觉得，他作为一个男的来说，算好人吗？"

陈茵不太能理解夏思怡是什么意思："那他除了男的，也没办法作为女的呀。"

"但你不觉得人越长大越开始对一些事情有了新的看法吗？以前我看偶像剧，觉得男主哪怕嘴贫都很迷人，现在再看发现那不单纯就是没素质。所以你不认为一个正常的男生实在是很难得吗，我有时候看申铠扬走着走着路，突然做出一个投篮动作，我都觉得他脑子有病，你懂吗？"

陈茵"啊"了一声："我可太懂了，我看游淮打游戏的时候也总觉得他脑子有病。"

夏思怡头点到一半，又摸摸下巴："那倒也不是你以为的那个懂。"

少女心事在回到灯火通明的别墅就被摁下了暂停键。

夏思怡见到申铠扬又恢复了平日的模样，跟他一起玩游戏输了，扯着他耳朵骂他是不是对手派来的卧底。

陈茵换了身休闲装，下楼的时候他们正好在玩狼人杀。

她坐在沙发边缘，拿着手机等他们玩完这一局再加入进去。

担任主持人的谢敏说着"天黑请闭眼，狼人请睁眼"。

陈茵有点儿好奇地看了眼，一堆捂着眼睛的人里，游淮、邓畅，还有另外两个男生睁开了眼睛。

谢敏问他们要杀谁，陈茵就看见游淮指向了她。

陈茵本想骂他，又碍于他们在玩游戏，只能用口型问他："你有病？"

游淮勾唇无声地笑，这才没闹，跟其他人一起指了申铠扬。

本该说"狼人请闭眼"的谢敏不知为何停顿了好一会儿，邓畅伸手在她面前晃晃，她才恍然说"狼人请闭眼"。

这点儿微不足道的小插曲陈茵没注意，她找来个抱枕靠坐在那里P图发朋友圈。

她好友列表八百来号人，每一条朋友圈都代表着她的形象，斟酌再三，排版、图片先后顺序、配文，一整套搞定下来，那边狼人杀的局平民已经死了好几个人。

开局挂掉的申铠扬双手环臂，跟个教导主任似的围着他们走来走去，眼神满是悲愤地往游淮和邓畅的方向看，试图唤醒他们已经死掉的良心。

陈茵点击发送。

上一条她发游淮照片的朋友圈底下的评论。

司琦在下面竖了大拇指说自己的基因真棒。

迟盛评论说：你把这个狗东西拍得这么好看，奖励你下次来给我拍写真。

陈茵滑动的大拇指停止，回复了迟盛一个"滚"，才看见游淮也回了迟盛一样的字。

再往下滑基本都是开玩笑的，有人说不愧是青梅竹马，最了解你的人最会拍照，也有人说淮哥这颜值不出道真是可惜。

今天刚加了微信的宋澜溪也评论了这条朋友圈。

是个星星眼的 Emoji。

陈茵盯着看了很久，才重新点进自己的朋友圈，确认了一遍，自己今天发的朋友圈里，宋澜溪确实只给这一条进行了评论，其他的连礼貌点赞都没有，只评论了游淮照片的这条。

她哪怕再迟钝，也察觉到不对劲了。

点进宋澜溪的朋友圈时，她抬头往游淮的方向看了一眼。

伪装猎人活到最后一轮的游淮靠在沙发上，给他的狼人兄弟打着掩护。

在这么一群人里，他确实最耀眼。

如果主持人说，请狼人杀掉全场最帅的一位，游淮一定是最先死掉的一个。

所以，也是足够优秀，足够吸引别人的目光。

或许也会像夏思怡一样，不确定地和好朋友提着名字，少女心事全部掩藏在问句里。

游淮笑着抬眸，习惯性地往陈茵这边看一眼。

女生孤零零地坐在一边，看起来格外落寞，像丛林里迷路连狼外婆都找不到的小红帽。

他的胜负欲忽然就淡了，垂下眸不知道在想些什么。

天又黑了。

主持人说，狼人请杀人。

和他一起活到最后的邓畅投来询问的目光，却见游淮将手指向了自己。

邓畅一直在装平民，以为游淮这一招玩的是舍身取义彻底消除大家对他的怀疑，用口型对他说："我会带着你的份儿赢下去的。"

然后跟着指向了游淮。

天亮了。

在狼人杀里死去的游淮从沙发里站了起来，越过一堆被他干掉的同学，径直坐到陈茵身边。

"小陈同学，"他身上有烧烤的味道，伸出一根手指在陈茵面前晃晃，笑着问她，"一个人在这儿自闭什么呢你，装许愿池里的王八啊？"

陈茵抬眸。

面前穿着黑色短袖的男生眉目清俊，唇边勾着温暖笑容。

她手指按掉屏幕，宋澜溪的朋友圈熄灭在一片黑暗里。

她陷入了一个困惑中，有些烦恼地想：游淮到底是怎么想的？

陈茵参与的第二局，拿了张狼人的牌，睁眼一看队友里有申铠扬，她就已经绝望了。

谢敏对这个游戏不感冒，第二局仍然担任主持人。

天黑刚让狼人睁眼，陈茵就指向了游淮。

开局不到三分钟，游淮的预言家牌还没握热就挂掉了，死后没有任何发言，只是朝陈茵看去一眼。

于是第一轮投票，陈茵就被民选抬走。

陈茵往楼上走了几步，又回头去看倒水喝的游淮。

他意会地眨了下眼，她就踩着台阶往二楼走。

正在憋发言的申铠扬一眼看见两人的动静："你俩干吗去啊？"

陈茵还没说话，夏思怡就用枕头捂住他的嘴："别管那么多！"

申铠扬无比委屈。

游淮放下杯子，往楼梯口走的时候，给了还在游戏里的人一个建议："下局申铠扬要是没死，他铁狼。"

申铠扬怒而拍桌："你干吗！破坏游戏规则！"

游淮嗤笑一声，没再理申铠扬，上了二楼，没进陈茵和夏思怡的房间，而是拧开自己的房门，冲陈茵抬下颌。

陈茵弯下腰从游淮的胳膊底下钻了进去。

这个动作一做出来，两个人都愣了一下，陈茵背都没挺直，脑子里"哐哐哐"地像是有拖拉机驶过。

最后是游淮没忍住笑，拉着她的胳膊往里进，关上门后才笑话她："游戏没玩过瘾，小朋友钻火车啊？"

陈茵"啊"了一声。

房间里两张床，一张乱七八糟地堆放着衣服，另外一张整整齐齐显然还没动过。

陈茵直接坐在那张干净的床上，听见"嘀"的一声，游淮开了空调。

她问："情歌还是英文歌，但你是真的想参加这个比赛吗？"

游淮不知道在哪里找了张纸，在叠千纸鹤。

闻言，他"嗯"了一声，仍低着眸，浓睫纤长，脸好看得过分。

手指折叠着纸张，翻来覆去几下，千纸鹤就慢慢成了型。

他戳着底部，给千纸鹤灌了气，又扯平了翅膀，这才抬眸，小朋友炫耀玩具那样捧着千纸鹤问她："怎么样？好不好看？"

床垫很软，陈茵刚点头，游淮就把手里的千纸鹤给了她，又绕回陈茵刚才问他的话："什么类型不是重点，重点是你想听什么。"

陈茵捏着千纸鹤的翅膀，指腹像出了汗，让纸张都变得有些濡湿。

又是意味不明的话，她发现只要将游淮说的话在脑子里多过几遍，就能品出很多重意思来。

晦涩不明，又似只是朋友间的玩笑。

她沉默了会儿，问游淮："那我想听《好运来》呢？你上台给我唱首《好运来》？"

游淮坐在桌前，又扯了张纸在折："也不是不行，多喜庆，说不定唱完校领导直接就给我一等奖呢。"

陈茵忽然就懂了为什么会有女生喜欢追着游淮跑了，他没什么帅哥的架子，什么玩笑话都能接，能放下身段逗人开心，还会折这些乱七八糟小孩儿才喜欢的折纸。

"那你去唱《青藏高原》吧，把校领导的血压唱上去，绥中全校学生给你颁个英雄奖。"

话题扯着扯着就没边，游淮比了个暂停的手势："能说点儿有用的？"

陈茵拆了千纸鹤，沿着折痕重新折，也学他语气："能问点儿正经的？"

游淮这才说："真要报名唱歌，第一名不是有学分加吗？老李上回找我，跟我说我学分不够。"

陈茵"啧"了一声，那千纸鹤怎么都折不回去，不知道怎么弄的。她也懒得再折腾了，就放在游淮的床上："你又说是为了我才报的名，狗不狗啊你？"

游淮立马改口："那也确实是为了你才报的名，加学分的项目多了去了，如果你不是主持人，我能为几个学分背着月光男神称号让人嘲笑？"

陈茵没接招，只说："如果让我选的话，有首歌我一直挺喜欢的，你如果上台唱，英语老师可能会很欣慰。"

游淮打断她："什么歌？"

"——I'm Yours。"

"行，就这首了。"

游淮揉着后脖子站起身，手里捏了个折叠的爱心，抬手一抛，丢给陈茵。

他笑："这个也送你了。"

夏思怡喜欢烟花。

申铠扬口口声声说自己买来了烟花,挺神秘地藏在身后。一群人卖命地夸他说"你真是我们的小叮当啊扬扬",他才笑眯眯地打开塑料袋。

结果大家就傻眼了。

这是烟花?你管鞭炮叫烟花?

申铠扬也傻眼了。

夏思怡脸上的笑容一秒消失:"你是要吃我的席吧,申铠扬!"

申铠扬急忙追着夏思怡解释。

夜间风大,陈茵穿着米色针织外套,头发侧编成麻花辫,蹲在地上,手里拎着鞭炮对游淮说:"我小时候用这个炸过你的裤子。"

那时候还有迟盛,她跟迟盛两人是捣蛋先锋队,两人拿着鞭炮把游淮从家里哄出来玩,迟盛还没喊开始,穿着公主裙的陈茵就已经用爸爸的打火机点了鞭炮往游淮的方向丢。

后果就是她和迟盛被爸妈打得很惨,她哭得撕心裂肺说游淮对不起,听得游淮以为自己挂了她在哭坟。

他后退一步,警惕道:"别搞啊你。"

陈茵笑笑,威胁他:"喊声姐姐好,我就放过你。"

她原本以为游淮是怎么都喊不出口的,哪知道游淮脸都不要,一声"姐姐"喊得无比自然。

趁陈茵愣住,游淮直接拿走她手里的鞭炮丢给了跑来跑去的申铠扬。

"噼里啪啦"的声音炸开夜幕。

陈茵被游淮扯到后面,她拿出手机及时录了个视频,笑着喊。

"——国庆快乐!"

旁边传来男生的笑声。

她抬起手机,游淮在镜头里偏过头,不愿意被她拍,还伸手去挡镜头。

陈茵伸手拽着他衣服不准他跑:"我拍拍怎么了?"

游淮低声笑:"太帅了怕你把持不住。"

"滚啊你,游淮你要不要脸?"

"你要我就要。"

…………

宋澜溪在餐厅一次次刷新手机。朋友圈翻到最上面,退出,再次进入。

"嗖——"

又跳出来一条新的。

DOKi DOKi:小狗说他不要脸。[视频]

宋澜溪戴着耳机点进去,听见男生开朗的笑声喊着陈茵的名字。

她拉到最前面,又看了一遍,最后在评论区跟着学生会其他人一起评论了一个"国庆快乐"。

凌晨一点大家才回房间睡觉。

夏思怡洗澡去了。

陈茵躺在床上玩手机，李秋明的好友申请又发过来一次。自从上次在学校门口见到李秋明后，他就坚持不懈发好友申请。初中的共同好友帮李秋明给陈茵传过话，说上次是他不对，但加她真的是正经事儿，还补充了一句，如果陈茵不加他，能不能让游淮点个通过。

陈茵一头问号，不知道李秋明在搞什么。之前懒得搭理他，现在无聊，她点了同意。

李秋明发来的第一句话就让她顶着一头问号在风中凌乱。

秋日里：陈茵，游淮是单亲家庭吗？

陈茵回过去能把屏幕塞满的问号。

DOKi DOKi：你脑子有问题？

秋日里：不是，我不是那个意思，或者你能给我他妈妈的微信吗？

DOKi DOKi：……你觉得我脑子有问题？

李秋明疯了吧？

陈茵被噎了好一会儿，才给游淮发了条微信：你先别想男神女神的事儿了，你家要被偷了，朋友。

凌晨三点半，陈茵在噩梦中惊醒。

她梦见李秋明跟在司琦阿姨后面，一个劲儿地喊"妈妈"。她站在自家门口急得不行，想问你喊她妈妈那游淮怎么办，结果裤腿就被什么东西给咬住。她纳闷地低头一看，是一只脏兮兮的小狗。小狗可怜巴巴地望着她，张口却是游淮的声音，质问她怎么让他没了家。

这个离奇到连泰国都不会拍的剧情让陈茵心情复杂，坐起来平复许久，才拿出手机臭骂了一顿李秋明，再躺下却怎么都睡不着了，一闭眼就是游淮那双可怜兮兮的狗眼。

隔壁夏思怡正熟睡着，陈茵轻手轻脚地从床上起来，打算去接点水喝，刚下一楼，就看见游淮坐在沙发上，手里拿着遥控器，电视频道被他一个个切换。估计是怕吵醒其他人，他没开音量。

他头发凌乱地翘着，表情有些疲惫，听见声音抬起头，看见陈茵也没多惊讶，抬着下巴示意她随便坐。

陈茵绕去冰箱拿了两瓶饮料出来才坐在他旁边。

"你是刚醒还是一直没睡？"

"我就没睡。"

游淮拧开她递过来的饮料，"咕噜噜"的气泡声音在安静的空间里格外明显，瓶盖被他丢在桌上，又是"啪嗒"一声，饮料重新回到陈茵手里。

陈茵没接，而是把另一瓶递给他。

游淮拒绝："不用，我不渴。"

"不是。"见男生根本没领悟自己的意思，陈茵有点儿急地直接将饮料塞他手里，"你刚才开的那瓶是给你拿的，我想喝这个桃子味儿的，你快帮我开一下。"

游淮被噎了一下。

"我是你的仆人？"

陈茵叹了一口气："不是，我就是一想到你做不成人，就有点儿睡不着觉。"

游淮莫名其妙地看她："能说点人可以听懂的话吗？"

陈茵叹口气，摇摇头："算了，你不会懂的。"

游淮被她故作深沉的样子逗笑，电视节目根本没什么可看的，要么是回放的调解节目，要么就是相亲节目，都没什么意思。

他问陈茵："这一瓶饮料下去，你还睡得着吗？"

陈茵跟看傻子似的看着他："这又不是红牛，怎么就睡不着了？"

"朋友，你仔细看看呢？上面写着能量饮料，以前一起出去旅游，是谁把失眠怪在我买了能量饮料上面的？是狗吧，陈茵？"

"……那你这次放心，这回不是你买的，只是你帮我开了而已，我不会责怪你的，我已经长大了，没有以前那么不分青红皂白了。"

"那你挺懂事。"

男生关了电视，站起身，问仍坐在那儿的陈茵："出去走走吗？"

"我跟夏思怡在这附近逛过，根本没什么好玩的，不懂到底是谁选的地方啊，怎么选这儿来了？明明有那么多好玩的地方，国庆哪有人窝在绥北不去看看祖国的大江南北的？"

陈茵虽然嘴上这么说着，动作却麻溜地从沙发上起身，跟在游淮后面还嫌他走得慢，推着他往前。

玻璃门推开后，冷风灌了进来。

"游淮，如果现在有盒火柴就好了。"她缩缩脖子，伸手往墙角一指，"你就拿着火柴窝在那儿，嘴里说着'谁来买我的火柴'，我就给你录视频发给司琦阿姨和游引叔叔，这样说不定你生活费的问题就解决了！"

"可以，脑子很好，真聪明，能从你嘴里听到这么棒的故事，简直 unbelievable。明年绥北电视台少儿故事王节目，你一定能斩获冠军。"

陈茵露出一副更为诧异的表情："你竟然会英语，简直不敢想象这是英语五十分的人会有的水平，你是一直在藏拙吧游淮？就你这英语水平和外国人混在一起谁看得出你是中国人啊！"

服了。

陈茵就跟去进修过一样，现在说话都能把他给噎住了。

游淮拎起她外套的帽子，给她扣在头上，发蔫的兔耳朵盖住她的眼睛。

"闭嘴吧你，你这种不够善良的小朋友要是穿越进童话世界都活不过三分钟。"

陈茵扯开帽子："你这副样子要是被别人看见，估计都会一秒幻灭，朝着佛祖的方向一路跪拜忏悔自己的审美为什么会觉得你是个帅哥。"

游淮敏锐地捕捉到关键词，英气的眉轻挑，揪住她的兔耳朵："什么意思？你觉得我长得帅？"

"说不准呢，等到天崩地裂的时候，当世界没了尽头。"陈茵说着说着唱了起来，她唱歌其实很好听，但这会儿故意捏着嗓子装夹子音恶心游淮，听着就不那么让人舒服了。

游淮喉结滚动，在陈茵还在哼歌的时候直接拿走了她手里的饮料喝了两口。

陈茵目瞪口呆："我喝过的！"

游淮："我不嫌弃你，但你要是实在难受，就朝着佛祖的方向一路朝拜忏悔自己为什么不守护好你的桃子汽水吧。"

"……你完了，我要把你这副嘴脸拍下来发到班群。"

陈茵说着就要拿手机，手在外套上摸来摸去找口袋的位置，结果怎么都找不着。

她有些急了："我口袋呢？"

游淮跟看傻子似的，看着陈茵玩盲人摸象："你浑身上下哪里有口袋，你鬼上身啊，陈茵？"

陈茵怔住，随即问游淮："那你带手机了吗？"

"我手机在房间充电，我要是有手机刚才看什么《动物世界》？"

"……那你刚才记路了吗？"

没有，不仅没有，而且只顾着跟她说话，根本不知道这路是怎么走的。

这里弯弯绕绕、四通八达，看起来此路不通的地方竟然铺着鹅卵石给凭空造一条小路来。

现在停下脚步，发现身处一个类似于中庭空间的地方，边上有儿童游乐设施，还有小喷泉，什么都有，就是没有回去的路。

游淮是个乐观的人。

他指着秋千问陈茵："要不，我推着你玩会儿？你荡高点儿，说不定就能看见回去的路了。"

陈茵："……游淮，你出门只带了四肢没带脑子是吧？"

尽管这么说,但陈茵还是坐在了秋千上,游淮在后面推的时候,她想起小时候跟着游淮和迟盛在小区疯玩。她不爱玩滑滑梯,就喜欢荡秋千,但那时候腿短,荡不起来,游淮和迟盛两个人换着给她推。

迟盛是那种一身蛮劲儿又嫌麻烦的人,没推几下就问"你好了没"。

陈茵烦他,说:"这才多久!迟盛,你能不能荡高点儿?"

迟盛当即不能忍,蓄力然后用劲儿一推,陈茵整个人扑倒在地,门牙散架。

她哭得一嘴血,吓得迟盛愣住不敢说话,还是游淮用手捂着她的嘴一路拉着她回了家。

"迟盛什么时候回国啊?"

游淮靠在支架上,闻言眯起眼:"大概明年吧,得看他爸什么时候有心情关心他在国外的生活。"

陈茵原本咬牙切齿的表情顿时就收了,有点儿同情:"那他也是挺可怜的,abc都说不明白,在国外装聋哑人一定很辛苦吧?"

游淮失笑:"就不能积点儿口德?"

陈茵就跟踩着风似的,被推着一下下往上。

"——游淮,你喊声姑姑。"

秋千再次下降。

本该推着她的手没碰向她后背,而是拉住了绳子,让她迫降。

靠那儿的男生懒散地看向她:"神雕侠侣啊姑姑?"

他目光灼灼,陈茵抬眸和他对视又仓皇挪开。

"啊,但你不要多想,你不是什么杨过,你知道吧?你顶多就是那只雕。

"但我是个善良的神仙姐姐,所以勉为其难地拯救一下你这只神雕。你要有什么愿望,你就直说,我看看能不能答应你。"

话题天南海北,听着都是信口胡诌的话。

根本没有任何营养价值,连过脑都不用。

但游淮偏偏就认真地想了想,然后对她提了自己的愿望。

"那就——

"希望你能永远只选择我吧。

"就这个愿望了,麻烦你实现一下。"

陈茵没有直接回答他,而是神神道道地对他说:"你相信世界上有神仙吗?"

游淮目光落在地上,看见陈茵晃来晃去的影子,语气散漫道:"不清楚,但如果有的话,应该会把随便让人许愿又装作听不见的人都给抓起来吧。"

"——我刚才听见神仙说,要是十分钟之内,有人过来带我们回别墅,那你的愿望,她就勉为其难答应了。"

女生笑眼弯弯地看向他，一点儿都没有因为他的话而生气，那张明艳的脸在路灯下显得格外漂亮。

甚至在他有些恍神的时候，手指在他额头上碰了一下，像在进行什么神秘的仪式，嘴里还念着咒语："天灵灵地灵灵，各路神仙来显灵，保佑游淮愿望成真吧！"

游淮低眸无声地笑了起来。

"哪路神仙听得懂你这种咒语？如果有的话，那也只能说明，我这个愿望本来就能轻而易举地实现。"

园区保安打着手电筒巡逻到这边时，两个没有手表的人正在人工数数，刚好从一数到了五百六。

手电筒的灯打过来，保安扬声问："这么晚了，你们在这儿干什么呢？"

陈茵从秋千上下来，朝光源处走了几步，发现游淮没有跟上来，她停下脚步，转身时看见游淮看向她的目光。

带着笑意，又带着点儿无声的征询。

像是在问，神仙到底答应了没有。

她抿唇，在手电筒晃动的光线里，绕了回去，拉着他，用故作轻松的语气对他说："没听见吗？神仙说，最主要还是看你表现怎么样，好的话，她就勉为其难帮你实现咯。"

保安领着他们到了别墅，客厅时钟显示凌晨四点半。

昏暗的天际隐约出现霞光，陈茵抬头看了眼天空，又拽拽游淮的胳膊："日出哎，游淮。"

院子里昨晚烧烤的东西都还没收拾，到处都是乱的。游淮找来两张椅子，跟伺候太后似的让陈茵坐下，又在客厅找了毛毯递给她。

"坐下吧姑奶奶。"

陈茵格外满意，摸狗似的摸摸他的头发："辛苦小狗。"

游淮实在是准备得太齐全了，毛毯、饮料什么都有。陈茵靠在躺椅上，盖着毛毯，在温暖中逐渐昏昏欲睡。

眼睛都睁不开的时候，她还记得伸手去拍游淮的胳膊。

"太阳出来的时候，记得叫醒我啊。"

游淮像是说了句"好"。

陈茵听不太清就陷入了沉睡，再醒来天已经彻底亮了，旁边的位置是空的，人不知道去哪儿了。椅子上只放着他的手机，屏幕亮着，上面是太阳刚从天边升起时一片红灿灿的景象。

她错过的日出，游淮给她拍下来了。

周星驰在《少年足球》里说，快乐的时光总是那么短暂。

三天两晚的行程，短得一眨眼就过去了。

开学后，学校就在紧锣密鼓地准备歌唱比赛，这次和绥北卫视合作的机会，绥中格外重视，力图打破外界对绥中学子只会读书的刻板印象。学校里挂满了海报，还给奖品增加了筹码，第一名除了能上电视和明星一起唱歌，还能拿到一千元的奖励。

陈茜眼睛都亮了，一秒更改之前对游淮唱歌曲目的建议："你还是唱《青藏高原》吧，校长微博只关注了韩红一个歌手，你唱韩红的歌肯定能拿冠军，一千块啊！"

游淮没理她。

窃听到机密的申铠扬偷偷在报名表上写了《青藏高原》。

到十月底的这段时间里，陈茜一直忙着主持人彩排。

这期间李秋明又找了她几次，被她烦不胜烦地给拉黑了。

每逢考试，学校论坛各种八卦便会变多，其中被提及最多的就是近期要担任主持人的陈茜，说她虽然长得好看但是脾气太差，不是一般人能忍受的。

…………

截图是肖屿荣发给她的，还顺带着对她说："你性格挺可爱的，不用在意他们说的。"

陈茜扭头就转发给了游淮：他们是在夸你，不是一般人吗？

游淮回以无数个问号。

然后校园论坛再刷新，就看见一个匿名用户的新留言：没事干就去刷卷子，给生活费了吗？就点评别人性格。

一看就是游淮的语气。

申铠扬直接截图发到小群里：@游淮 你匿名了个寂寞。

夏思怡发了个小猫探头的表情包，分享了一首《粉红色的回忆》到群里。

申铠扬：你是要唱这首歌吗，思怡？早知道我就唱小虎队的，我们就是经典永流传组了！

夏思怡：闭嘴啊二货！我是让你听歌的吗？看歌词啊！

邓畅：你们是在加密聊天吗？

…………

游淮没回群消息，而是和陈茜私聊。

——什么时候回来上晚自习啊，同桌？

陈茜刚和肖屿荣对完台本，低头打字回复游淮。

肖屿荣一看她这样就知道是在跟游淮聊天，他之前和陈茜接触得少，觉得这女生漂亮归漂亮，但性格实在是不敢恭维，不是谁都能像游淮一样没脾气哄着她的,他还是更欣赏乔之晚那种说话轻声细语的温柔美女。

可最近见面频率变高,他难免对她有所改观。

他拿着台本,帮陈茵扇着风,玩笑般问她:"搭档,你觉得比起游淮,我怎么样啊?"

宋澜溪拿着一沓资料路过,恰好就听见肖屿荣问的这一句。

她看向陈茵,发现女生脸上的笑容变得讥讽,眸光格外冷淡,打量什么低级货品似的上下扫视男生一圈,而后语调带笑道——

"跟游淮比?

"恕我直言,就你这样的,给游淮提鞋都不配。"

肖屿荣其实和游淮关系不算差,刚才那么一说纯属逞一时口舌之快,游淮在学校算有名。

长得好看的人身边朋友通常不会少,肖屿荣自诩也算是个帅哥,到哪儿都不缺朋友,直到在乔之晚这儿跌了面子。他觉得这事儿游淮也有责任,没告诉他乔之晚跟沈域走得近让他丢脸,所以打游戏的时候忽然就来了一句"游淮,我觉得你有时候挺不够意思的"。

游淮没说话,申铠扬以为肖屿荣说的是游淮没给他们带飞,有点儿无语地回了一句:"肖屿荣,你这话什么意思啊?什么都怪游淮,他又不是你爹。"说完后又私聊了肖屿荣教育了他一通,话里话外都是你别仗着游淮脾气好就欺负他。

肖屿荣暗道不好,急忙去找游淮解释自己不是那个意思,发了好几篇长文字,屏幕刷下来全是一片绿色,结果游淮没回,但第二天在学校见面打招呼闲聊还是照旧,仿佛微信上不是他本人。

出于男生的好胜心,又出于一些过于隐蔽的心思,肖屿荣开始模仿游淮,在路上看见人大声打招呼,装出一副阳光明媚五好少年的模样,然而跟朋友一起吃饭提起游淮的时候,会用遗憾的口吻说:"游淮也是挺惨的,他对陈茵那么好,结果陈茵压根没把他当人看。"

心里把游淮当笑话看,觉得自己虽然惨,但游淮又能好到哪里去。

肖屿荣对陈茵说那句话纯属脑子一热,听陈茵那句完全不给他面子的话后,才急忙解释他不是那个意思。

陈茵没再理会他,收了东西对不远处正在收拾桌椅的宋澜溪打了个招呼,而后就往门外走了。

已经是放学时间,游淮站在门外,手里拿了陈茵的粉色雨伞。陈茵走到他身边,他就习惯性地接过她肩上的书包,两人并肩消失在窗外。

肖屿荣头皮发麻,不知道游淮到底是什么时候出现的,又听没听见他跟陈茵刚才的对话。

宋澜溪拉着椅子在地面拖出刺耳的声响,在肖屿荣皱眉看过来时,笑着说了句不好意思,然后说:"要不你让一下吧学长,我要开始做卫生了,你那个地方还挺脏的。"

校园歌手大赛举办得轰轰烈烈,那天天气格外好,绥北电视台提前来绥中布景,宋澜溪与学生会的其他成员一整天都在忙着布置和打杂。徐薇薇从高三教学楼下来,匆匆忙忙赶到时,舞台已经搭建得差不多了。

换上主持人礼服的陈茵拿着台词本跟肖屿荣在舞台旁边对流程,见到徐薇薇和她打了声招呼,徐薇薇顺势走过去偷懒。

陈茵脸上化着淡妆,台词本反扣在桌上。她这些天没怎么给肖屿荣好脸色看,但她越这样肖屿荣越上赶着对她示好,完全看她脸色行事。见徐薇薇过来,他立马让开了位置,笑着说他去买瓶水喝,又问陈茵要喝什么味道的,陈茵没搭理他。

徐薇薇惊叹不已:"肖屿荣对你这么好?"

陈茵没多做解释,听她这么说,有些厌恶地皱起了眉:"别恶心我好吗?"

陈茵身上的粉色礼服是吊带款的,细白胳膊裸露在外,近期天气转凉,徐薇薇这种怕冷人士早早穿上了校服外套,看陈茵神色如常,不由得倾佩:"你们做美女的,必要条件就是抗冻吗?"她搓搓胳膊,还想说什么,那边就有人喊她的名字。

她只好拍拍陈茵的胳膊:"我去那边忙了,一会儿再来找你。"

陈茵点头。

活动是在晚自习期间开始,陈茵为了保持漂亮,晚饭没去吃,只喝了半杯酸奶,拿着镜子又检查了一遍有没有脱妆。

游淮给她买了面包被她拒绝,这会儿坐在她对面,看女生爱美地对着镜子眨眨眼又抿抿唇,肩上搭着他的校服外套,拉链敞着,粉色的裙身勾勒出曼妙身姿。

那边穿着西装的肖屿荣脚步停在那里,显然是看见他在,不好意思过来。

游淮难得在公开场合坐姿懒散,长腿敞着,球鞋抵在特意搬过来给陈茵补妆的桌子腿上,轻轻一动,陈茵放在上面的镜子就从水杯上滑落。

陈茵怒而瞪他一眼,游淮却问:"肖屿荣真在讨好你?"

陈茵有些无语:"哪儿看出来的?"

游淮抬起下颌,朝桌上那瓶巧克力奶的方向点了一下。

刚才他来的时候,就听徐薇薇她们在说,肖屿荣对陈茵献殷勤,又是买吃的又是买饮料。

陈茵倒是清楚肖屿荣这么做的缘故，无非想买东西来堵住她的嘴，但她不可能对游淮说那晚为了维护他骂了肖屿荣，只语焉不详地说"或许吧"。

自国庆游玩回来后，他们之间的关系就像是早就玩通关的游戏忽然迎来了新模式。

陈茵就是要让游淮猜，让他时刻带有危机感。

陈茵冲游淮眨眨眼，抹着唇彩的嘴唇亮晶晶的，像是糖罐里的橘子，声音都泛着甜："游淮，你很在意吗？"

她的长发被风吹着在他手背轻晃，带来阵阵痒意。

游淮喉结滚动，随即有点儿放弃般地重新靠在椅背上，很轻地叹了口气，而后朝陈茵弯下手指。

"你赢了。"食指和中指都朝着她的方向下弯，是游淮标志性认输的手势，"论让人哑口无言，我确实甘拜下风。"

陈茵这才心满意足地笑了起来，拿起桌上的台词本，朝肖屿荣的方向去了。

晚上七点半，校领导和绥北电视台的人员落座前排，活动正式开始。

申铠扬在后台悄悄开嗓，他运气不好，抽签抽了个第一，苦着脸对游淮抱怨："我要是一会儿唱不上去怎么办啊？"

游淮靠在化妆台上，陈茵的声音透过话筒传来，正介绍着这次活动和特邀嘉宾，他嘴里嚼着口香糖，等音响里换了人，才说："那就紧急降调，唱个'青藏低原'也算是你有创造性。"

申铠扬："……你抽签抽到第几来着？"

"第六。"不算前也不算后，申铠扬羡慕得不行，眼巴巴地看着游淮好半天，最后听见自己的名字，还是一咬牙上了台。

陈茵提着裙摆站在台边，余光瞥见在后台转来转去的宋澜溪给游淮递水，游淮似是说了声"谢谢"，水就搁在旁边没开。他似有所觉地抬眸，和陈茵的视线对上，而后勾了勾唇，手指在桌面一下下轻点，目光从她身上挪开一些，落在肖屿荣身上，又再次转过来要笑不笑地望向她。

似乎在问，讨好你的人怎么殷勤都不献？

台上申铠扬握着话筒卖命地飙着高音，音响就在陈茵前方，她拿着台本的手捂着耳朵，顺势和游淮视线错开。

肖屿荣手里转着话筒，接过别人递给他的矿泉水，拧开后，递给了陈茵："要吗？"

这可真是孩子饿了来奶了，她接过，往游淮的方向抬起水，而后抿了一口。

底下神仙打架，台上申铠扬有惊无险地唱完，在校长带头鼓掌中，捂着小心脏下了台，挺欠地对游淮说："别难过啊朋友，虽然我是第一名，但你给哥们儿陪跑我也不会忘了你的，等我拿到奖金会请你吃饭的。"

"谁是冲着第一名来的？"

游淮笑，说不出的漫不经心："就那点儿钱。"

申铠扬咋舌，也不知道这人穷得兜比脸干净，是怎么说出这种财大气粗的话的。

夏思怡似有所觉地看向游淮，慢悠悠地"哦"了一声。

"冲着人来的啊。"

游淮上台时，陈茵仍然站在台边。

底下不少跟游淮关系好的人，见他上场就开始起哄。

舞台两侧灯光斜着打向正中间，学生会的人弯着腰往台上送椅子，又抱着吉他给游淮送去。

陈茵清醒了不少。

没有背景音乐，游淮坐在椅子上，手指拨弄了一下吉他。

忘了是什么时候，她曾经玩笑般对游淮说，会弹吉他的男生真的很帅。

然后，就像是时空施下的魔法，把现在变成过去的美梦成真。

穿着校服的英俊男生抱着吉他弹唱着 *I'm yours*。

在台下无数双眼睛里，他挪动椅子，原本正对着舞台的坐姿变成了侧对，在明亮的灯光中，眼眸带笑地看向了她。

他薄唇轻启，温柔嗓音哼唱着："Our time is short. This is our fate I'm yours."

陈茵换完衣服出来时没看见游淮，只有夏思怡站在门口玩着手机等她："游淮被绥北电视台的人给叫走了，校长喊游淮的时候满脸都是笑容。我们老李都一脸与有荣焉的表情，你说游淮是不是要被挑走当明星了啊？该不会以后见游淮得买票吧？"

"你这话说的，我淮哥是什么珍稀动物吗？见他还得买票。"

拿着月光男神奖金刚炫耀完回来的申铠扬喜气洋洋地回了夏思怡一句，说完又晃着自己的红包，在左手上打得"啪啪"作响。

"听见没，听见没？就这厚度，我都不用打开看就知道里头是十张百元大钞！"

人逢喜事精神爽，刚刚在台下听到他名字的时候，他整个人都是蒙的，心说陈茵诚不欺我，校长果然喜欢《青藏高原》。

唯一算得上可惜的是，明明得奖的人是他，但最受关注的人是他抱着吉他唱情歌的好兄弟游淮。他堂堂一个月光男神连个欢呼都没得到，全是起哄。

他挠挠头:"我看游淮不一定去,他通常礼貌微笑时都是拒绝的前奏。"

郁闷的不止申铠扬,还有陈茵。

她重点完全找偏,想的全是,这绥北电视台怎么回事?她小学和初中那会儿好歹也经常出入电视台大门,怎么现在找人录节目,她这个全场最闪耀的主持人不找,就找游淮是什么意思。那到底是什么节目,真正男子汉还是最佳童子军?只需要男的不需要女的是吧?

她沉默半晌,最后鬼鬼祟祟地拉着夏思怡去一探究竟。

那边一个漂亮的大姐姐正在对游淮动之以情,晓之以理,但游淮看着压根没有想答应的意思。

陈茵想起,两人曾经走在街上碰见街头采访,她那时候长了一颗痘痘,戴着口罩,走在游淮旁边,被主持人当作大学生采访,开口就是问他们是不是小情侣。黑黢黢的镜头对着他们,戴着口罩的陈茵结结巴巴地对主持人说不是,站她前面的游淮却笑得坦荡,气定神闲地说他们还是高中生,以及谢谢采访。

她能想到的游淮唯一不松口的原因,也只有——

"他可能就是单纯不想上电视,不想出名吧,毕竟人怕出名猪怕壮。"

陈茵说得严肃。

夏思怡和申铠扬却一副"你别扯淡了"的表情。

申铠扬:"游淮怕出名?我高一刚认识他的时候,就看他上了报纸。人家在路边看老奶奶晕倒送去医院,做好事不留名,老奶奶上电视找救命恩人,记者在学校门口找到他拍了照,还写了一大段赞美的话表扬他,那份报纸不是被我们绥中承包人手一份吗?占据报纸半个版面的人怕出名,你在跟我说笑话。"

"看不出来,你们这么崇拜我。"游淮不知何时出现在他们身后,忽然发声,吓得三个人都是一激灵。

陈茵往那边看了眼,那位穿着职业装的姐姐已经不在了,她又扭头问游淮:"你怎么忽然过来了?"

"话说完了,不过来找我去哪儿?你们这偷听技术也太差了,没见过谁偷听结果却自己聊上的。"游淮也是服了,他在那边苦于如何让别人打消念头,结果就听见一声高过一声的交谈。那位工作人员也听见声音,往这边看就见到柱子后的三个人,有些好笑地连邀请的话都说不下去了,只说绥中的学生都挺有个性的。

那可不是有个性嘛,肯参加月光男女神的比赛上台唱歌,却不肯参加电视台正儿八经的节目。

拿到一千元奖金的申铠扬为了表明自己的大方善良,当即放话请他们吃饭。

"想吃什么随便说,沙县、麻辣烫、炸串,这种你们平时咬咬牙才能吃的高端食物,今天哥做东,让你们吃到积食!"

夏思怡:"申铠扬你拿了一千块钱的奖金就请我们吃这些?怎么也得一顿海底捞好吧?"

申铠扬捂着胸口答应:"行吧,海底捞就海底捞,这顿吃完你们得把我供起来知道吗?九宫格朋友圈高清无码感谢我的款待。"

原本想在学校门口直接打车去最近的海底捞,但申铠扬害怕被其他同学看见,扯着他们的胳膊让走远点儿,到个没人的地方再打车过去。

陈茵也就是兜里没钱,不然直接把钱甩申铠扬脸上教他做人别那么抠门,只可惜她目前是一个浑身上下只有两百块钱,等着爸爸、妈妈赶紧给生活费的贫穷少女。

贫穷让她谨言慎行,跟在嘴里叨叨个没完的申铠扬后头,往车站附近走。

游淮走在她旁边:"怎么不骂申铠扬?你是本人?"

陈茵哀怨地看他一眼:"请客的人都是上帝,知道吗?好烦,学校怎么能这么厚此薄彼啊,给我的就是本子、笔和学分奖励,谁要这些,就不能给点钱吗?我都快养不起你了,游淮……"

游淮有些好笑地喊了声她的名字:"我可没见过哪个被养得像我这么卑微的啊。"

说完,恰好一阵冷风吹过来,他伸手把拉链拉到顶,一只手插在兜里始终没拿出来,拉完拉链的手顺势从她手里接过她拎着的书包,姿态透着股说不出的恣意慵懒,莫名有种拿人的劲儿,站在被风吹得摇晃不止的树下,目光绵长温和。

是挺帅,在电视台工作的人眼光确实挺不错。

如果他有兴趣当网红,肯定比李秋明要红得多。

不远处已经拉开副驾驶座车门准备上车的申铠扬打断他的话,冲他们喊:"站那儿磨蹭什么呢你们?海底捞还吃不吃了?赶紧上车了你们!"

到了地方,吃上东西,申铠扬又肉疼:"你们是刚闹过饥荒吗……不是,朋友们,我拿的是奖金一千,不是奖金一千万,谁点的三盘虾滑?咱就不能吃完了不够再加吗?"

"申铠扬你话好多!就点几个菜你至于吗?"夏思怡实在受不了,恨不得拿平板拍他脑袋。

申铠扬憋屈地闭上嘴,眼睁睁地看着陈茵从夏思怡手里接过平板,跟画画似的,这里点一下那里加一下。他扭过头,手捂着心脏,轻声对游淮说:"我觉得我心痛得快要死掉了。"

游淮就看申铠扬在那儿演，申铠扬其实不是抠门的人，只是改不了爱耍宝的天性，平时总喜欢故意夸大活跃气氛："没事，反正你奖金一千，大不了去医院挂个急诊，正好一天把你奖金花完。"

申铠扬瞪圆眼睛，满脸不敢置信："我把你当朋友，你把我当怨种？"

陈茵没听他们在聊什么，选完自己想吃的，就问游淮："我给你点几个猪脑补补脑子吧，你还有什么想吃的吗？"

游淮在喝水，旁边申铠扬"哇哇"乱叫，动静不小。服务周到的工作人员估计以为他突发疾病，过来问他有没有什么需要的。夏思怡笑到咳嗽，陈茵弯起眼睛，靠在椅背上边饮料边逗申铠扬："我点甜品咯？我点饮料咯？小申，你有没有什么想吃的？"

乔之晚是跟朋友一起来的，她朋友今天生日，坐在离游淮他们不远的地方。她刚才听见声音就觉得耳熟，调味料的台子恰好在这边，她过来调蘸料走近一看，果然是游淮。

夏思怡是女生，贯彻落实朋友不喜欢的人，自己也绝对不跟对方说一句话的原则，跟陈茵一样靠在椅背上玩手机，听见声音头也没抬，表情无比冷淡。

游淮旁边的申铠扬倒是笑了起来，冲她打了个招呼。

乔之晚跟申铠扬是第一次见，但不影响她社交："你是今晚的冠军吧？你站在舞台上的时候距离比较远，我没看清你的脸，真厉害，《青藏高原》都能唱上去，冠军实至名归。"

申铠扬被夸，笑得更开心了："多谢多谢，我平时发挥更好。"

这时候倒也不需要游淮说话了，乔之晚只是过来打个招呼，聊了两句就回去了。

夏思怡若有所思地看向乔之晚的方向："换作是我，是绝对不会过来打这个招呼的。"

陈茵是个很容易挂脸的人，情绪全写在脸上，最初对乔之晚只是不服气，见到她的时候难免脸色差点儿，但乔之晚就是能做到无视，见面还是能开心地喊一声陈茵。这让陈茵一度觉得自己很小心眼，直到无意间听见乔之晚的朋友问她："陈茵都这么不给面子，你有什么必要打招呼？"

乔之晚说："面子上总得过得去，总不能陈茵小气我也那么小气吧，那多难看。"

陈茵对她的不服气就变成了厌恶，觉得她假，不够敞亮。

乔之晚跟游淮又没多熟，每次见到他都要打招呼，每次还都当着她的面。

这就很烦。

陈茵小心眼地放下平板，正想说什么，桌上忽然跳过来一只纸青蛙。

游淮手撑桌面，低眸对纸青蛙说：“去，哄哄你气鼓鼓的姐姐。”

那纸青蛙却被申铠扬拦截。

"你一个男的怎么连青蛙都会折，不管，你教我！"

"你烦不烦啊，申铠扬。"这次不用夏思怡出手，陈茵直接拿起筷子打申铠扬的脑袋，起身抢过他手里的青蛙，"我的蛙你都抢，你强盗啊！"

申铠扬捂着脑袋，悲愤交加地扭头要找好兄弟主持公道。

哪料他的好兄弟笑得一脸荡漾。

申铠扬举起手："服务员，麻烦拿个牌子过来，上面就写一行字——舔狗滚出海底捞。"

…………

这顿饭吃得异常艰难，四个人都觉得自己饿得能吃下一头牛，但吃到一半发现还在上菜，这才发现点得确实有些离谱。为了不让申铠扬有借题发挥的可能，三人很有默契地没有发表任何吃不完的言论。

夏思怡拿着公筷开始凑近过去分辨这颗丸子究竟是出于谁之手，给它找到回家的路丢进了陈茵碗里："这是你点的牛筋丸。"又夹了青菜给游淮，"这是你点的生菜。"

陈茵拿起纸巾就逃："我去厕所！"

申铠扬直冷笑："吃不完了吧？怎么一点儿都不响应国家说的光盘行动，点菜的时候服务员不问你们点得会不会太多，这就是你们的'不会'？"

游淮听得耳朵长茧，他家司琦女士都没这么能念叨，当即拿起手机站起身："我去看看陈茵，免得她掉厕所里了。"

掉厕所里是不可能的，只是遇见了不那么让人愉快的人。

陈茵和乔之晚在厕所门口撞见了，陈茵进去的时候看见她在洗手，刻意放慢了速度，出来却发现她还在洗手台那儿洗手。陈茵吃得有些撑，就懒得和她多说什么，打开水龙头打算洗完手就撤。

乔之晚却率先跟她说了话："我们就不能握手言和吗？"

陈茵怀疑自己的耳朵："我又不缺朋友，跟你言个什么和？"

"别装了陈茵，难道你很喜欢陈眠吗？"

陈茵听得有些烦："还行，没有讨厌你那么讨厌她。"

这么直白，倒也是陈茵的风格，她从来不遮掩对别人的喜欢或厌恶。

乔之晚笑了起来："我发现了一件很有意思的事，我当着你的面和沈域说话，你的反应都没有见到我和游淮说话的反应大，难道——你在意的不是沈域，而是游淮？"

陈茵看着她没说话。

"也是，身边有个优秀的舔狗，怎么可能不心动，就当作我刚才什么都没说。"

陈茵却觉得刺耳极了："你骂谁？乔之晚你没病吧。"

游淮刚走到厕所，就听见里面的争吵声。

服务员问他，是不是跟里面的人认识，需不需要帮忙。

游淮抽了张纸巾擦手："不用，出不了什么事，你去忙吧，我在这儿看着就好，谢谢。"

陈茵气得要命，乔之晚也气得不轻。

愤怒之下的小姑娘狠话说尽后，就开始互相揭短。

乔之晚字字戳心："你现在又在这儿装什么，不是你把游淮当狗？你以为你身边的朋友都是真心和你玩的吗？谁受得了你的大小姐脾气！你们班谢敏都说你脾气差。"

陈茵一肚子的话都在乔之晚提到谢敏后停在了嘴边，像忽然被戳破的气球，一下子瘪了下去。

她有些不敢置信地重复一遍："谢敏？你说谢敏在外面说我脾气差？怎么可能！我跟她关系——"

"你跟她关系好？别傻了陈茵，你自己什么脾气你心里没点儿数？除了游淮谁能忍你？"

乔之晚冷笑，难得直接："游淮又能忍你多久啊？你都没把他当个人，你要真把他当朋友，别人会说他是个舔狗？明明你心知肚明还乐在其中，装什么呢？"

陈茵脑子"嗡嗡"的，一时间竟然没能想出回击的话，整个人就跟彻底放空似的，吃了语文不好的亏。

甚至因为生气眼睛都气红了，完全处于劣势，只知道故作凶狠地皱眉看她，反复重复"你放屁"三个字。

粗俗却直接。

只可惜没什么效力。

直到女厕的门被推开。

话题里怎么都绕不开的男生站在女厕门口，满脸无奈。

"谢谢你们在女厕都没忘记我，但这里应该不是什么吵架的最佳场地？想吵架最好换个地方。"

他没进去，只是握着门把手，在乔之晚错愕的目光中，和陈茵低头委屈的动作里，叹了口气，才继续道："我没觉得我是舔狗，所以构不成你口中的陈茵故意，而且一直以来都是我心甘情愿，不用任何人替我打抱不平。"

直白又坦荡。

只是游淮自己都没想到。

他人生中第一次替女生出头，竟然是在女厕门口。

把他都气笑了。

分明因游淮的出现而峰回路转最终打了胜仗的人此刻却异常沮丧，慢吞吞地跟着游淮出了电梯。

彻底降温的绥北晚风阵阵，游淮走到陈茵面前："上来吧，我背你。"

陈茵听话地趴在他背上："你是在哄我吗，游淮？"

游淮却说："没有，我是看你走不动路，怕冻死在绥北夜晚的街头才大发善心背你的。"

陈茵下巴磕在他肩上，闻言只是"哦"了一声："你觉得我脾气是真的很糟糕吗？"

"你这脾气从幼儿园到现在不一直都这样吗？幼儿园的时候，问你要不要玩玩具，你嫌我烦一口咬我胳膊上，相比之下你现在懂事多了，你在反思检讨什么？"

游淮背着她路过一家奶茶店："想喝奶茶吗？"

陈茵摇头，下巴在游淮的肩上蹭来蹭去，披散的长发被风吹进了游淮的校服领口里，刮蹭着脖子让他有些痒。这么近的距离，他却十分有分寸感地没有让自己的双手触碰到陈茵的大腿，哪怕隔着校裤和外套袖口，他双手收拢微微握拳贴着自己的腰。

他嘴里说着行吧，又背着人往路边的方向去打车，继续了刚才没说完的话："你以前跟男生打架的时候，蒋阿姨不是把你打得嗷嗷大哭问你改不改，你还倔强地流着眼泪说自己没错吗？怎么现在听别人说两句就这么丧了？"

"那又不一样。"

陈茵不太高兴游淮提起她丢脸的过去："跟男生打架又不是我的错，是他们骂我男人婆哎！但这次不一样啊，我一直以为自己跟谢敏关系很好，谁知道她都说我脾气差……"

游淮问她："那你改吗？"

陈茵沉思片刻："我都十七岁了，哪怕我说我想改掉坏脾气，也没那么简单吧！"为了不显得自己像是在强词夺理，她急忙补充，"性格养成最佳年龄段是三至六岁，我都快三个六岁了。"

说着说着，她又觉得导致自己性格成这样的元凶是背着她的这个人。

"在我咬你第一口的时候，你如果不是纵容，而是耐心地跟我讲道理，说不定我现在脾气会好很多！"

"我那时候也才上幼儿园，你怎么好意思对一个 abcd 都说不明白的小男孩儿提这种要求的？"少年停下脚步，站在方块格里，扭头去看趴在自己背上的女生，"我没觉得你脾气差，也没觉得你哪里不够好，哪有人是完美的？

你这样就刚刚好。"

他偏过头，陈茵只能看见他泛红的耳朵。

陈茵在这个时候，忽然想起游淮在厕所门口说的那些话，当时沉浸在愤怒中并不觉得有什么，现在才迟钝地开始脸热，视线上下不定、飘忽许久，才带了些试探地问他："那，你是觉得我什么都很好吗？"

游淮停顿了会儿："也没有什么都好，你也有点儿要改的，你不觉得自己不太擅长夸人吗？"

怎么还真说？有你这么说话的吗？

陈茵哑然许久，才干瘪地问他："怎么说？"

游淮把人在公交车站放下，还在留意着有没有空的出租车。

"就好比，我今晚上台唱了你喜欢的歌，你就没有夸我。"

眼睛没看陈茵，语气却诡异地透着股委屈，像主人跑出去玩徒留他自己看家的小狗。

陈茵"啊"了一声："你唱得很好听，我很喜欢。"

游淮看她一眼："没了？"

"嗯……发音很准、咬词很清晰、台风很棒、长得也很帅，你真是天生的明星啊阿淮。"

"能不能说点儿有用的，我是欠你这几句夸……你喊我什么？"

"啊！淮！"陈茵夸张地把嘴巴张成鸡蛋形状，"啊"字发音拖得长长的，游淮被她逗得失笑。陈茵从外套口袋里摸出那只瘪了的纸青蛙，塞进游淮手里，"你的纸青蛙瘪了阿淮。"

无边夜色里，车辆从他们身边疾驰而过。

红绿灯变换着色彩，路边蓄积的水洼映着城市灯火。

陈茵看见他手指动作间让干瘪的青蛙重新变得胖鼓鼓的，他眉眼认真地看向她，眸光里的笑意似让时间重新倒退回到燥热夏日。

他耳朵上消失的红晕如火星般注进了陈茵心里。

燎原的瞬间，游淮伸手揉揉她的长发。

"放心啦，我永远站在你这边，我保证。"

小时候写作文凑字数的时候，陈茵写，时间一直走一直走，无论怎么喊它都不停留，结果还被老师标红夸奖写得不错。她那时候拿着作文去找游淮炫耀，大声朗读了一遍自己的作文后，又难得带上少女感伤问游淮，我们以后还会是朋友吗？

那时候少年也是如现在这样，坚定却又带着轻松玩笑的口吻地对她说，放心啦，会的。

——他保证。

然后时间就好像无论怎么走,都不会走到尽头。

陈茵伸手钩住游淮的小拇指。

"拉钩哦。"

公交车缓缓停在他们面前,溅起的水花打湿了陈茵的裤腿。

然而这一切都不要紧,一切都没关系。

她认真看着游淮的眼睛,对他说:"你自己说的,要永远站在我这边,不许变,不然——"

威胁的话还是不要说完。

就这么藏着掖着,让他去猜。

陈茵偏着头,冲他扬眉,笑得一脸得意。

她已经完全忘了在海底捞发生的不愉快,跟歌词里说的一样,心情就像是坐上一台喷射机,瞬间就从地面来到了天际。

被游淮送到家门口时,她都是笑着的,树叶被晚风吹得不停摇晃,陈茵的心也莫名跟着荡漾,看什么都很顺眼,看游淮顺眼,看他背着的吉他都觉得顺眼。

她摸着吃得过于饱的肚子,站在花坛上面,张开双手让游淮看她走直线。

游淮走在她旁边,看她表演。

"我厉害吗?"陈茵问他。

游淮:"嗯,超厉害。"

"那你抬头。"站在花坛上的人停下脚步,张开的双手忽然掉转方向,命令般指向他。

游淮乖顺地停下脚步,站姿松散,额发被风吹动,露出饱满光洁的额头。

"给你变个魔法哦。"

"行,你变。"

"那你先闭上眼睛。"

"干吗?你要谋害我啊?"

"让你闭你就闭!不要那么多意见!"

"行吧。"意见很多的少年听话地闭上眼睛,嘴里却还在嚷嚷着,陈茵我对你那么好,你别害我啊。虽然这里黑灯瞎火,但是监控可不少啊,我警告——

"你"字没能说完。

因为他被人给抱住了。

"魔法的内容就是——"

女生直起腰,手掌拍拍他的头,故作轻松道:"我也会最偏袒你,无论跟谁比,我都最偏袒你。"

十一月底，绥中选出的月光男女神去绥北电视台参加了节目录制。

陈茵、游淮和夏思怡作为亲友团坐在观众席。提前一周左右，申铠扬就在四人小群里暗示他们去定制个灯牌、制造点儿排场，营造出申铠扬选手真的人气很高的样子，但惨遭朋友们拒绝。

陈茵简单明了：我不要，会累，我去看明星演唱会都不拿灯牌的。

游淮相对委婉：你只是个嘉宾，不是明星，还是不要喧宾夺主吧朋友。

夏思怡就毒舌许多：别太虚荣了，申铠扬！我们能牺牲周末时间去听你唱歌就很不错了，再叽叽歪歪就把你头打歪！

申铠扬相当委屈："可黄春瑶都说她亲友团给她准备了应援，我还是她学长呢，我什么都没有不是很丢脸吗？"

结果被他的朋友们一致用"不会"两个字给敷衍了过去。临开场前，申铠扬都不死心，顶着被遮过瑕的脸在他们身边绕来绕去，一脸"别瞒着我了，我知道你们肯定会给我准备惊喜"的样子。陈茵摊开双手，顺便当着他的面翻了游淮的卫衣口袋和帽子："真的没有，赶紧上台，你看学妹都比你稳重。"

陈茵很久没来过绥北电视台，舞台、灯光、镜头，都吸引着她注意力。在夏思怡为申铠扬欢呼的时候，她看着台上的主持人，对游淮说："他们都好耀眼啊。"

游淮相当扫兴："打灯的原因吧。"

"谁说是外力影响了，我说的是，他们看起来就一副闪闪发光的样子。"

这句话实在是过于不像陈茵说的，从她嘴里很少能听见羡慕别人的话，但现在陈茵难得有些羡慕。

想起前不久老李在班会课上跟他们谈论起关于毕业后的事情，问他们想去什么学校、有什么梦想。这个问题可太俗了，小学写作文就开始写"我有一个梦想"，只不过那时候陈茵写想要有吃不完的零食和看不完的动画片，小学的梦想并不能挪用到高中。别人都奋笔疾书时，她握笔沉思，扭过头去偷看游淮在纸上写他的梦想是成为很自由的人。

"做自己想做的事情、去想去的地方，一切随心，万事开心，这个梦想就挺不错。"游淮是这么跟她解释的。

听着倒也确实是游淮的风格，那陈茵就很困扰了，她找不到自己的梦想，难以像游淮这样笼统定义。

她问游淮："你说，我以后成为美女主持人怎么样？"

游淮有点儿困惑："重点是在美女还是主持人？"

镜头扫过观众席，陈茵到嘴边的话变成了笑容，等镜头扫过她，才回答游淮："那当然是主持人啦，美女需要成为吗？我就是呀！"

她脸凑过去，推着游淮的胳膊让他看自己："我难道不漂亮吗？"

无论从哪个角度来说，陈茵确实是漂亮的女生。

是不需要细品,一眼就能在人群中锁定她的美女。

游淮昧不下那个良心,看着她说:"漂亮,实在是太漂亮了,简直就是仙女下凡。"

但由于过于浮夸,倒显得像是在讽刺。

陈茵刚伸手拧他胳膊,却不料游淮忽然低头。

倏尔拉近的距离,让游淮的脸擦过她放在扶手上的手背。

轻擦而过的触感却让心里像被羽毛轻轻挠了一下。

记忆瞬间回到花坛边的那个夜晚,她心血来潮地拥抱过后,游淮站在那里愣怔许久,才忽然笑了起来。他抬着头,一双黑眸在路灯的照耀下格外清亮,像被水冲刷过的黑珍珠,里面映着她的影子,只是望着她笑。

游淮的鼻息从她手背擦过。

再抬起头的时候,手里拿着从地上捡起的纸巾,他没发现陈茵片刻的愣怔,挺有公德心地从她包里拿了张干净纸巾把它包着放进口袋里。

坐直后,他的手肘却一直没收回去,越过了两张椅子的边界,和陈茵的胳膊轻轻贴着。

纸巾在他手指间转着,看了眼台上因镜头而局促不安不时握拳又松开的申铠扬,以为陈茵的沉默还是有关于梦想的话题,便说:"你要真想当主持人也挺合适,至少如果是你站在那里的话——"

他话说一半,忽然命令她:"你笑一下。"

陈茵不明所以却还是挤出了个笑容。

刚鼓起的脸颊就被人伸手戳了一下。

捏着她脸的人信口胡说。

"很好,你看,同样是微笑,申铠扬站在舞台上笑得像傻子,而你呢,得体又大气。

"冲吧,振兴绥北电视台的任务就落在你头上了,少女。"

声音温柔。

手指暖热。

镜头扫过来加上些滤镜便是偶像剧的场面。

只可惜陈茵现在满脑子都是:

"游淮!你用在地上捡纸巾的手捏我脸!要死啊你!"

时间像陈茵在作文里写的那样一直走一直走。

高三这座高山不知不觉被翻越了一半,文科班和理科班的人陷入没完没了的考试循环之中。

申铠扬这种头号没心没肺选手,都会在课后长吁短叹忧虑未来能上的大学。

　　始终从容的要数游淮，他课后偶尔会去理科班找沈域，偶尔去便利店给陈茵带些零食回来。重新领到生活费的两人终于决定做些规划，这种行为被夏思怡称为共同财产分配，陈茵脸红得不行，拍着夏思怡胳膊让她别瞎说。

　　此外，陈茵还觉得自己有了些长进，她在班里见到谢敏竟然能做到心无旁骛，仿佛什么都没有发生过，甚至能在对方和她打招呼的时候点头回应。这在过去可是从未有过的事情，她的世界从来都是非黑即白，无法理解所有的面子工程，不懂电视剧里明明互看生厌的两人却能伪装和平，但等到她这么做了，才发现原来是成长。

　　她也成了面子工程的新晋工程师，能够不深究原因，不去追问对方为什么，明白厌恶就像喜欢一样其实并没有缘由。她踩着成长的尾巴，在逐渐变冷的空气中呵出一口冷气，然后对昏昏欲睡的同桌说："我觉得我真的是长大了。"

　　同桌睁开眼睛，揉揉耳朵，拍拍她的脑袋，声音含糊地对她说，会给她准备礼物的。

　　鸡同鸭讲。

　　跟犯困的游淮是真的没什么好说的。

　　陈茵再度托腮，皱着眉头看着窗外落着树叶的大树。

　　坐在前面的夏思怡转过身，往她耳朵里塞上一只耳机："你听听这首歌怎么样？适不适合我唱？"

　　耳机里是一首粤语歌，陈茵听不懂歌词，只觉得女生声音很好听。欢快歌声里带着点儿浪漫，让她忍不住跟着节拍轻轻地在桌上点着手指。

　　"这是什么歌啊？"她问夏思怡。

　　"我看看哦。"夏思怡偷偷摸摸地从袖子里拿出 MP4，点亮屏幕后，对陈茵说，"《分分钟需要你》，莫文蔚的。怎么样，觉不觉得我声线跟她有那么一点点像啊？"

　　"是有点，但问题是你会粤语吗？"

　　夏思怡："不会啊，但我们班不是有人会吗？"

　　她冲陈茵旁边趴在桌上睡觉那人疯狂抬下巴暗示。

　　游淮的妈妈是广东人，逢年过节会带着他从绥北回一趟广东，但他不常说，只在班里人讨论港剧和粤语歌的时候被要求着说上一句。

　　夏思怡跟着耳机的声音含糊地哼着歌，她咬不准歌词，只能跟着念个尾音。

　　游淮困倦地睁开眼，正好听见夏思怡唱的那么一句，头都没从臂弯里抬起来："唱泰语歌啊夏姐？"

　　夏思怡相当憋屈："什么泰语歌！粤语歌啊粤语歌！莫文蔚你都不知

道吗？"

秋末午后阳光暖意融融。

陈茵趴在摞起的书堆上，看着游淮懒散地靠着椅背，手里拿着夏思怡的粉色 MP4。她戴着的耳机被线扯着动了一下，歌声忽远时，男生清澈的嗓音和耳机里的声音重合，唱了同一句歌词。

陈茵微愣，低眸看见游淮下垂着的眼睫。

夏思怡眼睛都亮了："唱得很标准啊淮哥，教我教我。"

游淮笑着拒绝："不行啊夏姐，我教你这歌我会被扬扬打的。"

"一首歌而已！申铠扬哪敢——"话说一半，夏思怡忽然发现游淮目光落在趴在那儿还在听歌的陈茵身上，声音立马变了调，"哦，行吧行吧，不必多说我都懂了。"

游淮不置可否，放下夏思怡的 MP4。他睡了半节课，脖子都是僵的，刚站起来就被从后门进来的申铠扬钩着脖子去小卖部。

申铠扬絮叨叨的声音和游淮的身影消失在后门。

陈茵才低下头。

看见被暂停的歌，歌词停在了他刚才唱的那一句上面。

——我与你永共聚，分分钟需要你。

没唱的下一句是：你似是阳光空气。

陈茵忙碌于学业的时候，文科班的林琳再次出现在陈茵身边。

林琳问陈茵知不知道沈域要在家里搞派对，乔之晚好像被邀请了。

陈茵完全不知道，她已经两耳不闻窗外事很久了，她对沈域开不开派对倒没什么感觉，只是乔之晚被邀请这件事让她非常不爽。

她小心眼，跟乔之晚之间的不愉快在那晚海底捞过后达到了一个新巅峰，重回小学时期我的朋友绝对不能和她一起玩的阶段。她拿着林琳给她的消息直接去找了游淮，直截了当地问他："沈域家开派对，为什么不跟我说？"

游淮抱着篮球刚从球场回来，头发都被汗水打湿，运动毛巾搭在上边，他擦着头发："还要通知你？不是我直接带着你去就可以吗？"

还十分不芥蒂，仿佛大家都是朋友那么简单的样子对她笑着说："你又不是什么外人，要什么邀请函？"

陈茵被哽住。

老实说，她是带了点儿别的试探来问游淮的。

她故意在游淮面前用质问的语气提起，他却没什么反应，甚至可以称得上平和。

"哪有不一样！"陈茵故意一字一顿地对游淮说，"沈域亲自邀请，和你带着我去那能一样吗！"

沈域两个字被她咬得很重，说完还挑衅般看向游淮。

该生气了吧，该有点反应了吧？

没有。

游淮情绪相当稳定、过于稳定。

"那我让他给你发张邀请函？"他甚至笑着伸手揉揉她头发，用哄小孩儿的语气对她说，"不是吧陈茵，这点小事儿都生气啊？"

陈茵的火气就仿佛刚点燃却被一盆水浇熄的爆竹，蓄势难发，她只能生硬地丢一句没有，然后拿出桌肚的书背着标为必备的古诗。

旁观全过程的夏思怡给陈茵丢字条。

——我觉得游淮不是那个意思，可能你们两个人的思维不在一个频道。

陈茵拿笔在下面回：他一点反应都没有，他就是不在乎。

夏思怡：那要不然这样，你试探试探？

陈茵：怎么试探？

夏思怡：找个工具人咯，不要口头上提起，做点儿实际行动，你看游淮会不会生气。但我补充一句，无聊找架吵的行为，你确定？

陈茵确定，并且跃跃欲试地把试探放在了沈域开派对的那个夜晚。

她家离沈域家并不远，只是她家在融萃湖庄二期，而沈域家在三期，中间隔了十多分钟的路程。游淮骑自行车到陈茵家门口准备带着人去沈域家，却被告知陈茵已经自己去了，他在冷风中愣了一秒才对陈茵的爸爸说了声"谢谢叔叔"。

车轮碾轧过地面的小石子，又"咯吱咯吱"地往前。

陈茵坐在沈域家客厅，和乔之晚一个在东边，一个在西边。林琳是跟着她一起来的，轻声跟她说着关于乔之晚的八卦。她一边听着一边看乔之晚用铅笔在画本上对着沈域画画的样子。

陈茵轻嗤，然后故意在乔之晚问沈域有没有饮料的时候，问坐在地上玩游戏的胡斌："喝饮料吗你？"

胡斌茫然地抬头："啊？"

陈茵："哦，可乐是吧？行，我给你拿。"

胡斌更加茫然了，他同桌已经看出陈茵的故意，瞪了他好几眼。

胡斌委屈得不行，他好好玩游戏，一句话都没说，得罪谁了他？

陈茵在别的方面或许不擅长，但气人实属一流。

从冰箱里拿出两听可乐走过来时，看见乔之晚轻皱的眉头，她顿时觉得爽翻了。

她开心地轻哼着小曲儿,把可乐放在胡斌面前,"不用谢"三个字刚要说,一阵冷风就扑了过来。客厅的门从外打开,穿着黑色线衫的男生神色冷淡地走了进来,目光和陈茵带笑的眼睛对上,便似不经意般地挪开。

沈域抬眸和他打招呼:"怎么才来?"

游淮说:"车坏了。"

他坐在沈域旁边,从拿着茶壶倒水的朋友那儿接了一杯热水过来。

所谓派对,其实就是一群朋友吃吃喝喝聊聊天。

热气腾腾的火锅在正中央。

在陈茵的计划里,她该坐在沈域的旁边,在游淮看过来时故作亲密,但最后阴差阳错落座在游淮身侧。他挽起袖子,皮肤在黑色毛衣的衬托下显得格外白。

林琳轻轻拽着陈茵的衣角,轻声细语地在她耳边说:"茵茵,乔之晚坐沈域旁边了!"

哦,坐就坐,关她什么事。

"她还给沈域夹菜……沈域没吃,哈哈哈,乔之晚的脸色都变了!"林琳还在絮叨。

陈茵有点儿烦地抬头,就对上乔之晚恰好看过来的目光。

圆桌太大也是件很麻烦的事情,比如坐得比较远的陈茵就需要站起来才能夹到菜。但她懒,而且身边坐着即使看起来无比疲惫但还是尽职尽责给她夹菜的机器人游淮,她就更懒得动了,全程没有站起身过一次,像个被伺候惯的公主。

乔之晚忽然扬声问她:"你看着我,是要牛肉丸吗,茵茵?不好意思啊锅里没有了,要不然,我这个给你吧?"

陈茵几乎是立刻就皱起眉头。

完全看不惯她的这套作风,并且再次肯定自己的眼光果然没有问题。第一眼就讨厌的人果然无论看多少眼除了讨厌就还是讨厌。

桌上其他人都闻到战火的硝烟,说笑的氛围停滞一瞬。

陈茵"啪嗒"一声放下筷子,故意问沈域上次的牛肉丸吃完没有。这话一出乔之晚顿时变了脸色,幼稚的游戏,陈茵获得胜利。

她刚想笑,就听身侧的游淮放下筷子的声音,他靠在椅背上就这么冷峭地看了她一眼。

这一眼几乎不需要任何解读,无论谁来了都可以翻译为不高兴了。

陈茵格外开心,既打击了乔之晚,又让游淮在意,她简直就是打了胜仗的将军。

一整晚她都似飘在云里,故意喊了好几声沈域,要么问他有没有零食,要么关心他要不要喝饮料。

弄得散场的时候，胡斌丈二和尚摸不着头脑，困惑地问游淮："她这是闹哪出？"

游淮冷笑了声，没回答胡斌的话，只是散场的时候，直接把人堵在了沈域家门口。

人没走完。

至少乔之晚还在屋里，不知道和沈域说些什么。

其他人摸着肚子在等司机送回家。

光线在前面，檐下的方寸之地是光线不及之处，将人掩在昏暗里。

陈茵一出门就被游淮堵在了门口。

游淮的气息温热，吐息间带着清甜的桃子味。

他今晚喝的是桃子汽水，是她放在他面前的。

陈茵有点儿分神，在昏暗里抬头看他时，就撞进了一片湿润里。

他低着头，黑色的线衫让他与黑暗几乎融为一体，唯有声音是清晰又温柔的，问她："你故意的？"

陈茵没说话。

游淮看着她的眼睛对她说："这不是你答应我的偏袒。"

当晚，她在床上翻来覆去回忆发生的一切，最后忍不住给夏思怡打电话复述晚上发生的事情。她第三遍强调游淮拉她那个动作时，被夏思怡忍无可忍地喊了停："你不觉得自己有点魔怔吗？"

"你不觉得我充满了智慧吗？"陈茵坐在床边晃着腿。

夏思怡理智得像个机器人："行吧，充满智慧的少女，下周月考，老李可是放了狠话，谁要是再拖班级平均分的后腿就要采取强制行动了啊。"

高三只有这点不好，每当开心的时候，都会被考试泼一盆冷水。

再多悸动和开心都因此大打折扣，陈茵虽然成绩吊车尾，但又是个经不起批评的选手，每次考试最烦的就是拿到成绩的那一刻。蒋琪筝和陈子芥尽管口头禅一直都是"宝贝开心健康长大就好"，但看见一次比一次差的成绩单，心里还是有些不是滋味，说的话难免戳中陈茵敏感的小心脏。

她临时抱佛脚，下课也不跑出去玩了，要么背古诗、文言文，要么就是在背英语单词。这种时候，游淮都在她旁边翻着名字都不知道是什么的杂书，主要起到了一个陪伴作用，他对此还能给出个温暖人心的解释："怕你一个人背书太孤单啊，不然哪里不比教室好玩？"

陈茵矜持地用笔点点桌面，挑剔地对他提要求："你可以抽查我背诵啊，这样的话，知识不也能顺便进入你脑子里了吗？游淮，你怎么那么笨？"

游淮心说：我这叫笨？明明是不忍心让你输。

他要真想跟她玩，那可太多玩法了，那些招数他又不是不懂，无非若即若离、忽冷忽热，恰到好处的关心和随时抽身的冷淡。相较之下，陈茵故意对沈域的那些热情就显得小儿科许多，稍微有点脑子都能看出来的激将法，但也颇具陈茵本人的风格。

"行，抽背啊。"

游淮拿过她的语文书："过春风十里，下一句是什么？"

陈茵愣住："什么过春风十里，哪一篇里的？"

游淮："《扬州慢》，能不能行了？你课间不是一直在背这一篇吗？"

哦，原来是《扬州慢》。

"淳熙丙申至日，予过维扬。夜雪初霁，荠麦弥望……荠麦弥望……"陈茵干巴巴地重复着这一句，绞尽脑汁才想起下一句，"入其城……真的有过春风十里吗？"

她不会了，露出"你是不是在骗我"的表情看着游淮。

游淮摊开书给她看："过春风十里，尽荠麦青青。你荠麦重复那么多遍，不知道它会青？"

陈茵看一眼就捂住眼睛："你干吗！有你这么抽背的吗？在考试的时候我不会写，难道有人给我看书吗？你快拿回去，拿回去！"

游淮把书收回去，看着上面花花绿绿的标记，心说书没读多少，页面看起来倒是花里胡哨，倒也印证了那句差生文具多。

"行，换一篇，《师说》总会吧？小学而大遗，下一句。"

"吾未见其明也。好了，你别抽背了，你越抽我越觉得我语文要完。"陈茵不由分说地从他手里拿回自己的书。

游淮手撑在桌上，有点儿懒散地托着头，就这么偏头盯着她看。

嘴里还哼着歌，陈茵起初没听清他在唱些什么，借着从他桌上拿东西时，才听清他在哼那首 *I'm Yours*。

这时候，陈茵是真的觉得，虽然下周就要考试，但是就这么坐在这里，嘴里背着怎么都背不下来的文言文，听着男生在身边哼着歌，心情莫名就愉快了起来。

像是在夏日喝了一口冰汽水。

看着窗外飘浮的云都觉得顺眼了起来。

陈茵慢吞吞地伸出手，胳膊和他放在桌上的手臂贴上，然后停住。

游淮校服外套上淡淡的柠檬味道被风吹过来，她翻着历史书，开始背晦涩难懂的知识点。

晚上陈茵和游淮一起放学回家的路上,她临时去了趟便利店,出来的时候看见游淮站在门口接电话,他表情有些不耐烦,却一直在听。陈茵站在门口等了会儿,见他迟迟没有挂断,才有些困惑。

游淮哪有打电话能说这么久的朋友。

无论是沈域还是迟盛都是只说一分钟不到就要挂电话的类型。

所以,打电话来的人是谁,总不能是10086吧?

她走过去,听见游淮有点儿无奈地回了句"我哪里知道那么多"。

陈茵直接伸手拿过他手机,一看屏幕上显示着乔之晚的名字,无名火从天而降。

怎么哪儿都有乔之晚,这个世界难道所有人都是NPC,只有她和乔之晚是对立的玩家吗?

她火大地接了电话,语气相当冲地说:"乔之晚,你烦不烦?"

接下来的时间,游淮就站在那里看着陈茵握着手机跟乔之晚吵架。

也不知道女生哪有那么多话要说,面都没见过隔着电话便能吵二十多分钟,翻来覆去还是"你烦不烦""你说什么"这样的车轱辘话。他原本站着都变成了蹲着,最后难得对沈域产生了一些怨怼。

什么仇什么怨,乔之晚打电话过来问的也就是沈域的事情,在她看来作为沈域最好的朋友他应该什么都知道。

游淮就不明白了,是他平时给人一种没脾气太好说话的错觉吗?他怎么觉得自己都成沈域身边的大内总管了,什么事都跑来问他。

少年手里拿着女生从便利店买来的东西,在塑料袋里挑挑拣拣,最后拆了包巧乐兹,咬一口发现甜得慌,拿开一看是抹茶味的。他皱着眉头咽下去,看着陈茵站在台阶下,拿着他的手机被电话那头气得直跺脚,马尾一晃一晃的,气鼓鼓地冲那边说:"乔之晚,你讨人厌死了!游淮是我的朋友,不是你的朋友,你不要再给他打电话了!我现在就把你号码拉黑!"

幼稚得要命。

游淮又叨了一根抹茶棒,看陈茵挂了电话后气鼓鼓地瞪着他。

"游淮!"

一个蹲着,一个站着,相隔三级台阶,游淮抬眸看见卖烤红薯的老奶奶推着车从陈茵身后路过。

于是注意力被分散,他抬手比了个暂停的手势:"等会儿,你吃烤红薯吗,陈茵?"

生气哪有暂停的!哪有他这样的?陈茵一肚子气,双手叉腰,脸颊鼓得像河豚,怒气冲冲地对他说:"吃!"

十二月，申铠扬早早就在班群里问了大家要不要一起去望溪上城过平安夜。

绥北文旅局十一月就给望溪上城新建的摩天轮做了推广，历时一年建造的摩天轮看图片是美轮美奂，偶尔开车从那边路过也都能看见巨大一个圆环始终在施工，最近终于完工，平安夜的晚上才正式对外营业。

班里不少人响应，临到平安夜晚自习终于要结束的时候，竟然奇迹般全班无人缺席。申铠扬因此大吹牛，见到个人就说他是音乐班的灵魂、是整个班的支柱。

平安夜这天的晚自习，等着出去玩的音乐班同学们都有些心不在焉。

圣诞节算是绥中比较重视的一个节日，校长为了迎合学生的喜好，每年圣诞节学生们自己布置教室，当晚各个班搞晚会活动，甚至破例允许学生在学校玩喷雪这种不易打扫并且危险系数高的东西。

老李早就看出底下这帮兔崽子心已经飘出去了，他们以为自己开没有老师的小群讨论出去玩的行动无人知晓，但其实一眼就能看出他们今晚要作妖。老李没说什么破坏氛围的话，只是拍着桌子让他们注意安全，太晚别在外面瞎跑，天气冷了早点回家。

"圣诞老人是不会给快成年的小姑娘和小伙子发礼物的，同学们！"

老李最后是拍着桌子这么语重心长地跟他们说的。

但不要紧，老李不相信童话，绥中音乐班的全体学生们相信。

其中，对圣诞节最偏爱的是陈茵，她是在圣诞节那天出生的，用蒋琪筝的话来说，就是："你是一个特别会选日子的宝宝，原本预产期是在十二月初，结果圣诞节这天你才想来看看这个世界。你是不是上帝送给妈妈的小宝贝呀？"

小时候说话还不清楚的陈茵就会如捣蒜般拼命点头，奶声奶气地对妈妈说"是的"！

长大后的陈茵仍然坚信自己是上帝送给爸爸、妈妈的礼物。

作为每年圣诞节收到最多礼物的寿星，她很早就在猜测游淮今年会送给她什么礼物。回首过去，游淮可以说什么奇奇怪怪的东西都送过。

送过自己最喜欢的变形金刚，结果被陈茵叉着腰骂了一顿。

因为陈茵经常弄丢红领巾导致被老师骂，所以送了很多很多的红领巾，结果把她给气哭了。

还送过学校门口卖的小鸭子，结果因为陈茵给鸭子洗澡让鸭子惨死浴缸中，她哭了一整晚。

…………

说实在的，陈茵其实对游淮送的礼物没抱什么希望。更别说，他生活费现在多数都在自己手里，他能送什么礼物呢。

她穿着冬季校服，外套里面爱美地换上自己的衣服，是件棕色V领毛衣，但因为怕被来检查仪容仪表的学生会成员扣班级分，里面还是乖乖穿上了校服外套。现在一出校门，就立马拉下了校服拉链，露出了那件非常喜欢的棕色毛衣。

班里其他人叽叽喳喳走在前面，聊着八卦，讨论着要吃什么。

陈茵走在游淮旁边，刚想跟他说话，一张嘴就看见气息变成了白雾。

她拽着游淮的胳膊，对他说"你看你看"，然后长长地哈了一口气："你看我的仙气！"

陈茵最喜欢的季节就是冬天，她可以裹在厚厚的被子里赖床，还可以穿着毛茸茸的厚外套在外面打雪仗。

只可惜绥北今年的冬天，迟迟没有下雪，她呵着白雾又问游淮："你猜，明天会下雪吗？"

女生的长发被风吹乱，她跺跺脚，又放慢脚步往他身后躲风。

"天气预报说不会，天气预报还说了，这种天气请各位市民朋友好好穿衣服预防流感。那请问，这位市民朋友，你是比我们要更抗冻一点吗？大家都好好穿外套，就你敞着穿？"

游淮背着两个书包，声音懒懒地被风送到陈茵耳朵里。

从生活习性上来说，游淮跟北极熊是有点类似之处的，比如到冬天的时候，他和熊都会陷入冬眠，熊睡多久，他睡多久，要么在犯困要么就是在犯困的路上。

陈茵抬腿踢他："要你管啊，美女的事你少问！"

前面等车的朋友已经在冲他们挥手。

"干吗啊你们？车都到了，快过来啊！"

陈茵从游淮身后探出个脑袋，"好"字说得元气满满又活力四射。

谢敏往后排钻的动作停滞一瞬，抬眸看向车窗外时，就见少年一脸无奈地从身后把女孩子捞过来。他低头帮她拉上校服拉链，不知道说了什么，原本笑着的女生顿时变得气鼓鼓的。

"……游淮你烦死了！"

坐副驾驶同样看过去的同学感慨了一句："他们是真好啊，我要是也有个住在隔壁的青梅竹马就好了。"

谢敏轻笑："是啊，真羡慕她。"

望溪上城到处都放着圣诞歌，在充斥着"叮叮当、叮叮当、铃儿响叮当"

的声音里，高三学生们在网红奶茶店门口排着队，看着衣着光鲜亮丽的都市男女从自己身侧路过，不时发出一两声感慨。

"好想快点长大啊。"

"同样是出来过圣诞节，别人穿漂亮的衣服，我们穿校服，我恨绥中不早点放学！"

做奶茶的小姐姐是出来做兼职的绥北大学学生，本就年纪相仿，听见他们说的话，便笑道："等你们毕业了就不会这么想啦，高中也是很美好的嘛……好啦，你们的奶茶，注意安全哦！"

接过奶茶的夏思怡乖巧点头，并偷偷捏申铠扬的胳膊："申铠扬你干吗和我点一样的！你又不来大姨妈你喝什么红糖奶茶！"

申铠扬整个愣住："不是，你点这个是因为来姨妈？不对不对不对，思怡你怎么不早说你来大姨妈啊，你难受吗？"

献殷勤的小申同学被夏思怡红着脸捏住耳朵："闭嘴！不许再问了！"

游淮看热闹不嫌事大，在旁边添油加醋："夏姐，申铠扬大概是不想让你和我们一起玩的意思，这种同桌要来干吗？直接丢去火葬场扬了吧。"

说完，听见旁边窸窸窣窣的声音，低头一看，陈茵一手端着乌龙白桃奶盖，另一只手扯着拉链正往下拉，见游淮看过来，立马抬头大声说："我很热啊！这个奶茶是热的！我拿在手里它烫得很！"

大概是觉得理不直，声音就格外大、气势也挺足。

其他人还没拿到自己的奶茶，游淮听着陈茵瞎扯，唇角微勾，只说："那你还挺牛。"

他手握一杯港式奶茶，站在店门口摆着的一个戴着红围巾的巨型狗狗雕塑旁边。

"你这么聪明读什么高三啊？应该去为奶茶申请冬日发热专利啊，以后冬天谁还怕冷啊？都买一杯热奶茶扛过整个隆冬，绥北所有奶茶店都得对你说声谢谢。"

他语调闲散，却惹得周围的人跟着笑个不停。

被调侃的陈茵气得跳脚，直接踩住他的运动鞋警告："你别说话了！你一张嘴，没几句能听的，安静！"

游淮如她所愿封上嘴。

所有人拿上奶茶，又在烤肉店吃完烤肉，出来差不多已经九点半。

巨型摩天轮前已经里三层外三层围满了人。

申铠扬感慨："不是吧，绥北的市民们，不就是一个摩天轮，也要排成这样吗？"

跟另一个女生去便利店买了纸巾回来的谢敏说："是九点四十五分有烟花秀，就在摩天轮这边放。"

"哇——"

"好浪漫！绥北不是禁放烟花爆竹很久了吗！现在也可以玩这套？"

"你懂什么呀，都是宣传的小套路罢了，没看见那边有人在拍摄？到时候各种视频软件一发，谁不想来我们绥北坐摩天轮啊！"

陈茵踮起脚，透过拥挤的人群努力想看看前面的景象，入眼的却是一个个黑黢黢的脑袋。

最后只好放弃，握着栏杆，抬头看看亮着光的摩天轮，又拿出手机看了眼时间。

九点四十分，还有五分钟就开始放烟花。

这五分钟里，工作人员已经做好准备，前方突然传来嘈杂声响，引得后面不知状况的人不时询问怎么了。

申铠扬和夏思怡站在陈茵和游淮的后面，陈茵努力踮脚想往那边看，结果站在前面的男人从包里拿相机，手肘差点打到她的脸，游淮及时伸手把她往后拉。

一直动来动去的女生终于老实，被男生拉着手腕护在围栏前，两只手仿佛撑开一个安全屋。

她的长发别着兔子发夹，见男生脸色阴沉，主动露出了个笑容，抬起手腕给他看时间。

"游淮，还有三分钟了耶！"

"只剩下一分钟的时候，我们一起倒数呀！"

长发上的白色兔子也憨态可掬地冲他笑。

拿着手机给同学们拍照的体育委员万煜川在这个时候冲他们喊："陈茵！游淮！你们看过来！"

乖乖把校服拉链拉到顶的陈茵闻声望过去，又扯了下游淮的袖子。

"游淮！快比耶！"

一整天都很开心的她笑容灿烂地做起了示范，甚至眯起一只眼睛做了个Wink。

被人群挤得燥热的男生随意将校服外套拿在手里，在女生命令着比耶时，将手指放在了她脑后，没有看镜头，而是垂眸，看着她笑弯了的眼。

"咔嚓——"

在画面定格的瞬间，"砰砰砰"的烟花声也突然而至。

斑斓的色彩点燃黑夜。

"哇！"

陈茵抬眸，看着天空。

她已经很久没在绥北看过烟花了。

烟花本来就是很浪漫的东西，摩天轮也在此刻运转，绚烂灯光缓慢转动，似儿时看过的万花筒，当初需要眯起眼才能望见的绚烂画面在此刻抬头便能看见。

圣诞曲目悠悠飘了过来。

身边人都在专注看着烟花时，陈茵侧眸，看向游淮。

他抬着头，斑斓光线映在他眼中。

好像，现在这一幕也不错。

如果将一切都当作送给她的生日礼物的话。

还没有坐上的摩天轮很浪漫，意外看见的烟花很浪漫，站在她身边陪她看烟花的游淮，也跟着变得很浪漫。

烟花在天际炸开。

她的心跳都跟着失衡，整个人在失重感里，听见游淮清澈带笑的嗓音越过哄闹杂音，对她说：

"你说，对烟花许愿有用吗？"

"不是应该对飞机许愿吗……但……但勉强应该也能有用吧。"陈茵说。

"那我就再许个愿。"

游淮忽然闭上眼，轻声说：

"等到毕业那天，希望我能得偿所愿。"

游淮总有些很固执的坚持，哪怕读书一直不怎么样，但从不迟到早退，生病都会乖巧地对爸爸、妈妈说没关系他可以坚持上学，因而游引一直无法理解儿子到底是怎么做到很爱学校却不爱读书的。司琦倒是很快说服自己并从中找到儿子的优点："你看阿淮多乖，虽然成绩差但从来不给我们惹麻烦，还乐观开朗，我们不用担心他抑郁。"

游淮的乐观开朗和坚守原则一直贯穿始终，这点儿原则细说的话，那就是遵纪守法，做一名不给社会添麻烦的良好公民。此外，还添加了些他个人的风格，他行事坦荡，从来没有藏着掖着，也颇具个人特色略显中二地认为——

"拜托，无论我要干什么，都大大方方、坦坦荡荡好吧，遮遮掩掩有什么意思，又不是见不得人。"

他是这么跟他的朋友们说的。

可略显叛逆的少女无法理解男生的坚持，甚至满脑子都是问号，无法理解游淮究竟是怎么做到，成绩那么差行为却又那么正的。

以上所有内心活动，陈茵都没有表现出来，她只是在漫天烟花里钩住他的袖口，很轻地"嗯"了一声。

回去时，游淮和班里男生在路边拦车。

陈茵正拿着手机翻阅照片，谢敏走到她身边，分给她一瓶饮料，陈茵接过时说了声"谢谢"。

谢敏脸上纠结的表情让陈茵看出她大概是有话要说却不知道该怎么说。

其实陈茵挺喜欢谢敏，陈茵是一个大大咧咧时常注意不到别人情绪的女孩子，刚分班那时候因为过于心直口快，给人不太好接近、虚荣又势利的印象，是谢敏主动邀请她去厕所，在体育课的时候喊她的名字带着她融入班级。

对别人能轻松说出的决裂话语，陈茵没办法对谢敏说出来，只能问她："你讨厌我吗？"

谢敏笑了起来："其实最开始的时候，我是真心把你当朋友的。很久之前我就问过你，对游淮什么想法，你那么斩钉截铁地跟我说当然是朋友，但现在才发现你所说的怎么可能不是否定，而是一种诧异。在你和我冷淡的这段时间里，我一开始觉得这么疏远下去也不错，但时间久了，我想明白了一件事。"

谢敏摘下了总戴着的眼镜，笑着看向陈茵："我小学时候印象深刻的男生，现在连他叫什么名字都不记得了，但关系好的朋友现在都还在联系，所以陈茵，我思来想去，发现自己还是不想失去你。"

申铠扬手都快伸僵了还是没拦到空车，打着哈欠跟游淮抱怨："我们大绥北的出租车到底能不能行了？打车界面排了半小时都轮不到我们就算了，怎么路上都见不到空车？司机师傅们都不想赚钱了吗？阿淮？你怎么不理我？"

他狐疑地看过去，见游淮正往陈茵的方向看："不是吧，哥，距离产生美听过没？我跟夏思怡之所以是模范同桌，还不是因为我人帅、嘴甜、不黏人啊！"

申铠扬吹牛的时候向来张口就来，那边戴着兔子发夹的女生伸手抱住站在她面前的女孩子。游淮收回视线，有些嘲讽地看他一眼："有时候真的挺羡慕你的。"

申铠扬瞬间得意："是吧是吧，羡慕我就对了，我跟你说——"

话没说完，就被游淮给打断："出去玩不用买飞机票，吹着牛就能起飞了，挺好，挺省钱。"

"……滚啊！"

当晚回到家，蒋琪筝和陈子芥给她准备了生日蛋糕，粉色的 Loopy 旁边插满了小星星。她双手合十，虔诚许愿。

希望，无论是亲情友情还是爱情，都能够一直如意。

蜡烛吹灭的瞬间，蒋琪筝和陈子芥都对她说着"生日快乐"。

凌晨的钟声过去，无论是微信上还是 QQ 上，都是各种朋友发来的祝福。

陈茵坐在床边正挨个翻阅，窗户突然被小石子砸了一下，她踩着拖鞋往窗边走。

肯定是游淮，除了游淮，她想不出还能有谁会在这个时候来到她家楼下。

她踩着拖鞋，飞快地跑到窗边。

看见她家门口的树旁，游淮穿着布鲁托小狗服装，头套挡住了他的脸，黑色的狗耳朵垂在脑袋两侧，看起来憨笨又可爱，他怀里抱着一个发光的音乐盒。

见她出现在窗边，"小狗"忽然冲她行了一个绅士礼，再次直起腰的时候，身后忽然亮起了灯。

圣诞老人抱着礼物摇摇晃晃地从左边出现，右边跑出来一群戴着发光头箍的人，那些都是陈茵的好朋友，他们笑着冲她晃着手里的荧光棒。

陈茵手指紧了又松，像是站在 VIP 席位看一场专门为自己准备的表演秀。

"茵茵！生日快乐！"

"恭喜又长大一岁！"

他们七嘴八舌地重复着已经在微信里跟她说过的祝福。

陈茵眼眶热了，许久不知道该说些什么。

站在最中间的布鲁托有些滑稽地抬手做了个暂停的手势。

"给你准备了一首歌。

"来，朋友们，一二三，起。"

《生日快乐歌》。

在陈茵生日这天，她的窗边有穿着小狗公仔服哄她开心的骑士，还有笑着冲她挥舞荧光棒对她唱着歌的朋友们。

那些荧光汇聚在一起，竟然比烟花还要绚烂美丽。

陈子芥和蒋琪筝听见动静，刚打开房门，就看见陈茵推开卧室房门，拖鞋都顾不上穿，一路狂奔着下了楼，头发都散乱，粉色的棉绒睡衣在夜里像一个奔跑的粉色线团，她喘着气拉开大门。

"咯吱"一声——

那团五彩光芒在黑夜里从童话故事中来到了她的现实里。

布鲁托站在她面前，早就预料到她会狂奔下楼。

抱着音乐盒、歪着脑袋对她说晚上好，其他朋友从他身后露着脑袋，笑着对她重复"生日快乐"。

陈茵眼眶更红了。

正要说话，那只布鲁托就拧开了音乐盒，那首熟悉的 *I'm Yours* 响了起来，音乐盒里，穿着校服的女生抱着一只狗狗在木盒中间转圈圈。

初中的时候，陈茵和游淮跟着爸妈去迪士尼玩，在园区里两人因为一点小事吵架，陈茵气鼓鼓还要被父母教训，被迫和游淮和好，气得拉着游淮往布鲁托的方向走，指着布鲁托跟他说："看见了吧！虽然它是小狗，但你比它还要狗！"

结果游淮的理解能力好像出了问题。

他竟然在此刻穿上了布鲁托的玩偶服，抱着音乐盒，在无边夜色里，笑着对她说生日快乐。

"怎么样怎么样，是不是很惊喜啊！"申铠扬的声音，从圣诞老人身上传来。

戴着发光的兔子耳朵的夏思怡拧他耳朵："你废话好多啊，申铠扬！刚才你就跑错位置了！你是不是笨蛋！"

吵吵闹闹。

老李说，圣诞老人只属于小朋友，而不属于他们这种少男少女。

童话故事仿佛也存在年限，超过该过儿童节的年龄，全世界都会对你说，这个世界是没有童话的。

长大后的世界或许不会有王子在晚会对你伸手做出邀请，但一定会有跨越艰辛阻碍只为你而来的骑士，在午夜时分穿着他以为你喜欢的玩偶服，带着一群你的好朋友，为你创造一个只属于你的童话故事。

小狗久久不见她的回应，挠挠耳朵，声音难得有些不确定。

"音乐盒……你也不喜欢吗？"

身边的朋友们都笑着说，怎么会不喜欢啊，她肯定超喜欢的！

陈茵在笑声里，忽然伸出手，抱住了眼前这只垂着耳朵有些笨拙的小狗。

不用变成猫，变成老虎，也不用被雨淋湿。

你哪怕就是一只笨拙得不会卖乖服软、猜不透我到底喜欢什么的小狗。

我也会坚定地抱住你。

然后，只看向你。

周围欢呼声一片，然后不知道是谁先扑了过来，紧接着就跟叠罗汉似的，所有人都抱了过来。

生日愿望不用等到来年。

在钟声敲响的那一刻。

原来，就可以被实现。

这年圣诞节和往年都不太一样，或许是高中最后一个圣诞节的缘故，无论是什么事情,一旦加上"最后一次"四个字,都会被赋予特殊含义。表现得无比嫌弃的老李给他们每个人都准备了礼物,是个笔记本,扉页上还都写着同一句话"前程似锦"。

"李哥,你不是说我们是你教过的最差的一届吗?我们的前程真能似锦啊?"

老李说:"怎么不能?只要不走歪门邪道,条条大路都能给你们通到罗马去。虽然平时总跟你们说好好学习,但未来的路是属于你们自己的,人生也是你们自己的。哪怕随便找个马路牙子坐着,只要你们觉得舒服自在,那也是属于你们的罗马。同学们,虽然你们经常让我很头疼,但前途是光明的,未来是璀璨的,往前走呗,管他什么样,只要在努力,就一定会前程似锦。"

这句似是告别词的发言成了所有人眼中老李的高光时刻,陈茵甚至专门发了条朋友圈夸老李。

——我们班主任,真的是一个很酷的人。

生日过后的时间过得格外快,寒假一眨眼就过去,再开学,高考就更为迫近。哪怕学校里氛围总是紧张,四处都是高考的压力和对未来的迷茫,高三这段时光在陈茵看来却是彩色的。

或许是离别在即,所以相处的时光在记忆里就更为深刻。

外出艺考的校车上,游淮总会坐在陈茵旁边。在这段摇摇晃晃的旅程中,两人一人一只耳机,听着同一首歌曲,申铠扬他们会吵吵闹闹地喊着玩游戏,然后一群人莫名其妙就开始开嗓,谁的歌都唱,从凤凰传奇到好妹妹,司机都嫌烦地问他们能不能睡个觉。

高三下学期,老李也换了个口头禅,从"你们一天到晚脑子里除了那点儿吃的到底还在想什么"变成了"班门口不挂着高三的牌子,我还以为我走进高一教室了呢"。

试卷一张又一张,桌上的书越堆越厚,热水区永远能看见冲咖啡和泡麦片的人,文科班的林琳都减少了来音乐班的次数。

四月初的愚人节,游淮生日,陈茵原本想效仿他,找朋友一起给他庆祝,只可惜大多数人都被爸妈下了通牒,高三还敢出去乱玩就断财路,陈茵只好修改方案,从大家一起庆祝变成了自己给他庆祝。

愚人节这天她起得很早,在厨房下了一碗面,穿着睡衣就去敲开了游淮家的门。

游淮爸妈都不在家,他们临时有事出差,临走前仓促给儿子转了笔钱当作礼物。游淮在睡梦中被门铃声吵醒,晕晕乎乎地以为他爸妈良心不安打道回府了,下楼打开门看见的却是陈茵的脸。

她端着个比她脸还大的碗,面容氤氲在雾气之中,笑弯了眼对他说:"恭喜笨蛋游淮长大一岁！祝游淮生日快乐！"说完，不等他反应，就从他身侧往屋里挤。

春日清晨的鸟鸣被房门关在外面，游淮坐在餐桌前，看着陈茵亲手做的这碗面，许久才笑了起来。

"长寿面？"

陈茵煞有介事地点点头，变戏法似的从口袋里摸出一根蜡烛和打火机，就捧在手里给他点燃。

"本来想昨晚给你做一个蛋糕的，但真的好难，我妈让我别为难自己陷害你了。虽然现在没有蛋糕，但面条我是做成功了的，面条、蛋糕其实也算是同一品类是不是？反正都跟面粉有关，所以……你别看着我呀，快闭眼许愿呀！"

游淮听话地闭上了眼，真的在她这一通胡扯里开始对着她手里拿着的蜡烛许愿。

看着他吹灭蜡烛，陈茵急忙问他："许了什么愿望？"

游淮吃着面条，含糊不清地说："世界和平咯。"

陈茵翻他白眼："你以为自己是迟盛啊，口头禅世界和平。"

"那我和他还是有点儿区别的。"

"区别在哪儿？"

"毕业再告诉你。"

"游淮你真的好烦——"

"提醒一下，我今天生日，怎么跟寿星说话的？"

"……你真的很好人。"

游淮失笑。

其实这碗面条实在口味欠佳，陈茵第一次下厨，拿捏不好调味料的用量，用手指夹着盐往里放了一点点，又尝了一下自己的手指，把自己咸得猛灌了一大口水，同时认为这碗面已经足够咸了，丝毫没意识到它的清汤寡水。

她手托腮，问游淮："好吃吗？"

这道题的正确答案简直不用思考，只用回答"好吃"就行，但游淮不走寻常路，在女生期盼的目光下说："你没放盐，面也挺硬的，好像没煮熟。"

陈茵越听脸色越差，就在要发作的时候，男生匆忙急转弯："所以你以后还是远离厨房吧，公主远庖厨听过没？做饭这事儿我就委屈一下，等高考完我学习学习，就我这领悟能力，不出几个月，一准成为五星级大厨好吧？"

他手拿筷子，抬起来的时候像是在比耶，笑容也灿烂，露出一排大白牙。

说话格外欠打。

"陈茵，你怎么能有这么优秀的竹马啊？幸福死了你。"

拍毕业照那天，阳光格外热烈，晒得人睁不开眼。

拍照顺序是文科班、理科班、美术班、音乐班、传媒班。

排在倒数第二，老李却很早就把大家都喊下去了，一群大白菜都给晒成了豆芽菜，一个个蔫巴地躲在阴凉地看着其他班的人在摄影师的指挥下比耶。

"这就拍了？喊'一二三'了？"

申铠扬寻思这不行，他鬼主意立马来，跟其他人说："一会儿我们想个特别的，能引领风骚的类型。"其他人一合计，立马就讨论开了。

"直接喊班级口号啊！"

"闭嘴啊！我们班的口号土死了！运动会上还没被嘲笑够吗？"

"要不来个酷炫点儿的，奥特曼的手势怎么样？咱直接突突突，激光扫射摄影师，拍出来的绝对是大片。"

全是馊主意，班里女生连搭腔的心思都没有，最后一群人叽里咕噜讨论半天，还是被摄影师给安排明白了。

摄影师喊着，一二三。

音乐班这些嘴上说着"土死了"的小孩儿就笑眯眯地喊："茄子！"

陈茵比着耶，挽着旁边夏思怡的胳膊，仿佛看见自己整个高中都被定格在了黑黢黢的镜头里。

高考那天仍旧晴空万里，蒋琪筝和陈子芥不知道跑去哪儿特意定制了衣服，红色的T恤上印着"宝贝考试必胜"六个大字，他们冲她挥着手："宝贝考试加油，心态稳住，一定能赢！"

一直以来陈茵都知道，比起同龄人的父母，她的爸妈年纪要更大一些，年轻人喜欢的东西他们不是特别明白。曾经蒋琪筝工作繁忙带她去公司时，也听过公司员工在背后说"陈总和蒋总真是老顽固"这样的话。但一直以来，他们竭尽所能给她最好的爱，会为了和她有话题聊陪着她一起看综艺节目和电视剧。

身侧不时有人往里进，班主任老李穿了身红色衣服，站在人群里，和她爸妈似是茫茫人海中的三粒红点。

陈茵看着忽然有些眼眶酸胀，急忙转身往里走。

考试结束后，陈茵在家昏睡了两天，第三天才恢复正常作息。

游淮高考一结束就被他爸妈带去广东看望生病的外婆了，手机里倒是随时能看见他发来的消息，朋友圈也时时刻刻都在更新，要么是在医院，要么就是在喝早茶的路上，每天分享的照片让评论区的人格外眼红。

申铠扬：哥，咱能不能别发了？你这一天三条，比上课下课还准时呢，或者发的话能不能别发好吃的了？给人看馋了你负责。

夏思怡：好清淡啊……你在广东吃辣椒犯法是吗？

胡斌：服了，我刚被拒绝，你这儿这么开心让我很难过，知不知道啊，淮哥。

…………

也是因为游淮的朋友圈，音乐班原本说好的毕业旅游，在他的影响下，从出国游变成了广东游。

他们想得挺美好，广州长隆动物园看看小动物，广州吃早茶、逛逛街，玩个一两天就去佛山、汕头继续吃好吃的，再从深圳过关去香港迪士尼，最后回到深圳玩两天再坐飞机回绥北。

这计划涉及的地点实在是有点儿多，陈茵看得眼花缭乱，只跟着大部队在群里回了个"1"表示收到。

主动提出规划行程的申铠扬每天在群里汇报广东天气和分享一句粤语让大家一起学习。

夏思怡嫌他烦，艾特谢敏让她把申铠扬踢出群聊。

出游前一晚，夏思怡来陈茵家睡，两个小姑娘看剧、聊天熬夜到凌晨五点，晕晕乎乎地被陈子芥开车送到机场。申铠扬和其他人早早就等在这儿，活力四射地和她们打招呼。

申铠扬染了个栗色头发，挺骚包地还烫了个卷，极力把自己营造成夏思怡喜欢的韩国帅哥类型。一见到她们就说了句韩语的你好，结果头脑还不太清醒的夏思怡听岔了，一脸困惑地问他什么时候学的泰国话，把申铠扬委屈得不行。

陈茵拿着登机牌站在旁边，用手机录了个视频发给游淮。

——你看你朋友，像不像个傻子？

发完，不到一分钟，那边就有了回复。

或许是已经脱离高中生门槛，即将成为大学生。相较于过去克制礼貌地随便一撩，游淮现在可以说是格外大胆。

他回：不想看傻子，能不能切换一下镜头，给我看看我喜欢的人？

到达广州是下午两点，阳光正烈。

一群人讨论着一会要去哪里吃东西，口气大得恨不得能一口吃下广州塔。陈茵走在旁边，心不在焉地跟游淮在微信上聊着天。

yh.：到了？

DOKi DOKi：嗯，刚拿完行李。

yh.：给你买了奶茶，一会儿偷偷给你。

DOKi DOKi：你就不能光明正大地给我？你做贼啊，游淮？

yh.：也不是不行，如果你想被申铠扬他们一直阴阳怪气的话，我是无所谓的。

DOKi DOKi：还是偷偷的吧。那我一会儿怎么先找你啊？我要用什么理由借口啊？

陈茵发完后，有些心虚地抬头左顾右盼，申铠扬正走在前面吹牛，说自己是粤语行家，在那里"母鸡"了半天被其他看不过去的人直接一个暴扣："闭嘴啦你，你养鸡场出来的啊？你再给我说句'母鸡'，信不信我把你打成菜鸡？"

申铠扬瞳孔地震："你竟然双押？"

他们这群人实在是吵得很，哪怕没穿校服，但一身的学生气，一眼就知道是新鲜出炉的毕业生。

陈茵沉默了一瞬间，毫无心理负担地给游淮发去消息。

DOKi DOKi：一会儿我说要去厕所，然后你在女厕门口等我？我们喝完之后再去和他们汇合！

这次轮到游淮愣住，他已经买好奶茶了，是一点点的奶绿，全糖不加冰，此刻拎在手里，看着陈茵说的在厕所门口喝，他都有点儿想把它直接丢进垃圾桶。

厕所门口喝奶茶，这人到底什么爱好？

游淮停下脚步，站在肯德基门口，给陈茵回消息。

yh.：恶不恶心？厕所门口喝奶茶这种话也能说得出来？肯德基等你。

yh.：开启位置共享

陈茵点进去，看见自己的星之卡比头像和游淮的黑色月亮头像几乎重叠在一起，小蓝点和小红点紧紧挨着，她也不知道是怎么想的，下意识很轻地"哇"了一声。

夏思怡正在网上看广州有哪些好吃的，听见陈茵的这动静，随口问了句怎么了。

陈茵关掉位置共享，神神秘秘地点开游淮的朋友圈，指着他头像问夏思怡："你觉不觉得，我跟他头像其实挺般配的啊？"

夏思怡：哈？

她不是很明白。

一个被铁勺捞起来的粉色星之卡比，和一个黑色底图白色月亮一看就是性冷淡的阴郁风格，是得有多大的滤镜才能看出"般配"两个字的？

她沉默半响，觉得还是不能用正常人的思维模式去理解恋爱脑。

于是，夏思怡摸摸陈茵的脑袋，对她说："很般配的宝贝，一看就是青梅竹马多年的小情侣，简直是天仙配。"

陈茵满意地弯起唇："可以，小夏同学最近越来越会说话了。"

"但比起这个，"夏思怡收起手机，手指着游淮的朋友圈背景，问陈茵，"你不觉得他这个朋友圈背景大有文章吗？"

游淮的朋友圈背景是截图的书架一角，黑色书架上放着很多黑色的书籍。

陈茵当时还嘲笑过游淮装高冷。

"这怎么了？"

夏思怡打开陈茵的朋友圈给她看。

她的朋友圈背景图里写着：要像奔向喜欢的人一样奔向图书馆。

"他朋友圈背景图不很明显是图书馆吗？"

夏思怡双手环臂，在其他人吵吵闹闹的声音里，笑着对陈茵说："我以为你早就发现了呢，结果你根本没看出他的言外之意，你是不是有点儿迟钝呀，茵茵？"

要像奔向喜欢的人一样奔向图书馆。

然后，游淮的朋友圈背景图不知道从什么时候起，改成了图书馆的照片。

用数学公式画等号的话。

含义只会有一个。

那就是：想成为你喜欢的人。

/第五章
恋　爱

　　陈茵感觉自己像是在路上走着走着忽然捡到了被放置许久的礼物，上面写着她的名字，拆开后里面全是满满的心意。她看着游淮的朋友圈背景许久，最后点了个赞，然后退出他朋友圈，给他打了通微信语音电话过去。
　　游淮刚接通就听见陈茵元气满满的声音。
　　"游！淮！
　　"你在哪里呀？你站着别动！我现在就过来找你！"
　　怎么说呢？
　　站在肯德基门口的游淮觉得这还挺突然的。
　　他打开两人的对话框，确认了一遍位置共享结束是发生在四分钟前，而不是四天之前。
　　这态度转变简直比天气还变化莫测。
　　他估摸着回答了一句："行！我在肯德基门口，一步都不能动吗？我等你等得有点儿久，腿麻了能往前走一步吗？"
　　陈茵什么都没听进去，只听见了个肯德基门口就开始跑了。
　　画面在她自己看来是美好的、陌生的地方，还是机场这种影视剧里重逢和告别的特定场所。
　　就连风里都是草莓的甜香。
　　完蛋，陈茵现在就有种想跟游淮直接表白的冲动了。

　　在游淮的视角里，他等在肯德基门口，听着肯德基里放着的抖音当红热曲。这歌名不知道是什么，但听着就很让人想谈恋爱，歌曲甜又洗脑，印象最深的那句就是：一见钟情的原因，就是我的心里只有你。
　　然后就开始反复唱着：可不可以给我你的微信。
　　坐在肯德基门口的女孩子许是受到歌曲和朋友的怂恿，拿着手机真的过来问游淮能不能加个微信。

陈茵找过来时，恰好看到游淮拿着奶茶对女生低声说些什么。

他一身黑，还戴着黑色头戴式耳机，拽哥穿搭，酷到不行。

回话却温柔又礼貌："不好意思啊，我有女朋友了。"

女生拿着手机，脸有些红，也跟着说抱歉，然后低着头回到了自己的位置。

陈茵拉着行李箱，停在四五步开外的距离，看着游淮真的站在那里一动不动地等着她。

忽然就笑了起来，她扬声喊他的名字。

"游淮！"

戴着耳机的男生抬头，看见穿着百褶裙的女生丢下行李箱就朝他奔跑而来。

他一愣，下意识地张开双手，然后就被陈茵扑了个满怀。

奶茶跟着晃，幸好没打开，不然就得洒一地。

游淮身体僵住，刚想确认一下这到底是不是陈茵，就被女生拉着衣服往下。

"你弯下腰不行吗？"陈茵踮脚费力，脸微红地对游淮提着要求。

"哦……好……"游淮不明所以，但仍旧照做，乖乖地弯下腰。

于是，就看见面前的女生张开双手，圈住他的脖子，给了一个实打实的拥抱。

"好啦！"

那边坐着的女孩子们就看见刚才还酷得不行的男生耳朵红得像是正在发烧，脸都跟着一点点变红。

他明显拘谨，手脚都不知道该往哪里放，唯一知道的，就是弯下腰迁就女生的身高让她不必那么费劲。

倒数从100都快数到1的时候。

提着的奶茶都快被他手掌的温度变成热奶茶的时候。

他才终于听到陈茵的声音："游淮，你看！我奔向你啦。"

"你——"

男生难得不知该说些什么。

陈茵松开他，看见他脸红到不行，唇角哪怕刻意压抑还是忍不住上扬，甚至在和她对视时还有些羞涩，伸手推开她的脸："你……你先别看我……"

就很可爱啊，像小狗，尾巴摇来摇去，真要给他奖励还不敢置信地来回转圈反复确认：是我？真的是我？

陈茵就给了他这种肯定，她从他手里拿过奶茶，然后径直握住他的手。

"你要是聪明点，就该问我是什么意思，但游淮你是个笨蛋，所以呢，世界还是由聪明人做主。"

120

聪明人抬着头，一如既往的骄傲，抖落天鹅毛。轻咳几声，对已经蒙圈、彻底不知道该如何是好、完全被拿捏的小狗说。

"现在都毕业了，你到底什么时候跟我谈恋爱？这种事都要我来问你，游淮你到底行不行呀？"

她矫捷又狡猾，歪着头，不许他视线躲闪。

游淮是真的很麻烦，多余的仪式感、多余的计较，这种时候，就应该直接抱住她，然后开心诚恳地对她说感谢公主垂怜好吗！

但游淮什么都不会。

她只好晃着他的手教他。

"你该说，谢谢女朋友了。"

毫不夸张地说，游淮都出汗了。

但这种时候，他在意的是："等、等会儿——"

他舔舔干涩的唇，平复了好一会儿呼吸才对陈茵说："我有件事想先跟你确认一下。"

陈茵："你说。"

游淮："按照刚才那种情况的话，应该还是算是我跟你表白的吧？

"不是，你对自己不够了解，陈茵，我跟你认识这么多年，我实在是太了解你了，别看你现在这么听话又嘴甜，还觉得自己帅得不行率先捅破窗户纸。但过段时间，只要你不爽了，你就会开始翻旧账，说我没有跟你表白，开始挑我的毛病。"

他一口气说了好多话。

陈茵越听越不爽、越听越想打人。

但游淮又惯性来了个急转弯，在陈茵朝他挥拳头时，笑着包住她的手，对她说："所以，为了避免日后的争吵，有些话还是得我来说。

"陈茵，我好喜欢你，能不能麻烦你，屈尊其贵，和我谈个恋爱？"

陈茵矜持地想了会儿，才说："那你说，陈茵是你见过的最漂亮的女生。"

游淮从善如流："陈茵是我见过的最漂亮的女生。"

陈茵："然后说，希望全世界最漂亮的陈茵跟你谈个恋爱。"

游淮："希望全世界最漂亮的陈茵和我谈场恋爱。"

"好哦。"陈茵举起奶茶，"看在茉香奶绿的份上，全世界最漂亮的女生勉为其难答应你了。"

跟想象中完全不一样的告白场景。

游淮原本想的是，在海边、弹吉他、放烟花，当着所有人的面给她个轰轰烈烈的表白。

——麻烦公主和我谈个恋爱吧。

这句话他都练习好久了。
但陈茵从不走寻常路。
机场、肯德基、人来人往。
和计划中的南辕北辙。
但，好像，也不错？

游淮拉着陈茵的手，听女生嘀嘀咕咕说着"我这么好的人，你要对我好点哦，我跟你认识这么久，你要是对我不好，我暗杀你哦"。他勾唇，将脖子上的耳机套在她头上。

"知道了，但你有点儿吵，新鲜到手的女朋友，麻烦你先安静一下，给我点儿时间回味一下刚才巨大的幸福？"

陈茵吸着奶茶，声音含糊。

"行吧，新上任的男朋友。"

陈茵和游淮牵着手出现在大家面前时，不出意外地获得了一阵起哄。

申铠扬直接化身成猴，围着游淮转来转去，嘴里不停在念："什么关系啊？怎么回事儿啊？怎么手都牵上了？我们才多久没看着你们，怎么就让你们关系都变质了？"

游淮被他给逗笑："滚啊，看不出来这是我女朋友？"

申铠扬被游淮这副得意的样子给弄得说不出话，好一会儿才做出呕吐的表情，故意往后倒在邓畅的怀里："畅畅，救我，这里有人恶意撒狗粮！"

邓畅正拉着行李箱在看车还有多久到，被他这一倒，差点儿没把手机给丢出去，没好气地把申铠扬往外推："走开点儿啊，找你的养鸡场去。"

申铠扬非常受伤地又看向游淮。

陈茵抱住游淮的胳膊，抬着下巴对申铠扬说："别想啊，这是我男朋友。"

他们刚谈半小时不到就已经对同学公开了，紧接着在去酒店的路上，陈茵就非常快速高效地拍了情侣照片发了朋友圈。

游淮昨晚在外婆家睡的，半夜被游引叫起来，父子俩偷偷摸摸跑去烧烤店，凌晨五点才睡着，在车上补完觉醒过来发现一整套流程已经被陈茵给走完了。

陈茵朋友圈底下的评论非常热闹。

迟盛：还是让这只狗得逞了。

胡斌：这种死亡角度……果然，女生拍照是只顾着自己好看的，你好歹让我们淮哥睁个眼。

申铠扬：好别出心裁的官宣图。

…………

游淮挨个回复。

先是评论迟盛：你在狗叫？

然后回复胡斌：别管我女朋友。

再回复申铠扬：你嫉妒的口水都流到黑龙江了，稍微收敛点。

最后问陈茵："你就不能把我叫醒再拍？"

照片里游淮正靠在椅背上睡觉，陈茵凑过去笑容灿烂地比了个耶。照片里陈茵是非常好看的，闭着眼睡觉的游淮虽然帅气不减，但比起陈茵更像个陪衬。

陈茵回得异常坦荡："我的朋友圈，当然是我好看最重要了，你一个连朋友圈都不发的人，这么注重形象干吗？你有鬼啊，游淮？"

无妄之灾。

游淮无话可说，用手指给嘴巴上了锁。

两人牵着的手自始至终都没有松过。

在酒店办完入住，晚上大家找了个大排档出来吃烧烤，吃完后都吵着要去越秀区的酒吧街感受一下氛围，二十多号人浩浩荡荡地去了。

陈茵第一次出入酒吧这种场所，在震耳欲聋的音乐里，好奇地四处张望。其实酒吧跟她想象中的不太一样，在网友的描述里，酒吧是声色犬马的场所，也因此，酒吧这个词汇，在陈茵的印象里，色调一直是偏浓稠的。她踏进来的前一秒，还拉着游淮的手，有点儿紧张地问他："一会儿要是有人跟我搭讪怎么办？"

不等游淮回应，她就发现自己想多了，因为音乐声真的很吵，哪怕坐在一张桌子上的人，都得靠吼才能让对方听清自己在说什么。

最重要的是，因为他们人多，但来的时候又是周末，没有提前预约位置，进去根本没有桌子给他们坐，被服务员抱歉地劝退了。

酒吧初体验以此告终，申铠扬他们不服气，又问了好几家，结果都没有位置。

于是，一群人只好改变计划，从酒吧初体验变成广州塔夜游。浩浩荡荡一群人轧马路看着像个旅游团，更何况他们还吵，一句很寻常的话都能引起一阵哄笑，引得路人不时看向他们。

申铠扬完全没脸没皮，走着走着做出投篮的动作，大言不惭地对邓畅他们说："看见没，哥的球投进广州塔了。"

邓畅多成熟稳重的人啊，闻言白了申铠扬一眼："你可闭嘴吧，就你那垃圾的投篮技术能投进广州塔？"他说着就做了一个标准的投篮动作，"看见没，我这才是标准。"

对比一下，陈茵觉得游淮真的可以说是非常成熟稳重了。她想，要是游淮也这么中二地走着走着搞个投篮，她一定会立刻、马上、毫不犹豫地跟他说分手。

游淮不知道陈茵此刻在想什么。

晚风从江岸上吹过来，有别于白日的燥热，此刻显得格外清凉。

抬头就能看见亮着光的小蛮腰，珠江上还有游轮在缓慢行驶。

他牵着女朋友，嘴里哼着《恋爱 ing》。这歌是在酒店那会儿，申铠扬手机里一直放的，申铠扬说这歌特符合他现在的心情，游淮觉得也是，这可不就是恋爱 ing。别说是从这儿走到小蛮腰，就算从珠江走到长江，他都觉得完全没问题。

恋爱才是科学家没发明出来的永动机吧？

谈个恋爱完全神清气爽，插上翅膀都能上天和月亮肩并肩了。

他思维跳脱，想到哪儿是哪儿，嘴角怎么都下不来，一直是笑着的。

谢敏本来过来问他们要不要点个奶茶，大家一起在手机上点了，结果看见两人腻腻歪歪地牵着手，顿时丧失了询问的兴趣。

邓畅问她："游淮他们点了吗？"

谢敏意味深长道："他们不用喝水的。"

邓畅："啊？"

谢敏："他们有情饮水饱，你这个单身狗不懂。"

邓畅大惊失色："班长你怎么还人身攻击？"

谢敏长叹一口气，推着邓畅的胳膊，嘴里敷衍着"没有没有"，再回头的时候，却已经看不见陈茵和游淮的人了。

有些难忍。

这段时间，陈茵最想知道的就是，情侣间的拥抱、接吻到底是什么感觉。

言情小说里有关于恋爱的情节让她浮想联翩，继而开始幻想有朝一日自己恋爱了要做些什么事情，罗列出来的事件里，最想尝试的就是接吻。

所以，和游淮接吻到底是什么感觉？

这个问题她在机场那儿就开始想了，只是觉得场合不太对，人太多了。

刚才路过酒吧，也有喝醉的情侣在门口抱着抱着便亲了起来，她刚看一眼就被游淮捂住了眼睛，男生语气正经得可以直接在讲台上讲话："人家接吻你看什么？没看那大哥的文身比我命还长？我打不过，你别搞事，要看就看我能打得过的人接吻。"

那个花臂大哥接吻架势有点儿吓人，看着像是要把女生给生吞了。

陈茵看一眼其实就没兴趣了，心里还有点儿打鼓，心说电视剧不是这样拍的呀，韩剧里还有加柔光滤镜呢，雪花飞一下、慢镜头停一下，男主角还低头搂腰呢，看着浪漫又美好，怎么现实里看起来是这样的？

她不由得看向游淮，他唇形很好看，不干燥不起皮，比喻的话像色调淡一点的草莓QQ糖。

陈茵难免有些蠢蠢欲动。

都毕业了，也不是小孩子了。

她还是初恋，虽然才刚谈一天不到的恋爱，但他们都认识十几年了，四舍五入跟恋爱十几年有什么区别？所以，恋爱第一天尝试一下接吻不过分吧？

陈茵这么想着，但也没莽撞到直接对哼着歌的游淮说："你好，我们能不能接个吻？"

她挺委婉地先问了游淮，要不要去给她买个奶茶喝。

游淮嘴里哼唱的《恋爱 ing》停了下来，低眸要笑不笑地看了她一眼，然后给了她一个建议："你能不能换个问法，你说，你有点儿渴，能不能去奶茶店买个奶茶喝？"

"有什么区别吗？"

"要不要和能不能，你说呢？"

"哦。"陈茵听得认真，说话态度也挺诚恳，但坚决不改，并且非常理直气壮，"你话真的很多，你就说去不去！"

"怎么这么不耐烦啊你？去，又没说不去，不就是去奶茶店买个奶茶吗？你就算是要飞碟，我都研究一下做给你好吧，百依百顺的男朋友你上哪儿去找，就偷着乐吧你。"游淮嘴贫，拉着陈茵边走边说，路过一个拐角时，忽然被陈茵拉着走到黑暗处。

这时，他嘴里还是没什么正经话，说着："干什么呢你，有灯的地方你不去，非得找黑灯瞎火的地方，你蜘蛛侠等着变身呢？"

结果面前站着的女生火急火燎地拉着他的袖子，嘟嘟嚷嚷说了串什么话，他根本没听清，声音实在是太轻了。

游淮就弯下腰："你说什么？是在骂我吗，那么小声？"

陈茵抿着唇，害羞来得后知后觉，也忽然觉得自己简直就是个莽夫，应该没有她这样的，没有她这种走在路上想试一下接吻到底是什么感觉，所以色迷心窍之下直接把人拉到这里想问问能不能接个吻的女朋友吧？

但，氛围都到这儿了。

都这么黑灯瞎火了。

那个花臂大哥都没他们这么谨慎，人家都直接在酒吧门口接吻。

她还知道找个隐蔽点的地方躲着人，所以，应该也算是没那么突兀吧？

陈茵这么想着，再度轻声对游淮说："就是，要不要试试，看怎么接个吻？"

游淮依旧一脸困惑，他低着头，长睫垂着，短发被风吹着扫过眉宇，一张脸帅气又干净,但就是听力不太行,还在问:"什么?"

这就很气人了,这要怎么再重复一遍?难道一不做二不休直接叉腰大吼一声:游淮!我想跟你接吻?

陈茵气得鼓起腮帮:"算了,没听见就算了,买奶茶去吧,你根本就不适合谈恋爱游淮,你只适合当个搬运工,你真的……"

话没有说完。

刚才还在问什么的男生忽然低头,眼眸里还带着笑意,抬手扶起她的脸,很突然、毫无预警地,就碰了一下她的唇。

非常青涩的一个吻,也是毫无技巧的一个吻,完美诠释了"蜻蜓点水"四个字。

触感不是紧要的,因为触碰上的那一刻嘴唇都是麻的,像是过电,身体所有器官最活跃的是心脏,它"怦怦"跳个没完,嗅觉紧接着开始高频率工作,陈茵闻到了游淮身上酒店沐浴露的味道,甚至空气中潮湿的味道。

紧张、刺激,但又意犹未尽。

陈茵有点儿恍惚。

原来,接吻不是触感,而是一种感觉。

是靠近的那瞬间心脏"怦怦"跳动的失序。

也是触碰到的时刻不知道该睁眼还是闭眼,紧张到手心都泛潮。

还是明明不过就是肌肤相碰,甚至直白点来说,像是手背碰到了嘴唇,但对方的鼻息扑过来,两人的气息近距离融合,一切就变得不一样。

陈茵抬头,看见游淮的脸跟自己一样红。

她握紧手又松开,最后攥着自己的衣角,故作老练地问游淮:"就这样吗?电视剧里好像不是这么拍的。"

游淮的语气听上去也挺镇定,还能礼貌道歉。

"不好意思,第一次谈恋爱没什么经验,还不太懂接吻的技巧,要不然,等我先掌握一下理论知识,我们再试试?"

陈茵好奇:"这还是可以学习的吗?"

游淮有点儿酥麻,想舔嘴唇,但又觉得这样不是很合适,只好靠在墙上:"嗯。"

他开始扯:"就百度啊或者什么的,接吻不是种类挺多嘛,我之前看网上有说法式湿吻什么的,这不跟数学一个道理,多学学总能找到方法的吧?"

他说得挺有道理,陈茵也被唬住,点点头:"哦,那我要跟你一起学吗?"她眼眸清澈,脸上泛着红晕,语气说不出的温柔,"接吻不是两个人的事情吗?那,就你一个人会好像也没什么用?"

两人就这么做下约定。

陈茵说晚上悄悄去他房间找他。

游淮有点儿惊讶，心说这么快，他还是个刚刚陷入初恋牵个手都脸红心跳的纯情男生，这进度条被拉得这么快，他心脏有点儿受不了。

但他凹了个拽哥人设，衣服拉链拉到顶，下巴抵着拉链，低着头，抬手在陈茵的脑门上敲了一下。

"来什么我房间，让申铠扬当观众还是评委？"

他笑着捏她的脸。

"妹妹，你淮哥哥最近有的是钱，别给我省，我再开个房，练习一下你说的接吻。"

晚上陈茵是想等夏思怡睡着，偷偷摸摸去游淮房间，再悄悄回来。

不承想游淮直接打了她们房间的座机，那时夏思怡还躺在床上玩手机，听见陈茵支支吾吾地对电话那头说好，有点儿狐疑地抬头，就跟名侦探似的，张口就是一句："游淮叫你去找他啊？"

陈茵的表情就跟见了鬼似的。

夏思怡晃晃手："去吧去吧，恋爱中的人啊，注意安全哦。"

陈茵用枕头砸她："夏思怡你真的想太多！"

游淮单独开了房间，申铠扬装模作样地抱着枕头挽留他，故意用台湾腔恶心游淮："淮哥哥，你走了我怎么办啊？嘤嘤嘤，人家怕黑，要你陪陪。"

游淮收拾东西的手都停了下来，坐在地上，笑着说：没事儿啊弟弟，房间里七八个人呢，我走了还有他们陪着你，别怕啊。

他语气淡定得要命，申铠扬被他唬得从床上一跃而起。他们这房间本来就是这一层的最后一间，灵异故事里最容易闹鬼的一间房。当时在楼下前台给他们这张房卡时他就有点儿尿，但一看游淮这么怕鬼的人都表现得无所谓，他就不好表现出害怕了，哪知道原来游淮是在这儿等着他呢。

申铠扬手撑在床上，还是对游淮的人性抱有最大的期待，问他："游淮，你这新开一间房应该是突然做的决定，不是蓄谋已久吧？"

游淮把短袖折好，行李箱拉上，用你的智商真的有点儿堪忧的眼神看申铠扬最后一眼，而后拉开房间门又"砰"地关上。

新开的房间离陈茵和夏思怡的房间挺近。

陈茵摁响门铃的时候，游淮刚放好东西，拉开房门就见陈茵跟做贼似的急忙钻进来又关上房门。

游淮不由得往猫眼看一眼："外面有你的第二个男朋友？"

"你嘴里能说句好听的吗？"陈茵把买来的口香糖拆开往他嘴里塞了一片，故作轻松地往里走了几步，就停下了脚步，扭头去看游淮，"大床房呀？"

游淮嚼着口香糖，身上穿着套灰色睡衣，头顶暖黄色的灯光照得他头发都泛着金色,房间空调冷气不要钱似的往外送。游淮整个人看起来暖融融的,他疲沓地靠在墙上,看着陈茵在房间里转来转去:"嗯哼,还是说你要和我一起睡?"

刚谈恋爱的小情侣,似乎正常些的,应该是从牵手、拥抱、接吻这几个步骤慢慢来,他们这一天就牵手、拥抱、接吻,进度已经算是神速。陈茵在来的时候也一直在想,万一晚上游淮邀请她一起睡,她该矜持一会儿再答应还是立刻答应。

这实在有些难,她内心的声音是喊着"一起睡"三个字的。刚确认关系的男女朋友对彼此有着巨大的吸引力,就仿佛终于买到了最想要的糖果,握在手里迫不及待地想拆开尝尝味道。

但没想到,这话被游淮说出来,就跟暧昧不是很沾边。

陈茵坐在床上没忍住翻了个白眼:"游淮,你能好好说话吗?"

游淮有些莫名:"我怎么没好好说话了?"

"你说这话的语气很像是小时候我去你家玩累了,你问我要不要在你房间睡啊!一点儿都不像是男朋友对女朋友的邀请!"

陈茵的控诉让游淮愣了好一会儿,才笑:"一句话怎么想那么多啊?那行,是我错了,我语气不对,你教我该怎么问?"他说着,走到陈茵身边,一米八七的大高个儿遮挡住大半光线,将坐在床上的女生笼罩在阴影中。

陈茵抬腿踢他,游淮没躲,而是弯下腰,看着她的眼睛:"怎么哄女朋友,你教教我呗?我刚谈恋爱,没有经验。"

"我也是第一次谈恋爱好不好?"陈茵瞪他。

"行行行。"游淮举手投降,原本想正经哄哄人,但一想到刚才的对话他又忍不住笑。

"你还笑!"

"不是啊,我没有嘲笑你的意思啊,就觉得我女朋友真的蛮可爱的。"男生声音里都是笑意,有点儿遮掩性质地抬手揉搓她的脸,试图转移她的注意力,"长得这么好看就算了,性格还这么好,我女朋友不可爱谁可爱?"

陈茵被捏成愤怒的小鸟,这下一点旖旎的心思都没有了,只想把游淮摁在房间打一顿。这人真的很烦,没谈恋爱的时候打打闹闹是两人的常态,但怎么谈恋爱了还这样?

别人谈的都是甜甜的恋爱,怎么轮到她就成了鸡飞狗跳的恋爱啊?

陈茵越想越气,打开游淮的手:"你烦死了,我不想跟你说了,我要回去睡觉了。"

"但我想跟你接个吻怎么办?"游淮拉住她的手,语气诚恳,像在讨要一块糖,甚至坐在床上,两条腿敞开,笑得阳光灿烂,对她说,"在等你的时候我已经查过资料了,这样坐着亲,应该会比站着亲舒服点儿?要不要检阅一下我的学习成果?"

灯光有些晃眼,游淮的腿坐着有点儿硌屁股。要说还有什么其他很特别的话,那应该是感觉确实跟站着是不一样的。

起码,因为灯光太晃眼,所以陈茵在被拉着坐下时,自动就闭上了眼,又因为紧张,不自觉地攥住他胸口的衣服,另一只手撑在他腿上。他大腿肌肉微微绷紧,将她双腿夹在自己腿中间,有些不容逃离的强势,强烈的薄荷味道席卷而来,他整个人就像是陈茵口袋里那块成了精的口香糖。

气息黏黏糊糊地扑过来,能感受到近在咫尺,却迟迟没有落下,甚至听见他很轻地在笑。

陈茵感到一股火烧火燎的热意从胸口扩散到全身。

就在这时,听见了游淮的声音,没喊她的名字,而是用一种她从未听过的称呼,说"宝宝你脸好红"。

陈茵想睁开眼嘲笑他,说"游淮,你恶不恶心",然而刚产生这个想法,就被游淮未卜先知般制止了。

他亲了下来,不同于在珠江新城阴暗角落的浅尝辄止,而是略显纯熟地含住了她的下唇,分开她双唇后,舌尖很快扫了进去,有些痒,又有点儿酥麻。陈茵紧闭齿关,紧张地攥紧他的衣服。

游淮安抚般亲吻她的唇,又往上,落在她的眼角眉梢,气息温热,声音温柔。

"先试一下,你别紧张,好不好?"

诱哄。

跟把你送进幼儿园的爸爸、妈妈骗你说马上就来接你是一个性质。

从前陈茵会被骗,现在依旧被骗。

在游淮的声音里,她轻哼了一声表示答应。

她刚张开唇,就被游淮再度吻住。

也是现在才知道,原来真正的接吻,就是让人浑身酥软,所有的感官系统都集中在口腔,明明紧闭的双眼看见的只有黑暗,但黑暗之中又能构建出眼前这个人的形状和轮廓。

这一晚像在坐船。

一个又一个浪潮打过来。

她上岸又触礁,最终喘息着变成了在岸上摆尾的小鱼。

醒来后发现游淮紧紧地握着她的手,他像只大狗狗一样蜷缩在她旁边,整个人弓着身子,安睡的面容看起来很乖,让陈茵轻而易举地想起他小时候的样子。

他们读幼儿园的时候,寒暑假一方父母工作繁忙就会把孩子送到另一边家里一起照顾，两个小朋友挤在一张床上午睡方便父母时不时进来看看情况。

那时陈茵和游淮就是听见声音急忙闭上眼，等爸爸、妈妈关上门走开，又睁开眼从被子里拿出芭比娃娃和奥特曼开始打架。只不过小时候只把对方当对手，现在却从对手变成了男朋友。

陈茵睁开眼，没有动被游淮拉着的那只手，而是侧过身，用自由的手隔了段距离悬在空中摸摸他的脸又拨弄他的睫毛。

游淮没有醒。

"精力无限"四个字仅限于特定的时候，平时他就是一头根本睡不醒的猪。

但这头猪又实在好看，满足了陈茵对外貌的所有要求，她不要那种需要细品才能发现的帅气，也不要乍一看一般但越看越好看的耐看。她就是很俗气地要一眼惊艳，无论从什么角度、放在什么场景，都觉得这果然是个帅哥。

游淮恰好就能肤浅地满足她的虚荣心。

陈茵手指拨弄着他的睫毛，心里一根两根地数着，正数到二十，游淮就醒了。

让陈茵比较介意的是，当游淮睁开眼看见她时，第一反应竟然是吓了一跳，就像是完全没有预料到自己床上多了个人，甚至还倒吸了一口冷气，一双眼圆滚滚地盯着她看了许久，才长松了一口气："吓死我了。"

陈茵露出尴尬又不失礼貌的微笑。

谁男朋友在第一次一起睡觉的清晨醒来会说"吓死我了"这种话啊？

她所有的温情荡然无存，不太想让游淮看见清晨的阳光想送他去见地府的阴暗了。

"差点儿以为昨晚只是个梦。"

他露出个有些傻乎乎的笑容，伸手把怒瞪着他的陈茵重新揽进了怀里，刚睡醒的声音懒懒的，他捏捏她的脸："还好你是真的，你今天也是我女朋友，早上好啊，我超喜欢的女朋友。"

抑扬顿挫、情感充沛，像个太阳，整个房间都变得朝气蓬勃。

陈茵双手捧住他的脸揉来揉去，学他的语气打招呼："早上好啊，超喜欢我的男朋友。"

陈茵回房间换衣服时没看见夏思怡，换完衣服出去跟游淮去吃早茶。之前看游淮在朋友圈晒图片，陈茵就很馋，到了餐厅翻着菜单，看这个也喜欢看那个也喜欢，只要后面带一个红色推荐大拇指的，陈茵就忍不住打钩。最后菜单回到游淮手里，他看着密密麻麻的钩，也没说什么，把茶类换成了菊普后就给了服务员。

130

陈茵双手托腮，听隔壁桌喝早茶的阿公阿婆说着她听不懂的话，有些好奇地看向游淮，眼里就只有三个字：快翻译！

游淮给她烫着碗筷，说："你怎么什么都好奇，别人唠家常你也想听？"

"因为说话很有意思啊，很激情澎湃的样子，就很像我们班女生讲八卦的时候啊。"

"那我教你说几句？"游淮推开洗碗盅，随口说了句粤语，"我好中意你啊。"

……她该怎么告诉游淮，其实有些粤语光是听意思也是能听出是表白的。

但凡看过港剧的人，都知道这是我很喜欢你的意思吧。

那……她是该装作不知道，跟着他学呢？还是直接拆穿呢？

陈茵正苦恼着，游淮却以为她嫌弃难度系数太高，又说着，行，那我给你换一句，又教她："索居居嚓噶。"

咦？

女生眼睛都亮了起来，她举着筷子敲了下洗碗盅："这句话怎么听起来那么像在撒娇？"

游淮说："就是撒娇啊，夸你真是个听话的好孩子的意思。"

有上一句我好中意你做铺垫，陈茵也就以为这句真的是夸奖的意思，一字一顿地跟着学，学完还问游淮："标准吗？"

游淮笑得不行："嗯，很标准，太棒了，你可真是个小天才。"

陈茵抬起下巴，像只得意得不行的孔雀："那当然，也不看看我是谁。"

隔壁喝早茶的阿公对游淮投来谴责的目光。

小伙子，怎么这么骗你女朋友啊？

游淮端起杯子，毫无愧疚地靠在椅背上，还在忽悠陈茵："等会儿回去，可以就这么跟夏思怡她们打招呼，她们肯定都羡慕你，觉得你语言能力这么强，全方位发展还给不给别人活路了？"

陈茵被夸得有些脸红："没你说的这么优秀啦，也就还好吧，我体育就不怎么样。"

"谁说不怎么样了？耐受力不挺好的吗？"游淮吊儿郎当道。

耐受力？

什么耐受力？

陈茵愣是反应了好几秒，才在游淮看向她的眼神里品味出这个词的含义。

……游淮这只狗……

陈茵抬腿就踹他："闭嘴啊你！"

游淮笑着躲开："一会儿请你喝桃子汽水啊。"

陈茵捂住耳朵："你闭嘴啊！"

这顿早茶果然点得太多，剩下的打包回了酒店，带给还没起床的人吃。

十二点的广州，太阳已经热烈到让人有些受不了，回酒店的这段路陈茵热得出了汗。到酒店感受到冷气才觉得活了过来，她坐在大厅玩手机，怎么都不肯上去，游淮只好自己上去把打包的东西送去其他同学的房间。

陈茵坐那儿百无聊赖地刷着微博，将关注的博主新发的微博都刷完了后，竟然刷到了李秋明的微博。

他微博名已经不叫秋日里了，而是改成了陈秋颂。

要不是他发了九宫格高清无码自拍，陈茵都没敢确认这就是李秋明。

所以这是什么情况？怎么会有人把微博名改得跟自己毫无关联？

陈茵也是实在无聊，游淮一直没下来，她就坐在酒店大堂的沙发上开始探究真相，把李秋明的微博从第一条一直往下翻，几乎全是自拍，而且每天都在更新。她一条条往下，才看到李秋明发的一条参加绥北电视台节目的微博。

是当初邀请游淮参加但被游淮拒绝的节目组，没想到最后李秋明参加了。

他评论区都在喊秋颂哥哥好帅，陈茵想起夏思怡发现李秋明微博时，他互动量算不上很多，也只能算个小网红的规模，但现在似乎已经往十八线明星迈进了。

事情也确实如此，李秋明凭借这档节目被某个星探公司发现，继而签约成了明星。

搜索他艺名的词条甚至能看见网剧开机典礼的照片。

哇——

陈茵这就很感慨了。

她想，如果当初游淮参加了那档节目，会不会现在进入娱乐圈的人就是游淮了？

李秋明高中可是打架斗殴样样都干的校霸，游淮的黑历史顶多也就是逃课，这么说起来，游淮比李秋明适合当明星多了。

陈茵对游淮滤镜非常厚，尤其是谈恋爱之后，觉得自己男朋友哪儿都好，除了一张嘴偶尔说话气死人不偿命，简直毫无缺点。

她截图发给了夏思怡：娱乐圈门槛真的好低。

夏思怡正和申铠扬在外面买冰激凌：能出道是一回事，能不能火又是另一回事。你吃什么口味的冰激凌？

陈茵：不吃了，刚吃完早茶回来，有点撑。

夏思怡：真的是吃早茶吃撑的吗？

陈茵面无表情地关掉手机。

夏思怡这人思想真的有问题。

下午一行人去了沙面，陈茵用手扇风，跟游淮走在人群最后，轻声说着话。

"你放弃的机会让李秋明进圈当明星了，你小心他以后像娱乐圈小说的男主角那样在演唱会上乱点哦。"

游淮手里还拿着她的甜筒，闻言投来无语的一眼："好好说话啊陈同学，李秋明能有我有魅力？"

陈茵果断站在男朋友这边，飞速倒戈："确实，我男朋友才是最帅的。"

走在前面听完全程的申铠扬一脸冷漠地回头。

"你们能不能走快点儿啊，出来玩是给你们谈情说爱的？怎么这么不合群呢你们？"

邓畅跟他唱双簧，一唱一和："就是啊，大热天的谈情说爱干什么呢？黏黏糊糊的，政策不允许哈，立刻马上，给我跑起来！"

游淮弯腰捡了个石头丢过去，笑骂："滚啊。"

广州、佛山、潮汕的行程全是吃，申铠扬肚子都变圆了，哭着对夏思怡说他腹肌没了。夏思怡嫌他烦，在谢敏喊着天黑请闭眼的时候，直接投向了申铠扬，被狼人杀死的申铠扬接下来只能安静闭嘴当一位死去的平民。

他们除了在广州住的是酒店，其他地方都是订的民宿，因为人多，所以直接包场，晚上凑一块儿要么玩狼人杀要么玩UNO。

拿到预言家牌的陈茵眯着眼纵观全场，最后将怀疑的目光投向游淮，游淮坐她对面，卫衣口袋是鼓的。邓畅刚吃完一包辣条，满桌子找纸巾："淮哥，你口袋放的是纸巾吧？借我一张。"游淮根本来不及拒绝，口袋里的东西就被邓畅给抽出来了。

邓畅急忙缩回手，又给他塞回去："这是什么东西啊？"

场上其他人都一副见怪不怪的表情。

体育委员万煜川说："可能是《三年高考五年模拟》吧。"

陈茵淡定地接话："也可能是步步高点读机。"

游淮："猜错了朋友们，其实是小天才电话手表。"

站在那儿的主持人谢敏叹气："你们不觉得我们每晚思维太跳脱，狼人杀次次都变成圆桌会议以至于会熬夜到凌晨三四点才回去睡觉，导致旅游都变成了养老吗？"

她痛定思痛，发挥了作为班长的职责。

"改变，同学们！"

她拍着桌子："从即刻开始，我们要做出改变。"

改变第一步，从到达香港开始。

每个人在群里晒了自己定的早上九点的闹钟。

"发誓要做个好人群（22）"中。

谢敏：来，宣誓。

陈茵：……敏敏，你认真的?

谢敏：不宣誓，你们绝对还会赖床的，而且肯定会偷偷关掉闹钟，第二天十二点都见不到人！

刚洗完脸的夏思怡已经摁着语音条开始宣誓了：我宣誓，绝对会早睡早起，如有违背胖十斤。

陈茵瞪眼："思怡，你赌这么大？"

夏思怡放下手机："最后一次了啊，这都第五天了，再过几天就要回绥北，拿成绩、谢师宴，然后各奔东西，一整个班的人凑在一起出来玩的机会这大概真的会是最后一次，所以，班长说的也没错。"

离别这个词身边的人一直很避免提起。

高考前，文科重点班班主任在班里放《那些年》，让班里的人上去说说心里话，这个流程老李听到后也问了他们要不要办，结果遭到音乐班同学全体反对。

"好肉麻啊老李，我们的心里话，这么多年你还没听够啊？我们现在就可以跟你说啊。"

"别搞那么伤感，我们这伙人可是说好了无论在哪里都要常聚的，别搞那些煽情的，影响我们高考发挥。"

老李再也没提起过要做一些对高中的道别仪式。

现在听见夏思怡说这样的话，陈茵也终于有种离别就在眼前的难过。

这些平时总能看见的同学以后会读不同的院校，哪怕说着无论相隔多远都要常联系，也会在时间的流逝下话题越来越少。就像初中毕业时，说着要经常出来玩的朋友也变成说着下次再约而渐渐再也难见一面的网友。

于是，刚洗完澡出来的游淮，就看见群聊里，自己女朋友气宇轩昂的宣誓：我宣誓！绝对会早睡早起！如有违背！我男朋友就吃屎！

游淮一脑袋问号。

游淮：@陈茵 你要这么玩？行。

申铠扬睡他隔壁床，"噼里啪啦"打着字呢，就看见群聊里游淮不停跳出来的消息。

游淮：我宣誓，绝对会早睡早起，如有违背，我女朋友追星全部塌房。

申铠扬：牛啊……

夏思怡：……你们要是想分手，可以直接点，不用这么委婉。

谢敏更震惊：不，我说的宣誓不是要破坏你们感情的意思！

陈茵已经开始到处找刀了：@游淮 你完了，你这次是真的完了，你不用早睡早起了,你看不见明天的太阳了!

失恋的万煜川刚被邓畅安慰完,此时看到群消息,心里想的就只是,为什么同样是高三学子,同样是走艺考这条路的,为什么别的班玩得这么前卫,轮到他们班就玩得这么幼稚?

熬夜玩狼人杀还在群里抢着宣誓就算了。

班里情侣都跟小学生掐架似的是怎么回事?

他颇为沧桑地在群里叹气:同学们,你们都是十八岁的人了,不是八岁,成熟点儿,行吗?

无人理会。

第二天,九点不到,一个个就从房间里出来了。

陈茵跟夏思怡甚至化了全妆。

今天的行程是去迪士尼玩,陈茵一进场就跟夏思怡去买头箍,然后就到处找米奇米妮它们拍照。

女生们倒是都玩疯了,全程拎包的男生们就有点儿费解。

邓畅擦着脑门上出的汗,问背着陈茵包包的游淮:"前几天在广州晒个太阳就说热的是她们吗?我记忆没出错吧?"

陈茵这时候跑过来把手机递给游淮,叮嘱道:"我美颜参数都调好了,你蹲下去拍,这样显得我腿比较长,记得把我放在中间不要放在边缘,横拍不要竖拍。这样的话能放进去的场景更多,我也更方便P图和裁剪。"

她叽里咕噜的这一堆游淮也没听清楚,随口"哦"了一声,拿着她的手机,听话地蹲下去给她拍。

邓畅一脸惊讶:"陈茵学的是音乐不是摄影吧?"

申铠扬拍拍他肩膀:"学着点儿,我们阿淮可是十佳男友,他怎么给女朋友当狗的你学个三分之一,以后女朋友稳稳地爱你。"

十佳男友也翻车了。

因为他拍了十张没有一张好看的,哪怕他竭力反驳,陈茵也给他定下了一个不用心的罪名,气鼓鼓地拿着夏思怡给她拍的照片做对比:"你看!思怡都能给我拍得这么好看!你呢?我跟米妮拍照,重点是米妮?我在旋转木马前拍照,重点是旋转木马?我拿着放大镜都在照片里找不到我!"

游淮辩解:"怎么看不到你了?旋转木马边上那颗脑袋不是你的?你这人怎么连自己都认不出来?"

他话没说完,被陈茵狠狠瞪了一眼:"我不想跟你说话了,你烦死了,绝交!"

"喂,都高中毕业了,你还跟我玩绝交这一套,幼不幼稚啊你?"游淮说着这样的话,却还是一直在笑,最后看陈茵实在认真,又说了个"好吧",用手指给她跪下,"我道歉行吧?我错了姑奶奶,求求你千万别和我绝交,我反省,我检讨。"

邓畅和申铠扬就觉得,这真的很幼稚。

恋爱如果谈得这么幼稚,跟小学生过家家到底有什么区别?

成熟点啊喂!

谢敏提前做好了规划,晚上早早来到城堡前等着烟花秀。

陈茵戴着米妮发箍,歪着头正和夏思怡拍照。夏思怡的镜头忽然上抬,对后面笑着聊天的同学们喊:"我们合影啊!"

申铠扬率先举手比耶,冲镜头笑得露出梨涡:"把我的米奇发箍拍全啊,思怡。"

游淮坐在陈茵旁边,下巴搁在她肩上,懒散地抬着眼,看镜头里的自己说:"可以,挺帅。"

邓畅圈着万煜川的脖子,谢敏站在中间,两只手比着兔耳朵,后头的同学就喊:"班长你挡住我们了!开广角啊广角!"

夏思怡:"广角丑死了,你们能不能行?还剩四秒倒计时了,来不及了,来,一二三,茄子!"

"咔嚓!"

高三的最后一页,落在这里似乎就是最合适的。

镜头里每个人都在笑,前方是充斥着童话和幻想的迪士尼城堡。

烟花秀尚未开始,周围的人都坐在那儿刷着手机,被吸引着抬头,就见一群人因为芝麻大点儿的事笑着歪倒在一起。

青春真好。

拥有无限可能,也拥有大把可以挥霍的时光。

所以,哪怕离别就在眼前,哪怕上一秒还伤感于以后可能再也见不到,下一秒都可以开心地笑出来。

烟花升空时。

申铠扬看着城堡,双手变成喇叭,非常老土地喊:"绥中音乐班!永不散场!"

夏思怡骂"你好幼稚啊",但下一秒也学着他喊:"希望我们都能考上理想的大学!"

谢敏:"我大学不想再当班长啦!"

邓畅:"希望我们都能成为有趣的大人!"

万煜川:"甜甜的恋爱快点轮到我吧!"

……………

陈茵被气氛感染，也扬声喊："祝我们永远青春！"

游淮手搭在陈茵的肩上，被陈茵催促着喊话，才清了下嗓子喊："希望以后每年夏天，都能像今年夏天一样开心！"

他垂眸，看着陈茵的笑脸，在心里补完后半句。

也希望，我喜欢的人，每年夏天都能因为我而开心。

　　六月二十五日那天高考分数出来，陈茵是在爸妈的陪同下一起查的分。分数跟她预估的差不多，不算特别高，好在之前艺考分数不错，综合下来也能去到想去的院校。她查完自己的分就给游淮发了消息，对方直接给她截图了查分界面。

也就比陈茵低了几分。

陈茵故作嫌弃地给他回消息，说看来以后又要做校友了。

游淮给她回了个竖中指的表情包，让她今晚等着，他要翻墙爬她家的窗户了。

陈茵完全不信邪地发语音让游淮有种就来，她坐在床边晃着腿对他说："我爸出差，我妈今晚陪我睡，你要是敢来，见家长和腿被打骨折可以同时进行了。"

两人谈恋爱的事情还没告诉双方家长，陈茵不太愿意，他们的父母都太熟了，平时串门来来往往相处得跟一家人没什么区别，但像一家人和真要做一家人还是不一样的。

她不太能想象如果她爸妈知道她跟游淮在一起后会是怎样的反应。

估计会以为现在是世界末日了也说不准，毕竟陈茵曾经对自己爸妈大放厥词说就算这个世界男生都死光了，她也不会和游淮在一起，曾经把话说得太满，现在有些覆水难收。

陈茵咬了一口鱼肠，边嚼着边给游淮继续发消息：等升学宴办完我们出国玩去吧，我爸妈给了我一张银行卡，里面多少钱我还没看呢，说是给我高考完的奖励。你爸妈给你钱了没？

游淮：你嘴巴开过光啊？就刚才，我妈过来感慨了一堆，从我三岁的糗事念叨到我今早多吃了一个包子，差点儿把她自己给感动哭了，最后拿了张卡给我让我在大学里好好生活，你说我妈是不是缺心眼儿？她怎么说得跟我要去死了一样？

陈茵回了一串省略号。游淮这张嘴是真的很欠，恰好这时候家族群里她大伯母发了个公众号链接过来，标题是"可怜天下父母心"，发完还特意在群里艾特了她儿子，也就是陈茵的堂弟，正处于叛逆期。饭桌上听爸妈聊天说堂弟在学校谈了个女朋友，爱得要死要活，还把女朋友带回家说是见家长，把大伯和大伯母气得头发都一撮撮地掉。

堂弟只当作没看见，陈茵却将文章转发给了游淮，借机教育道：可怜天下父母心看见没？司琦阿姨要是知道你在背后这么恶意揣测她，一定会非常伤心的。

说完，她又借题发挥：而且你要是不改一下你的说话方式，你大学肯定会被孤立的。

游淮：怎么办，自己改不了，想让女朋友身体力行地教。

蒋琪筝洗完澡和出差的老公打完视频才过来，敲响房门问陈茵："妈妈现在可以进来吗？"

"可以！"陈茵回。

蒋琪筝推开房门，见女儿拿着手机还在笑。她放下自己的枕头，坐在陈茵旁边，聊起陈茵小时候的趣事，说她每次上幼儿园都号啕大哭，为了不上学撒娇耍赖什么招都试过。为了让她对幼儿园感兴趣，不得不拜托就住在隔壁的游淮，于是，游淮父母每天送游淮上幼儿园的时候，游淮都会过来敲门喊她一起去学校。

"当初我们都觉得你太娇气、太霸道，总是欺负人家阿淮，但现在看看阿淮还挺会拿捏你的，我们说话都没阿淮说话好使。他喊你去学校，你气鼓鼓地就背着包说爸爸、妈妈你们让游淮走，说你才是最棒的小朋友，你上幼儿园不会哭，比游淮要棒得多，他就跟吊在你前头的胡萝卜似的，你俩这么一路从幼儿园到高中，如果大学也能在一个学校相互照应也挺好。"

陈茵盖着被子躺在妈妈旁边，抱着妈妈的腰，闻着她身上的味道，轻声反驳说："妈妈，怎么被你说得好像我是只驴一样呢？我才没有一直追着游淮跑呢，是他一直追着我跑。他就是个学人精，我读什么学校他就读什么学校，他是跟屁虫呢！"

蒋琪筝拍拍她的手："你也不能这么说阿淮。你不知道啊，阿淮小升初，本来你司琦阿姨和游引叔叔是想让他出国的，他大姑、奶奶在国外还是教授呢，但阿淮怎么都不愿意，闹了好几个星期。你司琦阿姨拿他没办法，只好作罢，说不定，阿淮是舍不得你这个朋友才不肯出国呢。"

"啊？"

陈茵完全不知道还有这件事。

她回忆了一下小升初的那年假期，似乎那段时间见到游淮，他总是愁眉苦脸的，不爱笑，见谁都一副别人欠他钱的样子。陈茵还跟迟盛在背地里议论过游淮是不是更年期，他们俩还凑钱去超市买了太太口服液送给游淮，气得游淮一个多星期没跟陈茵说话。

没想到，是因为他在跟爸妈抗争出国的事情。

138

陈茵有些酸涩，又有些开心，抱着妈妈的胳膊，试探着问："那妈妈，要是我谈恋爱的话，你希望我男朋友是什么样的呀？"

蒋琪筝思考了会儿，回答说："你要是谈恋爱的话，找个科学家或者宇航员呗，别找什么明星就行。我们家还没出过这么聪明的人，你要是能谈个这种男朋友，就算不能走到结婚，也挺给我和你爸长脸的。"

陈茵："……妈，我是让你回答不是让你幻想。"

蒋琪筝："随便吧，别给我和你爸找个比我们年纪还大的回来就行。"

陈茵有些急，忍不住问："那，游淮这样的呢？"

蒋琪筝："阿淮当然很好啊，善良又细心，是个好孩子。妈妈跟你说啊，谈恋爱呢，还是要找本来品行就很好的男孩子，不要找你初中崇拜的那种，整天爱打架觉得自己牛得不行的，那有暴力倾向的呀，能打别人以后就有概率对你动手。"

"什么我初中崇拜的那种？"陈茵狐疑道，"妈妈你是不是看过我的QQ？"

蒋琪筝"哎呀"一声："你那时候不是让我帮你照顾你的QQ宠物嘛，我也是不小心看到的。"

…………

之后又聊了很多事情，陈茵一直觉得自己的爸爸、妈妈是很酷的爸爸、妈妈，他们从来没有对她有过什么预设，没有像别的父母那样希望自己的孩子成为怎样的人，他们只会说希望她健康快乐地长大。

——你的人生是你自己的，当你七老八十的时候回首你这一生，发现还不错，没有什么遗憾，那爸爸、妈妈也会很开心。我们带着对你的爱让你来到这个世界上，如果能让你在这世间收获的都是开心和喜悦，那就说明爸爸、妈妈当初生下你的决定是正确的。

就连今晚，蒋琪筝和她谈起大学，说的都是，想谈恋爱就去谈，想做什么就去做，可以染很夸张的头发，也可以穿想穿的任何衣服，只要保护好自己不要让自己受到伤害就好。

陈茵握紧蒋琪筝的手，第一次那么煽情地说"谢谢妈妈"。

她有些想哭，脸贴着蒋琪筝的胳膊，听着妈妈的呼吸声，想起小时候看见电视剧里小朋友的妈妈去世，小朋友被后妈虐待被所有人欺负，哭着缩在柴房里一直喊妈妈，她那时也跟着哭，连续好几晚都要抱着妈妈睡觉。

她那时觉得，世界上最可怕的事情就是失去妈妈，她无法想象失去妈妈的日子该如何度过。

现在，她仍然这样认为。

如果说世界上有谁会无条件、毫无保留地爱你。

那么这个人，一定是妈妈。

蒋琪筝已经睡着了。

陈茵侧着身子一直注视着她的脸，发现妈妈变老了，她鬓边有了白头发，眼角也有了皱纹。

陈茵鼻腔有些酸胀，贴着妈妈的胳膊一个劲儿地闻着她身上的味道。

安静的夜晚，星星都藏了起来，全世界都似乎陷入了睡眠。

陈茵习惯性地动了一下身体，就被蒋琪筝轻轻拍打着后背，她没有睁开眼，似半梦半醒，嘴里却哼起了哄小孩儿的《摇篮曲》。

陈茵这时候忽然发觉，长大不只是年龄上的跨越，也不只是自己能体验一切成年人可以体验的事情。

它还应该包括，在你兴奋于自己成长的某一天，你忽然发现一直跟在你身后的父母不知何时鬓边生出了白发。

你们的时空是逆向的，你在飞快地奔向未来，而他们停下脚步开始守着过去等你回来。

最后，变成了地图上一个有关于家的坐标。

谢师宴那天极度混乱。

夏思怡喝得烂醉如泥，站在椅子上，拿着酒瓶，问申铠扬到底什么时候跟她表白。申铠扬脸红得像是猴子屁股，手里还拿着筷子，"扑通"一声就跪下了，眼泪"唰唰"地往下掉，说"夏思怡，你快当我女朋友吧，我真的好喜欢你啊"。在场的人都惊呆了，心说：还有这种磕头谢恩式表白呢？也算是长见识了。

申铠扬和夏思怡只是开端，其他男生似是受到启发，平时没敢说出口的话都借着酒精说出口了。最让陈茵惊讶的，是一直处于断情绝爱模式的邓畅竟然跟谢敏举着酒杯对大家宣布他们在一起的消息。

全场稳如泰山的只有老李了，他端着酒杯，笑得像个弥勒佛。有人过来敬酒说"老李，我们舍不得你"，他拍拍那人的肩膀说"你们就赶紧去祸害大学老师吧，让我休息休息"。

有人唱歌，有人打开窗户对着马路喊："我们终于毕业啦！"

陈茵酒量不好，喝多之后不记得事情，只觉得自己很像是在坐船，在颠簸中迷迷糊糊睁开眼，才发现自己在游淮的背上。

她问游淮："我吃饱了吗？"

游淮脖子上还挂着她的珍珠链条单肩包，闻言愣了一下，才不太确定地说："应该饱了吧？我看着你吃了一碗饭、一碗汤，最后还吃了个牛肉饼。"

"哦……"陈茵在他肩上蹭了蹭有些痒的下巴，看见前面有好几盏路灯在跳方格，灯光一晃一晃，让夜晚都变成了白天，像是有无数个太阳同时朝她照射而来。她急忙闭上眼，皱着眉对游淮抱怨，"后羿到底在干什么啊？"

游淮在她跳脱的思路下彻底蒙了："后羿？"

"怎么那么多太阳啊？后羿不是负责射日的吗？他到底是怎么射的太阳啊？怎么现在还有这么多啊？呜呜呜，他怎么就不好好射日啊，游淮……"

陈茵越说越委屈，她闭上眼都能感觉到眼前是一片红的，这么多个太阳，她跟游淮要被晒死在回家的路上吧？他们才刚高中毕业，大学录取通知书都没有拿到，还没有体验过大学生活，也没有成为有独立能力的都市丽人，就要被太阳晒死在这里。

都怪后羿。

她眼泪都落进游淮的脖子里，哭了几分钟后，又忘了自己为什么哭，大脑不太清醒地问游淮："我的红领巾呢？"

"交给老师了。"游淮随口糊弄她，"你刚才不是跪地求老李收下你孝敬的红领巾，还说那是你的宝贝吗？"

陈茵半信半疑："真的吗？"

游淮："嗯，我什么时候骗过你。"

"那老李收下了吗？"

"收下了啊，他说谢谢爱徒。"

陈茵满意地晃晃腿，又伸手捏捏游淮的耳朵，小声说："但我的宝贝不是红领巾哦。"

游淮："那是什么呢？"

陈茵却抿起唇，一副我不告诉你的样子，趴在他肩上哼着歌，哼着哼着又没声音了。

游淮透过玻璃门的倒影看见趴在他肩上的女孩子已经闭上眼睡着了。

凌晨一点，街上空荡得好像只剩下他们两个人。

游淮故意颠了一下睡得沉沉的陈茵，换来女生不满的一声嘟囔。

他轻笑："笨蛋陈茵。"

笨蛋陈茵睡得很熟，游淮把她放进出租车里，又小心翼翼地让她靠着自己的肩膀，对司机说目的地的声音都很轻，唯恐吵醒了她。

陈茵靠着游淮的肩膀，抱着他的胳膊像缠着一个巨型公仔睡觉，呼吸都很轻，只有在路面颠簸时不满地"哼哼"两声。游淮摸着她头发安抚着说"没事的、别怕"。

到目的地时，游淮又背起陈茵，在车上睡得很熟的女生到路面又转醒，问他："我们是在月球吗？"

游淮说："是啊，酷不酷？别人是唱'私奔到月球'，你男朋友直接带你私奔到月球了。"

陈茵"嘿嘿"笑着说酷，举起手喊着要摘星星。游淮连姑奶奶都喊出口了，他后背全是汗，有点儿无奈地哄着人："乖一点好不好啊，陈茵？"

陈茵趴回他背上，嘴里说着嗯、好的，用鼻子贴着他的耳朵蹭啊蹭，最后想起什么似的对他说："告诉你一个秘密哦。"

喝醉酒的人能有什么秘密，游淮没抱期望，只配合地表示好奇："说说看呢？"

"你才是我的宝贝哦。"陈茵贴着他的耳朵，说完又有些不好意思地皱起鼻子，嘴里发出一声拖得很长的"嗯"，说完发现游淮没有任何动作。他停在这里一动不动，没有回应任何话更没有任何表示，哪怕醉酒的陈茵有些不满，拧着他耳朵刚想问他在想什么，就听见游淮对她说了声"谢谢"。

他说"谢谢宝宝"。

大概是想扭过头诚恳地看着她的眼睛再说一遍，只可惜陈茵并不配合，她伸手捂着他的眼睛说不许看，游淮也就真的不动了。时间就这么停滞了很久，久到陈茵都已经想起这种过度肉麻的话不该从她嘴里说出来时，又听见游淮问她："可以不要回家吗？"

跳格子的路灯停了下来，灌木丛里抱着时钟的猫咪也摘下了眼镜，张着大嘴打哈欠的乌云下巴不幸脱臼。陈茵歪着脑袋，在所有神奇现象里，重复了一遍游淮的话，然后下巴磕在他肩上，咬着他的耳朵说："好呀，男朋友带我走。"

司琦和游引很早就睡觉了。

客厅安静又空荡，陈茵被游淮背着走进客厅就"啊"了一声，游淮捂她的嘴都来不及："你想让我爸妈下来看看他们未来儿媳妇？"

陈茵非常委屈："不是声控灯吗？"

游淮："……你以后别喝酒了，本来就不聪明，现在更傻了。"

他不放心随时都会搞出新动作的陈茵，把人放下来，劫匪似的捂着她的嘴巴圈着人往前。陈茵感到新奇，兴奋得瞪圆了眼睛，伸出舌头快速舔了下他的手心。这个动作让原本只想把人好好带回房间休息的游淮脸色顿时就变了。

他掐着陈茵的腰问她："玩火呢你？"

陈茵眨眨眼，又故技重施地舔了一下。

房间就在面前，游淮拉开房门，"咯吱"的声音在黑暗里格外明显。他推着陈茵进了房间，又迅速关上房门，灯都来不及开，就被人给抱住了腰，在他怀里用额头蹭他胸口的女生诡异地发出一声"喵呜"的声音。

游淮靠在墙上，人都被陈茵给玩得没脾气了。他垂眸，看见陈茵长发凌乱，脸红彤彤的，抬着眼在定位他的方位。游淮抬手就开了房间的灯，骤然的光亮格外刺眼，陈茵和游淮同时闭上眼。游淮再睁开时，陈茵已经踮起脚亲了过来。

她咬他的下唇，骂他："你是真的好烦！"

哪里烦却说不出来，游淮也没工夫听她扯出个所以然了，只"嗯哼"了一声表示认同，掐着她的下颌让她看着自己的眼睛，低声告诉她："认知错了，游淮不光是烦，游淮还狠，听话点儿啊小朋友，不知道男朋友最喜欢吃喝醉的女朋友？"

陈茵一副不相信的样子看着他，然后就遭到了惩罚。

身体紧贴着步步往后退，靠近的热度一点点蔓延到脖颈。

陈茵觉得呼吸都有些困难，今晚喝过的酒在此时才是最上头，天旋地转之间就被人压在了床上。柔软的被子像云把她托了起来，略带凉意的指尖贴着她的脖颈往下解开她的衬衫纽扣，内衣的蕾丝边被他轻轻扯了一下，松开时"啪"地弹了回去。

"好疼……"陈茵鼓着腮帮骂他，"游淮你怎么还打人？"

说完她又主动贴上去，去找他的唇，嘴里反复说着：你疼疼我呀，你对我好点呀。

游淮笑着应，格外有耐心地每一句都回应：好、可以、行。

他贴着她的鼻尖问她："哥哥疼疼你好不好？"

陈茵意识模糊，似重回牙牙学语时期，只知道重复着他说的话："哥哥……"

窗外的雨点"啪嗒"落在窗户上，又被屋内的热度变成了窗上的一片雾气。

司琦和游引早上九点去公司，游淮房门上锁，直到十一点，他才站在房间里的洗手间门口，看陈茵动作迅速地洗脸刷牙，长发沾上水，他伸手帮她拨开。

他靠在门上，打开学校官网，先后输入了自己和陈茵的身份信息。

陈茵"咕噜咕噜"地弯腰吐出水，有点儿紧张地问他："我们不在一个学校吗？"

游淮低着头，许久没说话。

陈茵心里一"咯噔"，正要问是谁没考上，就见游淮恶劣地勾起唇，抬手敲了下她的额头。

"恭喜你啊。"他笑着晃晃手机，"不用和你男朋友异地恋了，成功达成幼儿园、小学、初中、高中、大学都和你对象同校的成就。"

许多事情原本想好了要去做，最后计划却又赶不上变化，比如连哪个国家都选好了要跟游淮出去玩，最后却因为爸爸订了旅行团说在她上大学前全家出游一次导致只能作罢。假期的时间异常紧凑,陈茵感觉自己都还没缓过神,就要去大学报到了。

开学那天两家父母一起出动送他们到绥北机场,叮嘱了好些话才依依不舍地送他们进了安检。

飞机起飞,陡然失重时,陈茵抓住游淮的手,莫名感慨道:"感觉以后一切都是陌生的,只有你是熟悉的了。"

游淮从口袋里拿出一颗她塞进去的糖,剥开后放进她嘴里。

他掌心燥热,手指划着她的手背,笑着说。

"放心,我呢,是不会变的。"

开学、军训、各种各样的社团招新活动,有好多好多的事情几乎将陈茵的生活给完全填满。

她和游淮在不同的专业,陈茵学的是播音与主持,游淮学的是艺术与商务管理。

起初两人觉得这也没什么大不了,反正都是在一个学校,但很快就发现,哪怕是同一个班的人也不能天天见,不同专业错开的上课时间就像是把同一个学校的人分隔在了不同的空间。

代班师姐胡霜很喜欢陈茵,推荐她加入了学校电视台和模特队。胡霜用过来人的身份对陈茵说,这样会对她有所帮助,无论是积累人脉还是经验,都有益于她未来找工作。陈茵几乎是立刻就被她说服,填了两个社团的报名表,晚上跟游淮一起吃饭的时候,跟游淮说了自己报社团的事情。

游淮愣了一下,才问她:"两个社团,会不会很忙?"

陈茵没想过这个问题,宿舍里三个舍友都有参加社团活动,这几天大家忙碌于面试,只有陈茵一直没拿定主意。给她递来邀请函的社团很多,她之前走马观花看这个也可以看那个也不错,现在才算是彻底尘埃落定,却被游淮给问得愣住。

自开学到现在,他们一起吃饭的次数并不多,两人都有忙不完的事情,班级组织各种破冰活动、在学校找各种教室上课,见面的机会变得见缝插针。

游淮原以为上大学后会更自由,两人可以拥有更多相处的时间,在开学之前他还跟沈域秀恩爱说陈茵可黏他了,大学都要读一个,现在看来情况截然相反,到了可以自由恋爱的环境,两人相处的时间反而没有高中时那么多。

有些落差,也情理之中地有些不开心。

游淮本想跟陈茵说,他们已经很久没有一起吃晚饭了,但他最终没有说出口。一个大男人说这种话显得有些矫情,像满脑子只有恋爱毫不体恤对方的偏执狂。

他只是在陈茵的沉默里,替她给出了问题的答案。

"你没想过会不会很忙这个问题。"

京北的九月,天气不冷不热,他们坐在学校外一间卤煮火烧店,外面路灯一盏盏亮起,店里挂着的钟表时针走到"6",再过半小时晚自习就要开始了,新生入校前三个月都要参加晚自习,请假、迟到、早退都会被巡逻的学生会扣班级分。

这显然不是谈话的好时机,游淮没有再说什么。

他身上黑色的运动外套敞着,里面的白色短袖是和陈茵的情侣衫。

当初刚到京北,东西放进宿舍里,陈茵下楼看见有人在找游淮要联系方式,顿时心中警铃大作,饭都来不及吃,打车就去商城和他买了好几套情侣装,刷游淮的卡,还挺凶地对他说:"别在外面拈花惹草啊,我警告你,别人跟你说话,你别那么礼貌,要时刻把自己有女朋友挂在嘴边,知道吗?"

游淮输入密码付完钱,恰好看见那边有个金店:"情侣装不太明显,买个情侣对戒吧。"

那情侣对戒现在也戴在手上。

陈茵正想说什么,看见游淮手上银色的素戒,又看见自己手上款式精致带着碎钻一看就花了大价钱的戒指,这种明显的对比让她想起游淮往日的伏低做小,怒火悄然平息。

她将手肘撑在桌上,贴近过去,力图证明自己的诚恳:"那我也没办法呀,我觉得学姐的话挺有道理的,我舍友她们也跟我说,社团活动还是挺重要的。而且电视台和模特队都是校级组织,我不是跟你说了我以后想去电视台当主持人吗?这两个都很能锻炼我呀,你多站在我的角度考虑问题。"

读大学以来,陈茵最大的变化就是学会了循循善诱。从前她一直懒得跟人讲道理,解释是一件令人很疲惫的事情,花时间精力口水让别人理解自己的行为听起来就很离谱,她想做什么就做什么,干吗需要别人同不同意。

但上大学后,陈茵在宿舍生活中明白人到底还是群居动物,会开始摒弃更自我的东西考虑别人会不会介意,也因为她的专业,倾听和诉说同样重要。

这些道理都是陈茵在大学里认识的朋友跟她说的。

游淮弧度轻微地扯了下唇:"我没有生气。"

这种话后面通常会跟着"就是觉得我们见面的时间变得很少"之类的话才算完整。

但游淮没说,话就这么戛然而止,他起身,去收银台买单。

小店里坐着不少人,陈茵低头,筷子搅动了下碗里没吃完的菜,在周围喧闹的声音里,抽了纸巾慢吞吞地擦了嘴,然后跟着游淮往学校的方向走。

离别时两人甚至拥抱着说了"晚安"。

但一口闷气堵在这里，不上不下。

说不上来，说起来根本算不上吵架，连闹别扭都算不上。

因为在这顿饭之后，两人无论是微信还是电话都照常，会告知对方自己所有的行程。

可就是感觉喉咙里卡住了一根软刺，不去在意时感觉不到那里的异样，然而一旦从忙碌中停下来，想到对方的名字就有些轻微刺痛，又如同手指甲里长出的一根倒刺，不碰时不痛不痒，但只要一关注，存在感就格外明显。

陈茵给在另一座城市读书的夏思怡打电话说了所有情况，然后不太满意地抱怨："游淮就是在闹别扭，我太了解他了，他从来都是这样，无论是生气还是干吗，都装出一副无所谓的样子，话不说透，非得让人点明才会说他在意。但都这么大的人了，就不能好好沟通吗？而且我又不是不抽时间和他谈恋爱，他都没给我机会听听我的想法。"

夏思怡有些诧异："都大学了，你们还玩小学生吵架这套？"

陈茵纠正她："不是吵架，没有吵架，要是能吵一架还好了。现在就很烦啊，我觉得他很在意他在生气，但他就是没表现出来，那要是我点破，不就显得是我在无理取闹吗！"

夏思怡有些感慨："你现在都会思考自己有没有无理取闹了，换作之前你哪里会想这么多，不爽就骂游淮一顿完事儿了。"

陈茵听完后沉默了半晌，在想之前她到底给人留下了什么印象。

夏思怡说完又安慰她："别想太多啦，游淮对你那么好，就算生气他也会自己消化的，他都没说什么，你们相处跟以前一样的话，那你也别说什么呗，不然你要怎么去解决这件事？多抽点时间跟游淮谈恋爱，还是反复跟他说让他懂点事儿啊？"

陈茵没想好。

其实在她看来，这两件事并不冲突，虽然她也是第一次谈恋爱，但谈恋爱这件事在她看来该是自由的，这种自由并不是完全的放纵，也不是看着碗里的吃着锅里的、感情出轨和异性相处界限不明的自由。

而是我们虽然是彼此的，但我们更是属于自己的，可以去做自己想做的事情，为成为更好的自己而努力往前。

不需要时时约束彼此，把对方捆在身边每天见面腻歪在一起。

尽管说起来有些冷淡，但她此刻想的确实是：游淮就不能在我需要他的时候出现，在我忙自己事情的时候，他也去找点事情做吗？为什么要为我参加两个社团没有考虑过和他约会时间的事情而跟我闹这种别扭啊？

挂了电话，陈茵心情依旧沉闷。

从厕所出来的舍友邬雨桐看见陈茵趴在桌上一副电量耗尽的模样，走过

去摸了把她脑袋："你跟男朋友吵架啦？"

其他舍友从床上探出脑袋："不会吧？你男朋友不是对你挺好的吗，他怎么舍得跟你吵架哦？"

陈茵没想到游淮在自己宿舍风评那么好："你们都没跟他相处过，就知道他很好了？"嘴上这么说，心里想的却是，快说说他对我有多好、有多爱我，从第三人视角听见游淮有多喜欢她这种事无论什么时候都不会腻味。

舍友"哎呀"一声，说："军训那会儿有几次你不是热得不想在食堂排队吃饭吗？你男朋友跑食堂排队给你打饭托人给你送来宿舍，这种行动派还不够好吗？我男朋友只会在微信上问我宝宝饿不饿、宝宝累不累，人比人真是气死人。"

陈茵努力克制着唇角上扬的弧度，故意说："也还好吧，他也有很气人的时候，只是你们不知道而已。"

其他人立马起哄，说"别秀恩爱了，受不了你了"。

手机在这时候响了一声。

游淮给她发来消息：刚回宿舍。

四个字，连标点符号都透着股冷淡。

上面一条也是游淮发的：跟舍友出去一趟。

上一条消息陈茵就没有回复，本来都因为刚才舍友的谈话忘了自己为什么没有回。

现在又因为游淮新发来的消息想起了缘由，也想起了自己忘记跟夏思怡说的话。

她因为游淮而生气最大的原因是，他虽然嘴上不说，但总会通过细枝末节让她知道，他不爽、他不开心。

难道他想等自己哄他？

凭什么，陈茵觉得自己又没有做错什么事情。

不就是比谁更冷淡、谁更会装吗？在这一点上，陈茵还真不输游淮。

她没有立刻回复游淮微信，而是打开朋友圈，发了相册里之前没发的自拍。

隔了十多分钟，陆陆续续不少人给她点赞、评论过后，她一一热情回复，最后才切回到和游淮的聊天框。

回复：哦。

陈茵看过一部偶像剧，叫作《我可能不会爱你》。这部剧是夏思怡拉着她一起看的，十几集看下来，讲的就是一个内容：密友终成恋人。

那时候夏思怡意有所指地问她，觉不觉得偶像剧里的情节看起来很眼熟，很像她和游淮？

陈茵并不觉得,她不认为自己和游淮的性格和偶像剧里的男女主角有什么共同之处,她没有程又青那么爱和自己较劲,游淮也没有李大仁那么擅长隐忍。

感情好像不是那么复杂的事情,喜欢就在一起、讨厌了就分开,不过是几句话就能解决的事情。

但现在,在她回复了"哦"之后,忽然明白,爱情之所以能够成为永恒的命题,大概是因为它是一件无论是用语言还是文字都没办法讲清楚的事情。

这就是一场豪赌,没办法敞开自己胸膛让对方看看心里属于彼此的位置究竟有多少,各自握着自己的底牌,从试探中计算爱的多少,越是在意就越没办法坦然相对把一些话说得彻底。

游淮说过的话、说话时的态度语气,甚至表情都在夜晚被无数次重新解析,如世界名著般被翻译成各个版本,被解读成不同的含义。

陈茵翻来覆去睡不着,从枕头下面拿出手机,再次打开游淮的聊天框,从来京北之前一直看到来京北之后。还在绥北的时候,两人半夜都会聊天,陈茵有时候夜里惊醒会朝游淮抱怨说自己做噩梦了,那边回复并不及时,往往是睡醒了才回一大段语音,点开就是男生还带着困倦的嗓音哄她说那都是梦,梦是不能当真的。

到了京北之后,起初他们也会分享彼此的生活,陈茵说有个舍友晚上打呼的声音吵得她睡不着觉,游淮说他舍友打游戏骂得很脏,会说军训教官真的非常严格、太阳很晒、站军姿很累,分享着听来的八卦,讨论着等军训完要去哪里玩、吃什么东西。

但渐渐地,对话就变得少了起来。这种变化发生时不觉得明显,直到现在翻阅,才发现原来现在的争吵并非突如其来,而是偶尔几次没有回复的消息、在灌木丛发现了一只舔毛的猫咪发给对方却没有及时得到回应,它们慢慢累积,变成了现在梗在喉间的刺。

好烦,宿舍太黑了,手机的光又真的很亮,哪怕调到最暗都晃得眼睛酸涩,一阵刺痛从眼球深处往外蔓延,陈茵伸手捂住眼睛,挪开时发现覆盖眼睛的手指是湿的。

屏幕上两人的聊天背景是在香港拍的,走在前面的夏思怡他们变成了模糊的背景,游淮原本在低头给她整理头上的米妮发箍,她忽然袭击,举起手机打开前置摄像头,踮脚就在他脸上亲了一下,照片里游淮因诧异而放大了瞳孔。

这照片被设置成聊天背景图的时候,游淮非常不乐意,他觉得自己太蠢了,好看的只有陈茵。

陈茵那时对他说"你不觉得这照片很生动很可爱吗?虽然你表情很惊讶,但是你很开心耶,你看"。

她伸出手,指着照片里他的唇角,然后说,你在笑。

当时的快乐越发让现在的安静变得悲伤。

两人自谈恋爱以来,还没有闹过别扭、吵过架,他们是从小就认识的青梅竹马,几乎参与了对方截至目前为止所有的人生,也理所当然是最了解彼此的人,知道对方的底线,喜欢什么讨厌什么。

所以她以为他们会是最相配的一对,是不会发生争吵永远甜蜜的一对。

但现在,陈茵忽然悲观地发现,现实不是这样,好像也没有那么简单。

第二天醒来,游淮还是没有回复她的那个"哦"。她若无其事地和舍友一起去上课、吃饭,结束下午的课程就去了校电视台和模特队面试。这两个社团在招新的时候就给她塞过传单,外貌出众的女生人品稍微过关便拥有畅通无阻的绿卡。她晚上回到宿舍就收到电视台台长和模特队队长给她发的微信,通知她复试的时间。学姐胡霜还特意过来跟她通气说应该就是没问题只是走个过场,让她对自己有点信心。

陈茵回了个点头的表情包过去,整个人瘫在床上,许久才感慨地说了句"好累啊"。

舍友感同身受。

在摘隐形眼镜的左冉说:"我以前听别人说大学生活丰富多彩,有很多社团活动,可以认识很多朋友,现在真到了大学,才发现丰富多彩的背后有多累人,太多形式主义了。我面试学生会,初试刚过,加了个群,里边但凡是学长、学姐发言,都不能让他们的话落在地上,就算回个表情包都得是我们新生结尾,这也太官僚了。"

邬雨桐刚输了一局游戏,摘了耳机,整个人缩在椅子里加入了话题:"废话!你加入的可是学生会,哪个学校的学生会不官僚啊?你像陈茵一样加入电视台多好,那里全是帅哥美女。我上次面试戏剧社时,路过电视台面试现场,好家伙,感觉半个学校的帅哥都在里头了。"

最热爱帅哥美女的宿舍长洪雯雯顿时就不困了,跟陈茵求证:"真那么多帅哥啊,陈茵?"

陈茵说:"没怎么注意。"

邬雨桐摸着下巴问大家,觉不觉得李奇长得像柏原崇。

左冉第一个不答应:"柏原崇比他帅多了好不好?"

邬雨桐:"你中肯点,不觉得眼睛特别像吗?"

左冉:"不觉得。"

讨论得水深火热的舍友们没发现陈茵很早就没加入她们的谈话，她坐在椅子上，抱着膝盖，有些出神地看着自己的手机。屏幕亮着，微信界面弹出很多新消息，各种群聊，电视台、模特队、班群、新生群……还有很多私聊找她，但没有一个是游淮发来的消息。

唯一置顶的窗口在一众热闹里显得格外冷清。

停在那里的那个"哦"，让她心烦意乱。

也就是在这个时候，绥中音乐班的群聊跳了出来。

申铠扬发朋友圈秀恩爱没及时得到同学们的点赞，于是就把恩爱直接秀到了群里，还手动艾特了所有人，语气格外讨打：哎哟哎哟，忽然眼睛不太好使，麻烦你们帮我看下，这照片里是谁跟谁啊？

十八张图一张张往外跳，全是他跟夏思怡的自拍，搞怪的、亲密的，什么都有。

所有人都很无语，一串串省略号往外蹦。

放在平时，陈茵会对申铠扬嘲讽几句让他稍微收敛点儿，但今天她实在没心情，刚想退出去，却看见游淮跟着队形回了串省略号，此外，还说了一句：瞎了能治，但脑子不好是一辈子的事情。@夏思怡

底下全是跟风复制的。

申铠扬怒极发了好几条语音，不用点开就知道是在骂游淮毒舌。

陈茵脑子却"嗡嗡"的。

邬雨桐正说，学校里帅哥的受欢迎程度，抬头往陈茵的方向看，跟她说："你男朋友军训那会儿不也是被要联系方式了吗？要不是他第一句话就是自己有女朋友，我估计学校表白墙里他出现的频率真不会低。"

陈茵下巴紧绷得像核桃，没回应邬雨桐的话。

邬雨桐眨巴眨巴眼，问她："你怎么了？"

输了，陈茵心说，一个"哦"根本算不上绝杀，游淮今天在群聊里来的这一出毫不在意才真的让她破防，有时间精力回复群聊的消息，和往常别无二致地和别人逗趣开玩笑，仿佛两个人之间发生的别扭根本没能让他上心。

这样对比一下，她的那个"哦"，还真是小儿科极了。

昨晚被手机晃过的眼睛此刻又有些刺痛，陈茵急忙在桌上抽了纸巾假借擤鼻涕快速擦了一把，才对邬雨桐说："没事，就是觉得你的话还挺对的，李奇确实长得挺帅的。"

申铠扬秀恩爱惨遭翻车，骂骂咧咧地给游淮打了通电话过去。接通时，他听见有风声，准备好的问话陡然就变成好奇："这都几点了，你不在宿舍还在外面？"

游淮声音有些哑："刚从医务室出来，在回宿舍的路上。"

150

"你生病了？"申铠扬心说这不对劲啊，以前大冬天的时候游淮要帅穿单衣在外面跑都没感冒，现在天气这么好，京北不刮风又不下雨，游淮感冒？还真是小刀拉屁股，开了眼了。

申铠扬原本想调侃游淮几句，结果听见那边声音沉沉，情绪并不高，才好奇地问："陈茵没陪你？你没趁机跟你女朋友撒娇？"

楼道的声控灯随着游淮的脚步声亮起，有人往楼下跑，游淮让开路，"嗒嗒嗒"的脚步声如风一般消失在拐角。灯光亮了又灭，申铠扬在电话那头喂了好几声，游淮才问："申铠扬，在你看来陈茵喜欢我吗？"

申铠扬在剪指甲，手机开着扩音器，有个舍友用气音问他"你朋友感情危机啊"，申铠扬挥手说"去去去，别搁这儿瞎猜，我朋友情感大师跟他女朋友好着呢"，赶完人才问游淮是怎么回事儿，却发现电话被游淮给挂断了。

申铠扬觉得这不太对劲，他再粗的神经也闻到了不一样的气息，立马就打给了夏思怡通报了情况。夏思怡又打给了陈茵，把话重新组织了一遍，对陈茵说："申铠扬给游淮打电话时，游淮好像在医务室病得不能动被他舍友给抬回宿舍了。"

晚上十点半，宿管刚要锁上女生宿舍楼下的大门，就见一个女生匆匆忙忙跑下来。

陈茵还穿着睡衣，匆忙之下从柜子里拿了件外套披上，踩着拖鞋就下楼了。当宿管以来，时不时就要见到这种临关门时要出去的女孩子，阿姨铁面无私地拒绝了她："这都要锁门了你出去干什么？一会儿我不会给你开门的，赶紧回去睡觉吧。"

陈茵急得不行，反复说着"阿姨，我真的有急事"，宿管阿姨看她急得都要哭了，问她是不是生病了。陈茵发挥了自己的演技，捂着肚子说肠胃炎想去校医室买药，最后应付了阿姨出了女生宿舍，才急忙往男生宿舍跑。

游淮已经躺下了，其他舍友都在戴着耳机打游戏。

隔壁宿舍的人过来敲他们的门，直接就往游淮的方向走了，扯扯他的被子。游淮抬起沉重的眼皮刚看向他，就听见那人对他说："你女朋友在楼下快急死了，说打不通你电话，蹲在那儿都快哭了！"

游淮有些没反应过来似的，他头脑发热，烧得意识昏沉，不太确定地问："我女朋友？"

那人点头："是啊。"

晚上的风一阵阵地吹。

陈茵蹲在男生宿舍门口，旁边是一排排自行车。她手里攥着发热的手机，输入栏写了又删、删了又写，最后只剩下一句"你生病都不告诉我，你是不是想跟我分手"。

在发送键上踌躇不定，又一次准备删除时，听见有人在喊她的名字。

声音带着明显的鼻音。

游淮穿着的也是睡衣，就连外面穿着的外套都像是情侣款。

她是黑色的，游淮是白色的。

她紧攥着手机的手忽然就松了下来，手机掉进宽松的外套口袋中。

她吸吸鼻子，抬手摸了摸游淮的额头，是烫的，但能自己走下楼，也不是夏思怡所说的烧到晕倒需要人抬上楼那么严重。

陈茵正想问"你要不要去打针"？就注意到游淮又上前了一步，他们踩着的地面是由很多方块格子所组成，两人原本待在自己的方块格子里，现在游淮越了界，闯入了她的方块格子中，鞋尖对着鞋尖，陈茵心里莫名其妙地就有些软。

"我生病了。"他说话的气息很热，落在陈茵脖子上有点痒。

陈茵低头看着游淮灰色长裤的裤腿，轻轻地"哦"了一声。

"所以……能不能看在我生病的份上，别和我生气了？"他说着，整个人卸了力，额头抵在陈茵的肩膀上，又怕她站不稳，伸手抱住了她的腰。

陈茵突然间就有些鼻酸。

两个穿着睡衣的人跟门卫大叔磨了半天才出学校后，径直去了离学校最近的酒店。

开房的时候，陈茵从手机壳里拿出身份证，游淮正在扫码付款，挑眉朝她看了一眼。陈茵抬脚就踢了他的小腿，动作过于娴熟，以至于两人都愣了一下，随即游淮才收起手机，从服务员手里拿回两人的身份证："我生着病呢。"

陈茵拉着他的胳膊，一路搀扶着他从电梯进了房间里。

其实也没想做什么，只是在宿舍楼下，游淮靠过来的时候，陈茵觉得游淮有些可怜，她心软的那一下就觉得要完，于是在游淮问她要不要出去住的时候，她点头说了声好。

游淮确实没做什么，生病的人身体都是热的，他自己卷在一床被子里，又打电话给前台多要了一床被子，不仅如此，还从口袋里摸出来一个口罩，给自己戴上，一副我绝对不会传染给你的样子。

陈茵瞪他："都到这儿了，你还装什么呢？"

游淮却说："我只是想多看看你，但又怕传染你。"

陈茵顿时就没话说了，甚至有些愧疚，她坐在床边，摸摸他的头又揉揉他的头发，自认为这动作已经十分照顾病人，但做起来有些像是在撸狗。

"好啦。"陈茵说，"你跟我说句对不起吧。"

游淮一双漆黑的眼睛里写满了问号。

陈茵理所当然道:"不然我怎么原谅你?"

游淮忽然咳得整个人弓了起来,眼睛都是红的。陈茵手悬在半空,在犹豫要不要给他拿张纸巾的时候,又看见他笑了起来。他眼睛很好看,清澈透亮,眼尾略微上扬,看向别人的时候总显得笑吟吟的,光是看眼睛就知道是个脾气很好的人。

"对不起啊。"他声音闷在口罩里,干脆利落地跟她道了歉,又拉过她的手放在自己的额头上,像小狗那样拱了拱她的手心,重复了一遍,"真的对不起,让我们茵茵受委屈了。"

这一晚,两人睡在各自的被子里,是陈茵睡得最舒服的一晚。只是到半夜的时候,一双比自己体温更热的手钻进了她的睡衣里,在睡梦中的陈茵不满地动了一下,寂静中男生嗓音沉沉地重复着她嘴里哼唧的那声"嗯",又带着笑意地说:"我就摸一下啊,就摸一下。"

陈茵浑浑噩噩的,反抗都显得不够真心。

被掀开个小口的被子又被他一点点跨越了距离。

"会不会传染啊⋯⋯"

没人回应。

他垂眸,借着被风吹开的窗帘外淡淡的月色,看见陈茵熟睡的面容,哪怕看了这么久也还是觉得很好看,无论是哪里都长在他的审美点上。

陈茵被热醒的时候,发现自己睡衣的纽扣都解开了。游淮正拉着她的手,用打湿的热毛巾在擦她的手心。

空气里弥漫着熟悉的味道,她迟缓地眨了眨眼,视线从自己手上挪到游淮脸上。

他还戴着那个蓝色的医用口罩,床头开了盏小灯,昏黄光线中,他眼眸自然下垂,舒展的眉宇都透着懒倦。

"你是畜生吗?"陈茵问他。

游淮将毛巾放在床头柜上,弯下腰看着她的眼睛:"嗯,我是姐姐的狗。"

陈茵不自在地抽出手放进被子里:"谁是你姐姐啊?我比你小!"

游淮回到床上,关上床头的灯,懒散地倚靠在床上,被子也没盖,拉着裤子的抽绳跟蝴蝶结较着劲。

他这个样子没来由的浪荡,陈茵扫他一眼,看他这样子想说什么又没说,手心在被子上搓了搓。

两人嘴里随便闲聊着,从酒店还可以说到宿管阿姨不太好说话,话题弯弯绕绕怎么都回不到重点。陈茵有些渴,拧开床头柜上放着的矿泉水,刚喝一口就想到一个很严重的问题,一会儿想上厕所怎么办?

算起来谈恋爱虽然有接近五个月,但是真正开过房也就在广州那次,还是大家一起，小情侣涉及了吃喝，但还没有涉及拉撒这种过度现实的问题。

陈茵看向厕所，这里也不知道是怎么设计的，厕所是玻璃门，开着灯，连马桶的形状都能看得清楚。她不知道别的小情侣来这里开房如果上厕所是怎么解决的，总不能一个躺在床上看着另一个上厕所的样子谈情说爱吧？

这口水就怎么都喝不下去了。

游淮不知道陈茵在想什么，以为她还在介意两人这次的冷战，便很主动地跟她承认了错误："这次是我做错了，我不应该故意在群里回申铠扬的消息气你，是我幼稚地想用这种方式吸引你的注意，对不起。"

干脆利落的道歉，甚至没有像别人那样用不好意思代替对不起三个字。

陈茵抬头看向他，嘴里"哦"了一声："你刚才不是已经说过了吗？我那个时候就原谅你了。"

"那不太一样。"游淮说，"我那时候不是心甘情愿说的，是怕你扭头就走把我丢在这里，所以才说的对不起，现在是真心实意说的。"

你还，挺诚实。

陈茵差点儿被他的诚恳给气笑，一时间不知道该说些什么。

游淮却好像有很多感悟："我想过了，我们都是第一次谈恋爱，很多不懂的地方，现在我们来到了陌生的城市、陌生的环境，还接触到很多陌生的人，很多东西需要重新磨合，你应该去做自己想做的事情，是我太小气太依赖你了。"

陈茵没想到，游淮生场病能把脑子给烧正常了，没再说那些能让人气死的话，满脸都写着真诚。因为生病，声音还有些沙哑，口罩的白边横在他鼻梁上，有种病弱的美感。

她又一次摸了摸他的额头："你是烧清醒了吗？"

她的手又下滑，掌心盖住他的眼睛，他的长睫故意一下下碰着她的掌心，引起一阵阵痒。

"不是。"

他一直在把玩的那个蝴蝶结终于歪歪扭扭地成了型，被罩住眼睛也不影响他伸手摸到她的腰，手指拽着她的衣角，小孩儿玩闹那样扯了一下又一下，然后笑着说：

"是开心了，所以说话比较好听。"

在酒店住了一晚后，陈茵成功被游淮传染感冒，两人在医院一起打吊水。游淮抱歉地捏捏她的胳膊，再次道歉："对不起啊，让你生病了。"

从昨晚到现在，游淮就跟做错事怕被父母责罚的小学生一样频繁道歉。她从起初的感动变成了现在的不自在，甚至懊恼地想，游淮这种症状到底还要持续多久？总不能一次冷战过后他真就变成了一个吾日三省吾身的圣人了吧？

从医院吊完水回到学校，上午的课全部匆忙请了假，下午上课的教授比较严格，每一次考勤都影响期末这节课会不会挂科。

陈茵戴着口罩，弯着腰钻进教室，眼睛只顾着盯着讲台上喝水的教授，没注意到起身往外走的人，一下子撞人身上去了。

"哐——"

陈茵倒吸一口凉气，捂着额头抬头，却看见自己撞上的是高频率出现在宿舍夜谈里的李奇。

李奇这节课是陪朋友来听的，还没上课打算去趟厕所，结果就被陈茵给撞了满怀。

一脸苦大仇深翻着教材的朋友听见动静回头就乐了："李奇你干吗呢？这么大一后门，你能给人家姑娘撞上？居心叵测吧你？"

这朋友叫温晓鹏，是陈茵的直系师兄，大一的时候挂了这门课，大二要开始重修，说话比较逗，又开得起玩笑，没什么师兄的架子，跟陈茵班里同学都混得很熟。

他一眼就认出戴口罩的学妹是陈茵，这姑娘刚入校就吸引人眼球，长得漂亮是一方面，另一方面是有个很帅的男朋友。偶尔看见两人手牵手走在校园里，他跟他的单身狗朋友都挺惆怅，还说漂亮姑娘怎么一入校就有男朋友。

温晓鹏纯属开玩笑，哪知道李奇回了一句："被你发现了。"

这就让揉着脑门的陈茵和笑着的温晓鹏齐齐愣住。

陈茵跟李奇算不上熟络，只是因为社团加了微信，然后就在列表躺尸，对话框比脸还干净，这会儿听到李奇说的这句话，陈茵只以为他是在跟温晓鹏开玩笑。

看了全程的洪雯雯问她："你说有没有一种可能……"

陈茵不用听完就知道她想说什么："没可能，你疯了吧？都知道我有男朋友，刚才也就开个玩笑而已，你别吓人了。"

洪雯雯有些遗憾地说好吧，看陈茵一直戴着口罩，又问她怎么了。

坐在旁边玩手机的邬雨桐说："能怎么了，昨晚给她男朋友送温暖，结果被传染了呗，我宣布今年中国好女友就颁给我们陈茵。"

陈茵正从口袋里拿面巾纸，听到这话直接丢了过去："邬雨桐，你烦死了！"

隔了一条走廊。

李奇从厕所回来坐在温晓鹏身边，低头正在看手机。

温晓鹏凑过来问他："朋友，你刚才什么意思啊？别是真对我们小师妹有意思吧？"

哪知道李奇就是不正面回答，反而把问题又抛了回去，说："你猜。"

猜个屁。温晓鹏虽然平日里玩笑话什么都能说，但骨子里是个正派的人，现在看朋友有点儿要往小三的方向发展，顿时就有些急，嘴里丢了句脏话，也没再跟他闲扯。

一节四十来分钟的课，温晓鹏上得如坐针毡，看看陈茵又看看李奇。李奇什么人，他太了解了，撩猫逗狗的人物，微信里漂亮师妹都能成团出道了，哄人的话张口就来，又擅长推拉，喜欢他的妹子一直就没少过。

温晓鹏琢磨了半天，最后在微信里找了个认识的艺术与商务管理系的师弟，问他认不认识他们系系草。

那师弟刚好就是游淮他们班的，回得也挺快，说：认识啊，怎么了？

温晓鹏犹豫着这话要怎么说，第三人传话很有三人成虎的风险，最后用想认识一下帅哥当借口要来游淮微信。加上好友后，打开游淮朋友圈，看见他朋友圈的简介，温晓鹏就低骂了一句李奇畜生。

这里插播一句，温晓鹏当初高考完填报志愿本来是想选外语系比较牛的学校，但恋爱脑发作，跟着女朋友一起报了这所学校，学了艺术，结果开学没多久女朋友就被高年级的师兄给拐跑了。

游淮朋友圈的简介是个英文单词：Ponder。

思考、沉思、琢磨的意思，此外，还可以翻译为沉吟。

要是脱口秀，谐音梗这得扣钱，但温晓鹏格外能被这种东西触动。他当初也是喜欢玩隐晦浪漫的一员，把女朋友的名字找各种谐音换成英文改成自己的微信名，结果谁都没发现。

他叹口气，讲台上的老师说了什么，他是一个字都没往脑子里进，看着游淮的朋友圈简介越看越伤感。

最后给向他发来"师兄好"三个字问候的游淮回了一句：你看这春天，是不是有点儿绿油油的？

游淮收到消息的时候正跟舍友找教室。

舍友是个坑货，号称自己是学校活导航，没有他找不到的教室，一个寝室的人就都很放心地让他领路了，结果这人把课表上的思齐楼找成行健楼，跟在后面一直低头玩手机的游淮踏进门槛看见里面在练太极拳的同学就愣住了。

舍友一个劲儿地道歉："失误，真的，纯粹失误，别急，稳住，我们绝不会迟到。思齐楼就在行健楼后头，我们跑起来一定能赶在老师来之前进教室！"

其他人边啐他边跑："坑货啊！这门课的老师一打铃就点名！要被你坑死了！"

游淮还在笑，他是有假条在身上的，就算迟到了给老师看也只会被夸身残志坚，纯粹看热闹不嫌事儿大："都是同学别急眼啊。虽然他脑子不好使，但人挺善良。"话刚说完，温晓鹏的微信就发过来了。

游淮是个很敏感的人。

这种敏感并非多愁善感，他小时候跟爸妈一起吃饭，席间还有爸妈的朋友。那对夫妻全程表现得很正常，甚至还跟司琦交流了育儿经验，但散场的时候，游淮就拽着司琦的袖子问她，妈妈，叔叔和阿姨是感情不好吗？

过了一年不到，游淮就从司琦那里听说那对夫妻离婚的消息。

游淮看着温晓鹏发来的这句话，脚步停了一下。

还在前面跑的舍友扭头还招呼他："跑啊，淮哥，上课呢。"

"帮我把假条给下老师，就说我头疼得实在起不了床。"

他退出对话框，找到陈茵发给他的课表，往陈茵的教室去了。

温晓鹏此时还不知道游淮已经过来了。

李奇看着朋友圈里陈茵的照片，在他的喋喋不休中，终于说："我是觉得她挺漂亮的。"

温晓鹏眼睛都快瞪出来了："人家有男朋友了，哥！"

李奇笑："结了婚都有离婚的，有男朋友又怎么了？感情真好，那我也挖不动墙脚；感情要是不好，那我也算是做件好事帮他们提前发现问题了。跟谁谈不是谈？谈恋爱方面我也输不了谁，怎么不会是对你师妹更好呢？你说——"

话没说完，温晓鹏一拳就打了过去："去你的渣男！"

这里得用到一句被用烂了的话：全场震惊了。

这次是真的全场都震惊了，上课打架就让人意外了，更让人意外的是打架的还是关系一直挺好的温晓鹏和李奇。

台上讲课的老教授拍着桌子让他们停下来，周围也有不少同学围过去扯开两人劝架。

李奇完全不知道自己被打的理由，但温晓鹏一拳过来，他立马就还击了，这会儿刚动了下唇角，发现疼得厉害，绅士风度都不要了，骂了句脏话，指着温晓鹏问："你是不是有病？"

相隔不远的陈茵也没想到忽然能看见这一出。

她隐约感觉应该是跟自己在后门撞上李奇有关，但不知道事情怎么发展到这个地步。

跟着人流站起身，刚要往那边走，就见后门的方向出现了一个熟悉的身影。

穿着棕色卫衣的游淮气喘吁吁地看向她，又看向乱糟糟的打架现场。

这节课是上不下去了。

陈茵趁乱走到游淮身边，问他："你怎么过来了？"

她也说不好自己到底在心虚什么,她跟李奇截至目前所有的交流也只是后门的那一撞,但这能算得上什么?连个苗头都没有,可看着忽然跑过来的游淮,莫名感觉他知道了事情的起因经过。

她解释那边的慌乱:"上着上着课,师兄跟他朋友打起来了,还挺突然的。"

完全摸不着头脑,要是说李奇对她有想法,那温晓鹏跟李奇打架干吗?

难不成温晓鹏也喜欢她?

游淮一眼察觉她的走神。

他知道陈茵是喜欢他的,但这份喜欢没有重量,只是轻飘飘的,更像是因为两人认识这么久了,她发现他其实是喜欢她的,他是对她好的,所以她开始喜欢他。

陈茵没有他喜欢她那样喜欢他,因为不够喜欢,所以总会患得患失,会看见一条莫名其妙的微信消息就匆匆跑过来,会害怕会不会有一天出现一个更符合她审美的人,然后让她发现,真正的喜欢不应该是对他这样,而是更浓烈的。

好矫情。

但是游淮格外在意。

也正是因为非常在意,所以不知道该怎么对她说自己的想法。

说不出口,怎么解释都像是减分项,像是亲口对她承认,是,跟你一起长大的那个男的,那个看似对什么都漫不经心、掌握之中的叫游淮的男的,其实是个感情中的胆小鬼。

好没有魅力,一点都不酷,说出去会被人嘲笑,比舔狗更加卑微。

所以游淮话到嘴边又什么都没说。

陈茵问他:"你怎么了?"

他喉咙里像是堵了一团棉花,最后干涩地对她说:"听说你们班打架了,怕你有事,过来看看你。"

好尿啊游淮。

好胆小啊游淮。

好卑微啊游淮。

但是有什么办法。他陷入了感情的难解题,发现这段恋爱关系里,他越是沉迷越是害怕失去。

好不容易从朋友走到恋人,他没办法再接受两人回到之前的普通关系。

/ **第六章**
酸 涩

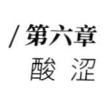

　　游淮有些怪怪的，陈茵问他什么话，他却都用正常语气回答，甚至还关心她现在难不难受。陈茵点头，手指轻轻挠着他的掌心，说："游淮，我头疼。"她说话语气带笑，故意为难他，又问他能不能变个魔法让她立马恢复健康。
　　游淮止住想说的话，只是捏捏她的手。
　　陈茵故意凑过去问他："游淮？你说话，游淮？你怎么不吭声呢，游淮？"
　　游淮无奈地瞥了她一眼："就不能等会儿？"
　　陈茵抬起下巴："就要你现在说。"
　　她自己说完，又忍不住笑了起来，捏着游淮的手指跟他说："我觉得我们好像两只小白鼠哦，戴着口罩像是被隔离了一样。"
　　游淮低眸，看着两人紧贴在一起戴着戒指的手指。
　　"陈茵。"
　　陈茵扯了下口罩，用力吸了一口新鲜空气，又把口罩规规矩矩地戴好，看向他："怎么了？"
　　游淮就弹了一下她的额头，说："还小白鼠呢，走路能不能看点路？不然像你这样的小白鼠，刚被放在滚轮里就能把自己给摔死了。"
　　陈茵气恼地冲他挥了下拳头又踹了他一脚。

　　温晓鹏和李奇打架的插曲过后，陈茵确实犹豫过还要不要继续参加电视台复试，但是就连专业课老师都说可以多参加一点校园社团活动，其中被点名拿出来说的就是校园电视台。
　　陈茵想着也是，就去参加了复试。
　　去到现场的人不少，陪陈茵来面试的舍友洪雯雯一直在跟陈茵细数八卦，说谁谁谁是哪个系哪个专业的，一路都在"哇噻"，不时拽拽陈茵的袖子，问她这个男的帅不帅、那个男的帅不帅。

陈茵有些无奈，说："雯雯，你行行好，我们是来参加面试的，不是来逛窑子的。"

洪雯雯"哦"了一声，安分不到一分钟，又拉着陈茵的袖子说："茵茵你看，李奇师兄换发型了，怎么有点像你男朋友？"

陈茵正在看稿子，一会儿要上台自我介绍外加抽选主题即兴主持。听到洪雯雯的话，她抬起头看见坐在评委席的李奇果然换了个发型，他原本留了个狼尾的造型，现在剪短了头发，回头跟人说话时，刘海细碎挡着眉毛。

洪雯雯："李奇师兄不会真的对你有点意思吧？"

陈茵这次有些迟疑："不会吧，都知道我有男朋友啊。"

洪雯雯说："那可未必，不少人就喜欢撬墙脚呢。"

这句话给陈茵带来的影响不小，轮到她上台的时候，因为李奇看向她，导致原本流畅的话打了个结巴，最后下台的时候手心都是湿的，没勇气留到最后，一路都有些心烦。

洪雯雯鼓励她说她已经很棒了，但陈茵依旧有些懊恼，回到宿舍就开始给胡霜师姐编辑微信。

"师姐抱歉，我今天表现得不太好，可能过面试有些悬，让你失望了"，她编辑到一半又停下了动作。

那条消息她最后也没发给学姐，只是跟舍友说听天由命吧。

她露出一副很洒脱的样子，但在听见舍友说哪个系的美女收到复试通过的短信时，还是心里"咯噔"了一下。人最难以接受的不是自己的失败，而是别人的成功。她受挫了好一阵，干什么都没精神，收到模特队面试通过的消息都有气无力。

温晓鹏给她发消息的时候，她跟舍友在球场看游淮打球。游淮在场上挥洒汗水，她就坐在离场上最近的观众席，水杯抱在怀里，低头看着手机。

温晓鹏：听说师妹你最近心情不好？

陈茵：师兄有点太神通广大了。

温晓鹏：不就是面试的事儿嘛。我跟你说，你没去反而是好事，那有什么好的，你就是被你师姐忽悠了。胡霜自己是电视台的，希望你过去能多帮帮她，拉帮结派知道吧？

陈茵没想到温晓鹏这么敢说，发了个小猫挠头的表情包。

那边又说：有这时间多陪陪男朋友不挺好吗？我上回问你男朋友班上的人，都说你男朋友受欢迎得很，帅哥到哪儿都是稀缺资源，就好比我，走哪儿都有人看。

陈茵有些无语。

温晓鹏：而且，李奇不是什么好人，你离他远点儿没错的。

恰好，温晓鹏说完，胡霜就来找陈茵了。

胡霜倒是没说面试的事情，就是问陈茵最近在忙什么。陈茵说在看男朋友打球，那边听到这话，就问她方不方便见一面。陈茵刚有些迟疑，坐在旁边的邬雨桐忽然扯了下她的胳膊："那不是艺术系的林欢吗？她跟你男朋友认识？"

林欢跟陈茵是同一届的，军训的时候都被校电视台采访过，放在学校公众号里，照片都挨着。这也就导致不少人经常把她和林欢放在一起比较，提到陈茵下一句必定是林欢。

林欢拿着话筒，后面跟着扛着摄像机的人，正站在球场边，在问抱着篮球的游淮什么问题。

画面看着很和谐，帅哥美女又是篮球场这样洋溢着青春气息的地方。

邬雨桐看陈茵脸色不好，正想安慰她，就听陈茵说："如果我能进电视台的话，拿着话筒的人就是我了。"

陈茵低着头，自第二次面试回来后一直伪装的轻松在此刻有些崩盘。她扯着自己的裙边，下巴贴着怀里的水杯，问邬雨桐："我是不是比别人要差劲啊？"

邬雨桐问她："你不吃醋吗？"

陈茵也纳闷："我为什么要吃醋？"

邬雨桐说："游淮是你男朋友啊。"

"我当然知道他是我男朋友啊。"

陈茵抬起下巴，正午的阳光晒得她眯起眼睛。

"但与此同时，他也是他自己啊。如果因为他是我男朋友，我就要求他只能接受我的采访，那未免也过分了点。"

邬雨桐："你说的这话跟你平时在你男朋友面前的样子挺不搭的。"

陈茵问她："我在我男朋友面前什么样？"

邬雨桐犹豫地说："有点儿，作？"

陈茵冲她翻了个白眼："我要去跟学姐见个面，游淮的水放这儿了，他一会儿过来的时候，你帮我跟他说一声啊。"

她转身就走，格外潇洒，邬雨桐喊都没喊住她。

胡霜跟陈茵约在饭堂见面，胡霜第一句话就是说陈茵也不是被电视台给刷下来了，这句话过后就扯了一堆有的没的，最后问她能不能再面试一次。

陈茵没立刻回答。

胡霜说："你复试时发生的失误副台比较介意，也就是因为这个没给你发通过的消息，但我跟李奇都觉得你挺好的。只是我们也不能破坏规则，所以只能多争取一次机会。"

陈茵一直给胡霜的印象都挺傲的,她说完也不确定陈茵会不会答应,正想着话术劝陈茵,却看陈茵干脆利落地点了头。

游淮打完球没看见陈茵的人,邬雨桐跟他解释了陈茵有事出去一趟。游淮点头道了谢,拧开水杯喝了口水后,拿出手机给陈茵打了电话,那边没人接。

直到晚上,陈茵才给他发了消息,轻描淡写地说她下午去电视台面试了,然后发了一个蹦蹦跳跳的表情包,跟他宣布重大喜讯:我被电视台录取了哦!我以后就是校园电视台的人了哦!

游淮拉开椅子,舍友拿着毛巾往卫生间走,拉开阳台的玻璃门时,冷风灌了进来。

他低着头,停在回复的界面却迟迟没有打字。

陈茵又发来消息。

DOKi DOKi:你不替我感到高兴吗?

DOKi DOKi:你怎么不说话!

DOKi DOKi:游!淮!

DOKi DOKi:你难道不希望今天在篮球场采访你的人是我?

一连串消息轰炸过来,游淮才回:希望。

那边发了个微笑的表情包:你好敷衍。

yh.:没,在为你高兴。

DOKi DOKi:你这样说话就更敷衍了。

yh.:要我发个语音?

DOKi DOKi:你是不是还是不想我参加两个社团?

游淮手指停住。

也就是这三秒的犹豫,陈茵已经知道了正确答案。

她手比脑子快,还没想好就已经发了消息过去:你不觉得你这种想法,很自私吗?

发完信息后,陈茵就后悔了,想撤回又觉得多此一举,游淮多半是看见了。

她懊恼地咬住唇,发现自己在外人面前的游刃有余到游淮这儿统统失效,仿佛被时间撤销了长大的魔法,重新变回从前那个横冲直撞的陈茵。

看着屏幕上自己说的那句指责他自私的话,在输入栏打了几个字,又一个个删除。

邬雨桐察觉到陈茵的动作,问她怎么一脸纠结。

陈茵懊恼地说:"感觉在别人那里可以轻易说出来的话,但是换成他就很难表达了。"

邬雨桐眯起眼:"你男朋友?"

陈茵点头,然后一张口发现又要说的还是那句我和他认识太久了,后面的话也都差不多。

她当初和夏思恰都说过无数次，因为认识太久了，所以很多话反而不知道该怎么说，觉得他能懂自己的意思，他该比所有人都懂自己的意思，所以解释显得矫情又多余。

邬雨桐也就谈过一次恋爱，还是无疾而终。她一知半解，觉得这恋爱谈得可太麻烦了，猜来猜去的比写作业还累。

她替陈茵叹气，又说："但你换个角度想想，跟帅哥谈恋爱生气比跟长得丑的谈恋爱生气好多了，起码赢在脸长得好看，就算生气看看脸也觉得巴掌扇不下去？"

虽然有些无言以对，但不得不说，邬雨桐的话也有点道理。

就当他是个帅哥，给他点帅哥的面子，陈茵在输入栏打着字："刚才的话不是那个意思，只是觉得……"后面的话尚未打完，那边就发来语音，陈茵急忙从抽屉里拿出耳机戴上，点开语音条就听见游淮的声音："就算要跟我吵架，也见面再吵吧，给你买了烤红薯，要不要下来见我一面？"

陈茵怀疑自己听错了，又点了一次播放，声音循环了一遍，她才急忙穿上拖鞋。

邬雨桐伸出脑袋问她："你干吗去啊？"

"我男朋友在楼下！"陈茵穿上拖鞋拉开门就往外跑。

刚从厕所出来的左冉捂着肚子问邬雨桐怎么了，邬雨桐手指托腮，一脸意味深长道："我忽然想起一句话。"

左冉狐疑地看向她："我蹲坑厕所没冲干净？"

"……不是，你别破坏氛围。"邬雨桐抬起下巴往宿舍外的方向点点，"就那句，如果是去见你，我会跑着去。啧啧啧，恋爱的酸臭味，就连吵架都觉得熏得慌，比你上厕所的味儿大多了。"

左冉：……比喻鬼才。

陈茵往楼下跑的时候也在想和邬雨桐一样的问题，为什么每次她去见游淮都是跑着去的？

想不清楚，给不出答案，只有心脏"怦怦怦"地跳个没完。

明明前不久还在为他微信上的冷淡而生气，可这个人就好像有某种魔力，哪怕恋爱确实给她带来很多懊恼，让她变得优柔寡断不再像那个洒脱的自己，但一想到他站在楼下等着自己还是会很开心。

她的拖鞋在台阶上发出"嗒嗒嗒"的声响，像只快乐的小鸭子飞快冲出宿舍大门。

游淮站在女生宿舍楼前的树下，周围不少刚约会回来的小情侣，拉着手依依不舍地道别。陈茵为了不显得自己太迫不及待，没立刻跑到游淮面前，而是停住脚步平复了一下呼吸，往那边走时，看见游淮正在和一个不认识的男生聊天。

陈茵走近听见游淮在和那男生聊游戏，那人拿出手机一副相见恨晚的样子，问游淮能不能加个微信交个朋友。游淮拿出手机，扫了对方的微信，手指在手机上动动，再抬头，注意到一脸困惑看向他的陈茵，他才笑，对男生说："我女朋友来了，先走了啊，有空一起打游戏。"

男生点头如捣蒜。

陈茵从他手里拿过烤红薯，跟他往食堂的方向走："他是谁啊？"

"不知道。"

"不知道你们聊那么久？"

"又不是我主动的。我等你下楼的时候，他主动过来跟我搭讪，问我是不是也在等女朋友，才随便聊了几句。"

陈茵也就没话说了。游淮的社交能力一直很离谱，从小到大他都是最会交朋友的那个，一起出去旅游都能跟当地人交上朋友。

她把滚烫的红薯左手换右手，最后干脆丢给游淮："太烫了，你帮我剥一下。"

两人找了处空地坐下。这个时间的食堂人也不少，虽然已经过了饭点，但不少来参加社团讨论的人四散地坐着。

两张椅子中间的间隙比较宽，陈茵看别的情侣侧着身做一些肢体触碰表达自己的喜欢，又看向给自己剥红薯的游淮。

他坐得很规矩，穿着件浅灰色的卫衣，袖子卷到手肘处，上面绣着的小狗图案跟着变得皱巴。有些奇怪的是，明明他背脊是直的，但坐在那儿给人的感觉就是懒散。他手指很漂亮，白皙纤长，此刻慢条斯理地隔着塑料袋剥开暗红色的外皮。

脸也长得好看，现在专注地剥红薯垂眸不语的时候，一股冷感扑面而来，他垂落眉宇间的额发在灯光下是浅褐色的。陈茵有些手痒地想去碰一下，又因为他抿直的唇线而蜷缩手指放在膝盖上，抑制住了想触碰他的冲动。

游淮好冷淡。

给她剥红薯看起来都这么冷淡。

路上不咸不淡的对谈，在坐下后就变成了正式会谈前的开胃小菜。

陈茵在想，游淮会怎么跟她聊，又会说些什么。

心里仿佛有只蚂蚁来回爬行，连带着头皮都跟着发痒，指尖挠挠掌心又抠抠裤腿，最后忍不住，打算率先打破僵局的时候，游淮终于开口了。

"喏，你的红薯。"他说。

陈茵"哦"了一声接过，已经没那么烫了。她凑到唇边，想吃又拿远，最后还是忍不住问："你不是说要见面说吗，那你现在怎么不说？"

桌上放着抽纸，游淮抽了一张擦拭手指，动作很慢，语速也慢，跟生怕陈茵听不清楚似的。

"还没有想得很明白，所以一直没开口。"

陈茵困惑："这是件很难想清楚的事吗？"

有多复杂，又有多难。

无非跟她解释一句他没有这么想，然后说清楚真实想法就行。

陈茵不明白游淮此刻的迟疑。

游淮视线集中在自己手上，没往陈茵身上看，语调是只有两人能听见的轻缓："敷衍你的话，是可以立马给你个答案，但敷衍解决不了问题不是吗？"

陈茵对他聊这种事情还摆出闲散的态度颇为不满，他的不够重视显得她的重视有些可笑："那你应该想清楚了再来跟我谈。"

不远处正在聊天的人往他们这边看了一眼。

视线让陈茵抿起唇，觉得自己现在坐这儿跟游淮生气的样子有些难看，最难看的是她因为他的态度而生气，但他好像什么都不在乎。就一团破纸巾不知道有什么好玩的，她恨不得直接拿过来和红薯一起丢进垃圾桶。

游淮问她："你不开心吗？"

陈茵眼眸下撇，没有回答他的问题，而是用表情说明，她确实非常不开心。

游淮轻笑："你跟我在一起，好像总是不开心。"

陈茵嘴里发苦，但也跟着冷笑一声："难道不是你先不开心的吗？"

气氛变得很诡异。

陈茵手心又渗出了汗，和别人发生争执，她只觉得生气，但和游淮吵架，她除了生气，更多的是难过，心里像是被人用锤子一下下地砸，明明疼得要命，却偏不肯让游淮看出来她在难过，捏着手里的红薯。

"你是因为我不开心，才生气的？"哪知道游淮又这么问她。

陈茵莫名其妙："生气的怎么是我了？难道不是你吗？"

"我哪里生气了？"游淮问。

"游淮，我太了解你了，别人生气或许会发脾气不回消息，但你生气，说话就全是陈述句，非要等着我来发现、来点破，你才会这么反问我一句你哪里生气了，有意思吗？"

陈茵越说越委屈，明明没多大事儿，甚至说给别人听都觉得莫名其妙，但她就是非常委屈，甚至有些鼻酸，与此同时，又觉得好没意思，非常没有意思，要是像别的情侣那样真生气了吵一架反而更好，但他们连架都吵不起来。

她抬头，正好对上游淮看向她的眼神。

陈茵恨不得自己看不懂他每一个眼神背后的意思，也看不懂他的欲言又止。

她最后挪开视线，有些讥讽地轻轻勾唇，对他说："游淮，不是我总是不开心，是你好像总是因为我而不开心。"

红薯都没吃完，陈茵就回宿舍了。

邬雨桐洗完澡出来，看陈茵跟只仓鼠一样两颊鼓鼓的，问她："吃什么去了？吃这么饱？"

陈茵笑着说："吃了一肚子的气，饱得我明年都不想吃饭了。"

陈茵自己生气，刷朋友圈看见朋友们都在秀恩爱就更生气了。

夏思怡发了跟申铠扬出去玩的九宫格，照片里申铠扬笑得比菊花还灿烂。

申铠扬在评论区疯狂撒狗粮：我宝宝真会拍照！

评论区已经来了不少熟人，都在骂申铠扬。

△舌头给爷捋直了再说话，绥中音乐班规定肉麻男满门抄斩！

△夏姐，你真是辛苦了，这种叠词怪都忍得了。

…………

申铠扬正挨个地怼，最后一条"单身狗别说话，诅咒全部反弹"发完，正想休息一会儿，就看见陈茵发的评论：思怡，给你点前车之鉴，有些人平时宝宝长宝宝短，实际上宝宝生气他根本不管。

正在喝奶茶的夏思怡也看见了陈茵的评论，扭过头皱着眉一脸嫌弃地看向他。

申铠扬：不是，你干吗呢姐？

他飞速一通电话打给了游淮，那边刚接通，他就无语地开口："哥，你们吵架能不能别株连九族？我跟我宝宝恋爱谈得挺好的，你女朋友一个评论，她又看我哪儿都不顺眼了！你就不能管管你女朋友！"

游淮本来没想理申铠扬，但听他说话的语气，越听越不舒服："你说我女朋友的时候那么凶干什么？"

申铠扬脏话都飙出来了："我没有！"

他有史以来第一次理解了语文课本里的窦娥冤是什么意思，化身猿人仰天长啸："你们小学生吵架辐射范围能不能别扩散那么广！我不在京北都被你们影响到了！"

然而，这场小学生吵架只是刚刚拉开帷幕。

接下来的日子里。

陈茵和游淮的朋友们每天刷新朋友圈都在看连续剧。

DOKi DOKi 用户前脚发：学校附近的猪脚饭还可以，就是吃起来有股渣男味，可能是因为最近学校渣男味儿太重了吧，推荐大家去尝一下。

后脚就看见 yh. 用户在朋友圈分享歌曲：［说好的幸福呢——周杰伦］

DOKi DOKi：分享公众号：探究市面上失败男人失败的真正原因竟然是！

远在美国的迟盛被标题吸引,手贱点进去:不哄女朋友,无视女朋友的伤心难过,甚至还跟女朋友抬杠冷战,科研证明,这种男人99%不会成功。

迟盛评论:你怎么跟我家族群里整天发养生小妙招的二姑一样不靠谱?

再一刷新,就看见他朋友游淮的朋友圈。

yh.:[分享歌曲:说谎——林宥嘉]

DOKi DOKi 不甘示弱,发:[分享歌曲:一言难尽——胡彦斌]

yh.:[分享歌曲:开不了口——周杰伦]

DOKi DOKi:不会说话建议嘴巴捐给有需要的人。

yh.用户或许是歌单匮乏,这次没有分享音乐,而是发了段文字:不会服软建议多吃点QQ糖补一下。

…………

围观群众:……这朋友圈,一天天的,跟个连续剧一样。

国庆前夕,游淮去找沈域吃饭。

沈域看他吃个饭都一个劲儿地刷朋友圈,问他:"你们真的从幼儿园毕业了?"

"不是,你先等会儿。"游淮抬手比了个暂停的手势,大拇指在手机屏幕上动动,看见陈茵最新发的一条朋友圈后直接气笑了,举着手机问沈域,"你看她过分吗?吵架就吵架,她跟别人一起出去吃饭还拍照是什么意思?故意气我?"

沈域挺无语:"你这不是都挺明白吗?"

他看游淮认真得跟在街边贴膜一样,发朋友圈比清明节上坟还虔诚,难得好奇拿出手机看了眼。

朋友圈小红点一进去,就是游淮刚发的朋友圈。

yh.:[分享歌曲:花蝴蝶——蔡依林]

沈域面无表情地收起手机,对面咬着叉子的游淮又伸手揉了把自己的头发,朋友圈是发了,人却更颓了。他趴在桌上,问:"你说她到底在不在乎我?"

这种话游淮对别人说不出来,但跟沈域认识时间太长,长到完全没必要凹什么成年人的成熟人设。

"在乎吧。"沈域说。

游淮挺较真:"在乎的话,她会跟别人吃饭?那男的明显喜欢她!"

沈域就说:"哦,那不在乎。"

游淮扬声道:"怎么可能不在乎!她要是不在乎我,就不会发那么多朋友圈了。她明显发给我看的,就是想我哄她,我还不了解她吗?"

沈域一脸无语地看向他:"你有病赶紧去治。"

游淮声音有些闷:"但问题就是,她好像在乎我,但又好像随时都可以不在乎我。"

沈域："你没必要钻牛角尖。"

"我经常觉得，我和她之间的关系，只要我一松开手，就会断掉。"

游淮低眸，手里把玩着金属筷子，语气听上去漫不经心，似只是一句玩笑话，甚至还在笑，轻松自在的样子。

"她冲我招招手，我就能马不停蹄赶过去，但她连手都懒得招。"

坐在对面的沈域却想，他朋友真是个事儿精。

招招手就赶过去的那叫男朋友？那明明叫司机。

但游淮表情实在难过，他只能敷衍地提建议："你送她个招财猫吧？"

游淮茫然："她又不缺钱。"

沈域："让她见你的时候都抱着招财猫，你把猫想象成她，那不是招手招得挺频繁？只要电池够，招手不会停。"

游淮心烦意乱地喝了口奶茶，才艰涩道："谢谢你，朋友，笑话说得挺不错，但有点不合时宜了，你存着，下次等我开心了再讲，现在不必。"

陈茵刷到游淮发的《花蝴蝶》，气得不行。

她甚至没控制住气得笑出声了。

坐在对面正在和胡霜一起看菜单的李奇看向她："怎么了，师妹？你是不喜欢这家餐厅？"

下午是胡霜约陈茵出来吃饭，说社团有些事要聊聊，哪知道到餐厅后李奇也在。

陈茵摇头："没有，挺好的。"

她拿手机扫了桌面上的点单二维码，低头假装在选要吃什么，避免了和李奇的交流。

刚才在微信里，听夏思怡说，游淮去清大找沈域了，还给陈茵发了游淮在清大打球的照片。

这都是申铠扬这个传送带在中间传来传去的，申铠扬想得很简单，就是希望这对情侣赶紧和好，不然他恋爱谈得都不安心，夏思怡每次跟陈茵打完电话都要拧他耳朵。

他也挺命苦的。

但这些照片完全起了反作用。

尽管是精挑细选了游淮最帅的角度和姿势，光是点开照片都能感慨一句真是阳光帅气。

可时机不对，现下他们正冷战，游淮没来哄她就算了，还跑去别的学校耍帅打球。

这不就是他毫不在乎还能过得很好的意思吗？

陈茵一气之下，打开相机拍了张照片，故意露出一点李奇的手，目的也很直接，就是为了气游淮。

他能去别的学校找人打球，她也可以在学校找人吃饭。

游淮分享的那首《花蝴蝶》下面全是大拇指的 Emoji。

夏思怡跑来安慰陈茵，让她别生气。

陈茵回：我不生气啊，我好得很！等着，我马上发新的朋友圈。

夏思怡：……说真的，有时候觉得你们比起吵架，更像是在调情。

陈茵忽视了夏思怡发的这条微信。

在照片里找了半天，最后发了一张自己比较满意的自拍。

编辑朋友圈。

——任何人不来钓我，我都会伤心的OK？

非常严谨地设置了一个她和游淮共同好友的分组可见，又剔除了关系一般的几个人。

最后点击发送。

很好。

完美。

陈茵觉得这次她赢定了，游淮肯定气得不行。

她跟战胜的孔雀似的，悄悄踮脚，膝盖一上一下地动。

游淮该来找她了，该来服软了，该说我们别吵架了，他做错了。

陈茵端着水杯，一口口抿着水，余光却全落在自己手机屏幕上。

每三分钟就点进去看一次，惹得对面的李奇和胡霜都问她，是不是有什么事。

陈茵摇头又点头，最后说，在等一个反馈。

反馈在六分钟后到了。

游淮评论了她的朋友圈。

只有三个字。

——你厉害。

陈茵眼泪掉下来的时候，胡霜和李奇都蒙了。

两人原本在说着社团的事情，立马到处找纸巾递给她："怎么了这是？"

陈茵觉得丢脸，用纸巾捂着眼睛，说："没事，是柠檬水不小心溅进眼睛里了。"

胡霜没信，李奇倒是温和地笑了一下："柠檬水确实很酸，给你换一杯吧，奶茶怎么样？"

陈茵点头，说了声"谢谢"。

这顿饭吃得食不知味。

回去时胡霜接到男友打来的电话，掉转了本打算跟陈茵一起回宿舍的脚步，在公交车站台等车去男友的学校。

三人行变得只剩下陈茵和李奇两个人，陈茵有些尴尬地想找个借口走掉，李奇不动声色地开启了话题跟她谈论着社团的事情。

李奇是一个很会聊天的人，他不会一味只讲自己的事情，而是会不动声色地把话题都绕到和陈茵有关的事情上，让陈茵产生兴趣去听，这段路也就显得没有那么漫长。

到女生宿舍楼下时，李奇停下脚步，将手里拿着的打包袋递给陈茵："一些糕点，可以带上去跟你舍友一起吃。我们男生不吃这么甜的，拎了这么一路，你应该不会拒绝我吧？"

他这话说得非常自然，丝毫不带任何暧昧嫌疑。

陈茵愣了一下，才笑着拒绝："不用了，她们都在减肥。"

李奇耸肩，有些可惜道："看来只能丢掉了。早知道你不吃，我就不这么一路提回来了，唉。"

最后这个叹气，让陈茵有些为难，再怎么说大家都是一个社团的，以后抬头不见低头见，好像也没有必要因为一个外卖弄得彼此之间那么尴尬。

"那我还是带回去给她们吃吧，谢谢师兄，改天请你吃饭。"陈茵说。

李奇这才又笑了起来："行，那我等着师妹你这顿饭了啊。"

他挥挥手，径直走向对面的男生宿舍。

陈茵松了一口气，手指揉揉自己僵硬的唇角，抬头看见宿舍门前的路灯格外耀眼，在黑夜里似替代了白日的太阳。她眯起眼，盯着看了会儿，又低下头，转身准备回宿舍时，看见不远处一道熟悉的身影。

他被路灯的亮光模糊成一道光影。

陈茵提着外卖袋，站在那里就这么一直看着他，看着他从模糊变成具体。微信朋友圈的你来我往变成了两人此刻的沉默对视。

谁也没有率先服软走向对方，时间不知道过了多久，周围往宿舍走的同学像是影视剧里的NPC。

人群来来往往，他们驻足不前。

陈茵觉得自己表达的意思很明显了。

她就是希望游淮开口说一句话，先给个台阶而已。

如果现在，游淮主动走向她，她会立刻对他解释刚才发生的一切和今晚的朋友圈都只是发给他看的，只是为了和他赌气。

但游淮没有。

他就这么静静地和她对视了会儿，而后似疲惫至极地垂下眼。

他一身浅灰色的休闲装，头上也戴着同款色系的灰色鸭舌帽，帽檐压得很低。

陈茵今天在照片里看见他穿着这一身坐在球场边喝水，哪怕在生气也摁下了保存键，但现在只觉得他像是雨天的一场雾，捉摸不透，更不知该如何靠近、如何捕捉。

他转身走了。

什么也没有说，两人最后的交流，只停留在了微信朋友圈他留下的那句"你厉害"。

陈茵下唇咬得生疼才抑制住想哭的冲动。

那些深深浅浅看似幼稚的试探，在这一刻因为游淮的一个转身而显得毫无意义。

这一刻，陈茵忽然觉得他们本该是人群中最合适的一对，毕竟陪伴彼此走过那么长的岁月，理应比任何模范情侣都更要了解对方。

但这段恋爱好像没有彼此想象中那么顺遂。

他们是最佳友人，但似乎并不是最合适的恋人。

国庆那天，陈茵自己提着行李箱回了绥北。

其实在九月底，两人就商量着一起买了回去的航班，预留了在京北单独相处的时间，游淮连酒店都订好了。

陈茵越想越难过，在去机场的出租车上一直用纸巾盖住眼睛。下车的时候，司机还小心翼翼地安慰她说，小姑娘啊，没有什么过不去的坎，要往前看。

陈茵觉得司机师傅说得很对，人是该往前看，于是拿出手机，拍了张机票的照片，发了朋友圈。

——成长好像就是一条注定要自己走的孤单道路。

她过了安检，坐在候机室，对面坐了一对带着孩子的夫妻。那小孩儿很闹腾，在妈妈怀里拱来拱去，旁边的丈夫冲小孩儿伸出手："妈妈很辛苦的，爸爸抱你好不好？"

小孩儿像拨浪鼓一样摇头，大声说不要。

男人就从口袋里拿出棒棒糖诱惑，笑着问现在还要不要？

小孩儿就笑着扑进他怀里了，嘴里还喊着"爸爸真好"！

逗得周围的乘客都在笑，陈茵也跟着笑。

边上一个原本一直在玩手机的男生许是见她笑了，才跟她搭话，问她是不是在这边读大学，又主动说了自己在哪儿读书。

两人的学校隔得并不远，陈茵跟他随口聊了几句，在男生拿出手机问她能不能加微信的时候，又拒绝了他。

"我有男朋友了。"陈茵低头看着自己的运动鞋，声音不自觉地低了下去，"我男朋友喜欢吃飞醋，所以不好意思。"

男生挠挠头,有些尴尬地站起身借口要抽烟,走开了。

"好烦。"

陈茵一下下踢着椅子,忍不住抱怨,又怕被别人听见,所以声音很轻。

"游淮好烦。

"游淮超级烦,游淮就是个大浑蛋!"

游淮明明什么都知道,但游淮什么都不做。

游淮明明知道她脾气很差需要人哄,但游淮现在不哄了。

凭什么啊?

陈茵手指压着眼角,眼睛拼命往上看,长吸了一口气,才克制住眼泪。

凭什么她的脾气全是游淮给纵容出来的,但他现在说不哄就不哄了啊?

医院、机场、港口,好像都是很容易让人情绪崩溃的地方。

陈茵一直以来都顺风顺水,小时候因为长得好看得到了很多照顾,长大后因为家境好朋友多在学校得到的也都是善意,最大的烦恼也只是生活费用完了但爸妈没有额外给她钱,以至于现在跟游淮吵个架都觉得天都要塌了。

太惨了,怎么会有人初恋这么不顺遂啊?怎么明明当初同样是在机场,两个人开开心心地讨论着以后的生活,现在就变成了她一个人呢?

偏偏这些烦恼,跟朋友说,又都觉得没多大的事。

她们都说,不会的,你想太多了,游淮那么喜欢你。

看起来好像都站在她这边,但说的话听起来又都像是在说,无论你们吵得有多凶,游淮都会走向你的。

就好像这段关系里,只要游淮不走向她,他们就会散掉一样。

当初听的时候,陈茵还窃喜,觉得在别人眼中游淮果然很喜欢她。

但现在才发现,一直担任示弱角色的人并非感情中的被动者,他才是这段感情里的掌舵人,只要他松开手,这段关系轻而易举就能断掉。

临上飞机之前,陈茵忍不住又打开手机看了一眼。

微信是安静的,所有跳上来的对话框都不是游淮的名字。

朋友圈也是安静的,所有带红点的点赞评论里也都没有他。

就连关系普通到没聊过几次天,现在还是繁忙高三在读生的宋澜溪都给陈茵点了个赞,但游淮就是没有。

他不可能没看见。

陈茵发朋友圈是挑着他爱看手机的时间点刻意发送的。

这个时间他没有在打篮球、没有在吃饭,也没有在睡觉。

他看见了,但什么表示都没有的结果比他没看见更让陈茵难过。

坐在飞机上,陈茵从包里翻出口罩和眼罩戴上,鸭舌帽压到最低,低着头靠在窗边,控制不住地一直在流眼泪,忍不住地想抽泣,又怕旁边的人看出端倪，咬着唇强忍着委屈一张脸都用力到皱了起来。

眼泪"啪嗒啪嗒"地砸在扶手上。

比专业课上老师让他们表演伤心难过时，还要更自然的落泪。

陈茵更生气了。游淮跟她吵架就算了，还这么不贴心地在她回家的期间跟她吵架，怎么就不能懂事一点在她考试的时候跟她吵，这样她专业课或许就能拿第一名了。

游淮烦死了，都怪游淮。

头顶空调太冷了也怪游淮，要不是他，她就不会坐空调这么冷的航班。

后面小孩儿哭闹得太大声也怪游淮，要是游淮在这儿，就能拿出糖果什么的哄小朋友别哭了，但他不在，都怪他不在。

空姐在走道检查，温声提醒着各位乘客将手机调成飞行模式。

陈茵从口袋里拿出手机，在开启飞行模式之前，难得主动地给游淮发了一条消息。

却不是服软，而是最后的警告。

是你如果这次不来哄我，那你就永远别来哄我的赌气。

DOKi DOKi：如果恋爱谈得这么累的话，那分手好了。

飞机起飞的那一刻，她发出了最后通牒。

陈茵做了个梦，梦见游淮对她说"好啊，那就分手"，醒来发现是场梦后整个人恍惚了很久，最后怎么也睡不着，索性坐在窗边看着外面的风景。

她从小在这里长大，每一个地方都有着小时候的记忆。

门口那棵树，小时候看着游淮跟迟盛往上爬，一提裙子也要往上爬，结果爬到一半恐高，怎么都不敢下去，抱着树杈哭得稀里哗啦。迟盛怕被大人骂，捂着耳朵跑掉了，只有游淮站在树下陪着她，甚至还张开双手跟她说"你跳吧，我接着你"。

好在最后陈子芥和蒋琪筝听见她的哭声及时赶到，她被妈妈抱在怀里，看着闻讯而来的司阿姨把游淮打得嗷嗷大哭。

那时候游淮哭着说："陈茵，凭什么你爬树我挨打啊？"

后来，游淮也总是这么对她说。

——服了啊，你跟别人吵架，我替你挨骂？

——能省着点儿花钱吗，姑奶奶？我还没进社会就被你搞破产了。

朋友们都说游淮像是她的监护人，一直跟在她身后收拾着她的烂摊子，尽管总是摆出一副拿她没办法的姿态，可是最纵容她的人也是游淮。

夜晚实在是太可怕了。

白天做好的决定、下定的狠心在夜晚统统失效，甚至会开始反思自己是不是真的做错了，最后甚至希望世界上真的有后悔药。

这样的话，微信上自己为了激他说出的分手狠话，就能够撤回当作从未发出过。

陈茵看着游淮的微信头像，靠在落地窗前，正难受地吸鼻子，内心的话就跟被人窃听到了似的，一直安静着的聊天框忽然振动了起来。

游淮打来了语音通话。

陈茵吓得将手机从左手抛到右手，最后"啪"地掉在了地上。

她倒吸一口冷气，拍拍胸口，劝自己冷静镇定，反复深呼吸，最后拿起手机接通电话。

她下意识地憋着气，没有主动说话，更没有发出一点动静。

贴着耳朵的手机里也是安静的，安静到能够听见簌簌风声。

不知为何，陈茵因为这时的安静忽然想起十八岁那年生日，游淮也是这么给她打来电话，然后变戏法似的带着一群好朋友给她过了一个梦幻的生日。

她往窗外看，正在猜测游淮会不会出现在那里，就听见电话里，游淮满是疲惫地喊了她的名字。

他说："陈茵，你是不是真的想分手？"

陈茵喉咙里干涩，像是吞了一颗酸梅，本想说不是，但说出口不知道为什么就变成了一个"嗯"。

口是心非的毛病永远改不了，连她自己都觉得这样的自己极度讨厌。

她希望游淮能够明白她的言不由衷，也能看穿她内心所想。

可是游淮没有。

他安静了很久，久到陈茵以为他已经挂断了电话时，听见他轻笑了一声。

然后"啪"地，挂断了电话。

她伸手拧了一把自己的胳膊，在疼痛中明白，原来现实真的可以和梦境中一模一样。

第二天，陈茵本想在家里待着，她什么都不想做，不想说话、不想交流、不想走路，但蒋琪筝强硬地拉着她出去逛街。蒋琪筝说年纪轻轻的小姑娘不要总是在家里闷着，要多出去走走，买点漂亮衣服把自己收拾得漂漂亮亮的，只有心情好了一切才会都好起来。

蒋琪筝说这番话的时候，陈茵都要以为她跟游淮的恋爱被大人知晓了，但蒋琪筝点到为止，没有深入问她为什么心情不好，也没有问她游淮怎么不跟她一起回来。

蒋琪筝的包容和尊重让陈茵觉得自己更为糟糕。

小时候没成为听话的小朋友，长大后好像也没能成为成熟稳重的大人。

真糟糕啊。

她头重脚轻地跟着蒋琪筝在商场逛了一圈，途中蒋琪筝碰见生意上的合作伙伴,陈茵立即说自己找一家奶茶店坐着休息一下,让蒋琪筝不用管她。

国庆期间奶茶店里坐着的大部分都是情侣,一杯奶茶你一口我一口,一个很寻常的话题都能让两人笑了起来。陈茵拿着的全糖奶绿都变得没滋没味,最后丢进了垃圾桶。

陈茵拿手机给蒋琪筝打电话说自己想回家,蒋琪筝让陈茵去四楼女装店找她拿钥匙,陈茵就去了电梯旁摁了上行键。今天就跟捅了情侣窝似的,她自己感情不顺结果碰见的一对比一对甜蜜,站在她旁边的一对情侣看着年纪也不大,女孩子两只手戳着男朋友的脸,又抱住男朋友的腰,埋在他胸口,声音很甜地说"宝宝,我好累啊"。

他们旁若无人地秀恩爱,一口一个"宝宝"地喊个没完。

两部电梯,一个在四楼一个在五楼,就跟故障了似的,怎么都不动弹。

陈茵不想跟小情侣站在一起,只好拉开逃生通道的门打算自己走楼梯上去找蒋琪筝拿钥匙回家。

楼道灯光是暗的。

没有窗户,外面的阳光进不来。

门"咯吱"地被关上,陈茵跺了一下脚,声控灯尚未亮起,一只手忽然拉过她的手腕,她连尖叫都来不及,就被人摁在墙面上。

声控灯终于因为他们的动静而忽然亮了起来。

黑暗被驱散的同时,把她拉进来的人抬起她的下巴,不给她任何反应时间就亲了上去。

恶狠狠的吻,像是惩罚。

牙齿咬着她的下唇,疼到她清醒过来认清此刻站在她面前的人究竟是谁。

游淮。

是昨晚在电话里问她是不是要分手的游淮。

是非常可恶、让她一点都开心不起来的游淮。

陈茵眼眶瞬间就红了,嘴却仍是硬的,用力想要推开他,借着拉开间隙的空当问他:"你还来找我干什么?不是都分手了吗!你不是觉得我很烦吗!"

游淮的呼吸声很重,他一向清理干净的下巴上冒出了浅浅的胡茬,刺眼的亮光让陈茵清楚看见他眼下的青黑。

"陈茵,你没有心吗?"

他声音嘶哑,身上有着烟草味。

陈茵有些愣神,手腕却被他钳制在身后。

游淮再次吻了上来,滚烫的气息让陈茵意识也昏沉。

两人似乎变成两头困兽,不甘示弱地互相啃咬而尝出血腥味。

脚步声不知是从楼上还是楼下传来。

陈茵分辨不清,只"哼"了一声,挣扎着想拉开距离。

游淮没有松开她,哪怕陈茵抬腿要踹他,也难得强势地用膝盖将她双腿都抵制住紧贴墙面,让她失去一切反抗的能力。

"……是不是一直以来我表现得太听你的话,所以你觉得我没有脾气?"

他一手攥住她的双手,另一只手用力掐着她的腰,掐到她疼得呜咽出声,又粗蛮地往上擦拭掉她唇上的血迹。

游淮的眼睛有些红,像是熬了好几个通宵,极为憔悴。

他很凶,陈茵从来没见他这么凶过。

这让她疼都不敢喊出声,只能怔怔地看着他。

"你怎么敢的?"

他气急,反而轻笑出声,眼里满是颓意地问她:"你怎么敢这么轻易就把分手两个字说出口的?"

"你真的没有心。"

不是。

陈茵想否认,但在张口的那瞬间又不争气地想哭。

"嘶——"

抽气声从身后传来,一个三十来岁的男士从楼下走上来,对他们在楼道上演的亲密戏码而震惊。

游淮不是喜欢在外人面前秀恩爱的人,哪怕在大学,两人在校园里最多也就是牵手,接吻都是在没人的地方或是酒店进行的。

平时游淮害羞,陈茵就喜欢刻意逗他。

但现在,游淮无所谓别人的目光了,陈茵倒觉得丢脸。

她又伸手想推开游淮。

这种动作在此刻,在游淮看来便是对他所有情感的拒绝。

从京北到绥北,国庆机票本就难买,他买不到最早回来的航班,只能乘高铁又转车,风尘仆仆回来第一时间就去陈茵家敲门,却没人。打电话陈茵不接,最后还是打给陈茵的妈妈才知道她们出来买衣服了。

他收到分手消息的怒火一直压到现在,已经是到了尽头。

"懂了。"

游淮扯唇,笑得牵强。

声音也沉闷,毫不避讳别人听出他的脆弱。

他就这么堂而皇之地在第三人在场的情况下,对陈茵说:"你不够喜欢我,你只是习惯我的存在而已。"

"你心真狠。"

说着这种话,却低头再次吻了上来。

176

游淮明明知道身后那人一步三回头,但还是在这种情况下暧昧地将她压在墙上,强势地不允许她逃离。

似将亲吻变成对她的惩罚。

楼道里的第三人已经走掉,黏腻的亲吻声暧昧到只有彼此能听见。声控灯无法感知而灭掉,再度陷入黑暗的刹那,陈茵尝到不知道是自己的还是游淮的眼泪,滚落至两人唇间,是咸咸的味道,像是溺水时呛到的一口海水。

她胸腔的氧气也似乎要被抽取干净。

连喘息都变得艰难,陷入黑暗的世界一切都变得虚无,唯一真实的只剩下压着她的游淮。

他气息很热,呼吸很重,唇碾压着唇,刺激得被他咬破的伤口再次渗出血,又被游淮给舔掉。

这个时刻,包里的手机再度响起。

"嗡嗡嗡"地振动,两人紧贴的身体都被震得发麻。

游淮松开她,看她含着泪的眼里满是迷茫,又伸手擦拭掉她眼睫上挂着的泪珠。

"这么辛苦吗?"他问,"和我在一起,真的很累吗?"

他松开了她的手。

陈茵靠在墙上,双手却仍然保持着被他禁锢的动作。

兜里的手机已经停止振动。

她本来不想说话,但低下头看见游淮脚上那双和她情侣款的运动鞋,鼻尖顿时酸得像是被人挤了颗柠檬。

"你真的很烦……

"你真的……真的超级烦……"

控制不住地委屈,终于将所有藏得很好的悲伤都露出了端倪,彻底暴露在了对方面前。

她伸手捂着脸,眼泪从指缝间往下滑。

"我再也不要喜欢你了……喜欢你真的太烦了,游淮!我再也、再也、再也不要喜欢你了……"

泣不成声的,思维逻辑全部乱掉,语言功能也似乎失控,只知道重复说着"我再也不喜欢你"。

如果,这个时候的游淮能再成熟一点。

就能明白,女生嘴里所说的所有狠话,都只是另一种表白。

她说再也不要喜欢你了。

意思就是,我真的好喜欢你。

可惜这时候的游淮不明白,也搞不懂陈茵所有委屈的背后都只是希望他能够坚定地抱住她,对她说他不想分手,仅此而已。

从安全通道换到停车场，陈茵才发现游淮是开着车来的。

高考完的暑假，她跟着父母出国旅行，游淮就在考驾照。那时候两人之间隔着时差，微信聊天更像是留言板，游淮去驾校会给她拍照，照片上还会标注一下：征服驾照的第一天、征服驾照的第二天……

游淮拿到驾照那天，陈茵还特意躲着爸妈拍了个视频，傻乎乎地对着镜头鼓掌说恭喜游淮同学拿到驾照，她说"游淮，你以后可以带我去兜风啦"！最后产生兴致又问游淮自己也去考个驾照怎么样？

那时候游淮是怎么说的来着？

跟在他身后往下走的陈茵看着他的背影，走下最后一级台阶时才迟缓想起。

游淮说："你想考的话，我就陪你去，不想的话，我就委屈一下给你开一辈子的车。"

一辈子、永远这样的词轻而易举就说出口，以至于现在两人之间的争吵以及在争吵中暴露出不合适的问题显得格外可笑，仿佛在嘲讽两人当初的天真。

陈茵像一只安静的蚂蚁跟着游淮走在略显闷热的地下车库。

游淮开的是家里空闲的车，他站在旁边拉开副驾驶座的车门。

陈茵弯腰坐进去，把包放在膝盖上，视线又自然落在自己膝盖上，听见"啪"的一声关车门的声音，悄悄用余光看了眼游淮的行动轨迹。

他从车前绕到驾驶座，拉开车门也同样坐下。空调的冷风驱散了车厢内的闷热，也连同气氛一起冷淡了下来。

陈茵抬头，看见车玻璃上映着的游淮影子。他坐在那里，手握着方向盘，是要开车走的动作，却迟迟未动，视线不知道落在哪里，沉默让安静变得像是一场迟早会来的凌迟。

陈茵觉得自己应该开口说些什么，但刚才在安全通道哭着说的每一句"我再也不要喜欢你了"，在此刻因酸涩的眼皮而再次回响在脑海中，想主动打破沉默的念头因此打消。

低着头像在心虚认输，陈茵不动声色地调整了一下坐姿，告诉自己就跟在校园电视台做节目一样，把挡风玻璃当作摄像头，盯着其中一个点就再也没有挪开。

最终打破沉默的人还是游淮。

他握着方向盘的手出了汗，可后背是冷的。

他对气温的感知系统似乎在安全通道那儿就彻底失灵了，只是上车的时候忽然就跟系统提示音似的，忽然冒出来一个提示框，上面显示着开空调，不然陈茵会热。

陈茵坐车夏天要开冷气、冬天要开暖气，不冷不热的天气也要开着空调，不喜欢打开车窗，觉得灰尘会进来、头发会被吹得乱掉不好看。陈茵这些习惯他不需要刻意回忆，已经融入了他的身体，构成了现在的他。

游淮问："为什么提分手？"

陈茵没说话。

游淮笑了一声："我不认为我们之间的矛盾严重到需要你说这两个字。"

陈茵终于开口："那你觉得什么才叫严重？出轨叫严重还是怎么？"

"出轨。"游淮重复了一遍这两个字，终于看向她，"我们认识这么久，应该足够了解对方的人品做不出这种行为。"

他又是冷静的、镇定的、游刃有余的，仿佛烦躁的只剩下陈茵一个人。

这种情况下，他越是理智，陈茵就越是生气。

她讽刺道："认识这么久有用吗，游淮？我们认识这么久，恋爱还不是谈成这样？"

游淮皱了下眉，却没立刻反驳她。

陈茵以为他无话可说，抬头却对上他那双泛着血丝的眼。

密闭空间让彼此存在感更为明显，她喉间泛起苦意，下意识想说什么，又被游淮疲倦垂眸的动作给摁下休止符，最后只苦笑着说："我们好像真的，很不适合谈恋爱。"

很无力。

无力到看见对方的脸都泛起一阵绝望。

陈茵发现他们之间的问题就是无解题。

矛盾似是空气中的灰尘，能感受到它的存在，却无法捕捉、难以改变。

她手指甲陷入掌心，深吸一口气，才又说："就跟你说的一样，我们很了解对方，但明明这么了解对方，怎么一开始没能明白我们根本就不适合在一起呢？我很累，你也很累，好像这段时间感受到的一直是负面的情绪。我因为你连对原本值得开心的事情都开心不起来，我觉得好辛苦，也变得不再像自己。"

"可能……当初在一起的决定真的做得太仓促了。"

车里的灯是关着的，唯一亮着的只有屏幕。

游淮的脸在幽暗光线下显得格外苍白，他垂着眸，情绪都掩盖在长睫之下。

许久，他才声音艰涩地说："我没说过我累，如果你希望每次吵完架，我都能像以前那样立马去哄你，那我确实很难做到，你总得给我时间去消化情绪，让我说服自己你是喜欢我的，只是习惯了我哄你才一步都不肯让。你可以对很多人示好，但是从来不肯主动走向我。"

陈茵打断他："你这是什么意思？秋后算账吗？你现在拿出来说是什么

意思？"

原本已经平和下来的气氛又变成剑拔弩张。

游淮语调冷淡："我觉得你能懂我是什么意思。"

"你现在是在怪我？你跑来商场找我，只是为了跟我争个是非对错？这样的话，那我错了，是我不该跟你生气，也不应该不通知你就退掉票提前回来。最不应该的就是当初信了你喜欢我的话，所以和你在一起！你根本就不喜欢我！"

游淮起初听得还很认真，听到后面直接被气笑了。

陈茵还在说："你就是个骗子！浑蛋！你根本就不喜欢我，只是跟我在一起这么久了想谈个恋爱打发时间，反正跟谁都是谈，还不如跟我谈，你、你就是个浑蛋！"

她说着说着，眼泪又忍不住往下掉。

"我不想、不想跟你说话了，你好烦，你真的、真的超级烦，我也不想理你了……"她带着哭腔断断续续地说着话，气恼地伸手去拉车门，但没想到游淮锁门了。

游淮很少有这么强硬的时候，她惊讶地想问他为什么，没想到却变成了一个嗝。

这个嗝让两人都愣了一下。

陈茵尴尬到脸都红了起来，见游淮还在看着她，气得直接拿起包砸了过去："你看什么看啊！"

游淮没说话，也没任由她发泄怒火，轻而易举地接住她丢过来的包。敞开的包口往外掉了不少东西出来，一包纸巾就这么躺在游淮脚边。

陈茵气鼓鼓地瞪着游淮，像是在谴责他为什么要躲。

游淮弯腰捡起那包纸巾，打开抽出一张，递给她。

陈茵没接。

这时候无非拼心态，看谁先认输。一个伸出手，另一个咬着下唇就是不接。播放着的歌曲又跳到下一首，歌词很合时宜地唱着首《越难越爱》。

陈茵听不懂粤语歌词，但游淮能，心里的怒火就跟忽然被针戳了一下的气球，无力地全部泄了气。

他拿着纸巾的手又递近了些："别哭了，擦一下。"

陈茵打开他的手："不要你管，你让我下车！"

她满脑子只有下车一个念头，不能再跟游淮待在一起了，很生气，听到他的声音生气、感受到他的气息生气，共处一室更是生气到手都在抖。

她最后口不择言地说："这个恋爱如果是谈成这样的话，就别谈了，分手吧！"

车厢里瞬间便陷入了死寂。

游淮攥着纸巾的手一顿，诧异地抬眼，视线在陈茵脸上定格两秒，似乎才听清楚她说了什么。

　　他声音平静："分手？"

　　陈茵只是咬着下唇盯着他。

　　沉默在此刻远比回应更加有力，游淮忽而有些想笑。

　　他盯着陈茵，一刻都没从她脸上离开过，试图从她的表情里看出哪怕一丝懊恼。

　　但是没有，陈茵自始至终都倔强地瞪着他。

　　游淮失笑，眸中的诧异也逐渐转变为自嘲。

　　他微微靠过去，声音也难得带了一些愠怒："陈茵，你是不是根本就没喜欢过我？所以这两个字你才总是能这么轻而易举说出口？"

　　陈茵气红了眼，抬着下巴说："对，我就是要跟你分手！我不喜欢你，我从来就没有——"

　　她说不出一句好听的。

　　一句都没有。

　　游淮觉得自己就是个傻子，是条任她使唤的狗，开心了丢块骨头哄哄，不开心就一脚踹开。

　　但就算是一只狗也有自己的情绪。

　　他怕她生气、怕她害怕、怕她再被吓到，所以一直压抑着情绪，忍到现在。

　　直到听到她说根本不喜欢他。

　　游淮打开了锁着的车门。

　　陈茵咬着下唇，要拉开车门时，却见游淮打开驾驶座的车门出来，又"砰"地关上，走过来把她从副驾驶座拽了出来。

　　整个动作都相当突然，陈茵蒙着没能做出反应。

　　直到被摁倒在后排车座上，他挤了进来，"砰"地关上车门。

　　陈茵才瞪圆了眼睛："游淮，你——"

　　游淮捂住了她的唇，另一只手掀着她的上衣往上，露出一截雪白的腰。

　　他俯身下来，薄唇贴在她耳边。

　　不同于动作的热烈，语气相当冷淡。

　　"陈茵，恋爱谈不明白，那就换种方式吧。"

　　光影在窗外交叠。

　　陈茵分不太清那光究竟是从何而来，眼睛上似乎被罩上一层薄纱。

　　"要喜欢我。"

　　他嗓音沙哑，拇指摩挲着她的手腕，侧眸看见两人的衣物堆叠在一起，同他们此刻一样密不可分。

躁郁的心情倏尔得到了些缓解，于是他俯身，吻过她紧咬着的唇。

"多喜欢我一点，陈茵，不然，我会觉得自己很可怜。"

在最混乱的情况下，陈茵听见游淮似祈求般对她说。

这次的争吵和上一次不一样，两人之间没有一个明确的道歉，更分不清到底是谁先低了头。

唯一清楚的是在车开进融萃湖庄停在陈茵家门口的时候，是游淮先拉住了她的手腕。

车里还充斥着一股说不清道不明的味道，游淮开着车窗透气，冷风灌了进来，他抬眸看着她的眼睛，什么话也没说，只是看着她。

陈茵叹了口气，游淮这时候的沉默不知为何让她觉得，他很可怜。

她反握住他的手，将他拉过来后，用力咬向他手背。

"这是报复你的。"陈茵说。

她说完自己都不好意思，根本没勇气看游淮什么反应，拉开车门就仓皇逃跑，直到回到自己房间才捂着心脏慢慢蹲了下去。

她那个咬人的举动似乎被游淮当作和好的信号，两人谁也没再提分手的事情，更没有提那场劈头没脑的争吵，仿佛一切都没有发生过，甚至还在朋友圈发了两人的合照。

朋友们都在底下评论说就知道你们只是闹着玩的，谁能有你们情比金坚。

情比金坚的两人原本打算在国庆一起出去旅行，却因此而停滞。

陈茵进入了争吵和好后的尴尬期：见面有些不知道该说些什么的无所适从感。

游淮却镇定自若，无论是来她家吃饭还是跟她爸妈聊天，都仿佛两人还是当初的朋友关系，没有露出任何端倪，甚至还能当着她爸妈面问她要不要出去玩。

陈茵整个人愣在楼梯口，有些傻傻地反问："我？"

正在嗑瓜子的陈子芥说："不然他约我跟你妈出去玩啊？你赶紧换衣服出去透透气吧，一天到晚闷在家，你都要长出蘑菇了。"

陈茵就这么被爸爸赶出家门，坐上游淮的副驾时，不自觉往后看了一眼。

座椅上的东西已经被清理干净了，空调出风口插着车载香薰，沉香木的味道一点点送了过来。

元溪区新开了个乐园，还没回来的时候，陈茵就在微信上给游淮发过，说要两人一起来玩。现在车停在门口，陈茵看见外面悬挂的牌子上写着快乐游玩的标语，扭头看向坐在驾驶座调整手表的游淮。

不知道是不是自己多想。

陈茵总觉得和好之后的游淮变得和以前有些不一样。

之前的游淮给人的感觉总是温暖温和的，那现在的游淮便是清冷淡薄的，让人猜不透他到底在想些什么。

"不是想来这儿玩？"

他拆了腕表，放在中控台，随手拿起手机，问她："你怎么看起来不是很感兴趣的样子？"

"没有。"陈茵摇头，拉开车门下车，被风吹着深吸了一口气，又缓慢吐了出来。

游淮关上车门，走在她旁边，和往常一样拿过她身上背着的包，和她并肩走进了游乐园，表现得和往常一样无微不至，陪她玩想玩的项目、拿着她的手机帮她拍照、给她买想吃的东西。

在过山车行至顶点时握住她的手，在周围的尖叫声里，他喊了一声她的名字。陈茵那时候是想扭头看他来着，可是陡然失重让她闭紧双眼，和周围人一起失声尖叫，缩着脖子紧贴着游淮的肩膀，风全扑在她脸上，打乱了头发，那颗总悬着的心在这一刻终于彻底失重又完全归位。

这一天玩得很累，到临近晚上七点的样子陈茵就玩不动了。

游淮问她要不要坐旋转木马。

陈茵摇头说算了。

游淮折叠起地图，坐在她旁边。

有个拿着甜筒的小女孩儿从不远处跑过来，就这么舔着甜筒一直盯着他们看。

陈茵不太擅长和小朋友相处，逢年过节家里来亲戚，她都是在自己房间把门反锁等吃饭才出去的类型。无论是多可爱的小朋友她都兴趣欠佳，甚至对这样直白的注视感到不适，从包里拿出手机假装繁忙的样子，希望小女孩儿能看懂眼色径直走开。

倒是游淮笑得温和，他弯下腰，手肘撑在膝盖上，从口袋里拿出陈茵没吃完的糖果平摊在掌心，问小女孩儿要不要吃糖果。

小女孩儿咧嘴笑了起来，"嗒嗒嗒"地跑过来，毫不扭捏地拿过糖果，奶声奶气地说了声"谢谢哥哥"就要走，结果被游淮喊住："这是姐姐的糖果哦，你谢错人了。"

陈茵滑动页面的手指停住，抬眸看了游淮一眼。

小女孩儿"哦"了一声，又乖乖地冲陈茵说"谢谢姐姐"，然后提着自己的裙边跑开了。

"你为什么这么喜欢小孩儿？"陈茵问。

游淮说："够不上喜欢，平时哄亲戚家的小孩儿次数多了，习惯了而已。"

"你好像对任何人脾气都很好，到哪里都能用最短的时间认识新朋友，连陌生小朋友都能哄得很好。"

"夸我？"游淮侧眸看向她。

陈茵点头："当然，不是谁都有这么好的社交能力。"

游淮笑了一声，没接话。

花车游行的音乐声从不远处传来。

一群小朋友尖叫着围在最前面。

陈茵看着那一群小萝卜头，有些想捂住耳朵。

游淮问她要不要拍照。

陈茵摇摇头："有点累了。"

游淮问："那送你回家？"

陈茵再次摇头，她从游淮口袋拿出来那张地图，指着摩天轮的位置，问他："这里远吗？"

游淮看向前方的视线挪了回来，落在她身上。

陈茵抿抿唇，在他的视线中，莫名有些忐忑地轻声说："我想，玩一下摩天轮，再回家。"

高三那年的跨年，绥北最大的摩天轮刚开业，她和游淮站在摩天轮下面，开心地冲镜头比耶。

现在他们逆着人流，坐上了摩天轮。

游淮就坐在她对面，正在接听不知道是谁打来的电话。

摩天轮一点点升高，陈茵的视线从外面一点点被拉回到游淮身上。他身上背着她的白色小包，外套拉链敞着，鼻梁上架着她的黑框眼镜，垂着眸，有一搭没一搭地对电话那头"嗯"一声。

陈茵想要坐摩天轮，但不想这么坐摩天轮。

其他轿厢里的情侣依偎在一起无比亲密，但他们面对着面，膝盖都碰不到一起去，像是两个无意凑到一起的路人。

这不是陈茵想要的摩天轮。

迟缓的运行声在安静的轿厢里响着，陈茵看看外面又不时看一眼游淮。

已经快到顶点了，她在心里慢慢倒数。

十、九、八、七、六、五……

没有，游淮还是没有挂断电话。

只剩下四秒，一起坐摩天轮到顶点的时机很快就会到来。

四、三、二、一。

他还在接电话。

玻璃窗外前一个轿厢的小情侣已经搂抱在了一起。

后一个轿厢的小情侣坐在一起等待着顶点的接吻。

只有他们，占着情侣的名义，却形同路人。

陈茵是和游淮一起回的京北。

飞机上陈茵戴着耳机一个人看完了一部电影，睡醒来发现自己靠在游淮肩膀上，身上盖着毛毯。

陈茵恍惚间以为现在是高三暑假刚结束大学开学的时间，她侧眸看见游淮戴着耳机正在看在机场随便买的一本书。她的脸在他肩膀上轻微动了一下就吸引来游淮的注意，他低眸看向她："渴吗？"

陈茵摇摇头："你在听什么歌？"

游淮分给她一只耳机。

纯音乐，音量开得也不大，甚至能听见后几排小朋友讨论动画片剧情的声音。

陈茵伸手去拿他的手机，想切换歌单才想起来现在在飞行，手机没有信号。

她摘下耳机还给他："不想听纯音乐，你还不如陪我看电影。"

游淮也摘下自己耳机放回去，从她手里接过她的耳机戴上，在陈茵打开平板找下载的电影时，随口说了句："怕你会醒。"

陈茵的手指停住，视线盯在下载列表的综艺节目上。

"为什么呢？"她问。

游淮以为她在看什么上犹豫不决，伸手直接帮她做了决定。

片头播放时，耳机里立马吵了起来。

是个搞笑综艺，陈茵前一晚特意下载的，就是怕飞机上会无聊。

但现在看着综艺里的内容一点想笑的情绪都提不起来。

游淮问她饿不饿。

陈茵依旧摇头，最后摘下耳机，放在他手心里："不想看了。"

说不上来的拘谨，唇甚至干涩，她总忍不住想去舔舔，但刚一伸出舌头又觉得头疼，好像身体器官都不受自己掌控，总忍不住去想游淮到底在想些什么，最后放弃般地重新靠在椅背上，闭上眼对他说："我困了，还要睡会儿，你要是想看就自己看吧。"

游淮"嗯"了一声："你睡。"

很寻常的语气，听不出有任何反常。

奇怪的只有她一个人。

觉得不对劲、忐忑不安的也只有她一个人。

陈茵闭上眼，在座椅上动来动去，心里像是有个小铅球被人来回抛掷，砸得心房生疼、泛起酸水。眼皮很沉可就是睡不着，情绪也很乱，明明有很多想法，却什么都抓不住。

直到听见叹气一般放重的呼吸声。

陈茵气息屏住。

紧接着头上就被一只温暖的手覆盖着,他轻轻揉了揉她的头发,像在安慰一个小动物。

声音贴了过来,陈茵垂着眸都仿佛能看见他低垂的眉眼。

他说:"降落之前,我会叫醒你。"

陈茵被推着靠在他肩膀上,脑子里出现了短暂的忙音,紧接着就是一片空白,像是陷入了暖洋洋的阳光之中,所有坏情绪、负面想法全部如螨虫般被阳光消灭。她意识昏沉,渐渐真的陷入了沉睡。

游淮拿起她小桌板上放着的平板,静音重新看了遍她刚看完的电影《遇见你之前》。

这是一部充斥着悲剧色彩的浪漫电影,车祸瘫痪的高富帅请来一位阳光开朗的小镇女孩照顾自己,两人朝夕相处中产生了感情。游淮其实对爱情主题的电影没什么兴趣。

小时候陈茵被蒋琪筝以损坏视力为由限制看电视的时间,她只好用找他玩耍为借口蹭他家的电视。

《恶作剧之吻》《流星花园》《浪漫满屋》这样的偶像剧游淮被迫跟着陈茵全部看完了。

在陈茵被感动得稀里哗啦抽纸巾擦眼泪时,他很不解地问她这有什么好哭的。

陈茵眼眶红红地翻他白眼说:"那是你根本不懂什么叫爱情,你这个笨蛋!"

时至今日,游淮还是不太理解这种爱情片吸引人的点在哪里。

只是在看到电影女主角小露在晚宴上不顾他人目光坐在威尔的轮椅上同他一起旋转大笑时,忽然有些明白了陈茵所说的爱情是什么。大概是人生经历风霜挫折时抵抗所有不理解的目光,依然坚定站在对方身边,是轰轰烈烈,也是极致的浪漫主义。

在无声的电影里,他听见陈茵声音含糊地喊了一声他的名字。

屏幕里,躺在床上的男主角同女主角在接人生中最后一个吻。

而他在现实里,看见靠在他肩上的陈茵双眸紧闭,脸在他肩膀上蹭了蹭,皱着眉又含糊地喊了一次。

好像他在她睡梦中给她带来的,也全是烦恼。

陈茵做了一个很长很长的梦。

梦见在幼儿园门口第一次见到游淮,又梦见小学自己和游淮吵架画三八线,还梦见初中校运会她受伤被游淮背着去医务室,游淮问她一天到晚吃的什么怎么这么重,她气得冲游淮咬了一口,结果被走在路上的教导主任看见。

两人一人写了一千字检讨,她拿着检讨书、跛着脚往老师办公室走,结果推开门见到的却是绥中高三音乐班的教室。

所有人都在教室里,高三的她也在。

初中的她就站在教室门口,看见穿着校服的她趴在桌上恶狠狠地瞪着已经睡着的他,伸手想去拔他的眼睫毛,但真的靠近时莫名变得温柔,指尖似在触碰火苗那般小心翼翼地轻触着他的睫毛。

隔着那么远的距离,她还是听见自己的声音很轻很轻地说。

——"游淮是个笨蛋,但我喜欢他。"

飞机遇上气流颠簸。

陈茵在摇晃中醒过来,梦里的阳光和教室如玻璃般碎开。

她睁开眼,看见大学的游淮坐在她身边睡着。

明明比睡梦中的距离要近得多,陈茵伸出手,却发现很难再触碰游淮的眼睛。

梦里那种酸涩又甜蜜的心情,在现实中只剩下了酸涩。

回到学校后,游淮帮她把行李都搬回了宿舍。

早到宿舍的邬雨桐她们见到游淮都在笑,开玩笑似的看向陈茵,说:"不是说吵架了吗?不是说再也不理他了吗?不是说烦得很吗?怎么回事呀,茵茵?吵归吵闹归闹,最后还是难分掉是吧?"

陈茵有些窘迫没说话,倒是游淮镇定自若地伸手揉揉她的头发,笑着应和了她们的话,甚至还很好脾气地答应了请她们吃饭,最后才对陈茵说他先回宿舍了。

游淮走掉后,陈茵一直有些出神。

邬雨桐问她在想什么。

陈茵本想问她为什么游淮现在总让她觉得患得患失?为什么明明争吵之后已经和好了,但裂缝就是无法缝合?为什么谈恋爱是一件这么辛苦的事情?但她发现有些事情除了自己,没有任何人能够给出答案,或者说,只是想从别人嘴里听见自己想要的回答。

——他只是心情不好,不是故意。

——他很喜欢你,只是害怕失去你。

这样让她不断肯定游淮对她在意程度的答案。

陈茵知道游淮所有社交账号密码,网上那些试探男朋友的游戏她都没有兴趣。她认识他所有的朋友,知道他考差的试卷丢在哪里,也知道他不开心的时候喜欢去哪里,但是现在,她不知道游淮究竟在想什么,却不知道该从何试探起。

感情真是全世界最难解的命题。

陈茵趴在桌上,给游淮的微信备注从游淮改到烦人精,最后又删掉所有备注,看见yh两个字母,手指在屏幕上戳了又戳,最后聊天界面弹出来一句:我拍了拍"yh.",并说陈茵真是个小仙女。

沈域从便利店出来,看见游淮还靠在车门上,把手里的烟递给了他。

"什么时候学的抽烟?"

游淮抽出来一根,拿出打火机又放了回去,没有点燃。

"这需要学?"他笑。

两人站的位置正好是风口,十月中旬的京北气温骤降,十几度的天,行人都穿上了外套,就他们穿着单衣,往路口一站,吸引来不少目光。

游淮浑然不觉,低着头看着手里的烟,又问沈域:"你戒了?"

沈域没说话,侧过身避风点上烟咬在嘴里,朝他看了一眼。

游淮抬手认输,他把烟塞回口袋,吹了会儿风还是烦,手拽着自己衣领往上,拇指顶着喉结,正想说些什么,看见灌木丛里跑出来一只黄色小猫,它脏兮兮的,却试探着一点点往他和沈域的方向挪,时不时"喵呜"一声,怯生生的,像撒娇。

沈域也注意到这只猫了。

游淮弯下腰,从口袋里拿出手机,对着猫拍了几张:"这猫一般都吃什么?火腿肠吃吗?"

沈域说:"你自己不会百度?"

游淮没说话,蹲那儿不知道在捣鼓什么,手指在屏幕上动了好一会儿,又跟被点了穴一样忽然就不动了。

那猫很会看眼色,见沈域和游淮都没有吃的,又灵敏地跳进灌木丛里消失了。

沈域见游淮还蹲在那儿,踢了他一下:"走不走?"

游淮没动,他蹲在那儿,影子被路灯拉得很长。

"阿域。"

"说。"

"我忽然觉得,你们以前说的那话挺对的。"

沈域轻笑:"现在才知道?"

他又看游淮实在有些不对劲,游淮一直以来都嘻嘻哈哈的,是朋友里最乐天派的那个,几乎看不见他有负面情绪难过的时刻,只要和他待在一起都是吵吵闹闹的。

但现在情绪低落得过于明显。

沈域问他:"但你说的是哪一句?"

游淮看见地上有很多蚂蚁,排着队回自己老巢。

有只蚂蚁特别笨，明明走在队伍最中间，但走着走着就去了分岔路，大队伍不跟非要跟一只落单的蚂蚁往另一个方向走。

"舔狗那句。"

游淮伸手，拦住了那只蚂蚁的去路。

"你们说得没错。

"我就是个舔狗。"

沈域开车把游淮送到他学校门口时，游淮又问沈域能不能掉个头。沈域现在的好脾气全基于游淮心情不好，耐着性子按照他所指的地方把他送到一个蛋糕店。

"你等我一下。"游淮在下车时扭头对沈域说。

沈域本来也没打算走，手机都拿出来了，但就是非要问一句："等你干什么？"

游淮说："给陈茵买个马卡龙。"

他说完不放心，扒拉着车门问沈域："你不会自己回家吧？这么晚连个车都没有，我不想走回学校。"

沈域看着他："不是说自己是舔狗？不是要重新做人？"

游淮笑了起来，又恢复了往日轻松懒散的样子，对沈域说："没办法啊，我女朋友。"

沈域抬起手指，冲他比了个一，意思是赶紧滚。

游淮弯腰进来，在中控台拿了沈域家的钥匙："算是人质啊，我买东西去了。"

出来的时候沈域果然没走，他提着马卡龙、蛋糕和一杯奶茶坐上副驾，刚系上安全带就没忍住笑了起来。一个人的时候是觉得有点儿委屈，但人还是得有对比，他跟陈茵吵架归吵架可好歹有个正经名分，无论怎么样也是男女朋友，见面牵手、拥抱、接吻那是正常，哪怕吵得再凶也有见面的理由。

但沈域不是啊，沈域这人浑身上下嘴最硬，明明被甩了，根本联系不上人家，连别人在哪儿都不知道，非要嘴硬说没分手，只是吵架。

不开心的时候来找沈域果然是对的，游淮晃着手里的奶茶，又往自己好兄弟的方向看了一眼。

"沈域。"

"说。"

"你觉得，陈茵是不是还挺爱我的？"游淮故意在沈域面前犯贱，靠在车窗上非得找骂，对沈域说，"她呢，刚才拍了拍我，我问她吃不吃东西，她立马就回了，还问我什么时候回来，让我注意安全，她跟别人吵架可都是直接拉黑的。"

沈域懒得理他。

游淮又叹气:"我是不是也没必要太计较她爱不爱我这个问题,其实仔细想想,应该也挺爱?"

"滚。"沈域停下车,指着他学校大门,"赶紧滚。"

游淮麻溜地下车,又把他家门钥匙丢了过去,笑容灿烂道:"那我去找我女朋友啦。"

沈域却没立刻走。

他往前开了一段又停下,从后视镜里看见他那个笑容灿烂的朋友走着走着又停了下来。

沈域拿出手机,对着游淮的背影拍了一张,然后发到了高中大家一起出去玩时的群聊。

——问一下,这个背影体现了主人公什么情绪?

刚一发出来,就有不少人回复。

最热烈的就是跟游淮高中同班的申铠扬:萧索、悲伤、难过,像极了《背影》中被爸爸留在原地的小男孩儿。

有几个人也跳出来说这背影也太悲伤了,调个色再加个背景音乐都能成为非主流界的头头了。

陈茵也在群里。

自游淮问她要吃什么后,她就换好了衣服,还去整理了一下头发,坐在椅子上一直在等游淮。

这会儿看见群里沈域发的照片和群里人七嘴八舌的玩笑话,有种说不出的难受。

她跟游淮吵归吵闹归闹,哪怕在朋友圈里你来我往的交锋,但看见别人开他的玩笑还是会不舒服。

照片里的游淮好像一只被赶出家门的小狗,即使这只小狗临走前咬得她到现在都疼,但那是她的小狗。

陈茵坐得笔直,头一次这么较真地在群里回复他们。

——明明很帅。

——比模特和明星都要帅。

——你们不懂就不要瞎说。

——尤其是你,申铠扬,你说话小心点。

吵架,但很维护。

自己可以跟别人骂他骂得狗血淋头,说不知道他在想些什么,钓着她。

可是别人嘲笑心情差的他,就是不可以。无论怎么样都不可以。

不知道是不是看到了群聊,他给陈茵打来了微信电话。

字都没打完的陈茵手忙脚乱地接起来,语气中还带着怒火,张嘴就问:

"干吗?"

那边安静了很久。

久到陈茵拿起手机看了一眼到底是不是游淮打来的电话。

"下来。"游淮说,"你的外卖到了。"

从宿舍到宿舍楼下需要三分钟。

这是跑起来的速度,下台阶的时候能听见自己拖鞋发出"啪嗒啪嗒"的声响,声控灯一盏一盏亮起。

到最后一级台阶的时候就能看见一棵游淮最喜欢的树,那棵树长得很丑,树干很粗,但是枝叶又不茂盛。

游淮说当一棵树也不容易,毕竟自己的同伴都卷到不行往参天大树的方向铆着劲儿地长,它难道不知道自己又矮又丑吗?但也要允许世界上有长得丑的树吧。

游淮的歪理邪说总是很多。

但陈茵每一次都能被他给说服,听着听着就觉得有点道理,这也是一棵不太容易的树,去阳台晾衣服的时候也喜欢多看它两眼。

舍友说陈茵这是爱屋及乌,因为她男朋友喜欢这棵树,所以她也喜欢这棵树。

好奇怪。

在走向游淮的过程中,陈茵想到了各种各样的事情。

她想起游淮曾经给她发的微信,雨后停在路边的蜗牛、形状很奇怪的树叶、他专业书上很搞笑的案例,还有输掉的游戏。

陈茵停了下来,站在游淮面前。

游淮将手里的袋子递给她:"马卡龙、蛋糕、奶茶。"

陈茵接过来。

两人距离并不算近,鞋子和鞋子之间至少还能给一只蜗牛爬行一分钟的距离。

大段的沉默里,陈茵有些懊恼地看着自己的鞋面,像是回到了考试的时候,明明题目复习的时候都是会的,但是落笔不知道该写什么。

破冰实在是一件很难的事情。

可以在群聊里当着许多人的面维护他,却很难在他面前先问出一句我们能不能回到以前那样。

这实在很困难。

陈茵一直不觉得自己性格别扭。

与之相反,许多人给她的评价都是过于直接,脑子里想什么脸上就直接表现出来了,中间甚至没有一个缓冲地带,可以说直爽,但这份直爽有时候又难免伤害到心思细腻的人。

这也导致在她和游淮恋爱后,这些细腻到弯弯绕绕的心思让朋友们震惊。

这样的她会让她们惊讶,仿佛从未真正认识过她,然后对她说"茵茵,你可真是长大了"。

大家都说长大就是这样的。

就是会变得和以前不一样。

乐观者阴郁,阴郁者坚强,坚强者脆弱,脆弱者伪装。

转变就是成长的载体,所有人都是这样,没有人能幸免。

陈茵不太喜欢这样的自己。

她手指收紧,很多话在喉咙里滚了无数个回合,最终又被情感拦在牙关内。

游淮先开口,问她:"刚才在宿舍干什么?"

陈茵才微微松了一口气,说:"跟舍友聊天。"

游淮又问:"晚上吃的什么呢?"

陈茵掰着手指数:"番茄炒蛋、酸辣鸡杂、剁椒牛肉,还有鸡汤。"数完又说,"我舍友帮我打包回来的。"

游淮点点头,像人口调查一样问题不断:"最近还很忙?"

陈茵也点头,本想说电视台那边事情很多,但想起两人最初的矛盾就是因为社团又闭上了嘴,最后回了一句:"最近专业课作业比较多。"

又安静了下来。

一些问题问完两人之间就仿佛没有话再说。

陈茵最近在电视剧和综艺节目里看了别人的争吵,比着谁的声音比较大,眼睛都似乎要瞪出来,脸红耳热,很难看。明明是鱼死网破老死不相往来,但很奇怪没过多久这样争吵过的人又毫无芥蒂般抱在了一起。

她跟游淮之间没有闹到这个地步。

没有争执不休,更没有互相指责。

只是安静。

但安静又比一切都更让人难受。

身后的声控灯又暗了下来,从外面回来的宿管阿姨放下钥匙,打开窗户冲陈茵喊:"怎么还站那儿呢?我马上要锁门了啊,赶紧回去!"

宿管阿姨的大嗓门打破了沉默。

陈茵被吓得愣了好一会儿才扭头对宿管阿姨说"好",莫名松了一口气,又转过身佯装自若地对游淮说:"我回宿舍啦?"

"嗯,回去吧。"游淮说。

陈茵拎着袋子往宿舍的方向走了几步,忽然回过头,看见游淮仍然站在那里。

他没有像以前那样看着她走,而是低着头,从卫衣口袋里拿了包烟出来,打火机"噌"地跳出火光。
游淮咬着烟低头点上了火。
抬眼时撞上了陈茵正看着他的眼睛。
烟雾慢吞吞地往上飘。
细白的烟在他指间夹着。
他在陈茵慢慢拧紧眉毛的表情里,终于勾唇笑了起来,偏头,躲开飘过来的烟雾,问她:"陈茵,你在想什么?"

说不明白。
感情这种东西,好像找不到正确答案。
上一秒心烦意乱觉得这个人再也不要见到。
下一秒又因为对方的一个笑容世界都变成了春天。
陈茵拎着奶茶,往游淮方向跑的时候,在想,她已经很喜欢游淮了。
她绝对不会再像喜欢游淮一样喜欢第二个人。

蜗牛五分钟才能走完的路程,她花了十秒走完,然后用力扑进他怀里。
声音闷在他的胸口,回答了他的问题。
"我在想,马卡龙、蛋糕、奶茶,是不是等同于,陈茵,我们和好吧?"

第五秒的时候。
游淮掐灭了烟。
陈茵说完话的第十二秒后。
他将阅读理解题赋予了唯一答案。
"你的答案有点过于保守,拿不到高分。
"满分答案好像应该是,哪怕吵架、哪怕不合适,陈茵,我也还是想和你在一起。"

陈茵反复对游淮说的这句话做阅读理解,甚至将它发到了朋友圈仅自己可见。
——他说,哪怕吵架、哪怕不合适,也还是想和我在一起。
语言真是好神奇,简单一句话究竟是怎么做到衍生出无数含义的?
我很喜欢你,哪怕会因为你经常陷入烦恼也还是喜欢你;无论你怎么说我们不合适,我都想跟你在一起。
无论是哪种意思,都是让人开心的解释。
陈茵在床上抱着小熊滚了一圈,又头发乱糟糟地抬起头,拿起手机想给游淮发条消息。

  刚才在楼下分别时恋恋不舍，本该直奔酒店，但因为身后宿管阿姨直白的注视，陈茵最后还是矜持地跟游淮道别上了楼。

  算算时间，现在分开已经有半小时了。

  游淮应该回到宿舍了吧？

  陈茵拿出手机，正想给他发个消息，就心有灵犀地收到游淮发来的微信。

  yh.：明天中午一起吃饭？

  DOKi DOKi：吃什么呢？

  yh.：新开了家火锅店，你应该会喜欢。

  DOKi DOKi：准奏。

  她笑眯眯地收了手机，又急忙下床在书桌上翻出放在首饰盒里的情侣戒指戴上。

  洪雯雯刚看完小说，从床上露出个脑袋，故意用播音腔调侃她："春天到了，万物复苏，动物们又到了交配的季节，人类也到了发春的时候……"

  话没说完，陈茵就丢了个纸团过去："雯雯你烦死了！"

  洪雯雯动作灵敏地缩回去，捂着小心脏说："陈茵你真是个暴君！"

  邬雨桐最近和别的专业一个男生打得火热，回到宿舍一直没放下过手机，唇角始终挂着笑意，还是那边说要去洗个澡，才短暂地往舍友们的方向看去一眼。

  她问陈茵："你明天中午跟游淮吃饭，那你电视台开会怎么办？"

  陈茵愣住："什么会？"

  邬雨桐一时间以为是自己记错了，又打开和暧昧对象的聊天框，往上翻了会儿，举着手机给陈茵看："周临浩说明天中午要开会啊，说下周开始录制校园新闻，要商量选题和谁负责哪一个部分啊。"

  陈茵完全忘了。

  这件事是在群聊里通知的，李奇确实艾特了所有人，还专门说了不能缺席。陈茵甚至看见自己跟着大部队一起回了个"收到"，结果忘得干干净净。

  电视台的会议通常都会开很久，并且由于有很多"社牛"，每次开会到最后都会变成一次聚会。他们会说反正回去又没什么事不如跟大家一起玩，如果大家只是寻常的社团同事关系，那很好拒绝，但问题就是大家在私底下都是关系很好的朋友，这就很难从团体活动中单独抽身。

  所以，游淮怎么办？

  在刚和好的关口，选择题再次出现。

  陈茵都觉得是老天在故意耍她，故意设立层层关卡让她在男朋友和社团之间做出选择。

当晚宿舍的夜聊话题也跟着变成了解决陈茵困扰的讨论会。

洪雯雯说:"也不算什么很大的问题,你跟游淮说清楚你确实很忙,跟他解释明白就好啦。我觉得你男朋友也不是那种不讲道理的人吧?"

最近陷入爱情的邬雨桐摇头反对:"不一样,这看似是个很简单的问题,但其实是爱情跟事业到底哪个先行的选择题。一次两次当然没什么,但是次次都因为社团的事放他鸽子,哪个男的会乐意?游淮没社团吗?"

这问题问得陈茵猝不及防,她甚至翻手机在两人聊天记录里搜了社团的关键词才想起游淮也是有的。

当初刚进学校,琳琅满目的社团招新给游淮递了很多邀请函。

游淮拍了照片,用烦恼的口吻对陈茵说"看看你男朋友的人气"。他在里面选了一个比较空闲又有趣的,当时陈茵还表示了不理解。她被师姐的鸡汤灌得神魂颠倒,对谁都鼓吹要努力上进找准未来方向的那一套,困惑地问游淮:"你怎么不选跟你专业相关的社团提升一下自己呢?"

游淮起初没认真回复,仍是玩笑地回:别卷啊,我可不是会拼命上进的类型,享受人生不就行了吗?

陈茵和游淮性格上最大的差异也在这里。

陈茵是只对自己感兴趣的事情认真努力,小学时无论刮风下雨或是生病发烧都会坚持去电视台录节目,初中升高中时忽然涌起斗志,努力了整整一学期考上了绥中。

但游淮不是,他始终秉持着开心就好的人生宗旨,不会像沈域那样被家人早早规划好读书阶段做个学霸、长大后做个社会精英。游淮的妈妈司琦是一个很酷的妈妈,在游淮十岁生日的时候,她就对游淮说:"我们对你没有任何要求,只要你不违法不犯罪,哪怕当个乞丐,也只要你能在乞讨中开心就行。"

所以游淮很多时候是没有想法的,陈茵想来这所大学那就来,高中读音乐要选乐器也是听机构老师的推荐,看了一眼觉得还行挺酷那就学这个。

他像是没有任何规划,随意散漫地度过人生。

陈茵在看见当初游淮回复她的那条微信后,就跟发现了数学题的又一种解法一样,发现了她和游淮之间最难以逾越的问题。

邬雨桐问陈茵:"你选什么呢?"

陈茵以为自己会很纠结,最起码会犹豫很久不知道该如何做取舍,但当问题被抛出来的时候,竟然发现这是不需要思考的。

他们之间最根本的问题,导致争吵不断无论和好多少次都无法消除隐患的原因。

是在于，在选择题中，游淮是理所当然偏向感情的那个人，而陈茵无法把感情放在首位。

她的朋友圈简介从很早就是唯己主义。

她爱自己，比爱谁都要更爱自己，所以没办法说服自己因为游淮去放弃自己很喜欢的事情。哪怕从目前来看这根本算不上放弃，只是一种取舍，只是一种证明他更重要的选择。

社团的一次活动而已，跟负责人说明情况也不是不能缺席。

两人才刚和好，目前来说似乎游淮才应该是更重要的。

但陈茵做不出这个选择，她做不到明明已经有了偏重还是为了一时和平而让他觉得，他是她所有选择里最重要的那个，是她的最优先级。

陈茵抱着膝盖，坐在椅子上。

舍友们都回到了自己床上，洪雯雯打着哈欠让陈茵关灯。

她走到门口处，关上灯又重新坐了回去，在黑暗里想了很久，然后给游淮编辑了一条微信过去。

DOKi DOKi：我忘了明天中午有社团活动，吃饭的话可以改成晚餐吗？

她迟疑了很久。

几乎已经能想到游淮看见一定会生气。

游淮一定能明白她的意思，她一次又一次把他排在了后面。

生气是理所当然的，哪怕不搭理她，两人再次因此而争吵她都毫不意外。

但游淮回复她：明晚想喝什么口味的奶茶？

不同于所有的预期。

像已经做好被老师全部打叉的试卷忽然拿了满分。

又像是做好了淋雨的打算，结果出门时却风和日丽。

游淮甚至还回了条语音，懒洋洋的声音带着笑意透过耳机传来，对她说："不就是要开个会，你至于犹豫这么久不知道怎么发？"

不只是至于。

这一刻陈茵甚至在想，如果游淮能够态度恶劣点就好了。

她也不至于因为他的包容而如此愧疚。

绥北回京北的飞机上，她看完的那部《在遇见你以前》，故事的结尾女主角接受了男主角想了结生命的想法，尊重了他体面离开世界的决定。

爱应该是这样的。

应该是，我们在自由中相爱。

只是这种状态过于理想，人又是永远无法满足的动物，因为爱一个人所以想参与进对方的全部人生，两条平行线变成一条线似乎才是生活中最常见的情感状态。

但陈茵觉得，两条平行线也很好，我们就这样忙着自己的事情，在自己的轨迹上坚定往前，只要回头时看见对方在触手可及的地方就可以。偶尔累了停下来拥抱补充能量，把爱变成加油打气的动力，才是她想要的。

这个夜晚。

陈茵戴着耳机一次次播放游淮发来的语音，最后靠在椅子上，长长地叹了一口气。

人如果永远不要长大、不要学会思考、不要想着未来、只活在当下，这样就好了。

这样的话，她也不会清楚看见自己和游淮的恋爱上挂着一个不知道具体时间的倒计时。

看似花团锦簇的外观下，藏着踩下就会爆炸的雷。

"我喜欢你，但比起你，我更喜欢未来的自己。"

这样发过于矫情。

"我能清楚看见每一次和好后仍会产生的矛盾，也能看见在矛盾中被内耗到精疲力竭的我们，比起继续下去，会不会停在现在更好？"

很理智但是摁不下发送键。

她舍不得。

嗖——

在她删删减减一直正在输入的时刻。

游淮就跟窥见她内心所有想法一样给她发来微信：

哪怕明天世界末日，至少今天我们可以相爱。

陈茵，这是我的想法。

十一月底，夏思怡提前问陈茵生日和圣诞节想要什么礼物。

陈茵苦恼很久，最后对夏思怡说什么都可以。

夏思怡托着腮，在视频那头盯着陈茵看了很久："茵茵，我怎么感觉你变成熟了，你最近都在忙什么呢？都没见你发朋友圈。"

"我在忙……"

本该随便都能数出来的话临到嘴边却想不起来自己究竟忙了些什么，很多当时觉得非常有意义的事情过了一段时间回头再看似乎又找不到它的意义所在。

无论是熬夜赶作业，还是在社团开会到深夜，现在回想起来除了留下自己真的很努力的印象又什么都捉不住。

陈茵的沉默让夏思怡试探着换了一个问题:"你跟游淮是分手了吗?怎么很久没看见你们秀恩爱?"

"还没有。"陈茵低着头,隔了会儿,才又对夏思怡说,"但和他在一起的每一分钟都觉得下一分钟好像要分手了。"

夏思怡很难理解这种状态。

她几乎要脱口而出你们到底是为什么,但又及时停住,最后换了一句话对陈茵说:"如果在一起实在是很累,那分手也算是善始善终。买卖不成仁义在。你们做了那么久的朋友,也不会因为分手就老死不相往来吧?"

夏思怡语气轻松,甚至还开了个玩笑:"我最好的朋友是我前男友,这关系说出去怎么样?不是说名人都需要有个记忆点吗,你以后出道当主持人,别人问你情感经历,你就这么介绍,保证所有人都会记得你,还能写小说、卖影视把游淮的羊毛薅到极致呢。"

陈茵没被夏思怡逗笑,她看着屏幕沉默很久后,忽然问:"思怡,如果我和游淮分手了,你觉得我会很难过吗?"

"……啊?"夏思怡斟酌着回答,"应该会难过,但如果是你的话,很快就能走出来。"

陈茵也是这么觉得的。

分手的铺垫做得太长,很多次走到悬崖边又被拉回去。

反反复复,最后已经彻底对走向悬崖这件事失去恐惧感。

每次感觉这次一定要分手了结果却没有,连不在一个城市的夏思怡都看出他们的感情彻底出了大问题,但就是没有分手。

陈茵想:自己和游淮的分手应该会是经历一次很激烈的争吵。

会认真、冷静、理智地对对方说,对不起,我们真的不适合做情侣,不要再彼此消耗了,分手吧。

应该会是这样,一定会是这样。

她这时候是这么想的。

但时间又过去了半个月。

其间陈茵甚至还跟游淮去了一次京北动物园,在园区游淮给陈茵买了熊猫头箍,她和游淮站在一起对着镜子拍了张照片。动物园里熊猫在睡觉、树袋熊挂在树上吃东西、猴子在接游客丢的食物,陈茵走在游淮前面,回过头的时候拿起手机拍了张游淮看着她笑的照片。

那时陈茵想的是,这段感情好像迎来了回光返照。

夜晚在酒店关了灯的房间,陈茵手指抓着床单,熊猫头箍掉在了地上。暖气将冬季都变成夏天,潮水起伏,陈茵在所有声音里看见游淮那双眼睛,他如动物园里她抓拍的那张照片一样,笑着问她开不开心。

陈茵点头。

游淮又问她:"那你开心吗?"

陈茵嘴里那句开心变了调。

夜晚被拉得很长。

她在游淮怀里睡着的时候,有些莫名其妙地想,这个冬天是真的很长。

她迷迷糊糊地对游淮说:"游淮,明天如果下雪的话,我们去滑雪吧。"

游淮说"好"。

可惜明天没有下雪。

一直到圣诞节前夕都没有下雪。

街上到处都在"叮叮当",陈茵包上也挂了个小铃铛,她在游淮面前蹦着让他听铃铛的声音。

游淮看着她,然后摊开手,对她说:"麋鹿,麻烦你跟白胡子老头说一声,我的圣诞礼物别忘了给我。"

陈茵扭头就走,游淮也没拉住她,就这么跟在她后面。

两人一前一后地走到女生宿舍楼下。

陈茵忽然回过头,看见游淮像个尾巴一样始终缀在她后面,忽然就不动了。

这时候游淮才走到她面前,问她:"我能给你过生日吗?"

游淮带着她去了游乐园。

出校门的时候,门卫问他们这个时间出去干什么,陈茵也不知道哪根筋搭错了,竟然捂着肚子对门卫说游淮胃疼挛要去医院。游淮被她的操作给弄得一头雾水,跟门卫一样困惑地问,到底是谁有病。

最后还是游淮跟门卫交涉,两人才出了学校。

夜间风很大,陈茵包上的铃铛响个没完。游乐园还没散场,圣诞老人像是在这儿召开年会,几乎每走几步都能遇见一个。

陈茵走在游淮身边,好奇地左顾右盼,本想问他什么都不玩的话到底为什么要来游乐园,结果就被游淮带到了旋转木马前。他抬着下巴对陈茵说:"先带公主回个家。"

陈茵被他逗笑,挑了个最漂亮的木马坐上去:"什么公主需要自己上马?"

游淮坐在她旁边的一匹黑马上,拿着她手机给她拍照,嘴里说:"你这种偶尔才回城堡的现代公主。"

游淮拍照技术其实很烂。

哪怕他说自己已经有练过,但就是很烂,每一张照片都是谜之角度。

陈茵嫌弃过很多次,游淮还不信邪,说自己拍猫、拍狗、拍云都是大师级别,怎么可能拍不好女朋友。

他举着相机,在幼稚的学猫叫音乐声里喊她的名字。

"陈茵,回头。"

陈茵抓着扶杆,回过头,看向的却不是手机摄像头,而是游淮的眼睛。

他肩上背着她的包,笑意懒散:"一二三,来,说茄子。"

陈茵举起手:"游——淮——"

淮字拖长,刚好是笑容的弧度。

这是陈茵发现的小秘密,游淮比茄子更适合当作拍照时被定格的笑容。

过山车已经过了营业时间。

只有很多个圣诞老人在发糖果。

陈茵被游淮拉着和一群小孩儿排着队领糖果。

花花绿绿的糖果塞了整整一口袋,她感觉自己像是来到了童话世界,只不过在丛林里迷路的小红帽没有遇见狠毒的狼外婆,而是遇见了一个又一个浪漫的神奇事件。比如小朋友笑着说"姐姐你好漂亮",又比如她的糖果要比游淮多很多,再比如她看见这座游乐园里也有摩天轮。

"这会是让你记忆犹新的生日吗?"在上摩天轮之前,游淮这样问她。

在摩天轮升到顶点时,她给了他肯定答复。

"会,会是我以后都会笑着回忆的生日。"

"许个愿吧。"游淮从口袋里拿出打火机。

陈茵有些嫌弃:"蛋糕都没有,哪有对着打火机许愿的?"

"也不是没有……"

游淮话没说完,陈茵已经闭上了眼睛。她坐在他对面闭着眼,双手合十,却喊出他的名字。

"游淮。"

"嗯?"

打火机的火苗被风给吹灭。

游淮低头又想再点燃一次。

陈茵没有睁开眼,她的愿望好像还没有许完,她问他:"我们现在,算不算很幸福的情侣?"

游淮停下了动作,认真回答她:"算。"

"那,你以后会怎么想起我?"

"陈茵。"

"嗯?"陈茵睁开眼,有些莫名地看着他,"我问你——"

话被打断，游淮说："你是什么样的，在我的记忆里就是什么样的，没办法给你几个词笼统概括，也没办法给你一句话形容，就这两个字，算不算足够？"

最漂亮的顶点已经过了，摩天轮缓慢下行，这时候，却下起了雪。

白色的雪花在玻璃窗外落下，世界在游淮身后变成了白色。

"足够了。"

陈茵吸吸鼻子，从口袋里拿出一颗糖递给游淮："这是给你的圣诞礼物。"

游淮接过去，说了声"谢谢"。

摩天轮在这时候停下，他们一前一后地出了轿厢。

游淮走在前面，陈茵跟了几步后，忽然停下脚步，她回过头，看见又有情侣上了摩天轮。

看见雪花纷纷扬扬往下，看见恋人相拥着说"圣诞节快乐"，看见月亮藏在云翳之中。

同时，也看见了一切言不由衷的终点。

游淮走在两步开外的距离，停下，转过身看着她。

他伸手，雪比陈茵更快握住他的掌心。

"就停在这里吧。"

陈茵说。

她笑着握着自己一满兜的糖。

在"叮叮当"的圣诞曲目里晃着自己包上的铃铛。

长发掖在围巾里，下巴也埋了进去。

"游淮，我们就到这里吧。"

所有分手的场景里，现在是最好的一个。

他们没有撕破脸，没有争吵，甚至没有哭泣。

确认交往的时候是让人心动的场景，提出分手时也是心动的场景。

浪漫在身后，雪花在落下，有人在对扮演着神明的人许愿，有人在摩天轮上接吻。

那好像也可以有人是在自己生日的时候结束掉一段本该结束的关系。

就到这里停下。

在大家都很开心，没有疲惫到提起对方剩下的只有难过，也没有彼此埋怨到想不起相爱时的心动甜蜜。

他们停在这段时间以来最开心的这瞬间。

哪怕以后回想起来，恋爱和分手都是健康的、让彼此愉悦的。

这是最圆满的分手。

是该笑着祝福。

陈茵也确实这么做了。

她从自己鼓鼓囊囊的口袋里一颗颗拿出糖往游淮手里塞。

"希望你以后能更开心一点,更照顾自己一点。

"希望我们不做恋人了,也还能是彼此最好的朋友。

"我不够成熟,不懂得怎么照顾你,比起你永远更关心自己的情绪。

"我不知道怎么改,也不知道怎么让自己和你都满意,所以停在这里似乎就是最好的结局。

"我不希望、不希望你以后回想起我,想起的都是烦恼和麻烦。我希望你印象里的陈茵,能一直是你最喜欢的那个陈茵,会不会有些自私?可是游淮,我太喜欢你了,所以我无法想象我们的感情消耗到让彼此疲惫时产生的厌恶。我一想到有一天我们或许会彼此埋怨成为难看的样子,我就觉得很可怕。

"游淮觉得陈茵是个很不可理喻的人,比游淮不喜欢陈茵,更可怕。

"所以,我们就到这里吧。

"不用一次次猜测终点到底在哪里,不用对彼此的情绪惴惴不安害怕争吵,就停在这里吧。

"我的生日愿望是。

"——我们分手吧。"

陈茵第一次对游淮说这么多话。

第一次这么认真地对他说,她真的好喜欢他。

游淮一直看着她,手里是陈茵递给他的糖,他放进口袋里,然后上前一步,手指触碰她的眼睛:"不要哭。"

他是温柔的,笑容也是温暖的。

"陈茵,生日快乐。

"你哪一年的生日愿望我没有满足过你?今年也一样,我答应你,所以,你不要哭了。"

雪下得很慢。

音乐声也变得很慢。

他擦过她眼角的动作也变得很慢。

陈茵觉得一切都变成了静止的,只有眼泪停不下来。

这和构想的不一样。

她该是笑着的,用最漂亮的姿态对他说分手。

但现在不漂亮,一点都不漂亮。

游淮见擦不干她的眼泪,有些无奈地问她:"生日怎么哭成这样啊?"

陈茵低着头，拉上自己的围巾，把整张脸都藏进去，声音有些哑："因为，下雪了吧。"

她好像察觉不到自己在抖，甚至不自觉地蹲下去，眼泪打湿了围巾，只是嘴里一直在说。

"因为下雪了，所以、所以就哭了。你不用管我，我一会儿、一会儿就好了。"

一直，一直在说这样的话。

口是心非。

言不由衷。

哪怕到最后一刻，也是这样的。

"陈茵。"

然后那个人喊出她的名字。

陈茵脸埋在掌心，没有回应。

下一秒，就被他给抱进了怀里。

"如果有一天我们分开，不是因为你不够好，而是因为我对你不够好。"

很奇怪的拥抱姿势，像两个雪地里长出来的雪人在拥抱。

太阳出来后，亲密就会彻底消散。

"这是我很早之前就想对你说的话，所以不要哭了，陈茵，是我不够好，才让你这么累。对不起啊，没能让你开心地和我在一起。"

在十二月的初雪。

在圣诞节。

在她的生日。

游淮对她说生日快乐。

游淮对她说好。

游淮对她说对不起。

他又把糖都放进了她怀里，在最后都是笑着对她说："以后，就都会是好运气和好心情了。"

回去的那段路变得很长。

大概是在摩天轮下面把所有要说的话都给说完了，以至于一路上两人都没有话说。

游淮走在陈茵左边，陈茵将鼻子埋进围巾里都能闻到游淮身上冷冽的香水味，是她送给他的。当时游淮还很嫌弃说男人喷什么香水，最后被她勒住脖子才连忙认输说他错了。

游淮是一个很难以定义的人。

陈茵有时候也想像别的女孩子那样，在微博上记录和男友的甜蜜恋爱，但聊天记录翻来翻去发现都不正经，甜蜜的没多少，更多都是互怼。游淮问她怎么还不起床,是不是在跟姓周的出轨?她问哪个姓周的,游淮说会解梦那位。这时候她都会骂游淮是只狗,游淮说这不对,要说一条狗。

夏思怡给陈茵看过她跟申铠扬的聊天记录,申铠扬喊她宝宝猪又自称老公,夏思怡也一口一个宝宝地喊。整个聊天记录看下来,陈茵只觉得这是两个幼儿园的小朋友在对话,肉麻得整个胳膊都是鸡皮疙瘩。

但夏思怡说"你懂什么,谈恋爱就是这样的,会说一些你从别人嘴里觉得肉麻到爆炸的话"。

陈茵当时不信邪,晚上却悄悄在游淮那边实验了一下。

她刚发过去一个宝宝,游淮就回了一串问号。

最后陈茵说"游淮,你就是一只狗",游淮说"陈茵你也是",才结束对话。

风卷着雪迎面吹来,门卫见到他们回来还有些奇怪。学校里成双人对的小情侣晚上出去能回来的很少,年轻气盛的谁不腻腻歪歪地去酒店开个房,但这对出去的时候距离很近,回来的时候距离却很远。

门卫大叔开了门,缩在大衣里嘀咕了一句"今年可真冷"。

游淮照例送陈茵到了宿舍楼下,他脚步停在那里,就没有再往前。

陈茵抬头看着他,她又有些想哭,但这次却忍住了。

"游淮。"她呵出一口白气,喊出了他的名字。

游淮垂眸看着她:"嗯。"

他这么回应,陈茵就不知道自己要问什么了,话好像被卡在了那里,最后什么都问不出来,只能像落在地上的雪花一样变成了湿泞的雨点。

陈茵就这么抬着头,看着游淮的脸。

许久,她才说:"我走了。"

游淮点头,扯了下唇对她说:"进去吧。"

陈茵转身走进宿舍楼,游淮过于冷静,冷静到她觉得他好像根本就没有爱过。

见面的时候一切都很和平,分手也很温和,但转身的那一刻她就有些控制不住自己的恶念了,无数念头从心里涌出来,游淮为什么这么冷淡、游淮为什么这么镇定、他是不是早就猜到她今天要提分手了?

再恶毒一点,游淮是不是,一直在等她主动开口说分手。

念头一旦涌出来,就很难遏制回去。

夏思怡很早就跟陈茵说过,真正喜欢的人分手后是做不了朋友的,因为你没办法看着对方若无其事地像从前那样和你交流说话,也没办法正常地和他相处。你时时刻刻都会用现在的冷淡揣测过去的甜蜜,每一刻都在审视、在质疑曾经的感情里究竟哪一部分是真、哪一部分是假。

一楼到五楼,陈茵步履艰难,声控灯一盏盏亮起。口袋里放着的手机一

直在振动,她的爸爸、妈妈,还有朋友都在给她发消息祝她生日快乐,问她快不快乐。

最后一级台阶,灯"啪嗒"随着她的脚步声亮了起来。

陈茵低着头,回完最后一个人的消息,从包里拿出钥匙,抬头时偶然往下看了一眼。

女生宿舍楼下的路灯灯光被拉得很长,那棵很丑的树旁站着一个人,他的脸因为距离而变得模糊,自上而下的距离望过去,他似是不小心落下的一滴墨点,又像是老旧电视里不停闪动的雪花。

游淮没走。

在她一路揣测他到底爱不爱的时候,他就站在那里。

在她回复所有祝福的时候也站在那里。

像个笨蛋,是个傻子,挽留的话不会说,漂亮的祝福不会留。

只有在她看过来时,他低下头不知道在干什么。

隔了一秒,陈茵的手机又振动起来。

是游淮发来的消息。

游淮说:我走了。

他说:进宿舍吧,别看了。

陈茵却没有动。

她一只手紧紧抓着围栏,另一只手颤抖着在屏幕上怎么打字都不对。

有雪飘落在她手机屏幕上,她急忙擦在衣服上,一个字母一个字母地摁,不需要筛选,排在最前面的就是那个名字。

——游淮。

她想叫住他,怕他走掉,发出这两个字,又急忙在对话框输入。

人都是言不由衷的生物,也是最擅长伪装的生物。

哪怕不开心也会说今天很开心,哪怕很累也会说这些天过得非常有意义,哪怕不舍得也会说希望你幸福,哪怕不甘心分手后感情断得干干净净也口是心非地在对话框里输入"我们以后还能不能做朋友"。

游淮:能。

她还没来得及发送出去,却得到了最满意的答复。

不会有人比游淮更懂她。

也不会有人比游淮更了解她。

所以哪怕在分手的时候,也没有对她说一句挽留的话。

所以哪怕明明知道她不舍得,也没有问她能不能别分手。

他站在楼下,看见站在五楼的女生慢慢转过身,然后一点点消失在他的视线里。

男生宿舍和女生宿舍隔得一点都不近，二十分钟的路程。

从进学校那一天，他就知道这学校是真的太大了，陈茵去他宿舍找过他一次，陈茵从出发的时候就开始给他发微信。

他从浴室出来，陈茵已经给他发了二十来条语音，每一条都在问，到底为什么这么远、难道男女宿舍之间隔的不是路而是天堑吗？

他那时候就站在浴室门口，连浴巾都没来得及放，笑着回她说，"以后我来找你啊"。

他是一个优点没有特别多的人。

不是特别的聪明，也没什么宏图大志，既不如迟盛热血，又不如沈域坚定。

在什么方面都差一点，唯独喜欢陈茵坚持了好多年。

他像是追着一束光，一直坚持到了现在。

初三那年他爸妈都怀疑他打了鸡血，从吊车尾创造奇迹进了绥中。明明努力得要命，还要在陈茵面前逞强，用最轻松的姿态走到她面前，把书包丢在她身边，对她说，看来以后又要一直做同桌了。

高一下学期分科，陈茵说她学音乐，游淮当时一副无所谓的样子回去就跟他爸妈说他要学音乐。

游引说："游淮你不能这么一直混下去，你得有自己的目标，不然你以后连自己到底是收废品还是去工地搬砖都闹不明白。"

游淮说："爸你多虑了，我学了音乐以后可以去村里吹唢呐。"

大概是因为他一直嘻嘻哈哈的，所以所有人都以为他不在意也无所谓。这好像成了他的一种特点，别人提起他，都会说，游淮是个脾气很好也很有趣的人。

但他脾气好，是因为对陈茵很好，又担心只对她好被她发现，所以对所有人都很好。

特殊成了习惯最终演变为所有人对他的印象。

没有谁是能一直陪着谁的，游淮早就明白，他也很早就接受过陈茵或许永远不会喜欢他这件事。

爱与被爱都是小概率事件，能被喜欢的人喜欢更是一件比中彩票还艰难的事情。

他中了彩票，只可惜彩票额度太小。

这个点的学校，几乎没有人。

只有他一个人走在路上，影子被拉得很长。

陈茵很喜欢和他玩踩影子的游戏，她幼稚得要命，经常踩住他影子命令他说："游淮，你不许动，我已经控制住你啦！"

他就真的站住不动，举起双手投降说："麻烦一下，能不能放我走啊，姑奶奶？"

陈茵多数时候是不放的，她会趁机提要求，明明是个一眼就能看穿的人非要故作高深地为难好一阵，才冲他伸出手："拿出过路费我就放你哦。"

游淮给了她过路费，她就会笑着松开他的影子，跑到他旁边一把抱住他的胳膊摇晃，嘴里不停地说"游淮，你真好，游淮，你真是全世界最好的狗狗"。

可是这段路实在是太长了。

长到他的影子已经猖狂地被路灯拉成一条没有终点的线，却迟迟没有一个人过来踩住他的影子对他要过路费。

当初，沈域问过他，真的不介意？

他当时嘴硬，说，她迟早会明白自己的心意。

现在陈茵跟他说分手，说她很喜欢他，但真的走不下去。

他还是嘴硬，答应得爽快，说好，祝她以后都会是好运气、好心情。

真差劲。

他在心里对自己说：游淮，你真差劲。

喜欢一个人，喜欢到可以为她做任何事情，却让她因为你的这份喜欢而感到负担。

从毕业在一起到圣诞节分手。

半年不到的感情，游淮却从小学走到了现在。

宿舍里其他人还在打游戏，见他回来还有些诧异。

本想问他不是说好和女朋友在外面玩怎么就回来了，但话到嘴边被游淮的脸色给吓到，最后小心翼翼地问他："外面很冷吗？"

"嗯。"游淮把手机丢在了桌上。

他看着窗外，说："下雪了。"

第七章 / 冷却

学校放寒假时间定在一月十三日左右。

一月份刚到，蒋琪筝就给陈茵打电话问她寒假怎么回来，是不是跟游淮一起回来。

距离圣诞节过去已经有一周左右了，分手那天陈茵回到宿舍就闷在被子里哭了一晚上。她以为自己足够隐蔽，除了自己不会有人发现她的异常，哪知道第二天舍友就小心翼翼地问她是因为什么不开心。

她对所有来询问的人反复地说："我和游淮分手了。"

这句话挂在嘴边不停地说，她觉得自己好像变成了推开商店就自动说欢迎光临的招财猫，痛苦的神经几乎麻木，最后甚至能笑着对又一次来问的不知情群众调侃道："没怎么呀，就是分手了而已。"

听到的人也笑着说："旧的不去新的不来，陈茵你这么漂亮肯定能找到更好的。"

这几乎是安慰失恋的人惯用话语。

没关系的、一切都会好起来的、你会找到更好的。

陈茵笃定，游淮肯定也听别人说过类似的话。

——别难过，这有什么的，天涯何处无芳草，何必单恋一枝花。

——你这硬性条件这么好，怎么可能找不到女朋友？随便你挑啦。

陈茵不知道该回复些什么，只能说"好的，谢谢"。

关系好一点的人会比其他人问得更多，不会止步于你们怎么了，而是会深入到你们为什么分手。

陈茵很难说出所以然，最后只变成了一句，我们不合适。

她很忙，是真的很忙。

忙着期末考试、忙着各种活动、忙着社交、忙着生活。

能想起游淮的时间并不多，所以她身边的朋友也就觉得分手对陈茵来说没有那么严重，也没有那么在乎这段感情。

有时候就连陈茵自己都觉得，自己过于坚强。

就算是哭，也只是分手当天的晚上，打湿的被子洗干净后就仿佛什么都没发生过，她是一个无论发生什么都能步履不停、坚定往前的很酷的人。

她跟上舍友的步伐，笑着挽着她们的胳膊在雪天里往前跑。

晚上跟电视台的人一起聚餐，约在学校附近新开的一个桌游馆。

大家一起玩狼人杀的时候，陈茵抽到女巫牌，开局李奇就被狼人杀死，陈茵给他发了银水。第二天主持人宣布是个平安夜，狼人就开始表情微妙，视线在人群里搜寻一圈，最后有人开玩笑地说女巫真是太善良了，不明真相的李奇也跟着附和了一句开局发银水真是个好女巫。

第二局陈茵就给那个说她善良的人发了金水，最后游戏结束，狼人惨败，手握平民牌的李奇知道陈茵是女巫后，端起杯子与她碰了一下："多谢学妹保我游戏体验。"

陈茵靠在沙发上笑着说："毕竟你是会长，这点面子还是要给你的。"

气氛当时就变得有些奇怪，跟陈茵关系比较好的一个女生凑在陈茵耳边对她说："会长一直在偷看你，他是不是真的喜欢你啊？但我觉得你还是不要考虑他了，他有些太花心了，学校里的美女都被他撩了个遍，还是不如——"

后面的话在她忽然想起陈茵已经分手后，戛然而止。

陈茵看起来没有任何波动，甚至还点头一副听进去了的样子："我又不傻。"

她头发从黑色染成了浅栗色，又去烫了个卷。室内比较闷热，原本穿着的呢子大衣脱了下来，里面米色毛衣显得整个人都很温柔。

"感情这潭泥沼，我还是不要跳了，好不容易变成贵族，当然要好好享受单身生活。"

听她说话的女生果然露出一副钦佩的表情。

听到称赞的陈茵刚露出笑容，就听见门口处传来欢迎光临的声音。

还没见到来的人，就听见一阵闹哄哄的声响。

"冷死了冷死了，去KTV多好，本来上了一天课就挺累，怎么还跑过来开会？"

"滚啊，玩桌游算什么开会，王二狗你不会说话就闭嘴好吧？你学下我们淮哥，安静配合的样子多帅？哎，友情问下，今天跟你说话那女生是找你要微信吗？"

…………

进这家桌游店的时候陈茵就在想，这个地方怎么这么小？收费这么贵，怎么连单独包间都没有，要是多来一帮人那不是会互相影响游戏体验吗？

老板是已经毕业好几届的学长，听到她的顾虑，表情都有些苦涩："学妹，你看我这地方，像是生意很好的样子吗？"

现在，陈茵终于明白了学长生意惨淡的原因。

他既错误预估了学弟、学妹们娱乐生活的匮乏，又错误预估了没有包间对学弟、学妹的影响。

尤其是一对已经分手但嘴硬说要做朋友的学弟、学妹。

在听见那声"淮哥"后，陈茵就不由自主地控制着头抬起来往门口的方向看了。

进来了好几个人，都是游淮的舍友，陈茵全认识。第一次见面的时候，他们还非常夸张地对陈茵异口同声喊"嫂子好"，把陈茵给雷得不轻，偷偷问游淮他舍友是不是有毛病。哪知道他舍友紧接着就说："好爽，以前看电视剧就想喊这么一句了！"

都是非常有趣的人，喝醉酒会在外面抱着垃圾桶大喊，"女朋友，这么冷的天你怎么一个人在外面"，游淮录了视频发给陈茵看，陈茵笑得不行，与此同时也觉得真好。

真好，游淮身边有一群很有意思的人，游淮永远不会无聊，他会永远快乐。

现在再见面，这群舍友的有趣再次发挥作用。

传媒学校的人多半都有点儿偶像包袱，哪怕再冷也不会穿得过于厚实，男生尤为注重形象，学韩剧男主角就穿一件大衣，强撑了一路，现在进到温暖的室内，蹦跶着用手去贴同伴的脖子。正闹的时候，有人余光瞥到坐在不远处往这边看的陈茵。

于是，冰死你冰死你的幼稚话语忽然就变成了沉默。

陈茵身边的人也跟着安静下来，一双双眼睛都往那边看，两拨人视线交汇。

安静的时刻又传来一声"欢迎光临"，冷风灌了进来又很快被阻挡在门外。

分手到现在，大概是有一周，又或许比一周要久一点，陈茵没有数过，但生活中总有几个瞬间，让你觉得平淡乏味的生活忽然变成一部文艺电影。

这个瞬间显然就是现在。

装修成哈利·波特风格的狭小桌游店被人填得满满的，玄关的鞋柜上放着的招财猫傻乎乎地上下晃着手，桌上放着的饮料被开了个七七八八，学长养的猫懒洋洋地趴在椅子上翻了个身。

生活最平淡的所有画面里，眼睛变成慢镜头，从这些画面中一点点聚焦到站在人群中的那个人身上。

陈茵觉得自己有变得不一样，换了发型，又买了新衣服。

但游淮还是那个样子，喜欢穿款式简单的衣服，不会像别人一样耍帅，天冷脖子上就围了围巾，眼里好像还残留着门外的雪。

仍旧是人群中最惹眼的一个。

忽然停下的声音让他抬眸，往这边看了一眼。

视线像是时钟里短暂和分针汇合的秒针，稍稍重合便立马回到自己的轨迹。

他挪开了视线，很浅地勾了一下唇，对身边一个个被摁下定身术的朋友说："还不进去是想换家店？"

平淡而又冷漠。

坐在陈茵身边的女生推了一下她的胳膊，轻声问她："你没关系吧？"

陈茵缓慢挪开视线，笑着回："没事啊，能有什么事？下一把我不要拿女巫牌了。"她双手合十，对看向她的社团朋友们说，"拜托拜托，让我拿一把预言家吧，我可太想手抓狼人了！"

原本凝滞的气氛又活跃开，两边都在笑，那边笑着讨论要玩 UNO 还是狼人杀，这边闹着攀比狼人和预言家究竟哪个更牛。

有人抬头对坐在收银台的老板喊了一声："能不能放点音乐啊，学长？搞点儿音乐助助兴啊！"

学长扬声回了句"好"。

陈茵坐在那里，拿到属于自己的牌，却什么都看不清了。

好奇怪，究竟是预言家还是平民，或者是女巫、狼人？

不知道。

她身体都好像跟着天气一起变得僵硬，一颗鲜活跳动的心慢吞吞地变得迟缓，开心的音乐声听不见、身边吵吵闹闹的声音听不见。

分手后有很多个瞬间。

你觉得自己好像已经放下了，不会难过了，没什么的。

毕竟分手是自己提的，后果也早就应该想得清楚。

陈茵没有要反悔的意思，也没有想对游淮说"我们和好吧"的心思。

只是，不见面还好，不见面是真的无所谓，那些难过和痛苦都在可以忍受的范围内，可以被其他开心的事情压在下面。

但现在碰见了，他不再是别人提起的一个名字，不再是别人口中单纯的游淮两个字。

而是笑着的游淮、思考的时候拇指喜欢磨蹭食指的游淮，所有单调的形容忽然变得具体。

那些自认为的无所谓忽然现出了原形。

她平生第一次，想要逃跑。

想要丢下手里的牌，丢下所有面对外人的伪装，直接逃跑，离开有游淮的地方继续做那个很酷的陈茵。

"天黑请闭眼。"

担任主持人的人说出指令。

所有人都闭上了眼睛，唯独陈茵睁着眼。

头顶的白炽灯晃得人眼睛干涩。

而她的视线越了界，看向了已经不属于她的人。

回绥北那天陈茵自己叫的车，去机场的路上舍友还在给她发微信，问她检票了没有、顺不顺利。她办理完托运，在候机楼的咖啡厅买了杯咖啡，找了个地方坐下才——回完消息。

夏思怡再次叮嘱她：你飞机落地记得跟我说一声，机场碰面啊。

陈茵本来落地就要回家的，陈子芥和蒋琪筝给她发了好多消息一直说想她，她为了演得更逼真让他们相信她是真的和舍友出去旅游了，直到出发前三天才跟他们打电话说了到家的时间，哪知道蒋琪筝和陈子芥出差去了得后天才能回来。

蒋琪筝在电话那头唉声叹气："你这机票时间买得太不凑巧了呀，那这样，我跟你爸不在家的时候，你叫你朋友来家里陪陪你吧。"

夏思怡就是一口应下的那个朋友。

登机的时候有个小朋友拽了拽陈茵的衣角，她碰了一下陈茵包上挂着的小狗。

"姐姐，你的狗狗好可爱呀！"

小女孩儿的父母正忙着检票没注意到这边，小女孩儿摇头晃脑的，一双黑眼睛亮晶晶地盯着陈茵看，似乎在等一个答复。

"谢谢，你也很可爱。"陈茵自觉笑得僵硬，然而小女孩儿开心得"嘿嘿"直笑，热情地就想拉住陈茵的手，好在被赶来的父母及时制止。她父母也对这个"社牛"女儿颇为头疼，男人抱起女儿控制在怀里，女人对陈茵说了好几声抱歉。

缘分也是见了鬼，上飞机的时候，这小女孩儿跟陈茵就隔一条过道。

在飞行时间里，这小姑娘或许是把陈茵定义为品位一致的好朋友，一直给陈茵分享她的零食，果冻、饼干、糖果，陈茵拒绝都没用。

"可是姐姐，女孩子怎么会不喜欢吃零食呢？"她歪着脑袋，一脸懵懂，"我觉得你会喜欢的哦。"

周遭不少人被她逗笑。

陈茵只好接过零食，这次连忙道谢的人成了她。

下飞机的时候，陈茵已经跟这个小女孩儿互相交换了名字。

小名叫甜甜的小姑娘一直盯着陈茵包上的小狗看，意味非常明显，就差没把"我给了你零食，你能不能给我小狗呀"这行字给写在脸上。

但陈茵装傻充愣功力修炼到了极致，在空姐推着车过来时买了飞机模型送给小女孩儿。

夏思怡给她打来电话时，这小姑娘正在跟她说拜拜。

夏思怡听见陈茵这边有小朋友的声音还有些诧异："你不是在机场吗？怎么跑幼儿园去了？"

"这很难解释，一会儿见面跟你说吧。你到哪儿了？"陈茵问。

夏思怡说："拿行李的地方，我在这边等你？"

陈茵说"好"。

碰面是在二十分钟之后，找到夏思怡的时候，申铠扬还没走，他就坐在自己行李箱上，一副要无奈的样子正跟夏思怡撒娇："我不管啊，我家也没人，你怎么不陪我？"

夏思怡明显是哄烦了，直接弹了他一个脑瓜崩："差不多得了啊申铠扬，我在学校陪了你多久，你心里有点数行吧？"

申铠扬正哼唧唧，陈茵一脸嫌弃地拖着箱子走了过来，见面就先骂了一句申铠扬"你真恶心"。

申铠扬这会儿不太敢惹陈茵，她跟游淮分手的事情好友圈尽人皆知，在飞机上夏思怡已经对他说了无数遍，一会儿不要表现得太过亲密，刚分手的人是看不了别人秀恩爱的。

申铠扬心说放狗屁，他追夏思怡的时候多少次在夜里流泪，跟他的好兄弟游淮诉苦，结果游淮回的什么？

游淮隔了几个小时才回：不好意思朋友，刚才女朋友缠着我让我哄她睡觉，你没事儿吧？

申铠扬拖着行李箱跟在夏思怡和陈茵后面，悄悄地拿出手机拍了张陈茵的背影发给了游淮。

快乐小申：不好意思兄弟，眼睛忽然有点不好使，帮我看下，这个背影是谁的来着？

游淮没回。

他看着陈茵和夏思怡上了车，游淮还是没回复。

这时候他还没觉得有什么，直到他都回了家，吃完饭洗完澡准备睡觉，忽然垂死病中惊坐起，拿起手机发现游淮依旧没回他。

这时候他心里"咯噔"了一下。

他在黑暗里拍着自己脑门，忽然想起他这个好兄弟游淮虽然平时是个喜欢找朋友犯贱的存在，但也是个内心挺敏感的人。游淮喜欢了陈茵多少年啊，这暗恋故事都可以编纂成一本游淮成长史了，现在分手了肯定难过啊，他竟然为了图一时之快在游淮心上撒盐……

申铠扬拍着自己的头，看着毫无动静的对话框，在黑夜里自我反省。

"嘲笑别人的真心，我真该死啊……"

他打给了游淮的发小迟盛，游淮在一周前就回绥北了，他爸妈出差去了，家里没人，复读生迟盛对父母的管教厌烦不已，拎包去游淮家入住去了。

电话响了没多久迟盛就接通了，申铠扬用气音问："喂，阿盛啊，问你件事儿，游淮现在在干吗呢？"

他多用心良苦啊，生怕游淮听见了，简直生动演绎了什么叫作气若游丝。

迟盛声音却挺响亮，也很干脆："你拉屎呢？说话能不能用点劲儿，我一句都没听清你说了什么。"

申铠扬用了劲儿说话："……我说！游淮现在在干吗呢？"

迟盛拿着手机走出卧室，客厅的灯是关着的，游淮坐在沙发上正在看电影。

迟盛走过去，看了眼屏幕，竟然还是个动画片，他问游淮："你看的什么片？"

游淮半张脸隐匿在黑暗中，有些懒得说话，拿起遥控器摁了下音量键，上方就出现电影名。

——《寻梦环游记》。

迟盛逐字念给了申铠扬听。

申铠扬在那头沉默了很久才问迟盛："那他干吗不回我微信？"

迟盛觉得申铠扬有毛病："他又没跟你谈恋爱，干吗非得回你微信？"

"不是，主要是我给他发了一张陈茵的背影，他不回我，我就很慌，你知道吧？"

"哦——"迟盛靠在墙上，原本看游淮觉得还挺正常的，结果听申铠扬这么说了一句后，再看游淮就怎么看怎么悲凉。老实说是挺惨，一起玩的谁不知道游淮是知名舔狗？结果舔了这么多年，在一起没半年就分了，游淮就算现在跟他说想去跳河，他都觉得挺正常。

但游淮就是太正常了，他住在游淮家里的这段时间，游淮照常像以前那样嫌弃他，跟他玩游戏嘴都不带停的，一直在攻击他操作烂，以至于迟盛有时候都忘了游淮和陈茵分手了。

他收回视线，叹着气对申铠扬说："你这贱犯得挺到位，把我好兄弟给整 Emo（郁闷）了，你自己想想怎么挽救吧。"

申铠扬心脏受到重击，又悄悄去问夏思怡，陈茵那边怎么样。

陈茵正在和夏思怡一起喝酒，她们坐在陈茵房间的落地窗前碰杯："这酒还不错，度数应该不高吧？"

陈茵也没看这酒多少度，在外卖软件上下单看见包装和口味都不错就买了。听见夏思怡的问话，她也没仔细去看，敷衍地"哼"了一声就仰头闷了一口酒。

是甜的，桃子味。

碰了几杯之后，陈茵跟夏思怡说起在飞机场遇见的那个小女孩儿。

夏思怡感慨道："好神奇，你竟然能跟小朋友这么友好地相处，你不讨厌小孩儿了？"

陈茵说："说不上来，但她给我塞零食的时候，我觉得小朋友还挺可爱的。"

夏思怡点头："不都说小孩儿是天使吗？天真烂漫，没那么多成年人的复杂心思。哎，你记不记得我们高三出去艺考的时候，走路上一小男孩儿抱着你的腿，一个劲儿地喊姐姐？把你吓得愣在原地不敢动，一个劲儿地跟我们求救，逗死了。"

"记得……最后是游淮帮我解围的，他蹲下去问那小孩儿是不是走丢了，拿了糖给小朋友才把我解救出来。"陈茵低眸晃着自己的酒罐，盘着腿靠在靠枕上，在刹那间的安静中，很轻地叹了口气，对夏思怡说，"我有时候觉得和他在一起久了，我也变成了他的一个部分，学会了他的一些为人处世，以至于都分手了还时常觉得他无处不在。"

夏思怡说："毕竟你们认识这么久了，都正常的，慢慢就好了。"

她们碰杯，音响里放着欢快的英文歌。

陈茵抿着酒弯腰去拿自己放在床边的手机，她已经有些微醺，脸都有些红，笑着说："都说慢慢就好了，磨豆腐还是煮粥呢？"

夏思怡被她逗笑："你上个大学文化提升不少是吧？"

"那当然，我可是我们学校电视台的王牌主持人。"

"行行行，你真牛，美女主持人，下次一起去玩桌游，你别玩，就专门主持。"

陈茵点点头："行啊。"然后忽然提了没说过的那次碰面，"我上次在我们学校附近玩桌游还看见游淮了呢。"

夏思怡握紧杯子："然后呢？"

陈茵耸肩："没有然后啊，我不搭理他，他不理会我。优秀的前任就是我们这样了，就跟不认识一个样，完全不妨碍彼此社交。"

夏思怡竖起大拇指："牛，不愧是你。"

女孩子的聊天是漫无边际的，一个莫名其妙的点都能让两个人笑起来。

只是陈茵笑着笑着手指碰到播放列表靠在最前面的一首置顶，前奏出来的时候，她就愣了一下。夏思怡还在问这是什么歌，怎么前奏这么特别，陈茵脸上的笑容却像是融化在太阳下的雪一样，一点点消失。

陈茵手里拿着的酒因忽然剧烈的动作洒出来不少，都落在她裤腿上。

夏思怡急忙过来要帮陈茵擦，却听见陈茵声音沉闷地对她说：

"思怡，我感觉，我和游淮以后都不会再说话了。

"我们好像既做不成恋人，也成不了朋友了。"

痛苦是迟缓的。

隔了这么久的时间，才在一个又一个平凡的瞬间里，慢慢击中了她。

在这首游淮对她唱过的歌里，陈茵忽然意识到，游淮是真的，再也不会看向她了。

所谓分手，就是两个原本走在一起的人，走到分岔路口，就消失在彼此的道路上，再也不会碰面。

这天晚上，陈茵和夏思怡在飘窗边睡着，半夜被冻醒，夏思怡哆哆嗦嗦地爬回床上，把被子盖好又爬下床，把陈茵捞回了床上。

这次两个人一起盖上被子，睡到第二天下午四点，申铠扬电话都打了不下二十通，才终于把两人吵醒。

申铠扬在电话那头问夏思怡干什么偷鸡摸狗的事情去了，怎么半天不接电话。

陈茵在旁边踮着脚到处找拖鞋，声音窸窸窣窣的，跟闹了耗子似的。

夏思怡开着免提，也没认真听申铠扬说话，扭头看陈茵一眼："你拖鞋不是在床边吗？"

"啊？"陈茵转过身往床边一看，还真在，又蹦过去穿上拖鞋，打着哈欠问夏思怡，"早餐吃什么？"

夏思怡还没说话，申铠扬就在电话那边叫起来了："什么早餐下午四点吃啊！"

他一寻思这不行，急忙就给安排了："你们出来，我请你们吃饭，别打开什么外卖平台了，新闻上说的地沟油没看见啊？你们……"

陈茵问夏思怡："他一直这么啰唆吗？"

夏思怡习以为常道："习惯就好，左耳进右耳出就行，他更年期来得比较早，你担待一下。"

……这真的很难担待，整个卧室都是申铠扬的喋喋不休。

在电话那头说个没完的申铠扬迅速就安排好了下午茶。

本来是想开车过来带陈茵和夏思怡到他习惯吃的一家餐厅去吃饭，但音乐班的班群在这个时候被顶了上来。

邓畅在群里问：朋友们，都放假了吗？

下面一群人回复了一个"1"。

申铠扬手贱，在里头回了一句：这么多1，形单影只的，一看就全是单身狗吧？不像我，我要去接女朋友吃饭了，嘿嘿！

他说完又想起游淮，伸出两根手指虔诚地艾特他：@yh. 哥哥，你在干什么？睡醒了吗？喝水了吗？上厕所了吗？吃饭了吗？要弟弟给你点杯奶茶温暖一下四季吗？

游淮没回他，倒是邓畅回他了：最讨厌你这种溜须拍马的人了，你这么有能耐，有本事组织一下班级聚会啊！

申铠扬：看不起谁？我的行动力是你能质疑的？不就是组织个班级聚会？我现在就找地点！

一通操作猛如虎，最后饭店大包厢订下来后申铠扬自己都是蒙的。

他愣了半天才给夏思怡发去消息：宝宝，有一个好消息和一个坏消息。

夏思怡刚化完妆：怎么啦，宝宝？

申铠扬：我准备来接你和陈茵一起吃饭了。

夏思怡：我知道呀，我和陈茵都化好妆等你呢。

申铠扬：坏消息，吃饭变成高中同学聚会了。

夏思怡：哈？

申铠扬：我还手贱，求了迟盛带游淮去。

夏思怡：你完了。

申铠扬哆哆嗦嗦地跟夏思怡达成共识，先不要告诉陈茵同学聚会的事情。

他从车库里开了他爸的豪车出门时，原本想威风凛凛的，此时变成提心吊胆，搞得跟车是偷来的一样。陈茵上车的时候，看了他好几眼，最后劝他："申铠扬，自首的话应该不会关很久的。"

申铠扬都没敢骂陈茵，握着方向盘，头都没敢回，挺礼貌客气地说："真是谢谢您，我会参考您的意见的。"

坐在旁边副驾驶的夏思怡及时打开音乐，同时对陈茵说："到他发病时间了，忽视就好。"

陈茵笑得不行，靠在车窗上，听着申铠扬委屈巴巴地问夏思怡怎么能这么对他。两个人高中时就这样，申铠扬习惯耍宝，夏思怡热衷于怼他，仿佛车窗外不是倒退的绿化带，而是绥中的梧桐树。

铃声敲响，老李就会站在讲台上开始数落他们。

然后她偏过头，就能看见那个人坐在椅子上要笑不笑地看着她，问道："陈茵，你的钱怎么花得那么快，银行印钞，你碎钞是吧？"

上课铃和下课铃都是青春的味道，但高考最后一声铃声落下后，青春这两个字就仿佛已经远离他们了。

陈茵轻叹了口气，说："有点想回绥中看看了。"

申铠扬眼睛都亮了："陈茵你相不相信奇迹？"

陈茵只当作申铠扬在犯病，又想自己好歹坐在申铠扬车上，他还要请客吃饭，所以配合地敷衍了一句："可以随便信一下。"

申铠扬自信地抬头："等着吧，一会儿你就能感受到重回高中。"

停在绥北大饭店门口的时候，陈茵还没觉得不对劲，只觉得申铠扬真的发达了，不仅开得起豪车，还请得起豪华餐厅了。

前台接待的小姐姐问是不是申先生的时候，陈茵也没觉得不对劲，她只想，申铠扬真的读了大学整个人都成熟了，请她吃饭还知道提前预订餐厅。

217

被带到二楼包间区域的时候，陈茵依旧没有发现不对劲，她拉着夏思怡说："申铠扬被你调教得成熟不少啊，有点儿成功男士的感觉了啊！"

夏思怡笑得尴尬："年纪大了嘛……嘻……"

直到包间的门被拉开，看见谢敏、胡思芮，还有邓畅他们都在的时候，陈茵才蒙了。

大家大学读得天南海北，国庆的时候就说要聚，但一直没有找到时间。

寒假回来得陆陆续续，朋友圈也不是没有看见有些人单独聚会，但是没能想到，申铠扬一下子给她这么大一个惊喜。

她拎着包站在门口，里面坐着的人都笑着喊她陈茵，问她怎么还不进来啊，是不是不想吃饭啊。

明明才毕业半学期，高中那会儿大家周末出来玩，脱下校服穿上自己的衣服，都还带着股学生的稚气，但现在短短半年的时间，就已经变成了成年人的模样。

谢敏换了发色，烫了鬈发，穿着件黑色毛衣，高三戴的黑框眼镜变成了美瞳。

她手里还拿着邓畅的手机点奶茶，笑着冲陈茵招手："进来呀，你站那儿当招财猫啊？"

绥北的冬天，明明没那么冷，但室内都开着暖气。

陈茵站在通风口，有些恍惚地回头看了一眼。走廊里服务员繁忙地推着车上菜，玻璃窗外的枯树等待着春天，敞开的房门内，她看着那一张张分明熟悉但又变得陌生的面孔，伸手拉了一下夏思怡的袖口。

夏思怡拉住她的手，拍拍她的胳膊，轻声说："没关系，我在呢。"

陈茵以为夏思怡明白了她的踌躇不前。

夏思怡以为陈茵猜到游淮或许会出现在这里。

陈茵跟着夏思怡进了包间，和坐在圆桌边的同学挨个打了招呼。许久不见的尴尬很快破冰，商业互夸后互损一两句，提起高中发生的事情，就再次回到曾经的亲密。

陈茵正被邓畅开玩笑说是美女主持，她笑着端起杯子让邓畅给美女主持表演个一口闷。就是在这个时候，大家都在笑的时候，包间的门被从外推开。

夏思怡坐在陈茵旁边，一直惴惴不安，一点儿风吹草动她都在想那是不是游淮。

她旁边的始作俑者申铠扬也跟上了断头台似的。

两人在微信上悄悄沟通。

申铠扬：怎么回事啊，怎么就我俩跟做贼似的？我看陈茵挺开心啊。

夏思怡：她装的，你不知道，昨晚我们喝醉了，半夜我喊她上床睡觉，她回了我一句什么。

申铠扬：什么？

夏思怡：她说，游淮你别吵。

申铠扬眼眶都湿了，他心说这到底是什么狗血虐恋，你爱我我爱你，但我们不能在一起，韩剧都不敢这么拍，这竟然是生活？竟然是他的好朋友身上发生的故事？

他刚要拿起纸巾擦拭眼角的泪水，就看见一直没回他消息的游淮推门进来了。

学艺术的人，多少都有些浪漫细胞。

简单的场景被镀上金边，甚至加上了一层朦胧的光晕和所谓的宿命感，仿佛电视剧中分别许久的男女主角重逢，推门的"咯吱"声都变成了播放到高潮部分让人潸然泪下的情歌。

游淮推门进来，全场安静一秒，不约而同地用余光去瞥笑着端着杯子正在喝苹果汁的陈茵。

她表情如常，笑容未变，握着杯口的手指都没有动。

申铠扬心里却仿佛经历了一场地震。他想，倒不如就真的地震，也好过大家一起面对这么尴尬的前任碰面。

在场其他人也是这么想的。

谢敏甚至抿起了唇，在大学担任团支书的长袖善舞在此刻毫无用场之地，正想着到底该怎么缓解气氛时。

最终打破沉默的是刚推门进来的游淮。

全场人都精心打扮来参与这场半年之久的重逢。

只有他，穿着随意，咖色卫衣和黑色长裤不像个大学生，倒像还没毕业的高中生。

他拉着门把手，在所有人又一次看过来时，唇边勾起懒散的笑意，顺势就靠在门上，懒声问："怎么都看我？没看过帅哥啊各位？"

他视线扫过全场，最后落在陈茵身上。

他笑容没收，轻抬下巴，如高中时一样，喊了声她的名字："陈茵。"

申铠扬有一瞬间都不会呼吸了。

他觉得这可太莫名其妙了，他一个男的，这么敏感干什么！

但下一秒，他刚吸到嗓子眼的新鲜空气又被吐了出去。

坐在那里弯着眉眼笑得灿烂的陈茵歪了下头，对游淮的问候也礼貌地给了回应："好巧啊游淮。"

申铠扬原本给游淮预留的位置是自己旁边，这个位置是精心计算好的，与陈茵间隔了五个人，在圆桌的位置上属于不刻意看向彼此就看不见彼此的视线盲区，中间坐着的这五个人也都是班里著名的话痨。

但就跟没想到同学聚会突然发生在今天一样，申铠扬同样没想到陈茵会那么干脆利落地拉开自己旁边空着的椅子，对游淮说"这里坐"。

游淮想也没想就走过去，椅子拉开，坐下，手机放在桌上。

一整套动作大概只有十秒。

而这十秒内，包间里是落针可闻的安静。

距离近了，陈茵闻到游淮身上的苦橙味。游淮妈妈很喜欢这个味道的沐浴露，从他们读高中到现在一直没换过牌子。游淮有段时间对这个味道腻味，捏着陈茵桌上的橙子跟她说这玩意儿他看着就烦。当时两人在吵架，陈茵上纲上线，说"游淮，你就是一个很容易腻味的人"。

游淮把橙子当乒乓球，在桌上丢来丢去，嘴里说这又不一样。

但第二天到她家门口等她上学的时候，他就先伸了胳膊。

"我没换啊。"早上七点的阳光落在他身上，他眼里满是认真，"别再说我容易腻。"

游淮身上最吸引陈茵的地方就是一些奇奇怪怪的较真，她经常说的话自己都忘了，这本来没什么大不了，毕竟都不是什么重要的事情，但游淮会捡起她随便说的那些话，用行动表示他还记得。

这味道就跟他这个人一样，来得不合时宜。周围的人谈着过去聊着近况，作为一个合格的成年人不破坏气氛是基本守则。

她扭头，目光尽量不带情绪地看向游淮，跟他像和别人一样轻松对话："你什么时候回的绥北？"

游淮靠在椅背上，原本在看对面染了头发的邓畅，听到陈茵的声音视线才如圆桌上的转盘一样慢慢挪到陈茵身上，语调轻缓："上周。"说完，你来我往地也给陈茵丢了一个问题，"叔叔、阿姨好像出差了，你自己在家吃什么？"

这个话题算是找对了，陈茵笑了起来："没吃啊。"

她拿着筷子敲敲盘子，有些调皮地歪着头对游淮说："所以我被申铠扬给骗到这儿来了。"

"你拐着别人女朋友三餐不稳定，找你麻烦应该的。"游淮说这句话的时候其实没什么表情，只是拜长相和气质所赐，只要不是刻意冷淡，给人的感觉就总是温暖容易接近的。

陈茵笑笑，说那也没有办法。她打了个哈欠，对游淮说："年轻人就是要在假期睡懒觉的。"

句号结尾，象征着这个话题已经结束。

继续交谈的话，得找一个新的话题或是接着这一句生硬调侃。

一直在旁边默默观察的夏思怡很有眼力见地插入话题，问游淮最近都在做什么。

她刚开口,陈茵就慢慢靠在椅子上,拿过桌上的手机,低着头手指在屏幕上滑动着,内容都没有入眼,耳边的声音同时冲击着视觉和听觉。

游淮说也没做什么,就是在家陪一个复读生消磨时间。

夏思怡夸张地"啊"了一声,问哪个倒霉蛋在复读。

陈茵在心里同时跟游淮开口:一个发小。

夏思怡笑了一声说那挺倒霉的,申铠扬接过夏思怡的话又跟游淮聊起了游戏。游淮的回答始终简短,每一句话都是平稳的陈述,在别人听来是有耐心但又充斥着冷感的,此时发生的所有交谈都不过是礼貌使然,他的回应从语气中就能听出并不走心。

她拿在手里当摆设的手机响起消息提示音。

李奇给她发来演唱会门票预售消息。

李奇:上次吃饭时,你说喜欢的歌手是他没错吧?我应该没记错?

陈茵是提起过,在社团聚会的时候,大家聊起喜欢的歌手,她当时对众人强烈安利,并邀请大家以后一起看演唱会,但没想到李奇不仅记得,还比她更关注。

这让陈茵有些尴尬,回什么都仿佛不太合适,正打算当作没看见,李奇又发来一条:之前一直跟你们说每一届新生进社团都会组织集体活动,吃饭聚餐、玩游戏那都不算,定为一起看演唱会怎么样?感觉他们都会感兴趣。

然后不等陈茵回复,就直接将那条预售消息转发到了社团群并艾特了所有人,问大家要不要一起看演唱会。

群里回复的表情包五花八门,正儿八经说去不去的人很少,都意有所指地问到底是谁喜欢这个演唱会啊。

陈茵看着屏幕,表情木然,最后在群聊设置里开了消息免打扰。

她关上屏幕,手机重新倒扣在桌上,闲不下来的手又拿起杯子喝饮料。她在想,这里的菜为什么上得这么慢,申铠扬到底是怎么选的餐厅?为什么大家都那么有话聊,人为什么不能从出生那天起就是个不会说话的哑巴呢?

夏思怡凑过来,在她耳边轻声说:"林琳在微信上问我有没有下半场,你说我要怎么回?"

陈茵咬着杯口,有点儿蒙地看向夏思怡:"你该怎么回就怎么……"她停了下来,从夏思怡看她的眼神里明白了这个问题背后的意思。

"我又没关系。"陈茵松开杯子,放在手机旁边,"不用顾及我们,大家玩得开心就好。"

夏思怡正想对陈茵说"你要实在不想,我也可以随便帮你找个借口",却看见靠坐在椅子上的游淮往这边看过来。他的视线落在陈茵身上,又很快错开,似被风吹过来的棉絮,轻飘飘不带任何重量,却挠得人心头都痒。

她的话随之停住,在喉间滚过几遭,最后随着被服务员端上来的菜变成一声"好"。

转场到 KTV 是晚上七点。

陈茵从厕所出来到饭店门口时发现大家已经分配好怎么坐车了。开车来的只有申铠扬一个人，副驾驶座位理所当然是夏思怡的，后排已经挤进去了几个男生，他们都不信申铠扬的开车技术，还非要拿命去试一下安不安全。

夏思怡翻着白眼，有些无奈地朝陈茵望去，拿出手机给陈茵发了条微信问她怎么坐车。

陈茵确实有些为难，游淮把手机放进口袋里，和她一起走向停在路边的出租车："吃饱了吗？"

陈茵点头，又意识到游淮目视前方，或许注意不到她的小动作，用语言又回答了他一次："挺饱的。"

亮着空车的出租车后排车门被游淮拉开，陈茵坐进去，正想着要不要往里面挪一个位置，车门就被游淮关上，他打开副驾驶的车门坐了进去，用行动回答了她所思考的所有问题。

车上正放着《香水有毒》。

司机毫不在意乘客的安静，用跑调的声音跟着唱。

陈茵怎么坐都不舒服，最后靠在车窗上才找到最佳姿势。她看着窗外路灯一重重地照亮自己的膝盖又再次错开，数着第十盏路灯的时候，才忽然对副驾驶上同样安静的游淮说："感觉他们唱完歌又会说一起吃烧烤。"

司机还在哼歌。

游淮的声音被扰耳的音乐衬托得格外干净："也可能是一起看电影。"

"不会吧？"陈茵说，"最近可没什么好看的电影。"

"《熊出没》？"游淮笑，"不是挺符合申铠扬和邓畅的智商？"

陈茵也跟着笑了起来："跟小朋友抢影院不好吧？会不会说我们为老不尊？"

游淮的身体没动，陈茵看见窗外的光咬着他的袖口，他笑着回她："刚上大学怎么都用不上'老'这个字吧？"

"哇——"司机终于唱完一首歌，顺便接了他们的话，"你们让我这个中年人怎么活啊？"

游淮闷笑了一声。

话题再次中止。

陈茵有些疲惫地从包里拿出蓝牙耳机戴上。

但在音乐播放软件上找了很久都没找到想听的歌，最后就这么戴在耳朵上，闭着眼睛也没睡着，思绪是放空的，听着司机放了一路的古早歌曲，直到停在目的地，才摘下耳机。

但坐在副驾驶的游淮没动。

司机关上计价表:"四十元哈,你们谁出?"

陈茵打开手机准备扫码,却听游淮说:"我不想去。"

陈茵的手顿住。

司机看出些端倪,说:"那也要先给了这趟的钱,我才载你们下一趟。"

游淮干脆利落地扫码付了钱,同时替犹豫了一整晚的陈茵做了决定。

"麻烦送我们去融萃湖庄,谢谢。"

陈茵心里像是有只小螃蟹在轻轻吐着气泡。

一个个气泡在水面上鼓起又破掉。

"你为什么替我做决定?"

车没开,司机手指敲着方向盘,重新放回了那首《香水有毒》。

"我觉得你可能不想去。"游淮对她的不满十分包容。

陈茵问:"你为什么这么以为?"

"因为我觉得你不想看见我?"

游淮学着她的语气,同时再次笑了起来。

"毕竟,你今晚都算不上放松。"

陈茵终于无话可说。

他们一整晚的社交礼仪在这时被彻底摁上终止键,维系平衡的人莫名成了驾驶座上的司机。

"帅哥美女。"他看看副驾驶又看看后排,问,"所以我们到底是去哪儿?"

游淮没说话。

陈茵疲惫至极,昨晚还没消化干净的酒精再次上脑。

她靠回椅背上,嗓音沉闷地对司机说:"融萃湖庄。"

游淮考完最后一科就直接回了绥北,游引很早就给他画了饼说等他上大学后给他买车,高三毕业的暑假游淮考完驾照,陈茵不懂装懂科普了一堆关于车的东西,最后还拍着他的胳膊跟他说:"车就是第二个你,要慎重哦!"

当时两人处于热恋期,游淮还真的听了她的鬼话一直慎重地选择自己的第一辆车。后来两人分手,他都没选好自己的第一辆车,连游引都过来旁敲侧击,说"儿子,我们家还没到那种地步,你大可以选择你喜欢的"。

游淮和沈域身边有不少朋友一毕业就买了跑车,朋友圈发九宫格炫耀自己目前的优越。游淮觉得这挺蠢,如果富裕成了一种炫耀资本,那就表明这人除了富裕别无优点。

迟盛住他家的这段时间,陪他去提了一辆车,分手那天就订好的,法拉利黑武士。

迟盛在美国留学期间最爱的就是飙车,游淮新车到手那天,他跃跃欲试,克制地朝游淮看了一眼。

游淮本打算把车钥匙给他的时候,想起另一个问题:"你国内驾照拿到了?"

迟盛顿时蔫了,坐在副驾驶座上,手撑在车窗上,忽然又笑:"我在国外认识一哥们儿。"

游淮手握方向盘,垂着眸正在红灯间隙换歌。

"挺逗。"迟盛只要不学习干什么都觉得有意思,难得说起别人的事情,"方向盘只能自己摸,别人碰都不让碰。"

话说到这儿,算是及时打住。

游淮那时已经换好要听的歌,绿灯亮起前,他朝迟盛看了眼,笑意有些淡,语调懒散地说:"那买什么车?"

迟盛在那个时候觉得,嗯,可以,他的好兄弟还是挺酷的。

虽然感情上不够干脆利落,但总体来说,跟他这辆新提的座驾还是有点相似之处。

——恰到好处的薄情藏在偶尔暴露在外的冷漠之下。

富家少爷的通病,他的发小们显然也没有治好,那他就放心了。

这点儿薄情寡义在分手后再次如鸟雀般扑棱着翅膀出现在两人之间。

车停在融萃湖庄,陈茵就径直下了车,她自顾自往前走了十几秒,才听见身后传来关车门的声音。她没有放缓步伐,而是拿出手机,终于回复了李奇的微信。

原本是想圆滑拒绝,找一些大家都懂但是听起来好听的理由。

但此刻,她完全失去了维持社交礼仪的心思。

直接回了两个字过去:没空。

那边从收到她回复的那刻就一直正在输入,但迟迟没有回复。

陈茵切换去群聊,面对一众艾特同样回了一句"没时间"后,再回到私聊界面。李奇终于找到该回什么比较合适,一个小狗鼓腮的表情包,下面是一个笑哭了的Emoji,顺便回:师妹,你是不是对我有点偏见?

刚读高中那会儿,陈茵身边很多人其实对她评价并不好,在身边同学苦恼地说起想换鞋但是爸妈不同意的时候,随口问一句多少钱,得知不超过四位数后,她露出惊讶的表情:"这不是随便买吗?"

游淮坐在她旁边,正在玩手机,闻言就挑了下眉。

当晚,陈茵爸妈就对陈茵进行了经济制裁,每个月生活费锐减,并且开展了长达两小时的家庭会议,希望陈茵能更懂得如何圆滑地和别人聊天,以及懂得不该用自己的消费观让别人难堪。

这状是游淮告的,陈茵气得一上午没搭理他,最后在中午准备去食堂的时候被游淮拉住袖子。

班里当时有个边缘人物,是个男生,头发很长,衣服乱糟糟的,看人的时候总喜欢翻白眼,再加上说话语速实在太快,诸多原本算不上什么大问题的小因素放在一个人身上,就不那么讨人喜欢。

游淮抬着下巴,让陈茵看那个男生脱离人群形单影只地走出教室。

游淮对她说:"陈茵,合群点。"

陈茵性格中很多尖锐的部分都是被游淮教着遮掩起来的。

尽管这样仍然有很多人会对她说,陈茵你有时候脾气不太好,大小姐脾气还挺严重的,不够懂得照顾他人感受。

陈茵有时因此困扰,深夜反省,给游淮发消息问他自己脾气是不是很差。

游淮对午夜安慰她这件事轻车熟路:"你的脾气处于可爱和让人头疼的可爱之间,犯不着为此困扰。"

陈茵被他这话勾起兴趣,较真道:"为什么会让你头疼?你是不是觉得我很烦?游淮,你给我把话说清楚!"

话扯远了些,总之,在看见李奇回复的这句话后,陈茵莫名有些想笑,她想起游淮当时说的那句话,自己在心里衡量,她现在对李奇所表现出的刻薄,还是不是游淮所说处于可爱和让人头疼的可爱之间。

她步伐轻快,门卫给她开门,打了个招呼:"晚上好。"

她笑着颔首:"晚上好。"

闸门打开,陈茵进去后,也没有关上。

她听见门卫又说了一声"晚上好"。

身后那人却没有回答,只有脚步声始终跟在她身后。

高中时,陈茵在学校图书馆看过一本书,讲一个习惯穿行在黑夜的女生和自己的影子相爱,每晚躺在地上和自己的影子牵手拥抱,走在有光亮的地方会一直低着头看自己黑暗一团的爱人。这本书诡谲,读起来又让人有种高烧的感觉。

但现在,她忽然想效仿这本书的女主,对着黑暗喊一声:嘿,你就光明正大地走在我身边能怎样?

她只喊出了第一个字。

"嘿。"

与此同时,她停下了脚步。

两人之间的几步之遥变成了并行。

旁边是灌木丛,冬夜没有虫鸣也没有猫叫,周遭安静得只有他们的呼吸声。

刚才在车上短暂发生的不愉快仿佛被抛之脑后,陈茵问他:"你怎么那么慢?"

游淮朝她摊开手。

陈茵看见他掌心躺着一枚硬币。

那枚硬币被游淮抛起来,光亮一闪,又再次旋转着被他握在手中。

"刚才付车费,司机用这个找的零。"他神色淡淡,说完就问陈茵,"正面,反面?"

"……你微信支付他要给你找零,你们到底谁有问题?"陈茵吐槽完又说,"正面。"

游淮摊开手,反面,他笑了一声。

这游戏没个赌注,纯属调节气氛,但陈茵莫名较了真。下午吃饭的时候每人一杯红酒,她跟夏思怡凑一块儿哼着萧敬腾的《王妃》又喝了一杯,不至于上头的酒精,被陈茵在这个时候拿来发挥。

她拿过游淮掌心的硬币,又丢了一次,控制在自己掌心,翻开后发现还是反面,索性作弊,直接变成正面给游淮看:"我赢了。"

游淮不置可否。

陈茵说:"你刚才说的话,我不认同。"

游淮问:"哪一句?"

"不想看见你这句。"陈茵走在游淮旁边,她没学到游淮的精髓,做不到三心二意地抛玩硬币,她得看着,才能不让硬币从手里抛出去,"我没有不想看见你,分手的时候说了,希望还能做朋友,这一句我是认真的。"

游淮不知道信没信,只是笑了一声,没有接她的话。

这段路很短。

陈茵到家门口的时候,迟盛正好打开游淮家的门准备丢垃圾,他还穿着拖鞋,看着两个人走在一起,停下了脚步,朝他们看过来。

"你们什么情况?"他晃着黑色塑料袋,单手插兜,整个人站在灯光下,看起来挺酷,说的话却很欠,"是打算和好的情况?"

陈茵再次觉得烦,每一次自己想装作善解人意、温柔大方,都有人出来破坏氛围。她如年久失修的机器人一样僵硬地转过头看向迟盛,笑容惊悚:"迟盛,你要是不想死,就安静闭嘴,好吗?"

最后垃圾归游淮拿去丢。

迟盛站在陈茵家门口听她解释她跟游淮为什么会一起回来。

他有点儿莫名其妙:"跟我解释干什么?"

陈茵耐着性子说:"那你瞎说什么?"

迟盛没执着这个问题,反倒换了另一个话题,对陈茵说:"游淮的新车你看见了吗?"

陈茵在朋友圈看迟盛发过,照片是随便抓拍的,比起人更注重拍车,游淮的脸都是模糊的,滤镜还被他调成了黑白色,没有配文,单独就是一张图。

底下几个共同好友都在评论说酷,反差拉满。

"让游淮载你出去兜风啊。"迟盛低头看着手机，随口说，"反正你又没事做。"

陈茵觉得迟盛有病，他怎么就知道她没事做了？

她的安静让迟盛抬头："哦，你觉得尴尬。"

他压根没反应过来自己的这两个朋友目前应该是见面就尴尬的前任关系，不撕破脸老死不相往来已经是看在过往的交情上，他还笑，带着点儿故意挑事儿的意味，冲那边走过来的游淮说："喂——"

游淮停下脚步。

迟盛晃着手机，同时跟两个人说："看 live house 啊，十一点，票我买了。"

陈茵闷声道："迟盛你是不是有……"

游淮已经答应了："可以。"

陈茵攥紧手里的硬币，觉得刚才出租车的司机一直放的《香水有毒》是真的有毒，今天发生的一切都跟整蛊剧场似的。

游淮已经朝她看了过来，陈茵一咬牙，也说："行啊。"

迟盛自己打了车，站在陈茵家门口。等游淮从车库把车开上来的时候，迟盛对陈茵说："我这几天跟他看了十部电影。"

陈茵表情很差："那你们是真的很闲。"

迟盛收了手机，靠在墙上，把下巴埋进拉到顶的卫衣领口里，声音也很沉："不觉得游淮有点儿变了？"

陈茵看他。

黑色跑车已经开了上来，迟盛没再多说，只是冲陈茵打了个响指，示意她赶紧上车。

敞篷顶被游淮关了。

车里放了首不知名的英文歌，跑车就是这点好，不用思考坐在哪里，只有副驾座位一个选择。

陈茵坐进去，关上车门的时候，看见迟盛还站那儿。

游淮的手机响了一声，迟盛给他发来检票二维码。

上面的歌手他跟陈茵都不认识。

在没有话说的情况下生硬地找着话题是一件很费脑的事情，需要思考这个话题对方能不能接，接了之后对话氛围是愉快的还是尴尬的。

陈茵找不到话题，最后选择放过自己，靠在椅背上安静听歌。

游淮手指轻敲着方向盘，细微的声响混杂在歌声里。

这种安静的尴尬一直蔓延到 live house 门口。进了场地，被温热气流包裹，人群混杂在算不上大的场地里，脸生的歌手已经来到了台上，身后贝斯手和鼓手都已经到位。

旁边也有不少结伴而来的男女，男生护着女生往更前的位置去。

陈茵和游淮像是两个来参加会议的精英，克制地站在原地，中间隔了一个人的差距，像是留给绝对不会来的迟盛。

两人都目视前方。

陈茵搞不清楚他们为什么推了班级聚会的KTV，反而来了一个更大型的KTV。

台上的歌手二十来岁，唱的都是情歌，从现场规模来看，大概小有名气，但又着实小众。这些歌陈茵一首都没听过，旁边站着的人唱的声音比歌手大，情歌唱得像是在喊麦："分手到离开，我想我们都不明白……"

陈茵像是陷入了程序里，无论碰到什么，都能触发"分手"这个关键词。

灯光变幻着落在她眼里，她双手环臂，用一种抗拒的姿态看了近半场的时间。

直到游淮从她身边走开又回来，递给她一瓶水，她接过。

两人走到最后面，工作人员蹲在那里玩手机。游淮弯腰跟他交涉了些什么，那人抬头朝陈茵看了一眼，然后冲游淮比了个"OK"的手势。他走出去拖了一张椅子进来给游淮，游淮拉到陈茵面前，示意她坐。

陈茵今天为了搭配小裙子，穿的是带跟的鞋子。看到这张椅子，她才迟缓地觉得原来精神上的疲惫也来源于身体。

她毫不客气地坐下，将游淮给她的矿泉水放在膝盖上。

游淮仰着头正在喝水，喉结似山丘，下颌线很漂亮，游离的灯光让他有种凌厉的帅感。

陈茵手指握着瓶身，收紧的时刻像是同时拉住了心里那个越飞越高的风筝，在歌声终于停下的伴奏声中，她对他说："我觉得，我们好像还是不太适合见面，比起我们自己，身边的人可能会觉得尴尬这件事，更让我们尴尬。"

她低头去拧瓶盖。

游淮看见一束带着形状的灯光落在她头发上，像是蝴蝶暂时停歇。

他捏紧了瓶子，在陈茵抬头看过来时，慌乱地错开视线，看着台上谢幕的歌手。

"嗯。"他声音被潮热的空间变得沉闷，大概是想笑，扯了下唇，最后又冷淡地抿直，许久才说，"第一次一起看演唱会。"

陈茵没有纠正他这不是演唱会，被他传染得也"嗯"了一声。

那束蝴蝶般的光从游淮卫衣的帽子落到他的脖颈上，贴着颈椎骨又跳到他黑色短发上。

他朝陈茵伸出手："硬币。"

陈茵从口袋里拿出来给他，他的手指短暂擦过她的掌心，带来微微的痒。

那枚银色的小东西在昏暗的空间里失去了闪耀的魔法，被他捏在指间。

游淮说："交给它吧。"

"如果是正面的话,以后,就别见面了。"

舞台上,短暂休息的歌手已经唱起了第二首歌。

鼓点敲响时,那枚硬币在半空旋转,又"啪"的一声落回游淮的手里。

他合拢手指,没有看硬币,而是看陈茵,问她:"你觉得,是正面还是反面?"

有一段时间,大概是小学一年级到四年级期间,游淮其实觉得陈茵很烦,他没见过比陈茵更难搞的女孩子。

在那个男女生可以一起拆方便面里的小卡片在地上拍来拍去的年纪,陈茵已经学会怎么使唤游淮。她最擅长的就是对他说游淮你去做这个、你去做那个,语气非常自然,自然到就跟他妈使唤他跑腿一个语气。

人都是可以被驯化的,陈茵对游淮的驯化过程是潜移默化。

她扎着复杂又漂亮的辫子,脸上还带着婴儿肥,在他刚露出不耐烦表情前,指责他:"游淮,你脾气真的很差哦!"

后来很多次,游淮想起自己的童年,都觉得陈茵构成他如今性格最大的成因。

男孩子之间不太谈论感情,更多说起球赛、游戏、车、股票基金、漂亮女生,大学宿舍的晚上也会聊一些女生话题,但游淮的舍友人品都还过关,不会说前任、现任,也不会说喜欢的女生,只会说哪些影片值得观摩。

游淮没参与过那些讨论,他有着自己奇怪的理论:"我不能对不起我女朋友。"

舍友表示震惊:"哥,这怎么就对不起了?你女朋友说不定都看!"

"那我管不着。"他当时懒散地坐在陈茵给他买的电竞椅上,他像没骨头,但从不跷二郎腿。陈茵很喜欢他这样,觉得像刻意营造慵懒氛围感的男模。

"男模"说:"我这人感情凌驾于一切之上,性不过是由爱产生的一个分支,但要是单纯被冲动勾出来,那就不行,我不可以。"

舍友觉得游淮高深,冲他拱手说:"你真的超爱。"

游淮是感觉至上,无论什么事情都是跟着感觉走。就算能活到八十岁,人生也不过才两万九千两百天,他不要被限定好的人生,甚至不去想所谓的梦想以及未来要做什么。

小学的作文:以后要成为什么样的人。

别人写宇航员、科学家、老师……

游淮写:待定。

司琦女士一度觉得自己儿子未来会成为花花公子,但没想到他成了个情种。

从 live house 回来的那一路,陈茵都在说话,她从两人幼儿园的事情说到高中,停顿一会儿,又说到大学。

她说:"游淮,分手之后很多人都在问我,我们分手的理由。我最初想不通,分手哪里需要什么理由,后来忽然明白,他们好像要的不是一个理由,而是一个结论,我们不爱了、只是友情上头被误以为成了爱,所以才分手,但我们之间不是这样的。"

她手里总少不了要摸着什么东西,矿泉水瓶在出 live house 的时候就被丢进了垃圾桶,这会儿就反复摸着安全带。车载音响放的是一首 *Lucky Me*。

歌词挺好的,听起来也很幸运,只可惜跟车上的氛围形成了一种反讽。

游淮安静地开着车,以及安静地听陈茵诉说。

"你记得我高三的时候,我姥姥生病吧?"

游淮点头:"嗯,记得。"

陈茵才继续说:"我一直觉得我姥姥姥爷非常幸福啊,别人的姥姥都很疼爱孙辈,但我姥姥不是,她最爱的只有我姥爷。小时候我爸妈工作忙把我放去我姥姥家,姥姥都不太搭理我,吃饭的时候鸡腿也不会给我而是会给我姥爷。

"她生病的那时候,我妈带我去医院,我就坐在那里,看着我姥爷坐在她旁边一直跟她说话,说他们年轻的时候总是吵架,说我姥姥总是问他爱不爱她,最后说他们都这把年纪了,爱跟习惯谁分得清,婚姻到最后无非都从爱情变成了亲情。游淮,你知道我当时怎么想的吗?"

红绿灯都眷顾她,在她的问句落下时,变成了红灯。

车不得不停在斑马线前。

游淮看向陈茵,陈茵从一比到三的时候。

两人异口同声。

"——真可怕。"

陈茵笑得弯下腰,又被安全带勒得重新靠回椅背上。

"所以我觉得你真的很懂我啊。很多时候我自己都不知道我在想什么,但你知道。你比我更明白,我对感情的所有观点看法。

"在想和你分手的那段时间,我一直在想,为什么游淮不能多体谅我一点、他为什么就不能避开我不想回答的问题、为什么总要让我产生愧疚感、为什么会让我觉得社团和他之间是个选择题?"

游淮毫不意外,他也有着自己的小动作,手指敲着方向盘转移注意力,随口插了一句:"你这么想,我真是毫不意外。"

陈茵学着他的口头禅说:"嗯哼。"

她今晚一直在努力微笑,这时候也是笑着:"我比较无理取闹嘛,我自私又自我,希望你为我改变,但又不希望你不情不愿地改变。我很难接受我们之间有瑕疵,我希望我们的感情始终是纯粹的。我一想到如果有一天,我老了病了躺在病床上,你在我耳边说,我们之间的爱情已经成为一种亲情,我真的会气到跳起来扇你巴掌!"

游淮在这种情况下竟然被她逗笑:"那你挺牛,医生来了都要说一句医学奇迹。"

"所以啊,如果我们因为喜欢而不开心地一次次退让,这不是违背了恋爱的初衷吗?我们之所以在一起,是因为比起做朋友,当恋人会更开心更幸福,我不希望我们对彼此厌恶至极才分手。"

绿灯,游淮发动车,放完的歌自动切换到了下一首。

陌生的旋律让陈茵分了神,看了眼屏幕:"《暗恋航空》,粤语歌?"

游淮:"嗯,你继续。"

"哦。"陈茵又续上刚才没说完的话,"我在回绥北之前,自己在宿舍待着,无聊看了很多电影,什么类型都有。印象很深刻的一句台词是,在爱和自由之间,我希望你能快乐地爱我。"

"哪部电影有这句台词?"游淮问她。

陈茵眨眨眼:"应该是我自己临时想的,为了让这句话显得很有道理,我特意骗你我看了很多电影,怎么样?是不是显得这句话特别棒,都可以单独发个朋友圈炫耀一下?"

游淮觉得除了她说的这些因素,他们之间还差了一点运气。

一点,陈茵发现他其实可以无条件为她妥协并且不会产生任何不开心的运气。

他没有回答陈茵的那句玩笑话,只是等到高潮部分的歌唱完:

——即使恋上你,都差天共地,你再远离我,我也会看得到。

——祝我下次,可储够运气,坐上飞机升空去结识你。

才忽然用粤语对陈茵说了一句:"好啊。"

语言也是一个很奇妙的东西。

普通话说好啊,显得温柔。

粤语说好啊,显得无所谓且随意,甚至带了一些你想怎么我都可以的漫不经心。

融萃湖庄的门卫一个晚上给两人开了三次门。

这次晚上好他都懒得说了,只是冲他们笑着点点头。

游淮没有关车窗,冷风让陈茵像是换了个新的脑子,她一直看着游淮。

这个人是真的很好看。

她年少时欣赏过李秋明那种痞气十足的帅哥,也欣赏过沈域那种帅得直白且精致的帅哥。

游淮是阳光温和的,笑起来总是灿烂,他给了陈茵太多和阳光相关的印象,以至于在很多个阳光温暖的午后,她总能想起游淮的笑容,也能想起他身上清爽让人产生依恋的味道。

在没有意识到她喜欢游淮之前,朋友常问她喜欢什么类型的男生,她总觉得奇怪，喜欢要怎么被定义？喜欢就是一种感觉。

而在意识到她喜欢游淮之后，陈茵发现，喜欢其实是一种可以被定义的感觉。

游淮是被子，是枕头，是阳光，是雨露，是清风，是春天，是花朵，是很多很多明明毫不相关甚至无法被拿来做形容的词汇。

是所有让她觉得美好的美好。

陈茵拉了一下游淮的袖子："还有一个要求。"

游淮踩下刹车，黑色跑车停在陈茵家门口。

他没有脾气，也没有任何表情，只是看向她："什么？"

"可以抱一下吗？"

一个在驾驶座，一个在副驾驶座，这样的拥抱注定滑稽别扭。

如果路灯会说话，大概会扯着嗓子喊，你们究竟在干什么？

但路灯不会说话，会说话的只有他们。

"啪嗒"一声。

游淮伸手解开她的安全带，然后在陈茵伸手之前，把她拉进了怀里。

陈茵在鼻酸的时候已经流下了眼泪。这几乎成了种本能，在分手后她的泪腺都好像被游淮所掌控。

她感觉到游淮在触碰她的头发。

"陈茵。"

"嗯。"

"硬币是正面的。"

"是吗？"陈茵笑，声音却颤抖，"幸运总是眷顾我。"

"我很喜欢你。"

游淮的声音很慢。

这个夜晚很长，但夜晚再长，也终有到达终点的那一天，他清楚看见了他和陈茵之间的终点。

"哪怕到现在也还是喜欢你。"

"我知道。"

游淮松开她，笑得如高中无数次朝她背影大喊陈茵时一样的无拘无束，对她说："陈茵，我们就往前走。"

下面该接很烂俗的一句。

剩下的交给时间去决定。

但陈茵觉得自己很酷。

游淮觉得自己很脱俗。

所以，他们谁都没往下说。

短暂就分开的拥抱，是这晚最后的亲密。

第八章
再遇

"到目前为止,都好像没什么毛病?"夏思怡和陈茵一起靠在椅背上,视线从那头正和人交谈的游淮身上错开,又问陈茵,"照你说的,你们从恋爱到分手都挺和平啊,怎么今天见面搞得跟仇人见面一样?"

"因为人总是很难做到言行一致嘛。"

陈茵耸耸肩,三年的时间过去,再多意难平都被磨平了,工作带给她最大的变化就是如何简短且无所谓地对别人谈论起自己的过往。

"当初觉得分手只是一段关系的结束,还是能够做朋友,但后来发现最好的前任就应该跟死了一样,哪怕没死,也该老实做个活死人,而不是时刻出现在彼此的社交圈里。"

旁边坐着的女同学传给她一杯饮料,陈茵停下跟夏思怡的交流,笑着道了声谢。

她端着杯子,看着申铠扬在全场乱窜,又忍不住叹气:"你平时看着申铠扬真的不会觉得自己老了吗?"

夏思怡莫名其妙:"怎么会?"

她急忙摸摸自己的脸,慌张地问陈茵:"我看起来比他老?"

"没有哦。"陈茵笑着解释,"我的意思是,大家都在变,但申铠扬好像一直这个样子,像还是高中的他,精气神真好。"

至少,让一个刚结束忙碌工作的记者十分羡慕。

夏思怡吓得捂住心脏说陈茵是真的很欠打,与此同时威胁她一会儿散场让她自己打车回家,自己不顺路送了。

哪知道一语成谶,同时拥有驾照的夏思怡和申铠扬今晚本来约定得很好,一方喝酒另一方就喝饮料,申铠扬难得被允许饮酒,放肆跟别人对瓶吹。临走的时候夏思怡拿起自己喝完的饮料,好奇地问陈茵这饮料怎么喝得有点儿上头。陈茵拿过来看了一眼,就对她打了个响指:"恭喜你,含酒精成分,你真的不用送我回家了。"

夏思怡是不可能认错的，颠倒是非指责本身就喝醉的申铠扬："你怎么这样啊？不是说好你开车我喝酒的吗？现在好啦，我们都喝酒了，快叫代驾吧！"
　　陈茵在旁边看得直鼓掌，一脸委屈的申铠扬让陈茵主持公道，陈茵站在夏思怡这边抱着她的胳膊说："不好意思啊，我姐妹站哪儿，哪儿就是公道。"
　　申铠扬夸张地说了好几声"没王法"，周围同样在等代驾的人原本都在笑，结果一辆黑色法拉利从车库开上来就都陆续闭上嘴，转而愤愤不平。尤其申铠扬，他扒拉着副驾驶座位旁的车窗死活不肯撒手，指责驾驶座上的游淮说："你今晚死活不喝酒是不是就为了省个代驾费？"
　　游淮话都懒得多说，只对申铠扬丢了一个字："滚。"
　　申铠扬夸张地张大嘴："我们都是成年'社畜'了，你就不能成熟——"
　　"哦。"他自己咬住话尾，卑微地说，"你不是'社畜'，你是自由且冷血的富二代。"
　　游淮在市中心开了家画廊，旁边挨着一个书店。
　　画廊叫"因为所以"，书店叫"进来看看"。
　　名字取得都很随意，但细品又有点儿哲学味道。
　　只可惜全部在亏损，这也成为游淮每次逃酒的理由："不好意思了，亏钱，心情不好，怕喝多了去跳楼。"
　　这谁敢劝？只能说想开点，钱是死的，人是活的，人生在世，还是要开心点儿。
　　今晚他也是这样逃过所有酒的。
　　申铠扬每次都看透，但每次都上当。
　　他扒拉着窗户不让游淮走，又酒精上头非要坐游淮的法拉利。
　　最后是夏思怡看不过去，直接拽着他的胳膊把人拉走："你都多大人了申铠扬，别丢人了啊你……"
　　夏思怡把申铠扬塞进自己车的后座。
　　背过身跟司机交流完地点的陈茵转过身就发现申铠扬和夏思怡都不见了，不远处只有一辆熟悉的跑车，以及跑车驾驶座上熟悉到不能更熟悉的前男友。
　　其实话没说完整。
　　跟夏思怡所叙述的所有话都有所保留。
　　故事不是停留在从 live house 回到家门口的那个拥抱，而是得再往后移，就比如说好再也不见面的他们愚蠢到忘记了现实因素，大学就算再大，也总有碰面的概率，还有恋爱时完全没给彼此留退路的重叠交友圈，导致之后见面频率甚至比两人恋爱时期还要更频繁一些。
　　有时候是在换教室的路上，有时候是在出去吃饭的路上，双方朋友见面总会打招呼,那边一声"好巧",这边一句"吃了没",最后的结果就是陈茵和游淮违背硬币的决策一次又一次见面。

他们摆出无所谓的态度,为了不让朋友尴尬地礼貌交谈,被周围朋友认为是哪怕分手也还是朋友的信号,所以说人是真的不能太善解人意,不然最终为难的都是自己。

只是分手的理由过于意识流。

没有具体的导火索,也没有个谁对谁错,模糊的界限就像是小学时期画在中间的三八线,在一次次碰面中界限越来越模糊,甚至心生怨怼。

不能继续往下想,陈茵深吸一口气,大学两人分手后和游淮相关的事情都是不尽如人意,哪怕现在想起来也并不愉快。

只是她的目光要比脑子慢一拍,仍然停在游淮拉风的黑色跑车上。

再想收回时,已经对上对方有些幽深的目光。

用幽深这个词来总结,其实是给自己面子了,事实上游淮的目光就跟看一个陌生人没什么区别。

他甚至懒得问一句"要不要送你一程"。

在陈茵刚想收回目光时,他已经一脚油门离开陈茵的视线,只留下一个黑色的车尾股了。

陈茵站在原地沉默许久,直到手机铃声响起,才想起原来自己也是可以骂人的。

"有病……"她捏着手机钻进后排,深吸一口气还是心气不顺,又骂了一遍,"真的有病!"

说着五分钟就到最后十分钟才赶到的司机自动认领了这句骂声,不满地皱眉:"女士,我都跟你说了堵车,你怎么还骂人?"

陈茵莫名其妙地抬头看他,在解释和道歉之间选择了第三种,她晃晃手机,跟司机说:"我在跟我朋友说话,你刚才说什么?"

司机咳嗽一声:"没事,你继续。"

陈茵工作日住在自己的公寓,但每周五都会回父母家在家过周末,从不例外。

今天她提前跟蒋琪筝说了同学聚会,客厅没人在等,只留了一盏灯。桌上放了一杯已经凉了的蜂蜜水,下面压着张小字条:

宝贝,自己热一下睡前喝了,免得醒来头疼。

——爱你的妈咪

陈茵将杯子放进微波炉里,转了一分钟。

靠在冰箱上等的时候,她拿出手机把相册里今晚拍的照片选了九张出来发了朋友圈。

配文就四个字：好久不见。

此时已经凌晨一点，评论区却相当热闹。

今天一起出外勤的同事评论说"你真是个铁人，下次记得参加马拉松"。

还有几个最近对她表达过好感的男人在评论区吹了几句彩虹屁，同时私聊问她什么时候有空一起吃个饭。

陈茵都还没回。微波炉"刺啦刺啦"地仍在转动，透明处可看见内部的一小块儿区域亮着暖色的黄光，陈茵的注意力就被这光给吸引走。晚上在KTV走廊她被游淮拉住的时候，头顶的光也是这个颜色。

再一细想，温度也没什么区别。

都是达到沸点的燥热。

就差这持续不断的噪音点燃最后一把火。

"叮！"

一分钟到。

陈茵用毛巾包着杯子拿出来，打开客厅大灯，坐下刚准备喝，听见了外面跑车的轰轰声。

她这次聪明地没有抬头，只听着那声音逐渐消失，一切趋于平静，才低下头，喝了已经变温的蜂蜜水。

周六一大早李奇就给陈茵打来电话，陈茵压根没听清李奇说了些什么，"嗯嗯哦哦"地随口应答了几句，又再次睡着。

不知过了多久，电话又响起，她烦躁地抓了把头发，拿起手机，气势汹汹地大声说了个"喂"。那边停顿一秒后，传来充满活力的声音："我到你家门口了，你慢慢来，我在车上等你。"

陈茵挪远手机，看清来电人的名字后回忆了一下刚才那通电话的内容，才从床上一跃而起，仓促洗漱又换了身衣服，拖鞋都没来得及穿，光着脚一路蹦下楼。

李奇的白色宝马等在门外。

他在陈茵出来时就从车上下来为她拉开了副驾驶座旁的车门："说了会等你，急什么？"

陈茵搓搓被鸡蛋烫得有些疼的手："你是能等，可受访人等不了啊。这个采访我都磨多久了，好不容易有进展，要是因为我一个懒觉错过，我会切腹自尽的！"

李奇递给她一张湿纸巾，凑过身想为她系上安全带，陈茵已经自己拉上安全带扣好。

"师兄？"她一双眼睛还带着困倦，有些不解地问他，"怎么还不开车？"

"没事。"

李奇准备启动发动机时，一阵风从还没关上的车窗外吹进来，他下意识往外看了眼。

　　七点的冬日晨间，别墅区地面枯叶飘动，打着旋儿地经过一个站在不远处的身影前，就不再动了。

　　李奇是通过后视镜，确认站在那里的人是游淮。

　　他拿着手机似乎在接电话，一身深色休闲装，视线淡淡地落过来，和他的目光不期而遇。

　　坐在副驾驶座位的陈茵没有发现第三人的存在，边剥鸡蛋仓促填饱肚子边头也不抬地催李奇：“怎么不走？”

　　"现在走。"

　　李奇关上车窗，一脚油门将外面那人和枯叶一起，都留在了原地。

　　车一路往前开，陈茵在副驾驶旁若无人地吃着东西，驾驶座的李奇心情却有些复杂。

　　说实在的，他其实没想到自己对陈茵的兴趣能持续三年之久。他算不上一个很重感情的人，甚至可以用"薄情"来形容，此前谈过最久的恋爱也就半年，一直遵从快餐恋爱的宗旨：玩得开心、好聚好散。

　　最初对陈茵产生兴趣只是觉得她长得好看，但那时她有男朋友，他开玩笑说一句要追，哪知道温晓鹏反应那么大。教室里打的那一架让他骑虎难下，一口气堵在胸口不上不下只能硬撑着说他还就非要追她了。

　　陈茵和男朋友分手后，因社团活动两人见面频率越来越高，原本的一丁点儿兴趣在屡屡被拒绝的情况下竟然逐渐浓厚。

　　李奇自己都有点儿想笑，借着红灯间隙，对陈茵说：“我们都认识三年了，时间过得可真快。”

　　陈茵正拧开瓶盖喝水，闻言看了李奇一眼，非常不给面子："我之前还觉得社团里我谁都有可能深交，唯独你不可能，但没想到毕业后你又成了我师兄。"

　　李奇笑："你现在总不能还讨厌我吧？我可改了不少臭毛病了。"

　　陈茵也笑："我对你的专业水平一直respect（敬佩）。"

　　一路插科打诨也没聊几句正经话，到达目的地后，陈茵拎着包就下了车。

　　李奇又喊她名字，陈茵转过身看他。

　　她出门仓促，在车上才急忙扑了层粉底，大衣还没来得及扣，里面穿着白色衬衫和黑色西装裙，这样就已经足够漂亮。

　　李奇对她说加油，然后看着陈茵头也不回地消失在大厦的旋转门里。

　　红灯还没有变绿。

　　等待的间隙，李奇又想起后视镜里看见的那张脸。

他有很久没见过游淮，以至于过去的印象都变淡。早上的相遇让他不安到现在，他不太敢保证，陈茵会不会放下自己的骄傲再次走向旧爱。

被揣测的陈茵目前是想不起游淮的，她的注意力全集中在专访上。对方是商业新贵，提供了不少有价值的内容，她结束采访后边往外走边在脑子里重新过一遍刚才的信息量。

提炼出有价值的东西、输出自己的观点、找到看点……文字工作对脑力要求更高，她读书时没动过的脑子在工作后一直高速运转。

走到路边，录音才又听完一遍。

陈茵揉揉眼睛，已经忘了李奇还在咖啡厅等着她，随便上了一辆公交车，挑了个靠窗的位置，就闭上眼开始休息。

游淮是被电话催着去画廊的。

最近在办一位小众画家的画展，对方的画风阴郁，色调只用灰、白、黑三种，要么是摔死的鸟雀，要么是挖开的心脏。这位画家联系游淮的时候说，死亡也是一种艺术。

游淮觉得他的话也有点道理，但没想到第一天就让他这个消极怠工的老板赶过来处理纠纷。

是周末带小朋友来少年宫游玩的家长，看见画廊门口摆着免费观展几个字，就带着小孩儿进去了。哪知道画风这么阴暗，小朋友吓得号啕大哭，家长和站在画作前欣赏的画家争吵了起来。

一个说对方不懂得欣赏艺术。

另一个说对方损坏祖国未来花朵的心灵。

工作人员愁得眉毛都变成了八字，只能给老板连环call。听见门口悬挂的风铃声，他立马扭头看过去，然而见到的不是老板，而是一个戴着耳机的漂亮女人。

她敞开的白色外套里穿着职业装，对画廊中心发生的争执视若无睹，只有些好奇地看着前台竖起的二维码，问一脸愁苦看过来的工作人员："真的是免费吗？"

陈茵是没见过有哪个画廊名字随意到这个地步的。

——因为所以。

最离谱的还不是名字，而是旁边写的一小串字：没有科学，只有艺术。

陈茵当时觉得，搞什么，这么酷？

走进去后就被一幅画吸引了注意。

是一只被笼子网住的鸟。

黑色的血液从它翅膀往下流淌，落在地上成了另一只被肢解的它。

旁边写着这幅画的名字：《腐生》。

像是黑色幽默,这幅画、画名、以及处处透着阴郁味道的画廊,还有在画廊里吵得不可开交的人,都让陈茵觉得挺有意思。

她摘下一只耳机,想听清那边究竟在吵些什么,就听一直劝冷静两个字的男店员惊喜地喊了一声:"老板!"

距离昨晚的同学聚会过去还不到十二小时,陈茵这会儿看着游淮除了惊讶摆不出什么好脸色,双手插兜站在鸟雀的残肢前,从口袋里拿出手机,关了音乐。

处理纠纷对游淮来说算不上难事。

在他爸一意孤行非让他把画廊和书店都开在少年宫边上,他就知道以后的麻烦日子绝不会少。

耐心听完两边的话,他直接用钱解决了问题。

请来的店员小宇鼓掌说老板大气。

游淮只略微勾唇,配合对方指了下前台:"你也可以回到原位了。"

小宇却指指仍然站在那里的陈茵。

这是没有解决的最后一个麻烦。

周遭全是黑色,那些画作压抑得让人喘不上气。

有一瞬间游淮忽然理解了家长的执着,似乎确实有些不利于祖国花朵的心理健康。

死气沉沉的,像是他和陈茵之间的关系,要死不活,怎么都不够彻底。

他站在原地一时间没动,目光从她身后的画作来到她身上。

头顶的惨白灯光变成KTV里暧昧流转的频闪灯。

他们之间用目测大概要行走数十步才能到彼此面前。

分手后无数次复盘两人从恋爱到分手的细节,陈茵都觉得自己总是先收回视线、率先投降的那个人,所以她现在一直看着游淮,用比对方更气定神闲的姿势站着,哪怕是在他的地盘,也是一副气势很足的样子。

直到门外雷声轰鸣,一场阵雨突如其来,"噼里啪啦"地打碎了原本的晴天,游淮才提前结束这场莫名其妙的对视,转身离开了。

不一会儿,小宇给陈茵端来咖啡:"我们老板说,你可以等雨停了再走。"

陈茵接过咖啡,礼貌地道了声谢。

小宇却没走,一直盯着陈茵看。看得陈茵都有些莫名,问他:"我是第一个这么倒霉进来看画结果被雨困在这里的?"

"没没没。"小宇赶忙摇头,回头确认了一眼老板不在,才弯腰跟陈茵说,"你是第一个被我们老板送咖啡的。"

陈茵捧着杯子,在袅袅热气中抿了下唇。

潮湿的雨雾从外面蔓延进来,陈茵坐在沙发上刷了十几个短视频,都不见雨势转小,这时才终于想起除了留在这里,还可以向别人求助。

打开微信就看到两三条未读消息，都是李奇发来的，先是问她在哪儿，最后意识到她肯定不会看微信后，有些无奈地发了条十几秒的语音。

对她说他还在咖啡厅等她，让她到家后记得回微信报个平安。

她有些头疼地看着李奇的微信，在前任和难缠的追求者之间艰难做选择时，"啪"的一声，黑色雨伞被人丢在她旁边。

游淮站在两三步开外，正看着她。

"撑伞还是我送你？"他非常礼貌地给了选择题，甚至完全遵从她的意见，又补充了一句，"都随你。"

这是什么很难的选择题吗？

陈茵根本不需要思考就能给游淮答案："你送我。"

她甚至没弯腰去捡起那把伞，高跟鞋鞋尖踢了踢伞柄，然后催他："你怎么还不去开车？"

游淮在小宇这儿一直是一个挺奇怪的存在，绅士却又没有那么绅士，晴天进来出去时却碰上阵雨的女士更不在少数，老板可没有现在这么热情。

借东西是个挺暧昧的举动，一来二去陌生人都会变成朋友。

他会对人说抱歉，也会准备热茶，但也到此为止，不会有更多温柔。

因而在看见老板听见陌生女人的话后思考都没有，弯腰捡起伞径直出门开车时，他微微张大了嘴，一声"哇"刚准备发出来，那个有些奇怪的美丽女人就笑着冲他勾手。

"帮个忙可以吗？"

她手指指方才一直看着的那幅画，问："可以帮我包起来吗？刷卡，谢谢。"

"因为所以"画廊迎来了几个月以来第一笔生意。

顾客十分豪爽，直接刷了卡。

老板提供送货服务，店员"吭哧吭哧"地撑着伞送着画和顾客上了老板的车。

陈茵在打喷嚏，她向来是要风度不要温度，尤其工作后，都市丽人的人设凹得很稳，哪怕冬天都是裙装，裸露在外的半截小腿在车里暖气的吹拂下才终于感觉到冷。她自己系上安全带，搓搓手从包里拿出手机给李奇回了条微信。

两人之间一时保持安静。

车里放着歌，游淮的歌品一直都没有发生过变化，放着的歌单陈茵到现在都熟悉。

她给李奇回完微信后，其实就无事可做，无聊地把消息列表从头看到尾，最后又换去微博。

热搜还真不少，流量明星出轨、国外动物园动物出逃，还有某男子网恋被骗一百万，最后发现对面美女竟是大叔，陈茵挨个看完，没忍住笑出了声。

驾驶座的游淮朝她看了一眼。

陈茵平时跟同事聊惯了热搜八卦，自然地开口说："都有一百万了竟然玩网恋，这纯情得有点傻了吧？"

没听见回应，她才想起场合不对、人也不对，这不是会跟着她一起笑出声附和的同事，而是跟她青梅竹马多年的前任。

游淮的沉默让气氛隐隐从安静往尴尬的方向游走。

陈茵有些烦，分手后这种尴尬发生过不止一次，有些聚会两人能避则避，但朋友生日这种避无可避的场合，见面点头问候，坐在沙发两端，看着对方跟他人火热交谈，在开心的场合里每开心一次又因为看见对方的脸而心情迅速灰暗下去。

就像是今天的天气，原本风和日丽、晴空万里，却因为看见了旧情人而阵雨突至。

陈茵扭过头，看向窗外。

车驶进融萃湖庄时，游淮才问她："画给你送进去？"

陈茵有些纳闷："你们画廊服务这么周到吗？"

"嗯哼。"游淮将车停在陈茵家门口，位置刚好是早上李奇停车等她的地方，他松了方向盘，看着陈茵说，"谁让我们认识这么久，算附赠服务。"

那幅画陈茵本打算挂在客厅，但她爸妈拒绝。

"太吓人了。你买点儿牡丹、玫瑰、金鱼之类的我们还能挂一下，你买一只死掉的乌鸦，多不吉利啊。你这从哪儿买来的？什么画廊卖这种画啊，真是的。"

陈茵正打算进浴室洗头洗澡，听见爸妈这句话，探出个脑袋反驳："不是乌鸦，是麻雀。"

那幅画最后挂在了她的衣帽间，就在梳妆台上面的位置。

晚上她化妆准备跟朋友出门玩的时候，就多次分神，越看越觉得自己眼光好，最后忍不住拿手机拍照发了朋友圈：陈茵真有品位啊。

她发完就丢了手机，继续勾眼线，手机在桌上振个没完，最后对面又打了电话过来问她到哪儿了。

陈茵正对着镜子贴假睫毛，眯着一只眼睛答："到眼妆了。"

那边差点气死："能不能快点？你以为跟模特公司联谊机会很常见吗！再来晚点，优质的都被瓜分完了！"

陈茵凑近镜子，语气不急不缓："这么快就能被分完，那说明也没多优质嘛。"

朋友在那边"哎"了半天都没能想到什么反驳的词,只能说:"反正你快点,对了,李奇问今晚有没有活动,我怎么说?"

"嗯……你就说没有啊。"她满意欣赏镜子里的美女,又低头挑口红,"他来了让他坐哪儿?男模腿上?别了吧,多尴尬。"

朋友说:"你别翻车就好。这边酒吧街李奇好像是常客,老板跟他关系都熟。别我前一秒跟他说今晚没什么活动,后一秒老板说我带着你来了酒吧街,我以后跟他还见不见面了?"

"你别回了。"陈茵打开手机,手指动动,"我已经跟他说晚上没空了。"

绥北的酒吧街集中在会清区,这边三年前原本有很多老旧居民楼,拆迁后变成了商业街,分担望溪区的压力,大型商场开了一间,"我在会清很想你"的路标都摆了好几个,但人流量还是比不上望溪区。直到第一间酒吧营业,老板是个商业奇才,开业第一天请了一堆帅哥美女做宣传,名气上去后,附近酒吧也越开越多。

政府挠破头都没想到怎么说好的第二市中心就变成年轻男女缓解压力圣地了?

陈茵打车去的酒吧,朋友说的模特公司诚不欺她。

绥北男人普遍身高175+,游淮这种自高中身高就过一米八的一直在绥北横着走。从京北回绥北之后,陈茵无论是在工作中还是朋友的朋友介绍中,见到的男人超过一米八的都不多。

在京北身高一米八属于寻常的李奇在绥北已经算优越。

但今晚,响着暧昧音乐的酒吧里,他们这一桌,对面坐着七八个男人,穿着时尚,长相有走国际范的也有走清秀奶狗路线的,但都还挺养眼,大长腿往那儿一搁,嘴巴还甜,三句话里两句话都在夸。

陈茵都忍不住凑在朋友耳边问她:"这合法吗?"

音乐太吵,朋友听错,大声反问:"什么?姐妹你那么贪心,要三个?"

陈茵端着酒杯沉默好一阵,才笑:"三个就三个啊。"

口红印在杯口,白色大衣里是一条红色吊带裙,杯子里倒的红酒也在晃。

她懒散地靠在沙发上,对面一个最出挑的男人朝她看过来。短暂的对视发生在迷离灯光和燥热温度下,那人冲她挑眉,越过重重阻碍往她身边坐。

美女的优势就是只要坐在那里,不用绞尽脑汁想着该怎么搭讪,就会有人自己贴过来。

朋友一点儿意外都没有地伸出一根手指,开始帮她计数:"第一个。"

好看的脸确实让人心情愉悦。

但如果好看的皮囊和有趣的灵魂不能兼具,就将人的兴趣大打折扣。

尤其是,帅而自知的男人把样貌当作自己最大的优势,误以为学会点撩妹技巧就能无往不胜，爆棚的自信心看见对方友好地回应几句就当作有兴趣的信号，在碰杯时笑着问："散场我送你回去？"

陈茵这时候已经没兴趣了。

她没立刻回答他的话，只靠坐在那里，开始重新审视他的脸。

六十五分的长相，怎么就能生出一百分的自信？

她又不是没见过更好的，人都是越活越好，她不至于越找越差吧。

"不了。"陈茵彻底丧失兴趣，推开酒杯，站起身，"我去厕所。"

手机显示时间十二点半。

酒吧人潮拥挤，女厕门口排着队。

朋友在微信里问她：队长级别的都看不上？

陈茵回：队长都这样的话，其他人我建议你也别接触了。

前面队伍动了动。

她往前进了一步，又打字：没有到让人冲动的硬性条件，又给不出让人走心的理由，浪费什么时间？

朋友在那边追问：什么样的才能让你冲动啊，陈大小姐？

陈茵心说这个问题问得好。

这让人一时间怎么想出答案？

她打了个哈欠，慢吞吞地转着脑子思考这个问题。后面的人在这时候碰了一下她胳膊："里面有位置了，你不急的话我先去？"

这话没能完全进陈茵脑子里。

这个建造奇特的酒吧，厕所位置是一条长廊，直通让人透气和谈情说爱用的小花园。

一个亮着黄光的大型月亮灯鼓出半边，而在月亮灯旁，一个一百分长相的男人就站在那里，手里晃着手机，弯着的食指上勾着车钥匙，正目光灼灼地看着她。

排在她后面的人等不到她的回答，已经直接越过她进了厕所。

陈茵在这个时候，想到了一个不太文雅但又足够直接的答案。

——看一眼就让人连厕所都忘了去的男人咯。

绥北的娱乐活动能有什么？吃饭、唱歌、逛街、看电影、泡吧，早些年鹤沙区后山可以飙车，但自从发生事故后，管控也变得严格，南岛区倒是有专门的赛车区。

游淮就是从那儿来的，没有竞技性质，纯属娱乐，几圈下来却把一起来的朋友吓得够呛，愣了片刻后笑得弯下腰，冲游淮比大拇指，说看不出他这么要强。

游淮接过别人递来的温白开，随意道："没，就是懒得输。"

散场后，大家意犹未尽，约着去其中一人开的酒吧坐坐。

有个朋友有心搭线，想为游淮和他另一个交好的女性朋友介绍相识，因而格外难缠，见游淮兴致欠缺不置可否，就耐心劝说，连喝酒有助于身心健康这种鬼话都说出来了，还扯科学依据。在场的学渣被忽悠得一愣一愣的，用英文发问说："Really？"

那朋友点头如捣蒜，说"yes yes"。

游淮活生生被逗笑，他将水杯放在桌面，对那边看过来的朋友说："我家教严，十二点不回家会被call。"

去酒吧后游淮又把难搞发挥到极致，酒精过敏、不会摇骰，只坐在那里玩手机，偶尔听朋友凑近在耳边说哪里有美女。

就是这股懒得奉陪的劲儿让匆匆赶来的女人上了心，观察许久后，问朋友："他是不是很难追？"

朋友确实没怎么听过游淮的花边新闻，唯独只知道一个："他有个前任。"

"这有什么。"女人笑了，手往酒吧里指了一圈，"这里百分之九十九的男人都有前任，这很稀奇？"

朋友也就换了个说法："他跟他前任分手三年，身边没有一个可发展异性。"

"哇——"女人这才露出惊讶的表情，视线又落在垂眸看手机的游淮身上，笑道，"这么特别的。"

她找了个牵强的话题，问游淮是不是觉得这里很吵。

游淮从手机里抬头，反应了会儿，却没直接回答，而是笑着说："我去趟厕所。"

空气很闷，到处都是酒精和荷尔蒙的味道。

邓畅给他打电话过来诉苦，说不明白为什么谢敏能这么绝情直接找下一任："那男的哪里比我好？他甚至连一米八都没有！你说他长得比我好看还是哪里比我好？那男的工作还是托爸妈找的！谢敏到底喜欢他哪儿？"

游淮握着手机，穿过人群径直往酒吧小花园的方向走。那盏巨大的月亮灯闪得他眼睛都疼，稍微错开视线再往前看，就见四处都是情侣，亲昵地坐在一起，交谈几句便唇齿相依，他站在月亮灯旁，脚步停住。

邓畅仍在倾诉，他打来这通电话并不需要游淮的回应，问完又自己回答："也不需要什么理由，她就是单纯不喜欢我了而已……这种时候就很羡慕申铠扬那二货。你在哪儿？"

"酒吧。"游淮已经掉转脚步，他打算直接回家了。

一阵穿堂风。

那个大得惊人又找不到丝毫美感所在的月亮灯在他脚下摊开一片巨大光晕。

像一摊泥沼，游淮被短暂困阻。

陈茵从厕所出来后，已经看不见游淮的身影了。

她洗过手又去小花园吹了吹风。这里布置得挺有情调，地上放了几排玫瑰灯，藤蔓编织成的秋千上没人，情侣坐在玫瑰旁边的椅子上依偎着交谈，门口似立了一个单身勿入的标牌，陈茵只当作没看见，她坐在秋千上晃着玩手机。

那条自我夸赞品位一流的朋友圈底下评论看都看不完。

真正夸赞这幅画的人并不多。

更多人都说"哇！不愧是你，长得好看就算了，品位也这么好"，最后又加一句：周末有什么活动吗？

陈茵只回复了夏思怡问她在哪儿买的评论：少年宫这儿有一间叫"因为所以"的画廊。

夏思怡正好在玩手机，回复得很快：是我问你的，你干吗公开回复所有人？

风在身后助推，陈茵的红色裙摆轻晃，她脸不红心不跳地回复夏思怡：因为问的人太多了。

从走廊那边传出来的音乐声已经换到了下一曲。

手机显示时间十二点四十分。

她出来已经十分钟，再待久一点，朋友该发微信问她是不是掉坑里去了。

陈茵从秋千上起来，那边的情侣已经亲出声响。

她其实有点想鼓掌，甚至想塞给他们一张报名表，绥北下个月要举办的马拉松请他们一定要参加，就这个肺活量，只用来接吻真的有点大材小用。

那盏月亮灯能映亮半条走廊，走进酒吧里时，就看不见那暖黄色光线了。

DJ换了首炸耳的音乐，舞池里汇集着年轻男女。

陈茵拿着手机从人浪中好不容易艰难穿行，却在昏暗中迷失了方向。这里的卡座看着全部一个样，里面坐着的人看着也大多类似，她左右看都没看见朋友和那帮模特公司的人，正想发条微信过去问下朋友在哪儿，胳膊就被人拉了一下。

陈茵转过头，看见拉着她的人是方才坐在她旁边三言两语就让她厌烦的男模。

那人笑着对她介绍："你是不是还不知道我叫什么？林迁。你朋友看你很久没回来，担心你。你是找不到方向？我带你走？"

陈茵拒绝："不用了，我知道路。"

林迁便笑着问她："能加个联系方式吗？"

男人都是很狡猾的动物，他们能根据对方的反应迅速调整战略，直球不行那就委婉、薄情和多情自由切换，全看对方值得他们出演几分情真。

他扫码后发送过来的好友申请也有意思：叮，正在申请成为仙女的好友一员。

陈茵是个被夸就会开心的人，立马给他通过了好友申请。

借着这个势头，林迁又说了不少有趣的话。音乐太吵，他就发微信跟陈茵开玩笑说这里卖假酒，他千杯不倒的酒量现在已经微醺。换作R&B曲目时，他就微微凑近在陈茵耳边说："够得着水果吗？要我帮你拿吗？"

陈茵猜，这位一定是酒吧常客，她在林迁游刃有余的撩妹手段中窥见整个酒吧的男人的共同之处，无论是摆着车钥匙用财力直接炫耀的，还是收拾精致用外貌引诱的。

他们拿着狩猎者的身份牌，将自己所有优势都直白袒露，吸引着对他们有几分兴趣的女性走进他们的暧昧圈套。

陈茵只说"谢谢，不用"，然后有些泄气地靠在沙发上想，绥北真的没几个优质男了吗？长得好看、性格好，至少不比她前任差的男人到底都在哪里长蘑菇呢？是雨天不想出门吗？

林迁的腿压住她的裙摆，陈茵低头扯出，林迁嘴里说着"抱歉"，也急忙低头。

有几分像亲吻耳朵的暧昧姿势，旁边正在喝酒的人发出声"哇"的起哄。

陈茵算是彻底丧失兴趣，今晚的艳遇曲折离奇，最后只能用灾难来形容。

她提前跟朋友说了再见，提着包先去了趟厕所，出来后没看见那位叫林迁的男模人影，才穿过人群走到酒吧门口。

凌晨一点的网约车不用一分钟就叫到，到达时间也只有两分钟六百米。

陈茵站在门口，这时候才发现酒吧的名字竟然也叫月亮，黑色牌匾下有一弯黄色的残月。

她拿出手机刚拍了张照片，就听见石头丢在地面的清脆声响。

"啪嗒——"

然后"咕噜噜"滚到她脚边。

陈茵抬头，在这轮小小的月亮前，看见站在跑车边的游淮。

作案工具还留在他手里，他没抬头。

她被念叨一整晚的男模一米八，在这时候下意识觉得游淮旁边应该立了一个牌子上面写着"一八七优质男，人傻单纯又多金"。

他不说话，小石头一个个地砸过来，不知道是丢不准还是丢得太准，每一个都刚好从她身边滚过。

"咕噜噜"的细微声响中。

陈茵被网约车平台的计时工具精准计时，她看了游淮两分钟。

然后在司机给她打来电话后，才收回视线，握着手机往路边走，一辆白色大众从主车道驶过来停在黑色跑车前面。

陈茵走到后排，从大衣口袋伸出手，准备拉开车门时，又有一颗小石头丢了过来，砸在她脚边。

陈茵有些气恼地抬头，朝那个不会说话的人看过去，却对上一双静静望向她的眼。

有些难讲，但这个瞬间，陈茵忽然找到了在酒吧产生困惑的那两行诗的答案。

如果爱蒙羞后，会产生别的名字和头衔。

那应该会是别扭和逞强。

这无非一场博弈，石头只不过是试探工具。

他等在这儿，没有离开意味着等的人只有她一个。

陈茵没觉得自己可能会错意，但她盯着游淮看了会儿后，又直接拉开了网约车的后门。

司机都做好等她取消订单的准备了，此刻有些意外地往后看了眼："走？"

陈茵点头："走。"

凌晨的街道有种电影里的寂寥感，窗外一盏盏闪过的路灯有些像电影里女主角和男主角分手后离开的场景，陈茵伸手虚虚握了其中一盏，又看它飞快逃跑，不知道是哪根筋搭错就跟司机说了一句："司机你看，感情就跟灯一样，握不住留不着。"

司机说："后头那辆车跟得挺紧的，要不我靠边停车？"

陈茵没回头看。

她拿出手机，打开微信看见李奇、林迁，还有各路男嘉宾发来的微信，在深夜发来关怀，问她需不需要接，又问她什么时候有空能一起吃顿饭。

李奇比其他人更主动也更了解她一点，客套的话没有多说，只是给她多发了一句：睡醒后如果难受就给我发微信，我接你上班。

但是都没什么意思，强势的不够温柔，温柔的过于拖泥带水，高冷的装腔作势，男人都没什么意思。

陈茵靠在后排做了个梦，梦见大二那年圣诞节，朋友给她送来很多礼物祝她生日快乐，她戴着皇冠双手合十对着蛋糕许愿。

希望陈茵能变成很厉害的人。

希望陈茵一往无前，永不后悔。

睁开眼吹灭蜡烛时，蛋糕却变成了一只撒泼耍赖的哈士奇，咬着她的裙子把她往门边拉。她气得不行，一路都在骂"笨狗笨狗"，打开门却发现屋外的雪地一点点融化成了鲜花绿意。

她没来得及感慨出声，就听一道声音从天而降。

"女士，你到了。"

陈茵揉揉眼，拎着包下了车。

走两步却被地上的一个方块拉住了裤腿，它的四个框框竖起了栅栏，把陈茵困在了这里。

她面露困惑地盯着脚下的方块看了很久，然后蹲了下去。

搞什么啊……做梦被哈士奇拉住也就算了，现在一个方块都来行凶作恶，真把她陈茵当好欺负的了？

"你在干什么？"

哇……这个方块还会说话。

而且声音还很耳熟。

陈茵偏过头，伸手戳戳它的边框，也很纳闷："你在干什么？"

方块又问："你喝醉了？"

陈茵轻哂一声："你才喝醉了，看不起谁。"

"是吗？那你刚才喝了多少？"

"嗯……两……三……"几杯来着？陈茵也有点数不清了，记得刚坐下的时候朋友给她倒了一杯，从厕所回来又喝了一杯，然后歌放得太好听了，有人说我们来碰一杯，一二三……哦，她知道了，陈茵自信地对方块回答，"五杯，肯定是五杯！"

"那你挺牛。"方块语气莫名嘲讽，夸赞不像夸赞，阴阳她，"数数这么厉害学什么传媒，你应该去学数学啊，一二三四五这种高难度数字都被你数明白了。"

陈茵这次不乐意了。

她蹲在原地没说话，又觉得冷，抱着自己的膝盖。

做完这一系列动作，她发现自己的包掉在了地上。

"游淮，你帮我拿拿包啊。"

站在后面看她表演的游淮垂眸："陈茵，我不是很懂。"

陈茵抬头看他："什么？"

她的眼睛是清澈的，因为抬头的幅度过大，整个人都往旁边跌，然后一屁股坐在了地上，红裙子散开，雪花纷纷扬扬落下。

她又一下子忘了自己刚才在问什么，伸手去接雪："下雪了哎。"

昏黄的路灯下一片片雪从云层中往下落，在她手中融化。

她又跟个小朋友一样"哇"了一声，正想问游淮要不要打雪仗，就被人给拉住了胳膊。

小时候在奶奶家看电视，电视机故障出现雪花，奶奶会拍一下电视机，"啪"的一声后，就又变成了正常的频道。陈茵这时候也像是被"啪"地拍了一下，她点点头,说:"现在才对。"

游淮想起自己高二那年的生日,她提着一大袋东西摁响他家门铃,从袋子里拿出一样样东西摆在桌上,让他猜哪个礼物。

无论游淮猜哪个,陈茵都摇头说"不是哦",最后叹着气从他猜过的那一堆里扒拉出两瓶汽水:"是这个!没猜到吧!"

"让你在生日这天多尝点甜,寓意是不是很好?"陈茵无论说什么都一副她很有道理的样子,五十块都不到的礼物真被她说出花,两人坐在地上你一口我一口,喝到一半游淮察觉不对。

他发现陈茵脸变得很红,拿起汽水对着灯仔细一看,才发现配料表里有醪糟。

她伸手摸着自己的脸,问游淮是不是吊灯成精过来放火烧她。

游淮笑得不行,问她想出这个形容怎么语文就考那么点分。

她当时还点头说有道理,等从游淮家出去,被冷风一吹才意识到游淮刚才是在内涵她。她从中认识到,人还是得有点酒量,不然被骂了还帮人数钱。

高考完,她买了不少果酒,每开一瓶就雄赳赳气昂昂地对游淮说她这次绝对有所进步,过程虽然有些曲折,但最终还真给她练出来了。

所以,她今晚绝对不止喝了五杯酒这么简单,不然不可能说出自己被方块困住这种蠢话。

游淮索性将不停点头说"对对对"的人打横抱起。

往停在路边的车子走时,他怀里的人喊他的名字。

"游淮。"

"嗯?"

"你手表硌得我腿疼……"

"哦。"

"你把它丢了。"

"丢了。"

"哦……"陈茵安静不到一秒,又问,"我刚才出来怎么没看见你?"

"什么时——"

"那么那么多人!"她伸手夸张地比了个半圆,然后指控,"那么那么多人,都在那里跳舞,我都找不到路了,但我没有看见你,你没有去找我。"

这么短的一段路,游淮却走得格外艰难,她不停地动,红色的裙摆晃来晃去,半截细白小腿也在他眼前晃。他其实没太听清陈茵说什么,但下意识回应她:"嗯?"

陈茵晃来晃去的手就捏住他的脸,她指尖有些冰凉,触碰时让游淮脚步停住。

她在笑,眉眼都弯了起来。

"但你现在找到我了。"

她再度踢了踢腿，手指用力，捏捏他的脸。

"游淮、游淮、游淮……"

一直在重复喊他的名字。

游淮把她放在副驾驶座位上，弯腰给她系上安全带的时候，陈茵睁开了眼睛，她盯着他看了好一会儿，似是在确认他到底是谁，然后又放心地抿抿唇，重新闭上了眼睛。

游淮关上车门，绕到驾驶座，开了空调暖气。陈茵又睁开了眼睛，她调整坐姿，挪啊挪地将脑袋搁在车窗上，头发有些散乱地看着他。

"申铠扬说……嗯……说你在KTV给别的女孩子唱《红豆》。"

游淮："他骗你的。"

陈茵皱起眉："思怡说申铠扬从来不骗人。"

游淮语气淡淡："她情人眼里出智障。"

陈茵不说话了。

门卫室里值夜的还是那个门卫："晚上好。"

游淮点头："晚上好。"

副驾驶座上的陈茵往他的方向挪，也探出个脑袋，笑眯眯道："晚上好！"

游淮推着她的肩膀把她摁回副驾驶座位。

陈茵撅着嘴不再说话，低着头手指不停地扯着安全带。

"你总是这样，总是跟我作对。"

游淮问："什么时候？"

陈茵说："刚才老师问谁愿意领操，我不想领操，我最烦课间操了，但你竟然举手推荐我，你真的很烦。"

八百年前的旧账在这时候还能被翻出来，游淮沉默两秒后，索性认错："嗯，我的错。"

陈茵像个复读机，这一段内容放完，又回到上一段："申铠扬说，你在KTV给别的女孩子唱《红豆》。"

门卫室到陈茵家门口的这段距离很短。

开车不到五分钟就到了。

游淮把车停在她家门口，解开自己的安全带，侧过身就这么看着她。

"我没有。"

陈茵也同样看向他，偏着头一副明显不信的表情。

然后就看见眼前这个人忽然伸出了手，距离拉近的时候，她闻到了游淮身上熟悉的味道，思维就像是又被人拍了一下，然后"啪嗒啪嗒"地来到了摩天轮下的那个圣诞节。

她正想说"游淮，你怎么还没走"。

口袋里的手机就被他拿走了。

他摁亮她的屏幕，输入了密码解锁。

打开了录音。

现在说什么她都听不明白，困在自己的思维里面，想到什么就是什么。

这样的陈茵，说什么都好像多余。

他拿着她的手机，看着她，说："陈茵，等你清醒以后——"

话没有说完，坐在副驾驶座上静静看着他的人，在对上了他看向她的视线后，忽然狡黠地露出了一个笑容，像是终于逮到兔子的狐狸，满意地咬住下唇，然后极为突然地伸手拉住了他的衣服。即使被安全带束缚着，也倾向他的方向，用力碰向他的嘴唇。

"既然你没走的话，那这是我给你的奖励。"

她贴着他的唇，笑着说。

"圣诞节快乐，你是我的礼物，对不对？"

——真正喝醉酒的人，脑子里只有一件事，那就是睡觉。

但陈茵一直在闹，她亲他、掐他，解开自己的安全带，嫌距离不够亲密地从副驾驶座位往主驾驶座位爬。她大概把自己当作一只猫，想要团起来一整个窝在他身上。

她眯起眼审视他："……你跟我前男友长得很像。"

游淮索性将座椅调后，双手正人君子地放在两侧，没有触碰她的身体。

"是吗？"

陈茵点点头，出于新闻工作者的谨慎觉得不该不确认就贸然回答概率性问题。

于是伸手，在他领口找到了借力点，拇指关节顶着凸起的喉结，将人往自己的方向拉。

声音却很轻，像飘在云里："我确认一下。"

游淮完全放任她动作，喉咙被勒得生疼，在她不经意放松又拉紧的动作间反复跌进水里又回到岸边："嗯……"

陈茵听见他的声音，抬起有些湿润的眼睫，看着他的眼睛。

这次她没说他像她前男友，只是笑着夸赞："你的声音很好听。"

实在很难确定陈茵是醉了还是没醉，如果说醉了但她动作又实在清醒，可如果没醉这种亲密行为又绝对不会发生。

他的喉结顶着她的拇指，吞咽都得经过她的允许才能顺利进行。陈茵对这种全然掌控的感觉完全满意，没松开他的衣服，循着他身上洗衣粉的味道，额头顶着他的下颌，呼吸像散开的毛线贴着他的喉咙一下下扫过他的理智。

游淮垂眸看着她。

车外不到十步的距离就是陈茵的家。

客厅的灯暗着,但二楼她父母为她亮着廊灯。

凌晨的别墅区看似只有风在车外和他们做伴,但事实上不远处就有个摄像头正对着他们。

狗吠声从很远处传来,同刚才那声喇叭的余音一同撞着车窗。

她被吓到,肩膀都吓得一抖,手又一紧。

游淮想起小时候跟陈茵一起躲着大人在鱼缸里比赛闭气。

他睁眼看着金鱼从眼前游过,他跟着金鱼的踪迹转头看见闭紧双眼"咕噜噜"不停吐泡泡的陈茵,她头发被气泡带着飘动。

他眨眼,想说"陈茵,你输了"的时候,那尾金鱼就贴着他的唇游过。

他瞪圆眼睛,看见那蠢鱼又撞到陈茵脸上。

扫过他嘴唇的鱼尾同样扫过她的唇。

陈茵猛然抬起头,所有的水都因为她的放弃而往他喉咙和鼻子里钻。

他呛得上气不接下气,同时也第一次认知到原来空气全被掠夺到无法呼吸就是濒死感。

而现在,他仿佛又一次进入到鱼缸之中。

陪同他比赛的陈茵成了裁判,在透明鱼缸外看着呼吸困难的他。

"游淮,怎么办?喇叭响了,灯也亮了……"

陈茵像是被激光笔吸引的猫,不仅跟着看,手也松开他的衣领,注意力从声音变成了他的变化,刚要迫不及待地抬头炫耀,然后就被人掐着腰重新摁在了方向盘上。

"嘀嘀——"

这次不仅是陈茵家门口的声控灯,连同游淮家门口那盏声控灯都跟着亮了起来。

藏匿在树梢间的鸟雀拍打着翅膀吓得惊飞,陈茵的意识也像是在此刻终于被唤醒。

"看清楚了吗?"游淮问她。

如果这是场博弈。

陈茵现在已然占据上风。

陈子芥被两声喇叭给吵醒,蒋琪筝在旁边闭着眼睛问他:"是茵茵回来了吗?"

"我看一下。"陈子芥从床上起身,穿着拖鞋走到窗边,"唰"的一声拉开窗户后,看见家门口停着的一辆黑色跑车。他刚想对妻子说谁的车怎么停他们家门口,却又发现那辆车像是被微风吹过的草地轻晃。

车里温度一点点攀升。

鱼缸里让他们窒息的水发出了暧昧的声响,金鱼变成了靠岸垂死的鲨,露不出尖锐的牙齿,只能用尾巴拍打着岸边,发出"啪啪啪"的剧烈声响。

陈茵的外套从肩上滑落,裸露的双肩上红色吊带格外惹眼。

游淮的眼睛就从她微张的唇游走到她肩上的红色带子上,又顺着往下,看见她红色的裙摆:"为什么要让他看见你的红裙子?"

陈茵无法在这种时候思考他的问题,只能喘息着勒紧他的领口,将他往自己的方向拉,又咬住他那张总是爱说疑问句的唇。

游淮却躲避她的亲吻,陈茵的手机在副驾驶座位上忽然响起,系统铃声扰乱了所有声音。

他不准她拿手机,将她拽回怀里,凑到她耳边说:"陈茵,你家灯亮了。"

陈茵这时候才发现游淮不知道什么时候进化成了一个浑蛋。

父母可能在客厅让她无法专注,只想逃离。

但游淮控制着她的腰,另一只手来到她后背,隔开她和方向盘之间的距离。

原本是在保护的动作,却在下一秒开口的瞬间成了威胁。

"你猜,我会不会像你一样,摁响它?"

客厅亮着的灯像一把剑抵着她的喉咙。

她张张唇最后又什么话都没能说出口,最后头抵在他的肩上,声音很轻地喊了一声"游淮"。

喇叭没有响,但两人之间警铃大作。

存有旧情的男女就不该在酒后相遇。

陈茵在懊悔的同时不忘推游淮,催他:"走啊……"

游淮却迟迟没答话,他贴着她身体的手臂在动。陈茵不敢抬头,做贼心虚般死死摁着自己手机,问他:"你在干吗啊?"

游淮说:"查一下。"

陈茵不解:"什么?"

她有些不耐烦:"你能不能说话说清楚一点?"

游淮沉默两秒,才说:"跟喝醉酒的人接吻,会不会查出酒驾?"

百度回答:不会。

于是这辆车又从她家门口开到了附近一家五星级酒店。

陈茵用游淮的手机给夏思怡打了通电话过去,电话响了很久才被接通。接电话的人却不是夏思怡,而是申铠扬,他刚接通就叫了起来:"凌晨两点半!哥!你给我女朋友这个点打电话,你想我捶你呢?"

"是我。"陈茵说,"你让思怡接电话。"

申铠扬有些蒙,以为自己睡糊涂了,又看了眼来电显示:"这个点,你跟阿淮在一起?"

陈茵懒得理他，过了会儿，夏思怡接了电话。

刚才在路上，陈茵就把自己手机关机并且找好了充足的借口。

让夏思怡给她父母打电话说她喝醉酒已经睡着就是最好的解释，并且完美杜绝了他们猜测门口车里的人是她的可能性，陈茵觉得自己简直是天才。

夏思怡却在那边发现了盲点，明明困得不行，还有精力八卦："你等会儿，这个点，你跟游淮在一起？还不接你爸妈电话？"

"我头晕得很，你帮我跟我爸妈说一声就行了，具体的事情我之后再跟你说。"

之后就跟下次见一样是个空头支票。

游淮已经办理完入住，那张房卡放在两人的身份证上。他耐心等到陈茵打完电话，才往电梯的方向走，陈茵跟在他身后。

两人全程没有任何交流，包括电梯"叮"的一声开门，两人之间都是静悄悄的。

直到电梯又合上，游淮视线从楼层显示屏上落到她身上。

陈茵微微一窒，脸上表情出现短暂空白，但很快就将责任推到游淮身上，问他："我爸妈知道了怎么办？"

从一楼到六楼，并不长的时间里，陈茵一直喋喋不休。

实话说，她逻辑有些混乱，说话前言不搭后语。

上一秒说她真的很困，下一秒又皱眉问自己身上是不是酒味很重。

电梯门打开时，游淮没有立刻出去，而是摁着开关键，等她出去，才跟了出来。

陈茵不知道房间号是多少，停下脚步等他走在前面带路。

她觉得三年的时间，游淮确实是变化不小。

前台给他们开的房间是6003。

游淮打开房间，然后侧过身让陈茵先进。

陈茵低着头闷不吭声地往里走，玄关的灯应声亮起，在暖色光线下，陈茵弯腰想脱下囚禁了自己一整晚的高跟鞋，但头晕，弯腰的动作导致身体左摇右晃，只能靠在墙上。然而刚碰到脚踝，腰就被人直接揽住，紧接着又是一阵天旋地转，尚未反应过来时，便从靠在墙上变成了被压在墙上。

游淮的呼吸很近，他低着头，两人鼻梁几乎撞到一起。

陈茵再次感到眩晕："你干什么？"

她觉得自己耳朵似是被棉絮轻挠，鼻尖也似被人用羽毛轻蹭，想打喷嚏却又打不出，喉咙都跟着变痒。

过于近的距离，让游淮成了她视线范围内的全部。

房间里似是被人打开了音乐。

她听见鼓点，"咚咚咚"地不停响起。

手心泛起潮热，湿意让蜷起的指尖都似经历了一场阵雨。

嘴唇和嘴唇之间好像只有一张纸的距离。

能感受到他嘴唇的热度，却迟迟没有真实触碰。

陈茵已经没办法思考他在说什么了，她觉得热，房间里空调吹起的暖风似乎是从下往上，带起一阵又一阵的痒。

她踮脚的瞬间仿佛看到游淮在笑。

但那都不重要了，那张隔离在两人双唇之间的纸被她抽掉。

陈茵亲了上去，咬着他的下唇，含糊地喊他的名字："你是个浑蛋。"

游淮手搂着她的腰，他低着头让陈茵亲得更方便。

被咬住的疼痛感让他发出声很低的"嗯"，像是在承认。

她没有任何技巧地索吻，身体像藤蔓依附在他身上。

"陈茵。"游淮在喊她的名字，声音有些哑。

陈茵似飘在云中，被鸟雀一次次轻蹭，酥软得像把自己全部摊开，好让对方能用羽毛触碰到自己的全部。

这时候，游淮说："我只是在等。"

在等她变成现在这样，没有拒绝，只是承受。

陈茵读小学的时候，学校门口经常卖一种搅搅糖，糖稀拉扯在一起，咬绝对不是明智选择，牙齿都会被粘在一起，这时候得去舔，用舌头舔过每一寸甜。

越舔越热，越热越甜，越甜越软。

她现在好像也变成了小学买过的搅搅糖，几乎要重新变成糖浆融化在游淮的唇舌之间。

天花板上的烟雾报警器红灯在闪。

游淮手指揉开她眼角渗出的水痕。

窗帘没有拉紧，落地窗外广告牌的光线落在游淮的肩上，陈茵就跟着那束光，在他肩上留下咬痕。错开视线时又看见散乱一地的衣物，她的红裙子在他的白衬衫上，跟他们此时一样密不可分。

"游淮。"

"嗯？"

陈茵喘息着圈着他的脖子，声音跟着起起落落："你是在吃醋吗……"

游淮没有立刻回答，在她紧紧攥着床单时，拉住了她的手腕，强迫她看着他的眼睛，才说："你高估我了。"

陈茵一直觉得自己还挺酷的，哪怕在跟前男友一起醒来的早上，也可以无比自然地看着对方的眼睛，先发制人地问他早上吃什么，不等他回答又看着窗外的阳光懒懒地打了个哈欠，要求他帮自己拿个手机。

游淮看着她的眼睛问她："你把我当傻子？"

陈茵抿唇，心说这人是真的越长大越不好糊弄。她只好自己坐起来，被子卷上去才发现游淮早就穿好衣服了。他不知道醒了多久，手机正在床头柜充电，不远处的小茶几上放着早餐，她的衣服都放在床边，她弯腰去拿，在里面翻到还没拆封的女性内衣。

陈茵转过身看向游淮。

游淮正在回迟盛微信，没抬头。

陈茵说："给你科普个知识。"

游淮这才看向她。

"女人的贴身衣物需要洗了以后才能穿。"她说完又很快耸肩，做出一副善解人意的样子，"就当作前人种树，后人乘凉，一点让你增加魅力的小技巧，方便你的下一任。"

游淮扯了下唇，只当作她在说废话，视线重新落在自己手机上。

陈茵换了衣服，吃完早餐，才跟游淮去退了房，其间她一直在捣鼓自己的手机，也不知道夏思怡最后怎么跟她爸妈说的，她爸妈在多通未接来电后给她发来短信让她早上喝点热粥，今天不要吃辛辣食物，似乎并没有对昨天晚上停在家门口的那辆车起疑心。

陈茵回微信说今天不回家，直接去公寓，方便明天上班。

她发完消息后，见游淮从口袋里拿出车钥匙，问她："去哪儿？"

陈茵现在完全不想看见游淮的那辆车："我去找思怡，已经打车了，不用送了。"

两人站在酒店门口，中间隔开了三个人的差距。

正好有对情侣手拉着手从他们身边路过，形成的对比让陈茵怎么看怎么觉得她和游淮之间关系古怪，不宜在阳光下久留。恰好网约车已经到了，一辆黑色轿车停在酒店正门口，陈茵没再等游淮回应，直接拉开后排车门上了车。

车驶出酒店，她才松了一口气。

陈茵骗了游淮，她没去找夏思怡，而是直接回了自己在公司附近买的公寓。

东西全部往地上一丢，她整个人扑进柔软的沙发里，过了许久才又翻过身，咸鱼一样看着天花板。

自从和游淮分手后，陈茵没再谈过恋爱，狂热的接吻、热烈的交缠都时隔三年之久。

身边认识的朋友有推荐陈茵尝试快餐恋爱，只需要一丁点儿心动和彼此的身体默契就可以用快感消除生活的压力，但陈茵嫌脏。

陈茵给爸妈打完电话后去洗了个澡，出来后坐在懒人沙发上，边晒太阳边在大学宿舍群聊天。

这会儿还是上午十点。

群里洪雯雯在和邬雨桐闲聊，左冉不时在里面穿插一个问号表达自己对这方面知识的匮乏，发现陈茵许久没说话，就都开始问她。

雨和男人的头一起下：@DOKi DOKi 听说你昨晚有情况？

雯菊起舞：@DOKi DOKi 听说你昨晚有情况？

冉冉升起：@DOKi DOKi 听说你昨晚有情况？

……她就不该介绍邬雨桐和夏思怡认识。

DOKi DOKi：就是在酒吧遇见了游淮。

这句话刚发出去，邬雨桐的电话就打过来了，邬雨桐在那边叫出了声："我就说天底下哪有那么巧的事，昨天我在朋友圈看到你和我另一个朋友定位都在绥北酒吧，我还想介绍你们认识呢，哪知道我那个朋友跟我说她在酒吧遇见了 crush，还给我发了照片。我一看那不是游淮吗？我话都不敢说了，正在想怎么跟她说别碰我姐妹的前男友。好了，现在难题丢给你，我要怎么跟她讲那是你的前任？"

邬雨桐这么一长串的话，几乎把陈茵给绕晕。听明白后，她才想，昨天在酒吧遇见游淮没来得及细想他怎么会在那里，只以为是偶遇，现在才发现偶遇的话场合不对。

邬雨桐还在那边催："我怎么说啊？"

陈茵就是典型的自己没点灯那谁都不许碰火，她在酒吧遇见低质男，游淮想碰见美女？

那不行，她不准。

陈茵被太阳晒得眯起眼，语调缓慢道："跟你朋友说，这男的帅虽帅，但是放不下前任，昨天刚跟前任去了酒店，为她好，还是别感兴趣了。"

邬雨桐沉默了足有一分钟，才真情实感地对她说："陈茵，你是真牛。"

迟盛的车被女朋友撞了，本来想去找游淮借车，哪知道游淮不借。

他坐在游淮家的沙发上，问："你什么时候变这么小气了？"

游淮给自己倒了一杯冰水："一直，只是你没发现。"

迟盛被他噎住："你昨晚怎么关机？"

游淮说："不想接你电话啊。"

迟盛："……你吃火药了？"

游淮喝了半杯冰水，才拉开椅子坐下，也没说话，只是拿手机翻朋友圈。

他跟陈茵分手后没有互删，也没有屏蔽彼此，动态双方全部可见。

只是游淮自己没再发过朋友圈，半年可见的横杠冷漠得像是南极的天。

陈茵倒是生活丰富多彩，每隔几天就会发条动态。

游淮能看见两人共同好友在下面的评论，有时候会提起他没见过的名字。这个时候游淮会选择屏蔽陈茵，设置不看她朋友圈，但又忍不住自己手贱，又主动点进去看，完了又生闷气。

陈茵朋友圈刚更新；是一张她眯着眼睛晒太阳的照片。

配文：好舒服。[游泳.jpg]

申铠扬在下面评论：你倒是舒服了，我女朋友半夜被你吵醒，把我踹醒让我去丢垃圾。我半夜拎着垃圾下楼跟送外卖的面面相觑，一时间分不清到底谁比较可怜。

夏思怡在评论里回复申铠扬：你一个男的，让你丢个垃圾叽叽歪歪什么啊？又不是让你去死！

陈茵给夏思怡竖起了大拇指。

陈茵那个叫邬雨桐的舍友也给夏思怡竖起了大拇指：吾辈楷模。

还有几个游淮认识的朋友在评论区开玩笑喊"美女，早上好"。

他快滑到底的时候，忽然看见一个朋友问陈茵：晒太阳你发游泳的Emoji干吗？大早上的还去游泳啦？

他手指停住。

再滑动时，就看见了陈茵的回复：你猜对了一半。

陈茵的微信里，游淮没有动静。

倒是李奇给她分享了几个动物园里的小动物的搞笑视频，陈茵压根没点开，直接忽视不理。

第二天上班的时候，李奇当作无事发生，照例跟她说"早上好"，陈茵笑着回应了一句"早"。

过于繁忙的工作让她无暇想起游淮，蒋琪筝给她打了好几通电话问她什么时候有空回家，陈茵都以工作忙为借口糊弄了过去，说周五晚上就回。

今天便是周五，晚上回家时，陈茵特意去商场买了水果、零食。到家门口下车的时候，看着那盏路灯才迟来地心慌，发现自己买东西的行为像极了做错事后的贿赂。

蒋琪筝和陈子芥都在客厅坐着，那盏灯让陈茵想起那天晚上的慌乱，以及游淮垫在她背后的手。她心里有只兔子一直在跳，故作镇定地喊了一声"爸妈"。

然后蒋琪筝就用审视的目光朝她看来。

陈茵心里一"咯噔"，心说不会吧？她当初跟游淮地下恋都没被发现，不可能分手后一次意乱情迷就被抓了个正着吧？

但好在不是她所想的那样，蒋琪筝只是问她工作累不累。

陈茵这才放下心来，去厨房洗了水果出来，毕恭毕敬地双手献上："父皇、母后请吃！"

蒋琪筝被她逗笑，这才切入正题，问她："茵茵，现在有合适的人在追你吗？"

陈茵边剥橘子边说："有人在追，但合适的没有。"

正在回工作消息的陈子芥在这时候插了一句："现在是时候可以留意一下个人问题了。你看沈域刚毕业就跟女朋友领证，迟盛大一开学没多久就带女朋友回来见家长了。"

陈茵不以为然道："现在男女比例这么失衡，他们急是应该的，我一个女孩子急什么？哪怕我三四十也大把追求者好吧？"

"脸皮怎么就那么厚？"蒋琪筝捏陈茵的脸，又说，"我是不懂你们现在年轻人是怎么想的，上个周末你没回来，我跟你爸半夜听见喇叭响，下楼看见有人将车停在我们家门口瞎搞，你接触的时候别接触这种爱瞎来的人。"

陈茵沉默片刻，才厚着脸皮说："好，我一定不会的。"顺便表达了自己的立场，嫌弃道，"怎么会有人半夜停车在我们家门口啊？疯了吧？"

陈子芥不愿多提这个话题，摆摆手，最后又提到了另一个人："你游引叔叔最近也在给阿淮物色对象了。我跟你妈以前还以为你们能走到一起去，但没缘分也就算了，就是有点可惜。"

陈茵有些没反应过来地"啊"了一声。

蒋琪筝看向她："怎么了？"

"有点意外。"陈茵说，"我以为游叔叔和司阿姨对游淮是彻底放养，没想到也会管他谈恋爱的事情。"

"不是你说的吗？现在男女比例这么失衡，不趁早做打算怎么办？像你表哥那样最后领个精神小妹回来把大人气死啊？"蒋琪筝拍拍陈茵的胳膊，"行了，我跟你爸先去睡了，你也早点睡觉啊。"

"爸爸。"

陈茵喊住陈子芥，忽然问了一句："您为什么觉得我和游淮没有在一起，很可惜？"

陈子芥站在那里，表情变得有些奇怪，许久才笑着说："你们要是能成，早就谈了，你从小到大喜欢过多少个男孩子？他以前没能成为你的选择，怎么现在就成了你的选择？"

陈茵被堵住，最后指着门外说："我去小区外面买冰激凌吃。"

就这么落荒而逃。

游淮正在听他妈妈司琦女士的唠叨。

司女士锲而不舍,用断绝母子关系为威胁,终于把人叫回了家,此刻正坐在沙发上教训他:"那好歹是你爸朋友的女儿,你就去见见怎么了?是要你的命还是怎么的?"

游淮头也没抬:"要我的命。"

"你把我的话当作选择题?游淮你什么态度?"司女士更怒。

游淮没再说话。

司琦看着自己的儿子,从小游手好闲,长大以后也没多正经。他读大学的时候,她和游引想让游淮出国镀金,结果游淮怎么都不肯,非说自己中国人不踏外国门。

她怎么看怎么觉得游淮能活到现在没被她失手打死,全靠这张还算继承了她和游引优点的脸。她深吸一口气,勉强找回点母爱:"我和你爸对你没什么要求,也没让你去商业联姻,更没要求你考个名牌大学给我们长长脸——"

游淮打断她:"妈,我大学是一本。"

"你闭嘴。"司琦瞪他,"总之,你明天记得去吃顿饭,见见怎么了?你看阿域和阿盛,一个结婚了,一个女朋友都带回去了,你让你妈老脸往哪儿搁?"

游淮也是没想到,催婚这么快就落到自己头上。他沉默半晌,在激怒司琦和敷衍司琦中选择了后者,弯腰拿了茶几旁边垃圾桶里套着的垃圾袋就站起身:"我去丢个垃圾。"

出门买冰激凌的陈茵和出门丢垃圾的游淮不期而遇。

晚风吹啊吹,陈茵看见游淮的刹那间第一反应是裹紧衣服,在该不该打招呼的犹豫中,手里拿着的钥匙已经率先发出清脆的碰撞声响。游淮朝她这边走了过来,他手里拎着黑色的塑料袋,表情看起来有些不耐烦,似乎也是刚被骂过。

陈茵打了个喷嚏,下了台阶,站在原地等他走过来,才自然地走在他身边:"丢垃圾?"

游淮"嗯"了一声。

垃圾桶不远,就在几步开外的地方,正好和出小区的方向顺路。

他穿着米色卫衣、黑色长裤,这么冷的天不知道为什么这么抗冻,连外套都没穿。

陈茵以为两人只需要走完这小小一段路就分开,哪知道游淮丢了垃圾之后又跟着她往前走,像个影子,又比影子存在感更强。

她手藏在外套口袋里,抬头看看月亮,又看看游淮。

这种时候很容易想起小时候的事情,她追在游淮后头跑,指挥迟盛从另一边包抄,揪着他的衣领踮脚威胁说:游淮你要是敢把我的数学分数告诉我妈妈，你就死定了！迟盛在旁边捡漏跟着学舌说：游淮，你要是敢把我成绩告诉我爸妈，你就死定了。游淮露出一副无语的表情，问她："我就这么无聊？"

这个句式被他沿用许久，初中她收到男孩子送的礼物，沾沾自喜地在他面前炫耀，结果晚上就被父母给训斥不要随便收别人送的东西。她气鼓鼓地敲开游淮家的门问他，他也是靠在门上问她："陈茵，我就这么无聊？"

回忆只要一浮现就没完没了，没见面的时候顶多做一些特定的事情会想起游淮，可一旦见面，只是肩并肩走在一起，就会想起许多无关的情景。

"你东西还在我那儿。"游淮忽然打破了沉默。

"什么东——"

游淮看向她敞开的外套口袋的动作让陈茵声音顿住。

不需要往下问了，她全想起来了。

陈茵将外套拉链拉到顶端："不用还给我，丢了就行。"

"没地方丢。"游淮说，"我家垃圾袋都贴了标签，要是被人看见，会把我当变态。"

那难道你现在跟我这么说就不像变态了吗？陈茵深吸一口气，好脾气地说："那你收藏也行，毕竟这东西你要是自己去买，肯定会被当作变态。"

游淮闷笑，又低低地"哦"了一声。

小区门口的铁闸门慢吞吞地打开，游淮手摁着开门键，让陈茵先出去。

有人从外面进来，陈茵走在门卫室边，转头等游淮走过来，才慢慢往前。

话题没续上，被换上了新的。

陈茵问："我爸说你爸让你去相亲？"

游淮"嗯"了一声："他们是有这个打算。"

事实上已经到了用断绝关系来威胁的地步。

陈茵也学他"嗯"了一声："祝你成功。"

游淮没再回答，他停下脚步，拉住了陈茵的衣服，胁迫她也停下了脚步。

陈茵被拉得一个趔趄，急忙刹车，又困惑地看向他："怎么了？"

一路上的对话都自然得像是老友见面，直到现在才恢复到前任碰面的尴尬。

陈茵眼也不眨地看着游淮，看见他用一种很冷漠的眼神看着自己，仿佛两人第一次认识，他头一次这么彻底地了解她这个人。

他盯着她看了许久，才问："去年圣诞节，你接到电话了吗？"

去年圣诞节，陈茵是跟舍友们一起过的，在京北喧哗的街道找了个清吧坐下，在圣诞曲目中吃了她们给自己准备的生日蛋糕，闭着眼许愿的时候，夏思怡从天而降，捂着她的眼睛说"宝贝生日快乐"，五个女孩子在酒店聊天到天明。

给她打电话说生日快乐的人太多，陈茵不知道游淮所指的是什么。

游淮直白地给了她答案。

"我给你打电话了。"他看着她，"但你没接。"

分手三年。

这个数字过于笼统。

接近一千天的时间，无数次想联系却又控制住的瞬间。

游淮这时才觉得冷，他说出的话都变成了白雾，但他已经很久没有抽过烟。

大学舍友给他递过，问他要不要试试，他很早就试过。

高三毕业那年的新年，他在奶奶家看春晚，表弟、表妹在他旁边玩王者荣耀，他懒得跟小学生一起玩，正在想这春晚小品到底要演到什么时候，陈茵的电话就打过来了。

她那边风声簌簌，大声喊他名字，说："游淮，我在你家门口！"

游淮握着手机愣了足有十秒，才问："陈茵你是个傻子吗？"

他借口出去买东西，在路口等了很久才打到空车，回到融萃湖庄时，陈茵坐在他家门口，低着头正在玩手机小程序游戏。

游淮喊她名字，她跳起来就拍他脑袋，说："游淮，你烦死了，你不在家怎么不早说？"

恶人先告状贯彻得非常彻底。

陈茵家有亲戚问她成绩怎么样，她起身就走了，变戏法似的从口袋里摸出一包黄鹤楼，凑过去问他："游淮，你要不要跟我一起试一下？"

没有开灯的客厅，两个从新年氛围里逃出来的人。

游淮看着火从陈茵的手中蹿出来，光亮突至，陈茵"哇"了一声，说"游淮你快拿出来"。

游淮却不知道该怎么动作，手在哪儿？手指要怎么动？烟又到底在什么地方？全部不知道。陈茵靠得太近了，近到他能看见陈茵眼睛里映着他的脸。

陈茵"哇"了一声："游淮，火在你脸上。"

游淮从她口袋里拿出烟，拆了递给她一根，非常别扭地绕开话题说："陈茵你真的很会乱来。"

那根烟被陈茵夹在手里，她学着电影里女明星的样子深吸了一口，想装优雅，但对这呛喉咙的味道始料未及，咳得整个人蜷缩成一只虾米，把烟往他手里塞，说："游淮，你试试。"

烟嘴是濡湿的，女生的红色唇彩印在上面，游淮在那晚吸了自己人生中第一口烟。

陈茵问他,什么感觉?

他在烟雾中看着陈茵的眼睛:"大概是甜的。"

那之后两人默契地都没碰过烟。

直到大学分手后,他又点燃一根。

舍友问他,怎么样,什么味道?

他在烟灰缸里抖落烟蒂,对舍友说这根烟是苦的。

陈茵好像一直都不明白,她以为他轻松自在,分手后能跟她一样谈笑风生。

游淮没能做到,刚分手那一周他失眠,在走廊里抽那些很苦的烟,没玩手机也没找人聊天,就这么坐到产生困意才回去躺下,结果还是睡不着。

舍友翻身喊女朋友的名字,太阳会从栏杆下面爬上来,有人晨跑,有人恋爱,而他在晨光里发呆。

戒断反应很长,但其他人都没能察觉到,哪怕知道他们分手,也只以为是小打小闹,直到一个月过去、两个月过去、一年过去,最后那些说没事你们肯定能和好的人都换了说辞,他们说:"认识很久的朋友,果然是不适合在一起的。"

分手的第一年圣诞节。

凌晨刚过,他就看陈茵发了朋友圈。

很多朋友围着她,她站在中间,双手合十对着蜡烛许愿。

评论区全是祝她生日快乐的。

她回复了他也认识的朋友,说,今年不是特别快乐,因为比起巧克力蛋糕,她更喜欢草莓蛋糕。

四月份他生日的时候,陈茵既没有打电话,也没有发祝福,仿佛压根不知道是他生日。

舍友给他过生日,其他朋友千里迢迢过来送礼物给他。

就连迟盛都请了一天假坐飞机过来对他说"生日快乐"。

但陈茵悄无声息。

那时候游淮有些幼稚地想,他也可以做到很狠心。

但是外卖平台的蛋糕店里草莓蛋糕都售罄。

他穿着外套出去的时候,舍友问他去哪儿,他说去找一下圣诞老人。

那年京北的雪下得很大,他从学校门口找到隔壁街,才找到一个开着的蛋糕店,把从水果店买来的草莓递给店员,提了非常无理的要求:"不好意思,能不能麻烦你们帮我做个草莓蛋糕?"

圣诞节实在是太热闹了,无论哪里都在唱圣诞快乐。这就是一个应该快乐的节日,不像愚人节,很少人会说祝你愚人节快乐。

所以，陈茵也没有错。

是这个节日的错，愚人节本来就不是一个值得开心、值得被庆祝的节日。

他提着蛋糕，站在雪地里给舍友打了一通电话。

舍友在打游戏，听游淮在电话那头安排他给陈茵的舍友打通电话的时候，错愕得操纵的游戏角色都死在枪战下："我给陈茵舍友打电话？打通电话说什么？"

"让她出来拿个东西。"

舍友："啊？"

有汽车鸣笛声，游淮的声音被压在鸣笛声里，很轻地说："给陈茵。"

学校有情侣，男生给女生堆了个雪人，女生双手捧着自己的脸，"哇哇"了好几声，然后冲上去抱住男生说，"谢谢你，我的圣诞老人"。

雪人的鼻子是樱桃，嘴巴是掐的学校开的梅花，两个眼睛是纽扣。

它看着游淮，游淮也看着它。

最后是抱着女朋友的男生笑着跟他说："兄弟，圣诞节快乐。"

他也笑，声音被不远处吵闹的打雪仗声音掩盖。

嗯，生日快乐。

只有他听见的祝福。

朋友圈有了更新。

他买来的草莓蛋糕在桌子正中间。

DOKi DOKi：邬雨桐说，世界上真的有圣诞老人，那谢谢圣诞老人。

第二年圣诞节。

他从朋友那儿知道，李奇给陈茵送了礼物。

他没能忍住给陈茵打了一通电话。

无人接通。

游淮只说了这一句，就没有往下说。

陈茵却愣住，甚至拿出手机想证明自己没有看见他的来电，打开通话界面才发现这动作实在是有够蠢的。

"游淮，我换过手机号，大二的时候我手机被偷了，去营业厅补办号码觉得麻烦，就换了个新号码。"

所以，不是她没接他电话，而是没能接到。

游淮打开超市门口放着的冰柜，拿出一根草莓巧乐兹，买了单递给她："我也只是随口一提。"

又要不痛不痒地揭过去，就像同学聚会、就像那晚的混乱，全部被轻轻带过，在他眼里就跟没有被接通的电话那样不值一提。

陈茵一直觉得自己足够了解游淮，知道他喜欢什么、讨厌什么，甚至能读懂他所有的沉默。

但时间过得太快了，他们一眨眼就长成复杂的成年人。

她没办法像小学那样吵架后别扭地敲开他家门，用巧克力贿赂他问要不要一起出去玩。

也没办法像初中、高中那样喊他的名字，说着"游淮，你真是个大笨蛋"，但脚步却变慢等他拽住自己的书包，拖着嗓子喊陈茵。

他们在分手那天，就已经终止了恋人和朋友的双重身份。

再若无其事、自欺欺人也没有办法。

她很难再自然地对他控诉：打不通我电话，不会直接来找我吗？

她只能借着撕冰激凌外衣的理由低下头，声音在冷风里变得含糊，顾左右而言他："都怪天气太冷了。"

所以找不到一个很温馨的话题，回到以前的氛围。

游淮坐在她旁边，又快到圣诞节，商店玻璃门上贴着圣诞老人的画像。

旁边路灯亮得晃眼，长椅上只有他们两个人。他看着陈茵慢吞吞地咬着冰激凌，她的呼吸也变成了白雾，似乎是冷，但是强忍着没说。

"不想吃就别吃了。"游淮说。

陈茵舔了一口，解释道："是太冷了。"

"我没有不想吃，我既然出门来买冰激凌，那肯定就是我想吃。只是天气太冷了，游淮，现在是冬天，不是我的错。"

很固执，用一长段话解释着一个冰激凌。

自始至终都低着头，没有看他。

游淮问她："你对喝醉那晚的事情还记得多少？"

陈茵警惕地抬头看他："你想说什么？"

游淮却笑："想问你，记不记得在酒店我给你的答案。"

他给她的答案，陈茵从那晚的火热场景中找到了琐碎的对话片段。

她问游淮，是不是在吃醋？

"我说，你高估我了。"

他重复了一遍那晚的答案，在陈茵清醒的状态下，给了她解释。

"意思是，陈茵，看见你和别人走得那么近，我嫉妒得快要发狂。"

确实是冬天。

天气确实很冷。

但陈茵听到了打火机被点燃的声音，像是将夏天偷来了冬天。

游淮从她手里拿过冰激凌，他的脸同时凑近，看着她的眼睛说："不想装聋作哑也不想再跟你较劲了,别的人我不想认识,饭局我不会去,我爸朋友的女儿我不会去见。

"不会有下一任,没有后人来乘凉。"

他是只狡猾的狐狸,用声音让陈茵愣住,于是,就不会被注意到他的手已经扶住她的后颈。

将她送到自己面前,轻而易举地吻住了她的唇。

那个冬天里的冰激凌。

游淮在她口中,尝到了。

/第九章
复 燃

陈茵觉得自己大概率是疯了，如果不疯，不可能跟着游淮去了他家，甚至上台阶的时候，游淮还问她确不确定，她坚定地对游淮点了下头，故作镇定道她没什么不确定的。

他们像是两个在冬日潜逃的小偷，一切动作都轻缓，生怕惊扰到除他们之外的第三人。这种刻意放慢的动作让一口气悬在喉咙，呼吸都屏住，只剩下心脏在胸腔四处乱撞，手脚都是热的。

游淮父母房间在二楼，门缝里有光漏了出来。

他们上了三楼，游淮房间门被打开的那瞬间，游淮就低下头和她接吻，唇舌缠绕过来，连陈茵都分不清，刚才那个冰激凌究竟是她吃得比较多还是游淮吃得比较多。

她仿佛要被游淮身上冷感的男士香水味给吞掉。

他下巴上没剃干净的胡茬在接吻时蹭得她刺痛，她却没想推开他，而是踮起脚，伸手搂着他的脖子，试图将自己挂在他身上，变成融化的冰激凌整个藏进他身体里。

接吻的声音像是另一种雨季。

落下的雨水黏腻湿滑，似顺着屋檐一串串往下滴落在冰面上。

陈茵指腹不停蹭着他的颈椎骨，拇指贴着他硬硬的发茬，像是在给刺猬顺毛。

"嗯……"

她被亲吻安抚，发出舒服的喟叹。

外套和毛衣都被脱在地上，屋内唯一的光源便是窗外一盏昏黄路灯。

游淮问她："想不想要我？"

她眼神明显不够清醒，此刻什么都顾不得，哪怕游淮在这个时候问她爱不爱他，她也会坚定地对他说"爱"。

她成了被燃烧的树，一股火从下往上让她理智都消失殆尽，所剩下的唯一的念头就是想要游淮。

他想起了画展里那位画家只卖出去了一幅画。

唯一的买家在他身下,不是用声音,而是用眼睛对他说:"游淮,你帮帮我。"

四周无光,墙面上挂着巨幅画作,可他不是赏画的人,而是画作中的鸟雀,扑棱着翅膀,明知道越不过捕网仍然往上撞。

陈茵便是那张网背后的世界。

所以他如飞蛾,也如鸟雀。

陈茵感到热,她后背无法完全贴合床单,总忍不住起身想与他拥抱。

却被游淮阻止,他跪在她双腿之间,让她环着自己的腰,手指掐着她的下颌让她看向自己。

他问:"我是谁?"

陈茵咬着下唇忍过那阵酥麻,才说:"游淮,你是游淮。"

然而游淮并不满意,问得没完没了:"游淮是谁?"

陈茵说:"是、是我前……前男友……"

这个答案没能让游淮满意,他冷笑,掐着她下颌的手指收紧,指腹擦过她的下唇,抵着她的齿关:"你知道我想听什么。"

她睫毛都湿润,说话时牙齿轻轻咬着他的手指,喊他:"阿淮……"

是在犯规。

如果这是场考试,她注定不及格。

但考官实在没有原则,因两个字推翻所有考试规则。

他们都长大了,长大到在昏暗的房间里分享的不是同一根烟,而是让成年人沉迷的快感。

"没有人……没有人能比得过你……"

她闭着眼,身体被拆开又重组。

游淮像小狗,蹭着她的脸,额头抵着她的额头要求她:"再说一次。"

陈茵是想笑的,她本想说:游淮你已经不是小孩子了,不应该被甜言蜜语哄骗到,你应该聪明一点,要求更多一些,比如问我要不要和好,问我是不是后悔,问我到底想要的是什么,而不是短短几个字就让你心满意足。

可是话没说出口,有温热的液体落在她脸上。

她想睁开眼睛,却提前被人捂住。

手掌是热的,掌心带着湿意。

他动作没停,呼吸很重。

可能是从窗外飘进来的雨,也可能是房梁融化的冰。

陈茵还在拼命为他找着借口,游淮却已经提前放弃。

声音和那滴蜿蜒的雨一起滑到她耳边,最后近乎放弃般对她说:"陈茵,你哄哄我。"

陈茵很少见游淮哭。

在她的记忆里,更多片段是自己哭鼻子,然后游淮手足无措地蹲在她面前,伸出手说:"你要是实在生气就打我吧。"哪怕是小学他跟自己一起考砸,都被爸爸、妈妈骂,她也没见游淮哭过。

但现在,游淮因为她流泪了。

更奇怪的是,陈茵除了心疼,更多的是"原来游淮是真的很在意我,他好像比我想象中的要更喜欢我一点"这种诡异的满足感。她想要去摸游淮的头,却又被他扣住双手。

游淮不许她看,同时也不许她说话,细细密密地亲吻,喝醉了一般在她意识昏沉的时刻在她耳边说:"多喜欢我一点……"

陈茵确实没力气回应了。

她做了一个很奇怪的梦,梦见自己在雪天行走,踩进绵软雪地里,走几步却忽然被人拉住了手腕,然后跌进了旁边的陷阱中,跟失重感同时到来的却是被拥抱住的感觉。冬天的寒冷一点都没有感觉到,身体都是温暖的,一直下跌,触底时却听见打鼓的声响。

"咚咚咚——"

她伸手想捂住耳朵,手却被什么东西牵制。

"陈茵?"

搞什么,她才是梦境的主人好吗,怎么打鼓就算了还一个劲儿喊她名字,她烦躁地"啧"了一声,实在是困,睁不开眼。

门外司琦还在敲门,她昨晚以为游淮直接回自己公寓了,没想到早上起床看他东西还放在楼下,上楼却发现他们门是锁着的,敲门也不开。她有些不耐烦,在门外喊:"昨天跟你说的事情,你今天别忘了啊。你要是敢放鸽子,我明天就把你赶出户口本,听见没?"

游淮正想回应,陈茵又皱着眉转过身,手在床上摩挲半天,最后找到他的胳膊,满意地抱在了怀里。这个动作让游淮愣了一下,两人之前在一起时,陈茵睡觉总喜欢手脚并用地黏着他,冬天还好,夏天开着空调他半夜都会被热醒,醒来发现陈茵整个人窝在他怀里,被他拉开还会在睡梦里发脾气,皱着眉不开心地发出声音控诉他。

分开这么久,习惯倒是没变。

"你听见没?游淮?"他妈还在门外喊话,游淮其实半个字都没听清,只敷衍地拖着嗓子说了个"知道了"。

门外的司琦这才松手,纳闷地问了一句:"你昨晚干什么了,这个点还在睡?"

司琦走了。

陈茵也醒了,她茫然地盯着天花板看了会儿,又侧过脸看游淮:"现在几点了?"

游淮从床头柜上拿过手机:"十一点半。"

"完了,我爸妈肯定发现我不在家了。我昨晚说我出去买冰激凌去了,你说,有人会买到上午十一点半还没回家吗?"

游淮已经起身,陈茵瞥到他的身体,就被游淮丢过来一件卫衣罩住了头。

"能收敛点儿你的视线?"游淮动作挺快地套了件黑色卫衣,在陈茵掀开卫衣时已经穿戴整齐,喘着气靠在衣柜上,闲闲地看她,"给你想了个办法,你就说昨晚出去买冰激凌迷路了,找警察叔叔帮忙被当作傻子送去了医院,折腾了一晚上,最后是热心市民游先生去解救的你,怎么样?顺便把你为什么跟我一起出现都解释清楚了。"

陈茵扯扯唇,实在不想说话,只冲他比了个中指,又整个人埋在被子里。

陈茵换衣服时在想,昨晚游淮到底是不是哭了。她摸摸自己的肩膀,又摸摸自己的脸,实在无法确认感受到他眼泪的部位是哪里。

眼泪连同他说过的话一起消失在昨晚,这天陈茵最后也没回家,给爸妈扯了个理由说临时回公司加班直接回公寓睡了。她在游淮卧室里等到游淮爸妈出门才敢下楼。她当时轻手轻脚地下楼,还回头对游淮说:"你觉不觉得我们很像是在偷情?"

游淮回得模棱两可,说:"随你。"

陈茵这时候还没懂游淮说的"随你"是什么意思,但很快她就明白了。

那天游淮送她回的公寓,他换了辆黑色欧陆GT。

陈茵没傻到去问他怎么换车了,两人从初中就有为彼此遮掩的默契。

这辆欧陆在新的一周来临后,频繁出现在她面前。

游淮会在她下班时间准时出现,也没下车,就在驾驶座,见她出来便摁一下喇叭。

陈茵好几次和同事一起出的电视台大楼,同事没见过游淮,以为陈茵跟李奇是板上钉钉的事情,好奇地问陈茵:"追求对象还是对象?"

这问题把陈茵给难住,游淮不算追求对象也不算对象,好像怎么定义都不够贴切,到上了游淮的车也没能想出个答案,他们到底是什么关系游淮也没问过她。

他送她回公寓,到楼下的时候,陈茵通常不会立马下车,而是会看向游淮,有时候会问他吃饭了吗,又有时候会问看过某部电影吗。

尽管问题千奇百怪,但游淮给的回应一直一致:"你方便吗?"

就跟外星人对暗号似的,只有他们能懂,彼此对视一眼,就从地下车库默契地去了她家。那段时间陈茵家扔垃圾的频率明显提高，她早上洗漱会放正游淮的剃须刀，对着镜子好奇地往自己脸上贴一下。

"喂。"游淮就跟安装了雷达似的，出现在她身后，问她，"疯了？"

游淮送她上班，接她下班，跟她回家。

陈茵在一个看完电影的晚上，拿起手机看游淮说今天有点事不过来了，才恍然大悟，哦，原来游淮说的随你是这个意思。

随便你开心。

你想怎么样就怎么样。

都随你。

夏思怡周末来陈茵这儿的时候，看见她公寓里出现的男性物品，得知那都属于游淮后，露出了诧异的表情："你们是开辟了全新的相处模式吗？"

陈茵坐在沙发上涂指甲油，手都没抖："我很难跟你解释。"

夏思怡一屁股坐在她旁边："那你就好好解释啊，你们现在到底是什么关系？"

"没有复合、不像前任，有点暧昧但又会避开一些敏感话题。"陈茵停下动作，问夏思怡，"这该怎么定义？"

夏思怡瞠目结舌："他没跟你提复合？"

陈茵摇摇头。

"你也没想过复合？"

陈茵其实想过，她以前对下班最大的期待是可以回家躺着享受自己的时间，但最近游淮来接她之后，她每天下班前都会不自觉地往窗外看。看那辆黑色的车什么时候会出现在公司楼下，又忍不住想今天游淮到底会不会说出那两个字。

每一天都变得更有期待，好像工作日都变成了节假日。

这在以前跟游淮恋爱时都没有出现过。

陈茵晃晃自己涂着红色指甲油的手："自从上班以后，我觉得涂指甲油是一件很麻烦的事情。它长出来后要补色，看久了又会腻，定期就要更换，像是给自己找了另一个班上，但是最近我觉得涂指甲油也是一件很开心的事情。"

夏思怡明白这种感觉，说白了不就是："你还喜欢他呗。"

陈茵没否认，可也很难跟夏思怡解释两人的状态。

如果恋爱能像考试一样找对方法就能拿到漂亮分数，那世界上就不会有那么多悲剧发生，全是你情我愿你侬我侬了。

夏思怡走的时候神神道道地对陈茵说："我大概能猜到原因了。"

"嗯？"陈茵偏头看她。

"知道这样一句话吗？感情里最让人上头的阶段就是暧昧期。你们当初在一起的时候被多年朋友的默契冲淡了男女间朦胧的暧昧，在一起得太水到渠成了。分开的三年算是个冷淡期，友情的默契被分手变成了见面后的尴尬，尴尬就会有所顾忌啊，说话会留三分，会猜测对方是什么意思，会想都分手那么久了他是不是跟以前那样，猜来猜去不就是感情里最让人上头的吗？"

夏思怡最后拍拍陈茵的胳膊，对她说："玩吧，感觉你们都还挺乐在其中的。"

夏思怡走后，陈茵打开手机，想给游淮发消息，却发现聊天对话定格在昨天下午，她对游淮说夏思怡要来找她，游淮说好，然后两人再没有对话。

她如果主动跟游淮说，夏思怡走了，显得像是在邀请。

但游淮现在在干什么？是在画廊，还是和哪个朋友在一起玩，抑或去见了他爸妈让他见的女孩子？

陈茵把两人的聊天记录一直翻到上周，从坐着的姿势变成躺在沙发上，手机一个没拿稳砸在鼻梁上，才吃痛地捂着鼻子。

她疼得眼泪都飙了出来，蜷缩成一团，终于找到理由给游淮发了消息：好疼。

游淮隔了三分钟才回：嗯？

DOKi DOKi：手机砸到鼻子了，一个人在家好无助。

试探，拉扯。这是这段时间陈茵长进最大的两个东西。

但游淮显然更胜一筹。

在陈茵的遮遮掩掩中，他问得非常直白：要我过来？

不是需要我过来？是想我过来找你？

而是要我过来。

陈茵把脸埋在抱枕上，许久才露出眼睛，慢吞吞地回复：随你。

陈茵去洗了澡出来，游淮还是没回消息，倒是申铠扬给她发了好几条微信。陈茵打开，看见申铠扬发来的第一条是个视频。

申铠扬：东西给你发过来了，一定要细细品鉴，不然你真的是对不起我！

什么东西？

视频陈茵还没打开，封面全是黑的，她表情复杂地找来耳机，音量调至最低点了播放。

光线昏暗的环境，像是KTV包间，沙发上却只坐了一个人，他拿着麦克风在唱一首《红豆》。申铠扬显然就是那个举着手机给他拍视频的人，第一秒就在喊"我开始录了"，还不时在场外发表言论——"嗯，不错，挺帅的"，像在说什么小品、相声，让原本伤感的情歌氛围都变得诙谐了起来。

镜头中心的人却始终没有抬头，他头上甚至扣了一顶棒球帽，帽檐压得很低，在室内脱了外套，一件白色长T恤显得整个人都很清爽。屏幕光线映亮他的半边脸，套着黑色海绵套的话筒在他唇前。

陈茵在看见游淮的那一刻，就摁着音量键不停放大。

她一直以来都很难抵抗游淮唱情歌，初中大家都在唱周杰伦的歌，唱《双截棍》和《听妈妈的话》，游淮却坐在她旁边哼《园游会》。夏天的蝉在窗外一个劲儿地叫，她用手托着腮，注意力从漫画转移到游淮身上。

　　冷空气跟琉璃在清晨很有透明感。
　　像我的喜欢被你看穿。

他在这时候忽然伸手弹她的额头。

陈茵吃痛地皱眉想骂他，最后还是没舍得，只是用手推了一下他胳膊，很没心眼地催："你往后唱呀，唱高潮部分啊，别停在这儿。"

陈茵之所以分科的时候选音乐，除了对文化分要求不高，也是因为她觉得自己是真的很喜欢音乐。小学看动画片，别人最期待看内容，她却最期待片头曲和片尾曲。很多动画片的主题曲她都会唱，会走着走着忽然拉住游淮的书包对他唱《黑猫警长》。

再长大一点，她开始学会故作高深，对游淮说作文真是一点意思都没有，你看唱歌多简单，几句词就让人有无限的遐想空间。

游淮问，比如呢？

比如……陈茵想了半天，才想到一个好的例子："你看哦，《不能说的秘密》里面那句'最美的不是下雨天，是曾与你躲过雨的屋檐'。如果换为作文呢，得写清楚起因经过结果，什么时候下起的雨，'你'又是谁，两人之间是什么关系。但你不觉得有时候，话不说透反而比什么都说清楚更吸引人吗？"

然后她和游淮，也成了什么都不说透，在当初看来最吸引人的关系。

他在屏幕那一头，给她唱着她喝醉时缠着他想听的《红豆》。

而她在屏幕这一头，透过耳机听着他的声音，当初分手时的难过终于越过三年的时差，姗姗来迟。

申铠扬还在给她弹消息：我的拍摄技术怎么样？比起你们电视台的摄影师是不是要牛一点？

他满嘴跑火车，开了一堆玩笑，最后漫不经心地发来一句：冻死了这天气，要不是游淮喊我出来我才懒得出门。这么大的包厢就我们两个，还是游老板阔气啊，专门开一个房就唱这么一首歌，绝了。

陈茵没有回复。

很多人说，陈茵，感觉你内心挺强大的，分手好像对你也没有什么影响。

和前任可以正常见面，不会表情管理失控，也不会仓皇逃走，像对待普通朋友一样镇定,甚至能正常交谈,这是身边其他朋友无法做到的事情。

她们都说真正喜欢的人分开后是不能做朋友的,最好是连面都不要见,相忘于人海就是最好的结局。旧情未了就像没有灭干净的火,一丁点儿风吹草动都能死灰复燃。

话外的意思,陈茵明白,无非想说她爱得清醒理智,其实就是没那么喜欢。

她也一度觉得自己要么内心真的足够强大,要么就是如她们所说没有那么在意游淮。

但直到现在,她因为游淮专门给她唱的一首歌,难受得好像手机不是砸在鼻梁而是砸在了心上。

一个三分钟的视频,不知道循环了多久,房门忽然"咯吱"一声被人从外打开。

视频里在昏暗中的人出现在了玄关,他站在灯光之下,和咬着唇克制泪水的陈茵对视。

时间跟歌词一起"嘀嗒嘀嗒"地游走,耳机里的声音停下,背景音乐也被重新暂停。

她才听见游淮问:"你在难过什么?"

是认真疑问的语气,望来的那双眼也是认真专注的,他像是在等一个该如何哄她的答案。

陈茵很少觉得游淮是不可替代的。

恋爱时比起我永远爱你这样的甜言蜜语,她更喜欢说游淮我们去做这个、我们去做那个。

直接省略了询问的过程,不需要了解他要不要去、喜不喜欢。

她和游淮认识太久了。

幼儿园上学第一天认识的第一个小朋友是他。

对世界的认知尚未形成,独立看的第一本书是游淮在她旁边给她翻字典找拼音和她一起理解故事内容。

游淮说这个世界是这样的,她点头觉得游淮说的每一句都是对的。

学校小卖部卖的牛奶、饼干就是最好吃的零食,体育课跑完步喝一瓶冰可乐就是最爽的,不会有人来问,陈茵你是自己喜欢还是因为游淮喜欢,所以你才喜欢的?

被省略的问题,导致她从来没有去想过答案。

哪怕在分手的那一刻,她想的也是回到朋友的状态。

所有能被她接受的设想都是基于——无论关系怎样转变,游淮都不会离开她的世界。

分手的时间虽然是三年,但三年里他们始终没有真正的断联。

无数次朋友组局的见面中,她的余光跟着聊天的声音一起转到他身上。

对别人说生日快乐的游淮、低头回消息的游淮、朝她看过来又很快看向别人的游淮……

一些曾经觉得难受气恼的画面，在这个时候被二次放映。

在逐帧放映的镜头里，她从所有的游淮身上看见了自己的眼睛。

黏腻的、开心的、不舍的、难过的，最后是懊恼的，跨越了漫长的时间，终于被看见万花筒内的真实情绪。

陈茵很讨厌在游淮面前哭，她喜欢在他面前显得轻松自在，不喜欢让他觉得自己是脆弱的。

但现在发现，脆弱也跟咳嗽一样难以掩藏。

"游淮，我有、有点想你……"

仍然进行了一些遮掩。

如果按照数学考试的标准，正确答案应该是我很想你。

分开的时候没有觉得会很想游淮。

分开的时间里也很少觉得很想游淮。

但是好奇怪，在游淮重新走向她，对她用行动表示只要她开心就可以，他怎么样都无所谓，主动权全部掌控在她手里，他真的像以前她偶尔想的那样，希望他出现的时候就出现。

这种时候，陈茵竟然会觉得很想他。

比分手的时候更难过，也比看他从自己面前走掉更为心酸。

夏思怡说暧昧是最让人上头的状态。

陈茵在这个时候可以给予否定答案，让她上头的不是暧昧，将多巴胺吊着、让她时常保持兴奋状态的不是暧昧、不是情绪，而是游淮。

她抬头看他，觉得自己很糗，捂着眼睛找借口说："手机砸得鼻子真的很疼，申铠扬还给我发你的视频，你又来得这么晚，真的很难受，非常非常难受。"

她反复用非常两个字来对他表示自己所有突然涌起的负面情绪都与他无关。

却又在最后忍不住对他泄露真实情绪。

藏在所有的遮遮掩掩里，再次对他说。

"最糟糕的是……游淮，我发现我是真的很想你。"

有这么一天。

她在午睡中醒来，睁开眼睛发现周围的同学都还在睡觉。

胳膊忽然被戳了一下，她偏头，看见坐在她旁边的游淮趴在高高的书堆上，视线和她对上，他勾唇笑，在安静中轻声喊她。

——陈茵，给你看个魔法。

然后窗帘被他掀起来，将两人罩入其中。

阳光顺势而入，和风声一起停在了两人的小小空间中。

她喊了一声他的名字。

游淮打了个响指，笑容灿烂地对她说："这些阳光，就送你了。"

她那时想，游淮是个笨蛋。

现在，灯光成了那时的阳光。

房间是罩住两人的窗帘。

她在光线中站起身，正要朝他走过去，说："游淮，我也想送你一些阳光。"

却被他抢先一步，他似终于听清楚陈茵说的是什么，朝她走了过来，拉住她的手腕，然后直接抱住了她。

"嗓子有点难受，其实有些烦，你怎么连申铠扬的话都信？我根本没对别人唱过《红豆》，今天是第一次唱，怕你嫌弃我没带感情，练了很久。唱的时候想这首歌这么浪漫抒情，陈茵应该会喜欢，我让申铠扬帮我录下来，他骂我矫情。"

他笑了一声："但是好像还不赖？"

陈茵声音闷闷的："什么还不赖？"

游淮说："被骂矫情能听见你说你很想我，这种交换还不赖，是我赚到了。"

陈茵在他怀里像是在确认他到底是不是他，用呼吸确认他身上的味道，又用手确认他的温度。

"下次、下次你带我一起去KTV吧，就我们两个人，我也有想对你唱的歌。"

游淮笑道："怎么还学我啊你？能不能有点儿新招？用我的套路泡我，你是不是太敷衍了？"

陈茵笑不出来，她觉得自己的眼泪已经打湿游淮的衣服了，揪着他的衣角，闷声说："游淮你废话好多……"

游淮嗓音拖沓，学她："嗯，游淮废话好多。"又用下巴蹭蹭她的头顶，声音很轻地说，"但游淮真幸运。"

曾经，沈域问游淮，喜欢一个人是什么感觉？

游淮停下玩游戏的手，笑着对沈域说：是白日梦啊，或许会成真，但又做好了它不会成真的准备。

可是真幸运，白日梦都眷顾游淮。

它成真了。

一次。

再一次。

申铠扬刚跟夏思怡吵完架,吵架的原因他至今都没想清楚,被夏思怡拿抱枕打的时候,还举手提问:"是因为我进门的时候没有先喊宝贝吗?"然后话说完就被夏思怡冷笑一声赶出家门了。

他蹲在家门口,跟对面出来丢垃圾的大爷撞了个正着,正准备打招呼,游淮的微信消息就弹了出来。申铠扬觉得游淮可太贴心了,他正愁找不到人倾诉就自己送上门,简直就是朋友里的顶尖暖宝宝。

哪知道打开后看见暖宝宝发的是条语音,只有两秒长。

申铠扬点开就听见透过电流的声音懒散带笑,里头又有一股慵懒的倦意,像是刚睡醒又像是刚忙完什么。

申铠扬丈二和尚摸不着头脑,回了条消息问:谢什么?

那边正在输入了好一阵,才回:谢谢你拍的视频啊,陈茵说她很喜欢。

申铠扬一头问号。

晚风萧瑟,他打了个喷嚏,转身无助地拍门。

"思怡,夏思怡,我知道我错哪儿了,我去KTV竟然不告诉你,我错了!我真的错了!"

与此同时。

陈茵也坐在地板上,正在捣鼓从抽屉里翻出来的一个照相机。她当初跟风买来,结果没用两次就压箱底,现在将镜头对准坐在她对面正在低头发微信的游淮:"你看我。"

游淮抬头的刹那,她摁下快门。

"你能认真点儿吗?这么随意拍的能好看?"刚才还无比感动对她说自己很幸运的人现在又在抬杠,甚至往后靠在沙发边沿,屈起膝盖有点儿刻意地摆了个姿势,抬着下巴对陈茵说,"再拍一张呢?"

陈茵盯着他看了许久,看得游淮有些不自在,正想笑说"我开玩笑的",就见陈茵整个人往前,双手撑在他腿侧,距离近得只要再靠前一点点就能亲上。

游淮心跳漏停一拍,舔了一下干燥的嘴唇。

陈茵笑了起来:"我还以为你脸皮能一直这么厚呢,你竟然还会害羞?"

游淮直勾勾地看着她,意味深长道:"我会的东西多得去了。"

陈茵学他的语气:"是吗?游淮还会什么?"

窗外忽然淅淅沥沥地下起了雨。

鹅黄色的窗帘被风卷得鼓了起来,陈茵刚扭头去看,就被人环住腰往怀里带。

"比如,跟初恋认真学过怎么接吻,你要不要试试?"

陈茵眨眨眼,思考了会儿,才矜持道:"那就先验验货吧。"

"行。"游淮答应得也挺爽快,说完低头拉近了两人的距离,凑近过去又故意逗她,看着她扑闪的睫毛,笑着说,"不过温馨提醒一下,接吻是可以呼吸的,知道用哪儿?"

陈茵刚闭上眼,又因为他的话睁开,正准备问哪儿。

游淮就亲了上来。

他好像刚吃完甜品,唇齿间都是甜的,有雨点溅到了陈茵手背上,她没来得及躲闪,就与游淮的手十指相扣,被压着整个人往后,细密的亲吻和雨声模糊在一起。

"我知道用哪里呼吸。"陈茵圈着游淮的脖子,手钻进了他的衣服里,停在他胸口,就不再说话,引着他陷入更缠绵的雨季。

陈茵用手描摹着他的眉眼,又忍不住弯腰顺着自己手指的方向亲吻过去。

"游淮。"

扶着她腰的人抬眸:"嗯?"

"其实……其实分手以后,你身边都是、都是我的眼线。思怡会告诉我,你最近在做什么,弯弯绕绕的方式,不直接说陈茵,游淮最近在忙这个,而是会说申铠扬最近在帮你的画室开业,还去你书店帮你监工。我就知道,哦,原来游淮最近在忙这些。"

很多事情一旦刻意去回忆,就有很多可讲的,倾诉欲也变得旺盛。

陈茵停了下来,整个人伏在他身上,听着他的心跳,不许他动。

"我有时候会想,你会不会想起我。"

"是吗?那你想出个所以然了吗?"游淮一直标榜自己爱凌驾于一切之上,甚至是身体,但现在又被陈茵打败,他得集中精力才能听清陈茵究竟说了些什么。

陈茵头发都被汗湿:"就是想,可能在这种时候,你会想我。"

游淮笑:"嗯,我很想你。"

临睡前,陈茵问游淮:"你去见那个女孩子了吗?"

游淮没说话。

陈茵敏感地睁开眼,撑起身子想看他,又被他推了下脑袋。

"你是不是傻?"游淮笑得不行,"你觉得我还有精力去见别的人?"

陈茵又躺了回去:"也不一定啊,"她张口就来,"万一你想走渣男路线怎么办?"

游淮:"也不是不行,渣男好像现在挺吃香的。"

陈茵点头:"对啊,你可以一口气泡三个,现在从我床上起来刚好有空去酒吧赶下半场。"

"但是有点麻烦啊,我不太会撩人怎么办?"游淮问她。

陈茵原本只是开玩笑，但也是没想到游淮问得这么认真。她自我消化了会儿，才用无所谓的语气说："你怎么不会？你可太会了，随便抱着吉他唱两句《红豆》就赢过99%的渣男。"

"这么看好我？"

"嗯，毕竟陈茵严选。"

陈茵语气自然，游淮也没听出她是不是生气了。

他被她逗得又忍不住笑，其实很困，去洗了个澡出来就想睡觉了，现在聊几句反而聊精神了，还真的又想了一下，才说："应该不行，我爸妈知道我是个情种，听说我对你爱而不得的事情以后，就不敢再给我介绍相亲对象了，怕我想不开出家。"

"怎么就又……"话说到一半，陈茵才反应过来游淮刚才说了些什么，她侧眸看向游淮，"你说什么？"

打开的窗帘外月色淡淡。

游淮侧过身，和她眼对着眼，语速缓慢道："我说，我是个情种。"

陈茵摇头："前面那几个字。"

"我爸妈知道我喜欢你。"

陈茵瞪圆了眼睛。

游淮笑："这不难猜啊。读幼儿园的时候，我别的小朋友都不逗，就只喜欢逗着你玩，小学到高中也是一直和你在一起，身边没几个别的异性朋友，张口陈茵闭口还是陈茵。你猜他们为什么热衷于给我介绍对象？"

陈茵脑子都不会转了，游淮爸妈对她一直很好，出差回来除了给游淮带礼物也会给她额外带一份。游淮的妈妈更是经常念叨说如果生的是个女儿就好了，但他们一直没有表现出知道自己儿子和她之间有暧昧的样子。

而是非常正常，正常得好像他们只是朋友关系。

陈茵有些呆，这会儿才知道问："那他们知道，我们在一起过吗？"

"不知道啊。"游淮语气始终平淡，"他们一直觉得你不会喜欢我。"

"我没——"陈茵不知道该说些什么了。她情绪又变成吸满水的海绵，胀胀地鼓在胸口，说不出是在为谁委屈。

"我是你喜欢的类型吗？"游淮忽然问她。

陈茵点头，又怕单纯肢体动作显得不够诚心，格外认真地对他说："你是啊。"

"这就行了。"

游淮揉揉她的头发："赶紧睡觉吧，你见谁在床上聊爸妈的？扫不扫兴啊你？"

游淮一旦这个样子，陈茵就明白，他不想多说了。

她翻过身，嘴里说着睡觉了晚安，闭上眼却始终没能睡着，放在她腰上的手轻轻揉着她的肚子。

昏昏欲睡的声音从耳后传来,对她说晚安。

他们盖着同一床被子,陈茵听见游淮呼吸变得平稳,才慢慢转过身。

"游淮。"

没有说话,游淮是个懒鬼,他睡着了。

"等过阵子我忙完,我们去见你爸妈吧?"

她声音很轻,手指慢慢握住他的手,在他的呼吸声中轻声说:"跟他们说,游淮不是单相思。"

"虽然游淮是个笨蛋,但陈茵也很喜欢游淮。"

陈茵说完,才找到了些困意。

她往游淮怀里钻,抱着他的时候,额头被人蹭了蹭。

"嗯……笨蛋也很喜欢你。"

是困得不行的声音,像是梦里给出的回应。

陈茵上班的时候走神了,跟李奇出外勤时频频看手机。李奇是听别人说陈茵最近可能有情况,平时上下班都是同一辆车接送,但他没有往游淮那儿多想。

他这人有点自负,觉得自己近水楼台先得月,怎么着都比回头草要强。

再推己及人,他自己都不是会想念前任的人,能分手就说明两人之间存在不可调和的问题,往冷酷点儿的方向说,就是感情没那么深。

所以他只当作认识的采访对象或是其他部门的人在对陈茵展开热烈追求,过不了多久就会被拒绝。

他往副驾驶陈茵的方向侧睨,看见她正专注看着手机,满脸都是笑意。

陈茵正在挑选自己拍摄的游淮照片,她随手拍的游淮都很自然,坐在地上正在玩游戏被队友坑得有点儿无语、洗水果被她强迫戴上了粉色的围裙报复性地用水弹她,这些都被陈茵抓拍下来了。

她心说:简直完美了陈茵,你当记者简直屈才,摄影界没有你真是天大的损失。

骄傲自得的时候就翻到游淮刻意耍帅摆拍的样子,他把衣服撩了上去,冲她露出腹肌,抬着下巴欠揍地看着她,脸上就像写了一行字:你看我,是不是你见过的最帅的人?

陈茵就是被这张照片逗笑的,她正在自己空闲时间里骚扰繁忙中的游淮,给他发了一堆照片过去,然后就开始轰炸他。

DOKi DOKi:不是吧阿sir,不是真的这么做作吧?

DOKi DOKi:你知道吗,你这种照片放在弹窗网站都会被客户投诉!

…………

DOKi DOKi：我刚刚在网上看见，说输入别这个字，然后一直往后点，就会出现自己最害怕的事情，你知道我输入后出现的是什么吗？

对面终于显示正在输入中。

yh.：你不是出外勤？怎么这么闲？

yh.：不懂什么叫帅就跟哥哥说，哥哥以后每天教你什么叫顶尖帅哥。

yh.：所以，你最害怕的是什么？

"陈茵，你在跟谁聊天？笑得这么开心？"李奇问她。

陈茵头也没抬，随口回道："游淮，我男朋友。"

她手指也没停，飞快打字回复过去。

DOKi DOKi：别人的男朋友真的很帅让人有种想睡的冲动

yh.：［微笑.jpg］

yh.：来，打个视频，你看着我的眼睛再说一遍。

陈茵才不，她笑着回游淮真的好菜。消息还没发出去，驾驶座沉默了会儿的李奇忽然踩了刹车。陈茵差点儿撞到挡风玻璃上，皱眉看向他。

"师兄你——"

"那我算什么？"李奇表情有些奇怪地问她。

后面有车在按喇叭，陈茵攥着安全带冷静道："把车开到安全的地方我们再谈，好吗？"

李奇深呼吸，平复了会儿心情，才将车开到路边画停车线的地方。

陈茵这才说："师兄，我没答应过你，也没有暗示过我对你有感觉，对吗？"

李奇没说话。

"在大学电视台，大家开我们玩笑，我也都是说不要闹，我们只是朋友。所以，我算不上把你当备胎或是一直钓着你吧？大学毕业我进绥北电视台，在工作上我把你当作可以学习的优秀前辈，生活中也只是把你当作纯粹的朋友。因为你一直没有明确对我表明你的态度，我也不好对你明说我对你没感觉。"

陈茵语气很温和，说话时一直看着李奇的眼睛，非常坦荡，坦荡得让李奇怒极想笑。

他有很多话想说，想问她：我到底哪里不够好，所以你这么看不上我？又想问游淮到底哪里好，都这么久了，你还能跟他搅和到一起去？但无论哪个问题都太蠢，蠢到不需要问出口就能知道答案。

最后他就只是笑出了声，看看陈茵说："你真的敢说你没把我当备胎？

"工作上我给你最大的便利，在你刚进电视台的时候，就带你认识人帮你疏通关系。你要做什么我都全力支持你，大家都觉得我们肯定能成。陈茵，你觉得这是一句你没把我当备胎就能单纯掠过的事情？我对你花的时间不是时间？"

陈茵看着李奇，逐渐露出有些匪夷所思的表情："你确定你说的是人话吗？我觉得你比起上班，好像更需要重新接受九年义务教育好好塑造一下三观。"

陈茵坐在游淮的副驾驶，把早上发生过的事情又吐槽一遍。

她气鼓鼓地问游淮："你们男人为什么都这样？"

"因为性别一致，所以我也有错是吧？"游淮淡淡地扫她一眼。

陈茵说："那我现在生气啊，我又不能对别人发脾气，万一别人到处说我坏话，还在工作里给我使绊子怎么办？我就只能对你生气啊，谁让你是我男朋友。"

游淮笑了一声："要不是我现在开车，我真的应该给你鼓个掌，你这口才今年优秀主持人没你，我都得拉横幅去你电视台门口抗议。"

"那应该是有我的，毕竟像我这种美貌与智慧并存的优秀主持人很少见了。但你别转移话题，你不觉得李奇这人非常离谱吗？哇——我当时跟他说完六个核桃，就直接下车了！"陈茵皱着眉头，一脸我是真的很烦的表情，跟游淮说，"他这人是真的有点偏激的，在马路中间听见我说你名字就直接停车了，吓得我以为他要跟我同归于尽，那一刻我连遗言都想好了。"

陈茵清了清嗓子，换了播音腔对游淮说："我的遗言就是，希望游淮能坚强地活下去，当然也不能太坚强，忘了我找个新女朋友结婚生子这个我是绝对不允许的，甚至会气到半夜掐死你。你就好好活着当个对社会有贡献的人就行，哦，那应该是感情上孤单、整体方向伟大地活下去。"

她说完笑吟吟地看他："厉不厉害？"

游淮把车停进地下车库，正在找车位呢，听陈茵叽里咕噜说一大堆，原本挺无语，结果硬生生被她逗笑："你挺会安排。"

他摸着方向盘，熟练地倒车入库，停下后，直接拍了一下陈茵的脑袋。

"你放心，你要是比我早走，我一定找个新女朋友去你坟前气死你。所以，为了不让我有这么一天，你一定要好好活着，比我活得久一点，我允许你带人去我坟前气死我。"

陈茵被他牵着等电梯上商场的时候，还在想游淮的话，问他："我真的能再找？"

游淮非常大方，点头说："找啊。"

陈茵倒有些不舒服了。她低着头，忽然踹了游淮一脚，游淮闷哼出声。旁边带着六岁儿子一起等电梯的年轻妈妈看了他们一眼，陈茵又欲盖弥彰地揉揉游淮的手臂，温声说："宝宝你真贴心。"

"……服了。"游淮最近的口头禅就是这个，"叮"的一声电梯门打开，

282

他拉着陈茵进去，随口道，"给你找了个新职业，当什么主持人啊茵姐，去当演员。你男朋友就在刚才决定倾家荡产支持你的演艺事业，给你捧成影后怎么样？"

陈茵又踹了他一脚："闭嘴啊你。"

那个年轻的妈妈显然全听见了，没忍住笑出了声。

陈茵拧了游淮一把。

游淮"哎"了一声，说："注意点儿啊女朋友，别大庭广众之下家暴，我怕你被抓起来。"

陈茵觉得这人真的很烦。

他们买了电影票来看电影的，是刚上映讲宠物的片子。

陈茵跟游淮都喜欢小动物，但他们爸妈对小动物都无感，两人最近是有准备养只小猫或是小狗，所以一看见有这电影就想说先从大银幕上了解一下自己对宠物究竟有多热爱。要是能被感动哭，出了这个电影院两人就直奔宠物店了。

开场前陈茵去了趟厕所，出来的时候没看见本该等在外面的游淮。

她拿起手机边往外走边准备给他打电话，结果在电影院门口的冰激凌店里看见了游淮。

他弯腰蹲在电梯里看见的那个六岁小男孩儿面前，正跟小朋友说些什么。

说得不像是什么好话，因为那小孩儿好像快被游淮给逗哭了。

陈茵轻手轻脚地走过去，想从后面吓游淮一跳，就看见那个年轻的妈妈匆匆从厕所跑出来，拉过小男孩儿，一个劲儿地对游淮说"谢谢"。

"你又是做了什么好人好事？"陈茵问。

那对母子已经走远了，游淮站起身："帮忙照顾了一会儿小孩儿。"

"哦。"

电影快开场了。

这话题本该到此就结束，游淮去买了可乐和爆米花，跟陈茵检票进场。在找放映厅的时候，他忽然又对陈茵说："其实现在想想，分开的那几年，我最害怕的事情好像不是你找新的男朋友。"

陈茵茫然地抬头："嗯？"

走廊里，身边都是匆匆往前走的人。

他们停在靠墙的位置给其他人让出路。

游淮低头看着她的眼睛，说："我怕的是你被人欺负，怕你遇到不好的人，他不会照顾你、不会体贴你的情绪、不会迁就你，怕你过得不够好，变成自己带着小朋友出来上厕所都需要别人帮忙的超人。

"你就当你的天鹅，做自己想做的任何事情，成为你想成为的人，这样才可以。"

电影还没开始看，陈茵就差点被游淮给弄哭，一双眼睛水汪汪地看向他，也不说话，只是伸手拽一下他的袖子又拽一下。

"感动啊？"游淮凑近看她。

陈茵点头又点头，抬头让他看清楚她的眼睛，问他："看见眼泪了吗？"

游淮："眼泪没看见，但是看见你卡粉了。"

"你骗我的吧？怎么可能啊？我今天粉底上得很薄啊，怎么可能卡粉？"陈茵一边否认一边拿出手机打开前置摄像头，发现光线太昏暗看不清楚，又从游淮口袋拿出他的手机打开手电筒让他举着给自己照明。

游淮懒洋洋地靠在墙边，举着手机让她照镜子："所以，比起感动，还是形象更重要，你这小姑娘怎么这样啊？你不够爱我啊，陈茵。"

电影快开场，检完票的人都行色匆匆往里赶，就他们不慌不忙地站在这儿还在闲扯些有的没的。

陈茵顾不上理游淮，照清楚后发现这人故意逗她的。

"我本来非常感动，甚至觉得你是世界上绝无仅有的好男友，但是你刚才的那一番举动就让我的感动大打折扣。我现在非常希望你能短暂地变成一个哑巴让我慢慢消化你带给我的感动，在看电影期间当个漂亮花瓶好吗？"

游淮懒散地伸手做了个封口的动作，拿起放在地上的爆米花和可乐就带着陈茵往前走。

这个电影被网友们评论养宠物的人看了会伤心，没养宠物的人看了也会落泪。陈茵原本觉得这是过度宣传，什么纸巾没带够不要轻易走进影院，她都没太放在心上。

她和游淮都是泪点很高的人，两人之间如果硬要比较的话，陈茵的泪点要比游淮更高一点。

小学学校组织去看一部名为《暖春》的电影。

身边同学哭得稀里哗啦，就他俩全程没抽一张纸巾。

但是别人不知道，其实出电影院的时候，游淮从后面拽了一下陈茵的头发："喂——"

小学的游淮单手插兜，拽里拽气，左右环顾发现没人注意到他，才凑过去对陈茵说："你有纸巾吗？给我一张。"

陈茵借着阳光才看清游淮眼里有泪，只是怕被人看见有毁形象所以强忍。

来看这个电影，陈茵包里提前准备了纸巾，就等着一会儿如果游淮要哭，她可以及时拿出来安慰男朋友。

哪知道看完后一直在擦眼泪的人是自己。

被遗弃的狗狗一直在原地等主人回来，每次有人来它都高兴地晃着尾巴，发现不是主人又失落地回到垃圾桶旁边蜷缩着，趴在地上看一双双鞋子从它面前路过。直到有个小姑娘蹲在它面前,摸着它的脑袋带它回家。

重新拥有家的狗狗看着小主人长大,等着她放学,等着她下班,陪她和男友约会,在她婚礼的时候自己被戴上红色的铃铛,直到小主人怀孕,它蜷缩在墙角听见家里的争吵。他们商量着要将它送走,它什么都听不懂,只知道用一双圆溜溜的眼睛看着肚子已经变得圆润的主人。

这时候陈茵眼睛就有些湿润。

狗狗被送到乡下,自己咬着最喜欢的玩具看着车一点点开远,副驾驶的女主角看着后视镜里狗狗的影子一点点变小。

狗狗追着车跑,因为嘴里咬着玩具,所以没办法发出叫声。

只是看着车越来越远,自己逐渐追不上,才意识到,原来它又被遗弃了。

没有任何背景音乐,只有副驾驶女孩子的哭泣声和车轮胎压过石子路发出的声响。

陈茵这时候开始掉眼泪,影院里不少女孩子也都在抽泣。

游淮听见抽纸的声音才发现原来陈茵哭了。

"怎么了?"他低头看她,怕吵到别人压低声音问,"怎么哭了?"

陈茵用胳膊肘撞他胳膊,有些哭腔:"你别看我。"

游淮还是第一次看到有电影能让陈茵哭:"这电影可以去拿奖了。能让铁人落泪,不拿奖我都不服气。"说完,又轻叹了一口气,从她手里拿过纸巾,打开拿出一张给她擦眼泪。

"你这眼泪要是放在以前学校组织看电影用,老师都要多夸你几句,现在哭是不是有点儿浪费?"

陈茵推他的脸:"你别说话了游淮,你一说话总让我有种想犯罪的冲动。"

游淮笑:"公众场合,你文明点。"

陈茵声音齉齉的:"我克制住对你的杀意,已经很文明了,你还想我怎样。"

"喂——"

游淮不满地拖着嗓子,用手指捏她的脸,嘴唇被捏得嘟起来:"别的鸟都只是愤怒,你这只鸟怎么又愤怒又暴躁?"

游淮这么一打岔,陈茵伤感的情绪就起不来了。

从电影院出来,两人走到地下停车场。

陈茵说:"我们暂时还是别养宠物了。"

游淮看她。

"以前想养宠物只是觉得新鲜好玩,觉得它摸起来很可爱,但是现在才发现这是一份责任,是新增的家庭成员,还没有想好是不是能承担一个小生命时就做出这个决定好像是挺不负责的。"

"好啊,"游淮没有意见,"那就想好再说。"

这天晚上游淮刚从浴室出来，陈茵就去缠他，拽着他的领口往自己的方向拉。两人磕磕绊绊地往床边走，窗帘都没拉，冷风直往里灌，谁也顾不上。倒在床上的时候，陈茵摸到空调遥控器，游淮开了暖气就往床头丢，压下来亲吻她的唇。

借着窗外的月光，她看见游淮专注看着她的眼睛。

她用掌心覆盖他的眼皮，感受他的睫毛带来的细微痒意，却无端想起电影里那只尾巴摇来摇去的狗。

"游淮……"

"嗯，我在。"

"分手之后，有没有一直看着我？"她问。

游淮却沉默了许久，才失笑："这种时候你让我怎么回？我哪来那么多脑子？"

"你像那只狗，游淮……你好像那只狗……"她难过得像是心被人拧了一把，"圣诞节那天我们分手，你是不是也像那只狗狗一样一直看着我的背影，是不是也一直在等着我回来？"

"……我说。"

游淮拉开她的手，看着她湿漉漉的眼睛。

"别把你男朋友形容成一只狗，我确实有点惨，但也惨不至此？"

"………"

之后便是一团混乱。

最后已经昏昏沉沉的陈茵圈着游淮的脖子，嘴里还在喊他名字："游淮。"

"嗯。"游淮圈着她的腰，低头亲吻她额头，"我也爱你，陈茵。"

周末蒋琪筝给陈茵打电话让她回家吃饭。

陈茵本就打算跟父母坦白自己和游淮的事情，但怎么坦白、从哪里坦白都是需要技巧的。如果说自己大一就跟游淮谈过只是分手了，就有些过于诚实。

针对这件事她和游淮商量过。

"就说你非常喜欢我，喜欢得不得了，大学看我一直没对你表白你生气觉得我是个木头，所以这么些年一直不跟我联系。哪知道现在碰上也还是喜欢我，所以暗示了几次我跟你表白了，我们就在一起咯。"游淮是这么说的。

陈茵点点头说："也行。"

然后原封不动地把话告诉了她爸妈。

蒋琪筝倒是表现得镇定，手里的汤勺都没丢，倒是陈子芥面无表情地拿出手机打开摄像头对准陈茵："我不管你是谁，从现在开始，立马从我女儿身上离开，不然我就对你不客气了！"

陈茵："……爸，我不是在跟你说笑话。"

陈子芥："我看着像是在跟你说笑话吗？"

陈茵就不懂了："你为什么觉得这是不可能发生的事情？"

陈子芥看向蒋琪筝："老婆，你说呢。"

蒋琪筝放下汤勺："茵茵，你要是喜欢他，是藏不住的。"

除了陈茵自己，所有人都不认为她喜欢游淮。

这真是一件怪事情。

陈茵不知道该怎么解释，只能生硬地说："但我是真的喜欢他。"看着他们的眼睛，认认真真地又说一次，"我是真的很喜欢他，想和他一直走下去的那种喜欢。"

蒋琪筝沉默了会儿，说："你高三的书没丢，放在杂物间。你要是明天没事情做的话，可以去看一下你高中的书。"

陈茵有些困惑，不知道高三的东西现在看来干什么。

但话题到这儿父母好像都不想接了。

不清楚他们信没信。

好像在父母眼里，年轻人对爱的保证都不具有可信度。

虚无缥缈，像羽毛一样没有任何重量。

陈茵皱着眉，从餐桌起身准备往房间走时，陈子芥又喊住她："游淮是不是有辆黑色跑车？"

陈茵心中警铃大作，扭头看着她爸："什么黑色跑车？"她装糊涂，"我怎么没看过？"

陈子芥又似只是单纯问问："可能是我记错了。"

陈茵点点头，揉着眼睛说："那我去睡觉了。"

走上一级台阶，从厨房出来的蒋琪筝重复了一遍："有空记得去看下你高三的书。"

"知道啦。"心里有鬼的陈茵应得很快，"我明天就看。"

杂物间上了锁，陈茵用钥匙打开，一阵灰尘就往外扑。

堆放在最外面的就是存放她高中书籍的纸箱，她戴着口罩，找了把椅子坐下开始拆。

当初装箱是游淮帮她的，她还记得那时候她坐在椅子上看游淮坐在地上给她往箱子里一本地放书，嘴里说着"陈茵，你真的很懒，世界上怎么会有你这么懒的人"，一边抱怨一边做事。

她嘴里敷衍地说着"哦哦哦"，然后拿出手机拍他的样子。游淮没抬头，她喊他名字，他看过来，她就哄他说："游淮，你真是只属于我的圣诞老人。"

纸箱上就留下游淮用马克笔随手画下的一个圣诞老人，旁边写了四个字：哄人一流。

那时候可真幼稚，虽然现在也没成熟多少。

陈茵今天没什么事情做，游淮又很忙，所以有很多时间来翻看这些压箱底的高中书籍。

高一语文书的扉页上还用粉色的笔端正写着自己的名字，旁边用红色的笔画了一堆小爱心，最底下还很豪情壮志地写了一行好好学习超过游淮。目标定得太低了，后面每一次考试游淮考得都比她差，根本不需要努力就能超过他。

陈茵发现自己高中三年成绩一直吊车尾的原因，是没找到一个可供追逐的对手。

数学书倒是很空，看着跟新的一样，要不是翻到里面偶尔写了几句"好烦好烦好烦"，她都不记得这是自己的书。

陈茵讪讪地合上数学书，随手丢在旁边。

一本又一本。

从最初联想到高中时期发生过的趣事，到后面有些敷衍地随手看几眼就往旁边丢。

倒是有些意外收获，她找到了以前跟夏思怡传的字条。

游淮是真的很烦，我只是让他帮我买个巧乐兹哎！他说他打完球懒得动，把饭卡给我让我随便刷！哈！他以为自己是霸总吗！他饭卡里有多少钱我不知道？我要被他气死了！

——从本子里随手撕下的半截纸，开头就是陈茵的抱怨。

夏思怡在下面回：你字写小一点！但是游淮饭卡里有多少钱？

陈茵听话地把字写小了许多：只有一百！他还没我有钱呢！

夏思怡换了一支蓝颜色的笔写：他只有一百块，你让他给你买巧乐兹？我也要。

最后一行是陈茵写了很多句号，然后写：行，下课去小卖部。

陈茵忍不住思考，她对游淮原来一直以来都压迫这么严重吗？

他饭卡里只剩一百元了，她还用它请夏思怡一起挥霍？

她把字条折起来放在自己口袋，决定等见到夏思怡的时候一起反省。

书里面基本没什么可看的，草稿本可以看的东西倒是很多。

她上课无聊，喜欢在草稿本上画格子和游淮玩五子棋。

还专门拿了一个草稿本在上面写五子棋大佬养成日记，左边一个游，右边一个陈。

翻开全是她和游淮玩过的五子棋，她都还记得红色是自己，黑色是游淮，胜负对半分，赌注通常是让对方帮自己做一件事。她帮游淮在球场送过水、帮他洗过水杯，也帮他打过饭。

　　她可真是一个诚实守信的人，这本子不拿走真有些可惜，可以拿给游淮证明她其实对他也不赖，以后不要总是抱怨说她敷衍他。

　　高三的书在最下面。

　　陈茵看见试卷就开始头疼，那些卷子上的分数都不漂亮，简直就是她的黑历史。

　　最下面就是高三复习资料。

　　她其实已经有些困，翻出来可供回忆的东西已经足够多。

　　原本并不想打开看看自己随便敷衍过的习题册。

　　但这时候风吹着杂物间的门"咯吱"响了起来，她伸了个懒腰，踢了一下纸箱，才又弯腰从里面拿出压在最下面的习题册。

　　是她最讨厌的数学，里面的字迹龙飞凤舞，多半都是临到要交上去的时候随便抄的，上面还有老师用红笔写的"多用点心！"几个大字。通常每一次老师这么批注，都会把她喊到办公室批评教育，以至于时隔这么久，她看到这几个字都有应激反应，急忙合上。

　　往地上放时力道大了一些，从最后一页掉出了一个信封。

　　信？

　　怎么还有这东西？

　　陈茵拿起来还没来得及拆开，又像是穿越丛林的冒险队在发现一个宝藏之后又发现了另外一个。

　　是掉在地上摊开的书里最后一页，本该干干净净的页面上被少年发牢骚般留下了一行字。

　　——你到底什么时候，才能看见我？

　　龙飞凤舞，字迹狂狷，像是在午后趁着周围人都在睡觉偷偷留下却又不想被发现的秘密宝藏。

　　被时光留在了过去，压在了所有不可能被翻阅的书籍最下面。

　　是游淮的字。

　　陈茵怔了好一会儿，才拆开那封信。

　　　　下午好啊陈茵，我也是挺服气，上次月考就比你考高了一分，你气得三天没跟我说话，还硬说我偷偷努力背地里卷就是为了让你爸妈收拾你。我发现你这人真的是有点迟钝，同时也真的非常疑惑，我有那么不明显吗，还是你真的一点都不懂？

所以，我到底要怎么样，你才能发现你对我而言，一直是特别的？

这封信你肯定也看不到，毕竟你那么讨厌数学，最爱说的就是学数学跟要你的命有什么区别。我把信塞在这里你应该也发现不了，或许有一天你终于能看到，但那是什么时候？陈茵会有和数学和解的一天？可能性太低，我实在想不到我活着能不能等到这一天。

不过也没什么关系，迟盛说我张嘴闭嘴都是你的名字，问我难道不觉得腻吗？哪怕一道菜吃十几年也有腻味的那天吧？我还真没想过这个问题，细想了一下后发现怎么会。

自吹自擂一下，游淮最长情，游淮怎么会腻。

但你意识不到。

你真没眼光。

我觉得这玩意儿多少有点家族遗传，我妈说我爸当初追她也追得挺辛苦，我说"也"是什么意思，我妈说就是你继承你爸的意思。我妈是个人精，她很早就看出你对我而言，是特别的，早到应该是幼儿园？我记不太清，但她说她带我去游泳的时候，威胁我说不听话就让老师把我们分开坐，我立马就不闹了。

有点丢人，你怎么那么早就能拿捏我？沈域说我拿你没办法也不是一天两天，让我自己习惯，我怎么可能不习惯。你说你觉得沈域很好，我连生气的情绪都没有，只是在想，陈茵，你这人怎么那么没眼光，我也就比沈域成绩差点儿，其他方面哪儿比他差了？

你喜欢的明星没有十个也有八个，上一秒还喜欢这个、下一秒就喜欢那个。我跟沈域说你就是三分钟热度，连兴趣都谈不上，充其量只是征服欲，想证明自己拥有了别人都想要的，显得自己比别人都好一点，希望被人羡慕。

沈域说我要是把话当你面说，你多半会生我的气。

别人都发现，陈茵对游淮忍耐度极低。

你会对我随便发脾气。

会对我提各种要求。

会说游淮你要站在我这边。

但是你怎么就没发现，我一直以来，只看得见你？

高二的暑假，你说你喜欢听粤语歌，你歌单里存的那首《暗恋航空》，我学会了，装作不经意对你唱，你却问我唱的什么歌，有时候真的会被你气死。

但里面有句歌词，形容我对你倒是恰当。

即使恋上你，都差天共地，你再远离我，我也信我追到你。

不好意思，游淮什么都差点儿，唯独耐心和自信不缺。

> 不就是等？我偏就信，迟早有一天，你会发现，游淮才是最好的那个。

陈茵自认为很了解游淮。

她知道游淮一直以来对她足够包容、足够忍耐、足够不同。

可是这里面多半有游淮的修养使然，他从来不是会对女生漠视的男生，遇见需要帮助的女孩子也会毫不犹豫伸出援手。她最开始认为，只是因为他们认识的时间足够久，是足够好的朋友，所以游淮对她要比别的女生更不同一点。

可是习惯和喜欢究竟哪个偏重更多，谁又分得清。

分开后，她想游淮对她也不过就是喜欢而已，喜欢又不是无可替代，这份喜欢能给她或许有一天也能给别人。

但是现在，和高三一起被尘封在箱子里的信和书籍最后一页，都在对她说着同一件事。

她了解他，却又没那么了解他。

陈茵想起什么，拿出手机，看见自己的朋友圈个性签名是唯己主义。从高一到现在，一直是这个。

而她一直没注意到的游淮的朋友圈个性签名，那个英文单词，在现在忽然有了特殊解。

Ponder。

沉吟。

烂透了的谐音梗，但又不仅仅只是谐音梗。

她是唯己主义。

他就是陈茵。

他的喜欢就藏在每一句陈茵里面。

从小时候到现在，一直以来都没有变过。

真心藏在玩笑话里，以至于她现在才终于发现。

游淮的喜欢，从来都不是可以被替代的。

这封信在陈茵手里变得沉甸甸的。

她不知道该怎么回应才算不辜负少年最青涩又最漫长的爱恋。

蒋琪筝说有些人的喜欢轻易、随便、见者有份，有些人的喜欢漫长、专一、不会轻易改变，前者是普遍，后者是概率。游淮就是出现在陈茵生命里的概率事件。

好像可以坚定地对别人说，她就是一个很幸运的人。

拥有和睦开明的父母，没有经济压力能够做自己想做的事情。

拥有优越的外貌和健康的身体，朋友很多，爱慕者也不少。

遇见过最大的难题就是读书时期成绩不好被老师当作差生点名批评。感情上也没有遇见过难题，哪怕分手都是因为自己想要更自由。

她的生活好像也是一个概率事件，是在盲盒里精准地摸到了最好的限定款。

她知道自己脾气很差、性格也不好，骨子里是个很自私的人，并从不认为自私是一件需要改正的坏事。人生在世不过仓促几十年，又很难说中途会不会发生什么天灾人祸随时被上天剥夺存活体验机会，享受每一天才对得起努力争取来的活着。

所以，陈茵从来没有为难过自己。

在一起不开心，那就分手。

再见面还是心动，那就继续纠缠。

纠缠到心动难挨，那就和好。

一切都顺理成章，全部顺着她的心意来。

像是生日许愿的万事顺意真的被实现了。

蒋琪筝说："茵茵，我们不是不放心你和阿淮在一起，只是担心你分不清你到底是为什么才和他在一起。"

"我小时候有段时间很想养狗，看见别的同学在空间里晒自己家的小狗，很眼馋，尤其是自己也没有，就更想要，觉得别人都有我怎么能没有呢？我就应该什么都有。但你们不答应，说别的都可以满足我，可是要对生命负责。我那时候觉得你们就是不想给我养，所以随便扯的理由。但是前几天我和游淮去看电影了，讲宠物的，看完发现你们当初是对的。我那时候年纪小，想事情不深入没考虑后果也没想过自己要承担的责任。"

陈茵抬头看向蒋琪筝："但是妈妈，有关于游淮的事情我想了很久，大学和他谈恋爱的时候，我就想过我到底为什么会喜欢他，为什么以前没发现自己喜欢他后来才发现。我也以为是因为他喜欢我所以我才喜欢他，但我假设过。"

"我假设过，如果游淮不喜欢我的话，我会不会喜欢他。结果发现，会的。

"我以前以为的喜欢，是那个人有吸引到我的闪光点，他能够照耀我让我成为别人眼中闪闪发光的存在，是想要商店里的限量品。无论那款限量品是不是我需要的，只要能拿来炫耀，那我就是想要，这不是喜欢，这是虚荣。

"但我想把游淮藏起来，我不希望有太多人喜欢他，我希望他只属于我，最好他不要有任何光芒，只有我能发现他有多优秀多好就够了，我想把他变成我一个人的。这种自私的占有欲一直没被发现只是因为游淮他一直只看着我，他从来没有吊着我的胃口，对我玩什么欲擒故纵的把戏，他一直站在我身后，所以我从来没有假设过他会离开的场景。

"妈妈，我是真的很喜欢他，可以对自己，也可以对他负责。"

陈茵很少跟父母说这么长一段话，也很少说自己的感情观。

但现在她滔滔不绝，对站在杂物间门口的妈妈认真解释着自己是真的很喜欢游淮。

蒋琪筝听完后，笑着说："看来你是真的很喜欢阿淮。有时间叫他过来吃饭吧，你爸爸应该有很多话想要对他说。"

最后，她对陈茵说："你手里的信，如果是阿淮以前给你写的话，我建议你不要告诉他。"

陈茵问为什么。

蒋琪筝眨眨眼："因为，哪怕他再喜欢你，也想保留一点骄傲，是不是？"

陈茵在微信里编辑了很久，才给游淮发消息说她妈妈叫他过来吃饭。

游淮问她，这算是见父母吗？

他语音里有风声。

陈茵编辑了很久，才问他在哪儿。

游淮回：在开车啊，不是说好了来接你？

他头像是黑色的，上面一轮弯弯的月亮。

陈茵现在对他的一切都做起了阅读理解题。

看这轮月亮也觉得有特殊含义。

她问他：你头像是什么意思？

游淮没有立刻回她，隔了三分钟才说："头像还能有什么意思？随便找了个看得顺眼的图就用了。你十万个为什么也等我到了再问行吗，姑奶奶？"

陈茵也打算回他一条语音，但现在发不出声音，她说了太多话，导致现在一开口就有些想哭，只能打字生硬地回了个"哦"。

游淮不再回她了。

陈茵回自己房间，在柜子里找到很多游淮曾经送过她的礼物。

从幼儿园到现在，幼稚的公主贴纸，甚至还有红领巾，不少礼物都被她狠狠吐槽过，也没有过多珍视，堆放在箱子里放在房间角落，直到后来察觉到自己对游淮的心思，才重新整理过一次，当时满心雀跃，收拾的时候都是甜滋滋的。

现在再看一次又不一样。

红领巾变得很可爱，公主贴纸也变得很好看。陈茵擦拭灰尘，对拿在手里的每一样都看了很久，努力回想着当时送礼物的游淮是什么样子，好像多半是漫不经心的，像是随手挑选的礼物一样塞到她手里，说"这是送你的"。

非常别扭，但也足够可爱。

小学的时候游淮也给她写过信，那时候刚学会写作文，应该是小学一年级，游淮的字体还歪歪扭扭的，写"祝我的好朋友陈茵生日快乐，希望陈茵的脸能一直像红苹果，美丽又可爱"，落款是"你的好朋友游淮"。

她拿这封信嘲笑过不同时期的游淮，初中拿到他面前说："游淮，你作文是真的很烂，怎么会有人用红苹果来形容美丽的呢？你可真敷衍。"

初中的游淮并不服气，就又给她写了一封信，里面只剩下了一行字：生日快乐，陈茵。

他挺拽地放在她桌面上，问她这封有没有水平。

这些信都被她放在了一起，里面还有几张别人给她传的字条。

她拿出手机拍了张照片发给游淮，清了下嗓才发语音说："怎么会有人对姑奶奶这么敷衍啊？祝别人生日快乐都只有一行字。"

"嗖"的一声。

语音发送成功。

她揉揉脸又用手背擦了下酸涩的眼睛。

她靠在床边看着天花板，情绪还没能上来就听见有石头砸在窗户上的声音，"啪嗒、啪嗒"。

她踩着拖鞋走到窗边，游淮站在路灯边，身后是他那辆黑色欧陆。

他穿着一身黑，抬着头冲她笑。

"这位女士，如果看见我女朋友的话，麻烦转告一声，我在楼下等她。"

陈茵没立刻动，而是想了想，才问："你女朋友是叫陈茵吗？"

游淮说："应该是？如果她没改名的话。"

"那如果她改了名的话呢？"陈茵问。

游淮倒也回答得认真："没事，我记得她身份证号。"

陈茵拿出手机，给他打了通电话过去。

游淮接通了。

"游淮。"

"嗯？"

"你就这么喜欢你女朋友？"陈茵问。

游淮在电话那头笑："废话，我不喜欢我女朋友喜欢谁？赶紧下楼，再这么隔空喊话，我爸妈都要被我吸引出来。"

"哦……那你等等我。"陈茵认认真真地说，"你等等我，我现在就下来。"

她跑着下楼，气喘吁吁地停在他面前。

游淮像是在看傻子："跑什么？"

"因为我想跑着来见你，"陈茵语气认真地说，"这样你就会觉得，陈茵也是真的很想见你。"

"……我应该说我很感动？"游淮笑了很久才问。

"都可以啊，"陈茵异常耐心，说，"你想怎么样都可以。"

这种奇奇怪怪的状态陈茵持续了很久。

她自己没有察觉,甚至以为自己掩藏得很好,哪怕在夜晚也足够配合,会装作不经意地在情动时分对他说:游淮,我是真的好喜欢你。她反复强调是真的很喜欢他这件事,每次听到的时候,游淮都会笑着说"哦,我知道了",好像不够认真,也不知道有没有信。

陈茵就有些急。她不知道该怎么样说明自己没有在开玩笑,但认真声明自己对他的感情又非常突兀。这件事困扰了陈茵很久,跟游淮回自己家吃饭都因为足够困扰所以表现得非常积极。每次陈子芥问游淮什么,她都抢先发言,表现得像是生怕游淮被人欺负了一样。

这种还没嫁出去胳膊肘就已经往外拐的行为让陈子芥并不满意,他咳嗽了几声,委婉地对陈茵说:"阿淮不是哑巴,他能自己说话。"

陈茵没听懂她爸在内涵她,手里忙活着给游淮夹菜,嘴上说:"我知道啊,但爸爸你问他的东西我全知道啊。"

陈子芥冲蒋琪筝露出个无语的表情。

游淮在桌子底下捏了一下陈茵的手,陈茵看他,他说:"我自己来就好。"

从家里出来,陈茵就在抱怨:"我在帮你说话哎,你竟然站在我爸那边。"

"总要把岳父哄好,才能带走他女儿啊。"游淮说,"你没看见你晚上不在家住的时候,你爸脸色都变了?"

"真的吗?"陈茵还真没留意,这会儿游淮提起来才有些慌,拽着游淮的袖子说,"前几天我爸问我你是不是换车了,你虽然换车了,但还是黑色的,他会不会觉得那天在家门口的就是我们?"

"要不然我让申铠扬开着我那辆黑武士过来逛一圈?"

"可以,让他带着夏思怡来,我再装作不经意地让我爸陪我出来散步,假装不经意地碰见,然后提一句说那是我朋友,这样就可以完全为我们洗清嫌疑了。"陈茵说完就迫不及待,催游淮赶紧安排。

"没看出来你这么胆小。"

陈茵转身就往里走:"我现在就去跟我爸说,那天在门口是你故意的。"

"哎——你这样就没意思了啊。"游淮拉着陈茵的胳膊,把人重新拉回自己身边,"早就安排上了,傻不傻?前段时间迟盛不是车坏了?我把那车给他开了,他不知道情况,开回来过好几次,早就被你爸撞见了。"

"啊?"陈茵问,"我爸怎么没跟我说他发现那车是迟盛的?"

"尴尬不尴尬,我问你,你爸会跟你说看见你朋友乱来?"

不会。陈茵对游淮竖起大拇指:"你好聪明啊男朋友。"

"嗯哼。"游淮弯下腰,把脸凑过去,也不说话,就看着她,眼神里全是暗示。

陈茵抿抿唇,左右看一圈发现没人,才在他脸上亲了一下:"奖励聪明鬼的。聪明鬼谢谢你。"

"不客气。"

也是说曹操，曹操到了。

晚上迟盛就给游淮发了微信，非常委屈地抱怨："我爸有病，我爸真的有病，我回去什么都没干，我爸说我进门的时候先迈左脚一点都不正经，他什么意思？想骂我了随便找个理由是吧？最气人的是，我妈竟然也帮腔，说我真的不正经，还说让我对你好点儿，记得把你车送去洗干净了再还你。他们什么意思？已经看我不顺眼到这个地步了？"

游淮只听了后半句，随口回了句："那你记得把我车洗干净再还我。"

迟盛被噎住："你嫌弃我？"

"我以为你早就知道。"

浴室门打开，陈茵洗完澡出来，正在擦头发，问游淮："你跟谁说话？"

游淮说："被踹了一脚的小狗。"

电话那头的迟盛："电话还没挂你就骂我？"

游淮随手开了扩音器，走过去帮陈茵吹头发，拖着嗓子懒散地回："不想背地里骂你啊，阿盛。"

迟盛沉默了许久，最后愤愤地挂了电话。

陈茵问游淮："会不会有点过分？"

游淮低眸看她："看不出来，你还会帮迟盛说话？"

"不是，"陈茵解释，"我是说，他挂你电话，是不是有点过分？要不要我帮你骂他？"

刚挂了电话的迟盛打了个喷嚏。

门外正好路过的他爸敲了一下门。

"咳，小声点！吵到我耳朵了！"

迟盛：……离谱，真的离谱。

他沉默许久，才憋屈地大声回："知道了！"

/第十章
冬 日

　　平安夜前夕，陈茵出差去了趟京北，结果意外遇见了李秋明。

　　他在卫视参加圣诞活动，后台撞见的时候两人都愣了一下。

　　陈茵是没认出来李秋明，他出道以后形象换了又换，刷娱乐资讯的时候是看见过几次他的新闻。男团最火的时期他参加了选拔，卡位出道一直不温不火，再之后似乎又参演了几部网剧，有一阵一直在热搜上挂着，用饭圈术语来说，应该算是流量小生。

　　李秋明身边几个工作人员见他一直盯着陈茵看，神色紧张地凑近过去，似乎在跟李秋明说注意影响之类的话。他倒是敞亮，笑着说"没事，那是我初中同学"，又大大方方地跟陈茵打了招呼，说好久不见。

　　陈茵开玩笑道："怎么办，没准备纸和笔，没办法跟你要签名，失算了。"

　　李秋明还穿着舞台装，灯光下眼影闪闪发光，露出标准的偶像笑容："那我有荣幸跟美女主持人合影吗？"

　　非常会说话，完全看不出两人曾经是剑拔弩张到差点儿在学校门口打架的恶劣关系。

　　李秋明的工作人员用手机给他们拍了照片，陈茵没敢离太近，两人之间空出了一个人的距离，比着非常商业化的耶，脸上就差没写着我们只是老同学。结束合影后，李秋明又加了陈茵的微信号，美其名曰以后可以常联系，说不定就有可以合作的地方。

　　李秋明走后，陈茵的同事才忍不住问她："你怎么还认识明星啊？"

　　陈茵发现这件事实在说来话长，只能言简意赅道："初中同学啦。"

　　同事感慨了一声："你同学挺牛啊。我当初看着他出道的，唱跳都不行，全靠脸混出圈，跟好几个一线女明星传了绯闻全是年纪比他大的御姐。你同学以前也是喜欢御姐款的吗？"

　　这话倒让陈茵想起来李秋明之前一直缠着她要游淮妈妈微信的事情，表情瞬间复杂了起来："不是很清楚，没有很熟。"

同事有些失望："好吧。"
敷衍完同事的陈茵扭头就给游淮汇报：我看见了个老熟人。
游淮估计正好在玩手机，秒回了一串问号。
DOKi DOKi：我刚才碰见李秋明了，他成明星了，你知道吗？
yh.：现在知道了。
不是很关心的样子，这就让陈茵很急。
DOKi DOKi：他刚才还问我要了微信号，说是以后有机会可以合作。但我现在一想，我一个地方台的记者跟他有什么合作机会？
游淮没回。
陈茵给他发消息时，台上正在开着无聊的会议，身边的同事昏昏欲睡，她用本子盖着手机，手指灵活地打字：我说真的，你不觉得很神奇吗？
游淮正在家里吃饭呢。
手机一直在响。
最近几天在家一直被嫌弃的迟盛也在他家吃饭，就坐在他旁边，看他没吃几口就开始看手机的行为，跟他爸妈拱火："游淮，吃个饭怎么手机都不离手，难得回来陪叔叔、阿姨吃饭，你就这态度？"
司琦冷笑："别，这可是大少爷，能回来吃顿饭我们已经很感谢了，哪儿还敢要求更多？"
迟盛一听这语气，顿时就爽了，饭也没继续吃，靠在椅背上伸手去勾游淮的脖子，问："怎么个事儿啊少爷？"
游淮推他脑袋："别烦行吗？"又跟司琦说，"陈茵真的出差去了，等她回来我就带她过来吃饭。"
游引在边上笑："别是你臆想的吧？"
他年纪大了越来越喜欢冷不丁幽默一下子，自己觉得挺搞笑，往往让司琦和游淮都挺无语。
只有迟盛捧场，点头说叔叔说得有道理啊。
"爸，你对我好点吧——"他放下筷子，郑重其事地说，"毕竟，我也不是不能去做上门女婿。"
这番话直接导致他被赶出门。
他开车去机场接到陈茵的时候，都还在吐槽。
陈茵车轱辘话来回听，若有所思地盯着游淮看，打断他说："你好好锻炼身体吧。"
"你这话题是不是转得有点生硬？我身体不够好？"游淮瞥她一眼。
"不是。"陈茵说，"我怕你年纪轻轻就开始吃软饭，老了以后会很难办。"
游淮："……感谢今天是平安夜吧，不然你就被我丢出去了。"
丢出去是不可能的。

车停在地下车库，他拎着陈茵的行李箱下了车。陈茵拉着他的胳膊，低头看微信。

夏思怡问她生日游淮有什么安排。

陈茵回复说不知道。

夏思怡有些惊讶：他一点儿都没透露？

陈茵回：没啊，我昨天在京北跟他打视频的时候还试探了几句，他一副完全不知道我生日要到了的样子。

夏思怡：……好生硬。

陈茵回了个小猫点头的表情包，当了回复读机：确实生硬。

游淮是一个仪式感很强的人。在一起的时候就连植树节都会给陈茵发红包，更何况是和好后她的第一个生日。

这阵子正好网上霸总文学很火，什么拍卖会上斥上亿资金买珠宝只为哄女主角一笑，或是买一座岛送给女主角啦。陈茵有些担忧地对夏思怡说：我有点担心游淮给我买飞机。

夏思怡：……你要是实在困的话，不如先睡一觉？

无人能懂游淮有多爱她。

自那封信后。

陈茵总觉得如果现在是世界末日，他手里只剩下一张饼，都会全部给她，他自己啃塑料袋。

《不得不爱》和《死了都要爱》就是游淮的主题曲。

陈茵偷偷去问了迟盛，问游淮最近有没有找他借钱。

迟盛：是借了两万五，他说去酒吧卖艺还给我，要不你替他还了吧。

陈茵：……你看我像弱智？

迟盛：不是像，你就是。

陈茵直接拉黑迟盛，又去问申铠扬：你觉得游淮最近有什么不一样吗？

申铠扬正在输入了很久，才试探性地回复：不一样的爱你？

陈茵无语了很久，才说：看你这情况，思怡应该很久没买油了吧？

没有一个朋友是靠谱的。

陈茵又不好去问其中最靠谱的沈域，只能重新把眼光投向游淮，开始细致观察。

游淮简直毫无破绽，在厨房洗了两个苹果往她手里塞了一个："你可以祝我平安夜快乐了，不然你出差一趟什么都没给我带，我觉得你不在乎我。"还教她，"游淮平安夜快乐，我永远爱你，来，说吧。"

陈茵无语了半晌，才说："游淮平安夜快乐，我永远爱你。"

游淮又不太满意，挑刺："你怎么不带感情？"

明显没事找事，但陈茵最近对他有足够的耐心，清了下嗓子，又带着感情说了一次："平安夜快乐阿淮，我永远爱你。"

游淮直起身："行吧，我加一。"说完自己也忍不住笑。

陈茵翻白眼，说："游淮，你是真的很烦。"

晚上回到家，陈茵迫不及待拆开在网上买的氛围灯。宣传广告花里胡哨的，说可以营造超绝氛围感，网红都在用，结果打开后看见亮着的是粉色的光，直接傻眼。

游淮当时坐在床上，整个人笑得快要断气："嗯，真有眼光啊陈茵，你感谢窗帘遮光吧，不然明天我们不是在家里，而是在局子里了。"

陈茵瞪他："你能不能有点文化，我们正经情侣，怎么可能随便进去？"

游淮手指拨弄着灯罩，随口说："那谁知道呢，毕竟我们连个证都没有。"

陈茵脑子有些转不过来："什么证？"

"你说什么证？"游淮笑着看她，"总不能是我的出生证吧，宝贝。"

陈茵本来以为上次的对话是游淮的一次隐晦求婚，大概率是为了给生日时正式求婚做铺垫。

她就等啊等，早上起床还凑过去给了他一个早安吻，嘴巴很甜地说早上好宝宝。刚睡醒的游淮有些没反应过来，直到陈茵从床上坐起来，窗外晨间阳光落了进来，他的声音跟阳光一样明媚："没看出来，你这么肉麻啊陈茵？"

陈茵看在自己要过生日的份上，选择了原谅。

平安夜这天她还要上班。

游淮送她到单位门口碰见了李奇。

李奇端着杯咖啡，和隔壁部门的女生一起走出来。陈茵正在解安全带没注意，还是游淮先看见，然后撞了一下陈茵的胳膊，说"你的追求者"。

陈茵抬头，看见李奇后表情瞬间垮了下来，真想抱怨说李奇这种把私人恩怨带到工作中的人真的很烦。她原本有很多工作和李奇有重叠，但上次在车上不欢而散后，李奇一直对她不冷不热，她跟他说工作上的事情，他也一副没有在听的样子，把她气得够呛。

她抱怨的话还没来得及说出口，就听游淮颇为满意又隐含自我炫耀地问她："发现没，世界上最好的男人就是你竹马，什么运气啊陈茵？别人打着灯笼都找不到的纯情帅哥你从小看到大，去买彩票吧你，就这运气不中个八千万我都不服气。"

所有准备好的话都说不出口了，陈茵被游淮一番话噎了半晌才凑过去捏他的脸，纳闷地问："你确定这是脸皮不是城墙？"

因为李奇的这点小插曲，她耽误了几分钟才下车。

明明都要迟到了，但走了几步她又没忍住回头。

300

游淮还没走，仍然停在那里，副驾驶的车窗没关，他坐在驾驶座就这么一直看着她。
　　陈茵心里像是被小鹿给撞了一下，转过身，冲他晃晃手又比了个心。
　　游淮就跟送小孩儿上学的家长一样，冲她比了个赶紧进去的手势。
　　陈茵脸上的笑容挂了一整个上午。
　　同事以为她是快过生日了，所以那么开心，问她生日有什么安排。
　　"什么？你怎么知道我男朋友要给我过生日？"陈茵是这样回的。
　　同事被她腻歪到，搓搓胳膊说："我真的没想到，你竟然是个恋爱脑！陈茵！组织对你很失望啊！"
　　陈茵也跟着叹气，演了起来："没办法，对方用美色勾引我。"
　　"是开黑武士的那个大帅哥？"同事问。
　　陈茵纠正道："不，他已经很久没开那辆车了，他叫游淮——"
　　停顿了会儿，哪怕有些肉麻，但陈茵还是一脸认真地对同事介绍："是我超喜欢的人。"
　　很久很久之前，还没有和游淮谈恋爱的时候，陈茵想过，如果有一天自己谈恋爱，应该会是一直需要被哄着宠着的人。她才不要明确表示自己有多喜欢对方，她要让对方猜，让他时刻哄着，让他提心吊胆。
　　捉摸不透的爱才最让人上瘾。
　　但现在她发现自己对游淮的爱有些过头，过头到不需要这些技巧，甚至想振臂高呼，对所有人说她是真的超级喜欢游淮。
　　下班的时候游淮来接她。
　　她哼着歌从电视台大楼出来，游淮在马路边给她买烤红薯。她拎着塑料袋，坐在副驾驶上，看游淮给她系安全带。他睫毛很长又浓密，皮肤也白。陈茵伸手戳了一下他的脸，游淮抬眸看她："嗯？"
　　陈茵借口都没找，凑过去亲了一下他的脸，说话依旧很甜："我男朋友真好看。"
　　游淮笑了起来："嗯，很会哄人。"
　　陈茵说没有，她才没哄他，然后跟他讲自己今天都在忙什么，给他展示同事送给她的礼物，语气非常自然地提起了自己明天就生日了。游淮一直在回应她，说好、同事人不错、人缘真好啊陈茵。
　　陈茵学他的语气说嗯哼："是不是很多人爱我？"
　　游淮手握着方向盘，笑着附和："是，很多人爱你。"
　　"但是——"陈茵拉着身上的安全带，停顿了会儿，才又说，"别人都不重要。"
　　"嗯？"
　　游淮反应过来后侧眸看她，已经知道是什么意思，却偏想听她说，所以装傻:"什么?"

陈茵就给了他最想听到的答案:"你才重要。"

游淮发现要回应一句我最喜欢你、我只喜欢你是一件很难的事情,因为存在比较,存在哪怕有很多选项,但我只坚定选择你的意思。

他从来没有别的选项,一直以来都只有陈茵。

所以他想了会儿,说:"好。"

车开到公寓楼下。

陈茵问游淮:"我需要闭上眼睛吗?"

游淮纳闷地问:"那你怎么走路?"

好吧,看来礼物不是从停车场开始。

到家门口的时候,陈茵又问游淮:"我现在需要闭眼睛吗?"

游淮已经指纹解锁打开房门,顺手打开了灯。

陈茵闭上嘴。好吧,看来礼物也不在客厅。

那礼物在哪里呢?

陈茵看着游淮,觉得这人快要把她胃口给吊死了,实在忍不住,摊开手就要问他:游淮,我的生日礼物呢?

这时才听游淮说:"你在这儿等我会儿,别乱跑。"

陈茵立马来精神,坐得端端正正,乖巧回应:"好呀。"

她看着游淮进了卧室,又看着他关上房门。

等了不知道多久,才看见他从里面出来,手里什么都没拿,只是换了身衣服。

陈茵皱起眉:"游——"

游淮已经走过来,拉着她手腕:"能不能有点耐心啊?"

陈茵被他拉着站起来:"我已经超有耐心了。"

游淮带着她来到次卧,陈茵拧开房门,看见地面上堆积的全是礼物。

陈茵瞪圆了眼睛,扭头看他:"这么多?"

"分开之后总想送你点什么东西,尤其是画廊和书店开业后,店里装修跟着设计师采购的时候看见一些很适合你的,就都买了,但是没地方送,全部堆在家里,反正次卧没人睡,就全放在这儿。"游淮跟陈茵一起坐在地上,他看着陈茵小心翼翼地拆礼物,直接伸手暴力拆了外包装。

陈茵"哎"了一声。

游淮说:"随便拆啊。这么多,你这速度要拆到明天去?还想跟你一起吃蛋糕呢,女朋友。"

是一条狐狸形狀的项链。

"有什么寓意吗?"陈茵问。

"哪有什么寓意,"游淮笑,"就是想看你戴上,就买了。"

陈茵没说话。

她低头一直在拆礼物。真的就如他所说,这里放着的全是他三年来所有想起她的时刻买来的东西,杂七杂八什么都有,甚至还有吹风机这样的生活用品。

游淮解释说:"好像导购员跟我说女朋友会喜欢,我觉得她说话挺好听的,就买了。"

"……你要是老了肯定会被人骗着买保健品。"

"卖保健品的人会说我老婆喜欢爱吃保健品的老头吗?"

"会——"没过脑的抢答后,陈茵才发现他用的词是"老婆",手里还抱着一个小熊公仔,抬头看向他。

游淮笑着双手撑在地上,懒散地往后仰:"怎么了老婆?"

陈茵脸红了大半,结结巴巴道:"没、没怎么。"

又把几个没拆的礼物盒往他身上丢。

"你也别闲着,一……一起拆。"

就是害羞了,却非要装得若无其事。

游淮"哦"了一声,重新坐起来,听话地帮她拆礼物。

两人还在随便聊天。

游淮问她:"蛋糕是草莓味的你会喜欢吗?"

陈茵:"是你买的还是自己做的?"

游淮说:"别人教我做的,算我自己做的吗?"

陈茵点头:"当然算啊。"

"哦,那就是我自己做的。"游淮把拆出来的旋转木马拧了发条,音乐声响了起来,他抬着下巴让陈茵看坐在马车里的公主,"像不像你?"

陈茵凑过去,还真发现有点像自己。她问游淮:"你自己做的吗?"

"嗯,你看今天晚上的月亮,都是我亲自挂上去的。你要是拿望远镜还能看见我在上面写的'陈茵生日快乐'六个字。"游淮说。

陈茵用刚拆出来的玩偶砸他:"你内涵我!"

"没,我哪敢。"游淮笑着接过玩偶,又拎着玩偶的腿悬在空中晃,"这只兔子是不是跟你也挺像?"

陈茵觉得游淮很生硬:"……哪儿像了?"

游淮说:"都很可爱啊,还有活力。小白兔白又白,不吃萝卜和青菜,钻石珠宝全部爱,要哄要抱真可爱。"

"……你语文真好。"

"过奖,也就比你高两分。"

礼物堆满了房间。

吵吵闹闹的声音也充满了房间。

游淮靠坐在墙边，看着陈茵认真地拆礼物，忽然说："有点像在做梦。"

陈茵抬起头："嗯？"

"你在这里拆礼物啊，跟我想象中差不多，全神贯注地拆礼物，专注到忘了我也在房间里。

"然后我会跟你开个小白兔的玩笑。

"你会一脸无语地觉得游淮是个笨蛋。"

他停顿了会儿，才又说。

"跟我想的完全一样，所以在说完小兔子的玩笑之后，我要说彩排过很多次的一句话了。"

陈茵在满屋子的礼物里，听见忽然响起的生日快乐歌、零点的钟声，还有游淮带着笑意的声音，一起对她说："生日快乐。"

陈茵坐在那里，礼物像是城堡，把她围在了中间。

里面有非常直男审美的，长得很奇怪甚至可以用丑来形容的小猪公仔。陈茵弯着腰和那只猪眼对着眼，问游淮，这只猪是什么来历。

游淮没立刻回答，他学着陈茵的姿势也弯下腰，一只丑猪横在两人中间。

游淮偏过头，错开那只猪，看陈茵的眼睛，不太确定地回答："应该是大二那年？那时候学校摆摊，你们电视台的人推出来卖的，说是你参与制作了。"

"校园电视台？"陈茵一头雾水。大二那年社团确实报名了学校摆摊，但他们卖的东西她一点都没参与。那时候她忙着班级作业，连去开会的时间都没有，游淮多半是被人忽悠了。但是大学社团里的人多数都知道她和游淮分手，大家又不是把别人当冤大头的人，怎么可能直接跟游淮说东西是她做的，让游淮来激情消费？

她不免好奇，问游淮："谁说我参与制作的？"

她自认为语气还算温和。

游淮手指拨倒面前那只猪，它就软趴趴地砸到陈茵脸上。

"你凶得猪都看不下去，我就路过，路过懂吗？路过你们那个摊位，听见他们提了你的名字，说你的东西卖不出去。"

陈茵听明白了。其实就是游淮根本没有听见前因后果，只听见他们提起她的名字，就冲动购物了。她拎起那只猪的腿，看了眼背后的标签，随即笑了起来。

游淮被她看得心慌，自觉有些不妙，问她："怎么了？"

陈茵把猪丢他身上："恭喜你啊，买的是李奇做的。你怎么买东西不看一下标签的啊？猪尾巴那里的标签不写着LQ吗？"

游淮傻眼："什么？"

陈茵说："恭喜你，茫茫公仔中，精准挑到你情敌做的，你还真是——等会儿，"她忽然发现不对劲，审视地看向他，一字一顿地问，"所以，你是以为我有参与，所以在所有公仔里挑了个最丑的，觉得这一定是我做的？游淮！你什么意思？"

"你也等会儿——"游淮不太能接受在自己家放了好几年的东西结果是情敌做的，现在还被他亲手送给陈茵，这不是傻子吗？

陈茵也不太爽："等不了现在，我有点不开心了游淮。"

游淮太阳穴都疼，怎么看这只猪怎么不顺眼，拎着它的尾巴就丢远了些："服了，我就说这猪怎么越看越丑，原来是他做的。你怎么不早说这是李奇做的？"

陈茵听他甩锅，直接气笑了："你能不能说点人话啊？你买的时候我都不知情，怎么跟你说这是李奇做的啊？"

游淮听她一口一个李奇，又有些微妙的不爽："你怎么当我面一直提他的名字啊，现在是我在陪你过生日呢。"

陈茵深呼吸，算了，跟游淮计较个什么劲呢？不是说好了以后对他好点吗？也不过就是甩锅加随便吃醋还说她手工稀烂，这有什么的，原谅他。

陈茵在心里说服了自己，露出个商场服务员的礼貌笑容："好，不提他了。那，游淮先生，可问下你蛋糕打算什么时候给我吃吗？"

游淮："别急啊，过会儿插上蜡烛拿出来给你。"

陈茵又沉默了会儿，觉得不太对劲："是我太久没过生日了吗？别人过生日不是十二点准时捂住眼睛，然后当作神秘惊喜推着蛋糕进来的吗？你怎么什么都跟我讲？"

"那我紧张啊，"游淮嫌气氛太安静，用手机连房间里的蓝牙音箱随便放了首歌，才说，"紧张到你哪怕现在问我银行卡密码多少，我都会告诉你。"

陈茵不信："真的吗？那你银行卡密码多少？"

游淮脱口而出："122541。"

这串数字不难破译，陈茵一听就明白，问他："是我们的生日？"

说自己紧张的人看起来根本没有紧张的样子，跟着歌哼了几句，才回陈茵："嗯哼。"

"你最喜欢爸爸还是妈妈？"陈茵又问。

"喂，都多大了问这个问题？"游淮被她气笑，但还是回答了，"非要选的话，我妈。"

"游叔叔要是知道你这个答案一定非常伤心。你做过的最丢人的事情是什么？"

"小学一年级被你骗去玩滑滑梯，滑了一屁股水，被其他人当作尿裤子，笑话了很久。"游淮想起这件事还有点儿不舒坦,问陈茵,"你当时怎么想的?怎么尽欺负我?"

"有这件事吗?"陈茵坚决不认,"你记错人了吧,我没做过这么缺德的事情,应该是迟盛。"

"行,是迟盛。"游淮也不跟她计较,"还有问题吗?我就要去拿蛋糕了,还允许你提问五分钟。"

"还有最后一个。"

两人旁边堆着音乐盒、玩偶,还有一些别的。

陈茵推开它们,手撑在地上,慢慢朝游淮靠近,问他:"分开的三年,是不是很想我?"

次卧没有时钟,游淮凭自己的经验感觉到时间应该逼近十二点半。

她的生日已经过去半小时了,但陈茵双手撑在他腿侧,看着他的眼睛,不让他走。

两人之间的空气变得黏稠。

游淮刚准备说话,陈茵就率先定下游戏规则:"我的生日,你只能说真话。"

游淮从陈茵的眼睛里看见自己有些不自在的样子。

虽然他并不觉得男儿有泪不轻弹这类教育男孩子该有男子气概的话是对的,也不觉得两性关系里男人就应该站强势的位置主导一切,更不认为服软意味着懦弱,但就是难以开口。

煽情的话说出口总需要勇气去克服内心的别扭。

实话实说的话,那应该是三年里他无时无刻不在想她,喝醉酒也喊过她的名字被朋友们笑话,还有更苦情一点儿的,但说出口就像是小时候为了哄爸妈开心故意写作文夸奖他们来换取奖励一样,一旦拥有感动之类的回馈,就显得不再纯粹。

但陈茵还看着他,问他:"游淮,你怎么不说话?"

她的声音很轻,轻得窗外的风听不见,唯一的听众只有他。

他看着陈茵的眼睛,喉结滚动。

头顶的灯光变得有些刺眼,陈茵有睫毛掉进了眼睛里,她伸手去揉,手腕却被游淮给捉住。

"我帮你。"他说。

陈茵正想说不用,他就已经凑近了过来,双膝跪地,一只手撑在她腿侧。陡然凑近的距离让陈茵下意识往后,结果忘记身后就是衣柜,"砰"的一声响,她没来得及喊疼,游淮的手指就贴上了她的眼睛。

"陈茵。"

他的声音跟手指一样潮热。

声音很近，近到他像是在她身体里。

陈茵闷闷地"嗯"了一声。

"可以晚点吃蛋糕吗？"他问。

陈茵却难以思考，因为游淮贴在她腿侧的手在动作，房间里似起了浪，她想睁眼，却被他用手掌捂住，睫毛扫过掌心，被更紧地贴了上去。

"……为什么？"她的声音也是哑的。

两人像是在沙漠里行走许久，干渴得没有力气说话，只能用气音交流。

"因为，我想和你接吻。"

游淮说完，嘴唇就轻轻贴了上去。像个青涩的少年，第一次尝试接吻的滋味，轻碰一下就离开，似乎在品味又似乎是在害羞。过了几秒又慢慢地贴了上来，就单纯只是贴着，没有任何动作。

嘴唇和嘴唇的触碰是一种很奇妙的感觉，陈茵很久之前看影视剧的时候用手背贴着自己的嘴唇，不认为嘴唇和手背有什么不同之处，都只是皮肤碰撞而已。

后来跟游淮接吻，才知道嘴唇和嘴唇的贴合只是亲吻的第一步，也是试探的一步。

游淮现在停在试探的这一步就不再动，两人鼻尖碰着鼻尖，像两条在鱼缸里亲吻的小鱼。

气息也在碰撞。

陈茵想说话，刚张唇，就听游淮又问："可以深入一点吗？"

他的绅士礼貌让陈茵有些困惑："有问的必要吗？"

她一张口说话就发现陷入了游淮的圈套，唇瓣启合的动作像是在主动亲吻他。

灯光全落在他们身上，身影交叠又分开，不知道过去了多久，她才听见游淮声音沙哑地对她说："我很想你。"

陈茵断断续续地对他说，其实分开的三年里她经常会想他。

游淮嘴唇贴着她的脖颈，呼吸很热，问她，但是呢？

但是那时候她太年轻。

年轻到觉得时间很长，所有决定哪怕考虑不够周全都有重来的机会。

所以一次次说服自己，感情只是人生中占比很小的一部分。

反复用冷战和争吵时的悲伤难过劝说自己，如果这种状态一直持续下去，感情都会被消耗殆尽。

她那时觉得感情就是不进则退，没有第三条路可走，所以把游淮丢在了她生日的圣诞节。

"但是游淮，我太……太骄傲了……我不想对你低头，也不想让你觉得我非你不可，所以我没办法对你低头。"

他说："谁说没有低头？蹲在小区门口装醉那次，不是已经低头了？"

陈茵瞪圆了眼，有些诧异地问："什么？"

"我跟你认识太久了陈茵，你真正喝醉什么样子我很清楚。蹲在小区门口说自己被方块拉住了，喊我名字的时候，我就觉得你已经低头了。你说游淮，其实不就是在说游淮我很想你，游淮你能不能抱抱我、能不能带我走？我全部知道。"

游淮又笑："所以啊，如果说起来太困难，你就什么都不用说，我可以一直猜下去。"

陈茵口中泛起苦涩，问他："你不会累吗？"

游淮没有直接回答她的问题，而是掀开自己的衣服。陈茵摸到他腰腹紧实的肌肉："你男朋友这身体素质，别的不好说，六十五岁之前都不会因为动脑子而感到疲惫。"

他是在故意逗她笑。

陈茵："你刚才不是问我吗？"

游淮低眸看她："嗯？"

陈茵另一只手压着他的后颈，拉着他往自己的方向靠，亲了上去。

她抬手抚摸他的脸，指腹压着他的唇。

"游淮，你是我的。"

…………

最后两人还是去吃了蛋糕。

陈茵把游淮的衬衣当作睡衣来穿，光着两条腿站在试衣镜前晃来晃去，也没穿鞋，踩在游淮的拖鞋上耍赖："你背我出去。"

游淮嘴里说着怎么过个生日变这么黏人啊陈茵，然后乖乖地背对着她蹲下。陈茵笑着趴在他背上，下巴搁在他肩膀上，腿晃啊晃："游淮，你走慢一点，别走那么快。"

"行。"游淮说，"寿星说了算。"

陈茵圈着他的脖子："你上一次背我是什么时候？"

游淮想了一下："大一那会儿吧。"

陈茵"哦"了一声，又去咬他的耳垂。

"你是小狗吗陈茵？"

陈茵是真的很开心，开心到应了一声，贴着他的耳朵说自己就是小狗。

游淮背着她到冰箱的位置，一只手托着她，另一只手打开冰箱。陈茵在他自己准备拿出来的时候紧急喊停："你扶着我，我来拿。"

游淮也说行，完全按照陈茵指示双手托着她的臀免得她滑下来。

陈茵双手托着蛋糕，看着上面满满的草莓，没忍住笑："阔气啊，游老板。"

游淮说:"一般,只是我女朋友比较能吃。"

点燃蜡烛的时候。

游淮在旁边用手机放生日快乐的伴奏,一会儿中文一会儿英文地给她唱祝她生日快乐。

陈茵闭上眼,双手合十许愿。

去年这个时候,身边全是好朋友,房间里非常热闹。

今年只有游淮,但陈茵非常满足。

她没什么缺的,也没什么想让生日蛋糕给她实现的愿望。

应该要说的话,那就是:希望从今天之后的每一天,她和好运都能常伴游淮身边。

生日过完没多久,就是元旦节。

三天假期,陈茵和游淮提前就想好了出省自驾游,为此,游淮还特意开了家里的路虎。

结果理想很丰满,现实却很骨感。

用迟盛的话来说,这两人都属于又菜又爱玩的类型,在高速路上觉得自己能认路不需要导航指导,嫌弃人家导航吵,结果从分岔路口一错到底,开了两个多小时才发现不对劲。

拿着手机在自拍的陈茵切换到微信界面,给朋友发了个定位过去,就傻眼了。

她扭头看着游淮:"这是哪儿?"

游淮沉默半晌,才问她:"你刚才没把定位没发群里吧?"

发到群里去了。

还是有申铠扬和迟盛在的群聊。

尤其是申铠扬,在群里发了十几条语音,全是在笑。

"哈哈哈哈哈哈,我不行了,怎么会有人出去自驾游跑错地方的啊?你们怎么想的啊,哈哈哈哈哈哈!"

陈茵艾特夏思怡:能把他踢出群吗?吵到我了。

夏思怡回了个"OK",很快群聊就显示群主已经被申铠扬转让给夏思怡,紧接着申铠扬就被群主踢出群聊。

围观全场的迟盛发了一长串省略号:简直暴政。

陈茵关掉手机,安慰游淮:"其实这里也不错啦,旅游盲盒知道吗?我们就是开到限定款了。"

游淮没说话。

陈茵又哄:"再说,这里很小众啊,我都没听过这里,你不觉得有种开荒的快乐吗?"

游淮还是沉默。

陈茵有点不耐烦了:"你在看什么啊?怎么不继续往前开了?"

"你没发现一个问题吗?"游淮问她。

陈茵茫然:"什么?"

"这里是个村。"游淮说。

"那又怎么了?"陈茵仍是茫然。

"我们晚上睡哪儿,你觉得这里会有酒店吗?"

陈茵沉默许久,最后拿出手机重新打开导航,看了一下要四个小时才能到达目的地,两眼一黑,看向游淮,说:"要不然我们坐高铁吧?"

最后还是开了过去。

到达后两人累到直接睡着。

陈子芥和蒋琪筝打电话过来的时候,陈茵睡得正香,以为是游淮的手机一直在响,一个劲儿地推他胳膊,烦躁地说"你手机"。游淮被弄醒也没有起床气,乖乖地"哦"了一声,摸起手机也没看是谁打来的,声音含糊地说了个"喂"。

陈子芥以为自己打错了,确认了一眼时间,才语气奇怪地问:"下午两点,你们还在睡觉?"

游淮呆住。

陈茵看他还在打电话,贴过来问他:"谁啊?怎么这个点打电话过来?你出轨了吗?"

游淮:"……你爸。"

他开了扩音器,喊了声"叔叔"。

陈子芥也听见了陈茵的这句玩笑话,在那头骂她:"茵茵,你怎么什么玩笑都开?都几点了你还在睡?你是出去旅游的还是出去当猪的?"

陈茵呆住。

旅行计划是两天,结果两人在酒店待了两天,除了出去吃东西,没怎么逛。在酒店好像也没别的事情。

回绥北的路上,陈茵忽然回过味来为什么订那么好的酒店,她看着在开车的游淮说:"你是狗。"

恰好后面有车摁喇叭,游淮只听见一个"狗"字,分神看她一眼:"有特异功能啊你?我准备的惊喜你都知道。"

陈茵一头问号,然而再问游淮怎么都不说。

直到回到游淮的住所。

打开门的时候,游淮说:"你等一下。"让陈茵站在他后面,他才输

入密码。

门开的那瞬间,陈茵就看见屋里窜出来一只狗,闪电一样飞快地扑了过来,热情地上蹿下跳,一个劲儿地"汪汪"叫。

是哈士奇,吐着舌头一直想扒拉陈茵。

陈茵还没回过神,游淮已经蹲下去,直接把哈士奇抱了起来,晃着它的狗爪子跟陈茵打招呼。

"Hello 美女,我是你的狗。"

哈士奇挺配合地"汪"了好几声。

陈茵先是看看哈士奇,再看看游淮,最后真诚地提问:"你是怎么把茶杯犬理解成哈士奇的?"

但不管怎么说,狗都到家了,也算是家庭成员。

陈茵坐在地上看游淮给哈士奇搭狗窝。

两人还在商量哈士奇叫什么名字。

陈茵说叫小游。

游淮说叫小陈。

陈茵掐游淮,皱着眉毛凶他:"你再说!"

哈士奇跑过来要舔陈茵的脸,好在游淮眼疾手快地摁住它的头。

陈茵躲在游淮后面,气鼓鼓地指着哈士奇说:"傻狗!就叫它傻狗!"

游淮笑得不行,奇怪的是,他笑一声,哈士奇就"汪"一声。就跟游淮不是在笑,而是在喊它名字一样。

游淮的笑容慢慢止住,他扭头跟陈茵交换了一个眼神。

陈茵试探性地喊:"哈哈?"

哈士奇:"汪汪汪汪汪!"

"哈哈。"

"汪!"

陈茵看向游淮:"好消息,你买的是纯种的;坏消息,以后要是它跑丢了,我们得被人当成傻子了。"

哈哈是一只很能闹腾的狗,并且充分发挥了哈士奇的拆家功力,第一晚就让陈茵和游淮体验了一下什么叫作家徒四壁,地毯、沙发、纸巾能咬烂的全给咬了。

游淮早上起床的时候差点儿没能认出来这是他们家。陈茵看他一直在卧室门口站着,有些好奇地问他在看什么。游淮原本想说一句"你先做好心理准备"都没能来得及,陈茵从他肩膀后面往外看了一眼,随即脑子都像是跟着炸掉。

偏偏哈哈承认错误的态度又很好,它趴在地上匍匐前进,"嗷呜嗷呜"

地一路挪到陈茵面前，爪子扒扒她的裤腿，见陈茵看过来，立马给她表演了一个狗狗打滚。

陈茵心情复杂极了，盯着哈哈看了好几分钟，才抬头看向游淮，问他："你从哪儿买回来的狗？"

游淮蹲下来敲哈哈的狗脑袋："林二狗那儿弄回来的。"

林二狗是游淮大学室友，本命叫林椿，因为经常做一些狗里狗气的事情，所以荣获外号林二狗。

陈茵也认识林二狗，有些纳闷地问游淮："他不是出国读研去了吗？"

游淮"嗯"了一声："他女朋友在京北开宠物店，上次在宿舍群听我说最近想养狗，说给我安排上，还说一定会安排最可爱、最热情的狗。"说到这儿，他也意识到自己被林椿坑了，看着这只一个劲儿卖萌试图让他们原谅它过错的傻狗，他长长地叹了口气，然后对陈茵提议，"要不我们给迟盛吧，你不觉得这狗脸上写着主人是迟盛五个大字？"

陈茵觉得这是个好主意。

唯一反对的哈哈"嗷"了一声，吐出舌头卖命地舔游淮的手，又狗眼清澈地看向陈茵。

这个动作让陈茵看出了点儿游淮的感觉。她看看哈哈又看看游淮，最后一屁股坐在地上，学着哈哈的动作扒拉游淮裤腿，耍无赖说自己什么都不管了，这里就交给游淮了。

她还说着话呢，哈哈就往她身上扑。陈茵险些被扑倒在地，好在游淮眼疾手快扶住了她的腰。

游淮说："哈哈你就是只蠢狗。"

哈哈跳起来想让游淮抱它。

陈茵在旁边看着游淮跟哈哈纠缠笑得不行，从口袋里拿出手机拍视频，还喊游淮的名字："游淮你看我！"

游淮别过头："看你个鬼，别拍啊，刚睡醒脸都没洗，我没有偶像包袱的吗？"

陈茵"啧"了一声，又喊哈哈的名字："哈哈你看我！"

哈哈歪着脑袋"汪"了一声。

陈茵也跟着"哇"："你比我男朋友懂事哎。"

原本在旁边看热闹的游淮不满地"喂"了一声，又冲陈茵勾手，另一只手还控制着狗头免得哈哈冲动扑向陈茵撒欢儿，嘴里说："来，过来哥哥腿上再说一遍，我好还是狗好？"

陈茵嘴里说着这真的很难选，躲闪着游淮伸手过来抢她手机的动作。铺着地毯的地面是暖和的，两人一狗在地上闹成一团，不远处是一片狼藉，被哈哈扯开的窗帘外却是阳光明媚。

陈茵在这个时候忽然很想和游淮结婚。

她想,生活如果一直是以这种形式展开,哪怕一片狼藉、什么都破破烂烂,看一眼就让人头疼到想逃避。

但如果和她一起面对生活所有狼藉的人是游淮的话。

那好像无论再糟糕,都可以在地上打个滚当作上天开的小玩笑。

她想抢在游淮之前求婚。

这个想法她跟夏思怡说过,夏思怡有些震惊,说她这种小公主竟然求婚想自己来。

陈茵已经在预约认识的珠宝设计师设计求婚戒指,嘴里"嗯哼"了一声,说,因为她想在游淮生日的时候给他一个惊喜。

准备惊喜其实是一件很困难的事情,尤其是接受惊喜的那个人每天和你朝夕相对,游淮又是一个很敏锐的人,陈茵对着手机笑一声,他就能猜到她是在跟谁聊天,这让陈茵时常觉得自己在游淮面前是透明的。

所以被发现了可不行,发现就不叫惊喜了。

还有一方面,陈茵又时常担心游淮会抢先求婚。为此,她刻意在他面前刷了很多情侣结束恋爱长跑走进婚姻殿堂结果因为生活琐碎分开的视频,演技超群地露出难过的表情,也不说什么别的,就是一味地叹气。游淮装作没看见,她就从床上坐起来,凑到游淮耳边长叹一口气。

"哎!

"哎哎哎哎!

"哎哎哎哎哎哎哎!"

游淮依旧不吭声,被锁在笼子里的哈哈却开始热烈回应,在客厅叫个不停。

游淮伸手捏陈茵的脸:"你的茶杯犬被你吵醒了。"

陈茵气得手钻进被子里捏他,游淮又疼又爽,也跟着"哎"了一声,靠在她肩上求饶,说:"我错了,你再用力一点吧陈茵。外面那个不是茶杯犬,我才是茶杯犬,疼疼你的狗吧。"

他在床上经常荤素不忌,什么话都能往外蹦。

陈茵却脸红,捂着他的嘴说:"你安静。"

游淮嫌弃地皱起眉,拉开她的手,又用自己手背擦嘴唇:"讲点卫生啊宝宝,你刚摸过我又捂我的嘴,能不能有点儿素质?"

那天晚上陈茵发了个朋友圈。

配图是哈哈在笼子里冲她撒娇的照片:虽然你很烦,但我好喜欢你。

申铠扬冲在第一线评论:说的是狗?我看你说的是像狗的他吧!

夏思怡复制粘贴了申铠扬的评论。

然后就一发不可收拾,大家都在跟风。

评论区里全是申铠扬的这句话。

最后看见的游淮直接点名了始作俑者，回复得挺简洁明了，就一个字：爬。

过了会儿，嘴里一直说着"他破防了，他绝对是破防了"的申铠扬就刷到陈茵在评论区的统一回复：游淮是第一名。

申铠扬：哕。

他戳戳夏思怡的胳膊，重复一遍："思怡，你跟我一起说，哕。"

夏思怡："爬。"

到三月份的时候，陈茵已经拿到戒指了。她预约了场地，找了夏思怡和刚好来绥北出差的邬雨桐帮忙。邬雨桐最近找了个"爹系奶狗"，是个刚入校的大一师弟，长得挺高冷，但黏人得不行，隔一会儿就要给邬雨桐发微信问她在哪儿，又发绥北的天气截图提醒她多穿衣服、记得带雨伞。隔了会儿估计是到宿舍了，又给邬雨桐发自己裸着上半身的照片。

这照片邬雨桐是跟陈茵和夏思怡一起看的。

夏思怡"哇"了一声，眼睛都瞪圆了："邬雨桐！你嘴上说着再也不想找男人了，背地里吃这么好的是吧？"

邬雨桐在微信里回：宝宝真帅，隔空摸摸宝宝。

发过去后，看陈茵一脸被恶心到的表情，她说："干吗啊你？你在朋友圈秀恩爱的时候，我也没这个表情看你啊。"

"我没有在朋友圈叫过游淮宝宝。"陈茵说。

邬雨桐想了好半天也没想到怎么反驳陈茵，还是夏思怡帮她，问陈茵："你怎么不羡慕雨桐吃这么好的，你吃得更好是吧？"

这个反驳不了，陈茵双手合十冲她们拜了一下："抱歉，这个真的反驳不了，我男朋友真的很顶。"

夏思怡、邬雨桐双双无语。

三月底，陈茵开始焦虑。

她忽然有些明白游淮每次给她准备惊喜的时候是什么心情了。

与此同时难得反省自己每次的拆台行为，她这时候在心里想，十二月份她生日的时候，她绝对、绝对、绝对不会再拆游淮的台，所以老天保佑，这次她准备的惊喜一定要顺利进行。

她还训练了哈哈，以送哈哈去宠物学校培训为由，经常带着哈哈出去，然后丢给申铠扬和夏思怡。她提的要求很特别："我要准备一个小篮子，里面放戒指，你们训练一下让它咬着篮子送过来，最好能从里面把戒指盒子叼出来。"

申铠扬气笑了："我要是有这能力，我早就成狗王了好吗？"

陈茵拍拍申铠扬的肩膀："你别妄自菲薄。"

她鼓励他："你当不了狗王不是因为你的能力，是因为物种，毕竟人要想彻底成为狗，可能还得等科技再进步一点。"

申铠扬："……哈哈，咬她！"

三月三十一日的晚上。

陈茵特意找了个借口把游淮支回了融萃湖庄，又假装自己工作真的很忙实在没空陪他等零点的钟声响。

她这段时间一直很忙，游淮看起来并没有怀疑，只是弯下腰指着哈哈问："要不要把这个麻烦精一起带走？"

哈哈可是明天的重要工具狗，陈茵急忙弯腰摸摸哈哈的狗头，对游淮说："不用，我一会儿带着它一起去公司。"

"你公司连狗都能去？"游淮直接不走了，靠在门上，耍赖说，"那我也要去。"

"不是——"陈茵这时候脑子转得飞快，"是因为要拍个宠物的专题，刚好我养狗嘛，我领导就说可以带过去摄影棚那边给哈哈拍一下。"

游淮看着她没说话，眼神中暗含谴责。

陈茵良心痛得很，却强装镇定举起手指保证："我要是骗你的话！"

一般到这个时候，游淮就会阻止她说发誓没必要，他相信她。

但这次游淮没有，不仅没有还催她："骗我的话怎么样？"

陈茵摸着哈哈的狗头，心说抱歉了哈哈，我会用牛肉干补偿你的。

然后她一口气不带停地对游淮说："我要是骗你的话，哈哈就永远找不到女朋友行了吧？"

"……虽然你的誓言很振聋发聩，但我有必要提醒你一下，你家哈士奇是母狗。"

"……游淮你如果是个哑巴就好了。"

"你养了这么久的狗，还不知道它是母狗，我觉得你带它去摄影棚也照顾不好它的。这样吧，我勉为其难当一下哈哈的监护人，陪同一起去拍摄。"

"不需要，谢谢。"

"哈哈说它希望有个帅哥陪它，它社恐。"

"哈哈也说没这个必要。"

"啧，你们真的很没有眼光。"

"嗯嗯嗯，赶紧出门吧游淮，你妈在家等你呢。"

好不容易把人送走，陈茵开始紧急联系夏思怡她们。

申铠扬开车过来把哈哈接走。

陈茵等到十一点半的时候打车去融萃湖庄。下车的时候，司机师傅问她是经历了什么不好的事吗？怎么一路上都这么紧张？

陈茵一愣，才笑："不是，是有很好的事情要发生，所以我很紧张。"

她踩着一个个方格往前走，停在游淮家门口的时候，用地上捡的小石头开始往他窗户上砸。

"啪嗒、啪嗒、啪嗒……"

窗帘被拉开，亮着暖光的窗户也被拉开，游淮站在窗前，手撑在窗户上看着她。

陈茵仰着头冲他笑："帅哥，你有女朋友吗？"

站在窗前的人想了下才回复她："有，但我女朋友在电视台和我家狗拍照。"

陈茵"哦"了一声，又问："那帅哥我可以约你吗？"

游淮说那不行，他女朋友比较霸道，可能会打人。

陈茵又丢了个石头过去。

游淮笑着"哎"了一声，说："你怎么说不过就使用暴力啊，有你这么追人的吗？"

陈茵懒得跟他扯了，直接就喊你下来。

"你哄哄我。"游淮撑着下巴看她，"你哄哄我，我就下来。"

陈茵想了一下，说："游淮是世界上最好的狗狗！"

游淮一听就要关窗户。

"等一下啊！"陈茵砸了个石头过去，"啪嗒"砸在他家墙上。她站在路灯下，直蹦跶，喊，"我超喜欢我男朋友。"

游淮这才笑："行，等着，你男朋友下来了。"

已经打开房门的司琦和游引搓搓胳膊。

司琦对游引说："你儿子真的很会恶心人。"

游引说："他生日，你让让他吧。"

已经下楼的游淮正好听见这对话，他得意得不行地指着门外："爸妈，不好意思打断一下，知道外面那是谁吗？"

不等他们回答，他又说："哦，那是我女朋友，你们的儿媳妇。她估计是给我准备了惊喜现在来找我，所以你们儿子晚上就不回来了。提前说一句，谢谢妈妈辛苦生了我，谢谢爸爸辛苦赚钱养我。好，你们现在可以提前说生日快乐了，我怕十二点的钟声太响我听不见你们的祝福。"

司琦和游引脸上表情十分扭曲，许久才指着门说："快滚吧，儿子，我怕我再看你久一点会大义灭亲。"

陈茵故作神秘地给游淮导航了一家餐厅。

游淮看见目的地就想：哦，她多半给我准备了蛋糕，还叫了些朋友来给我庆祝。

到了目的地后，被陈茵要求闭上眼睛时，他又想：行，可能还给我准备玫瑰了。这就有点烦，他其实比起玫瑰更喜欢向日葵，但也不是不能装作特别喜欢，毕竟是他最喜欢的女朋友送的，那一会儿是要夸张点儿，还是真实一点儿？

但很快，游淮就什么都想不了了。

因为陈茵捂着他的眼睛，嘴里指挥着往前、往左、抬脚，停下。

他像个被操纵的工具人，唇角却一直上扬。

"这么喜欢我啊陈茵，给我准备惊喜是要祝我生日快乐吧？"

陈茵不理他。

他还在笑："你还挺高冷，理我一下啊，我挺没安全感的现在。"

陈茵"哦"了一声。

游淮还想说什么。

陈茵忽然停下脚步："游淮。"

"嗯？"

"到了哦。"她声音很轻，捂着他眼睛的手却更紧。

游淮其实什么都看不见，但是乖乖地停下脚步："好。"

"我松开手，你就可以睁开眼。"

"好。"

陈茵慢慢松开了手，嘴里数着数，数到"三"的时候，游淮慢慢睁开了眼睛。

入眼可见的却全是光。

地上放满了向日葵，申铠扬、夏思怡，还有迟盛他们都在，手里不知道拿着什么东西，拍得"啪啪"作响，说"游淮生日快乐"！

陈茵说："不对不对，是我先说！不是这个流程！"

这时候，哈哈不知道从哪儿跑了过来，身上绑了个包。游淮还以为是炸弹，下意识把陈茵拉过来，嘴里说了句脏话，显然吓得不轻。

陈茵看看哈哈又看看申铠扬，最后一拍脑袋有些泄气地想，跟想象中完全不一样！全部不一样！不该是这个流程！

但哈哈已经跑过来了，它冲着游淮不停摇尾巴。

游淮这时候才看见它背的是个包。

"没办法啊，哈哈真的什么都咬，奴才真的做不到啊，公主殿下！"申铠扬说。

游淮看着那个包，以为里面装的是礼物。他冲陈茵伸手，笑着说："给我吧，公主殿下。"

"等一下。"陈茵看向夏思怡。

夏思怡播放了音乐，又拿过来一个话筒给陈茵。

游淮脸上闲散的笑已经收了起来，他看着陈茵。

"是不是有点俗套啊，游淮？"背景音乐是一首欢快的歌，陈茵的声音在背景音乐里却显得有些颤抖。

游淮站直，说："不会。"

"我其实……其实准备了很久，但我说我要在四月一日给男朋友准备生日，很多店家都以为我在开玩笑。你怎么出生也不挑个好点的日期，愚人节真的让难度都变高了，让我的真话都变得像是玩笑。"

游淮说："我的错。"

露天的场所，有风在吹。

陈茵的头发吹到脸上，她伸手别到耳后，才又说："你知道我想送你什么礼物吗？"

游淮没说话。

"应该是你不会想到的礼物。"陈茵自信地说。

她弯腰拉开了哈哈背着的小包，从里面拿出了戒指盒子。

夏思怡及时把音乐切换了一首，是周兴哲的《挚友》。

前奏响起的时候，丝绒红的盒子出现在游淮眼前。

陈茵其实紧张得有些发抖，但她故作轻松地冲游淮笑，原本准备了很多话要对他讲，但现在什么都想不起来，脑子一片空白，嘴不受控制，在自由发挥。

陈茵："我们认识多久了？"

游淮："从幼儿园到现在。"

"会腻吗？"她问。

游淮笑："可能吗？"

"我跟你解释过吗？"

"什么？"

"我没有喜欢过别人，我只喜欢过你。"

"解释过。"

"是吗？什么时候？"

"你喜欢着我的时候。"游淮站在陈茵面前，替她挡着风。身后的朋友们听到这儿在起哄，他没在意，只看着陈茵的眼睛，说，"你认真喜欢我的时候，我就猜到，你没喜欢过别人，你只喜欢我。"

"那，游淮，"陈茵攥紧戒指盒子，抬头看他时，却被灯光晃了眼，缓了会儿，才问他，"我们现在是什么关系？"

游淮已经意识到什么了，他喉结滚动，好半晌才说："恋人关系。"

"游淮。"

"嗯。"

"我很喜欢你,很喜欢很喜欢你。"

"我知道。"

"分开的那三年也喜欢你。"

"嗯。"

"但是在幼儿园的时候不喜欢,小学还不知道什么是喜欢,初中没意识到喜欢,高中毕业以后察觉到喜欢才发现,原来我一直是喜欢你的。"陈茵慢慢对他说。

"是吗?"游淮上前一步,手指擦过她眼角的泪,声音温柔,"那你很迟钝。"

"所以,我想问你,我们的关系能不能再改变一下?"

陈茵抓着游淮的手指打开了戒指盒。

"从朋友到恋人,是十五年;从恋人到前任,是三年。时间好像很长,关系也好像很难定义,做朋友的时候比朋友更亲密,做恋人的时候比恋人更自由,做前任的时候比前任更自如,你说,我们如果做夫妻会怎么样?"

游淮看不清戒指,只看得见陈茵笑着的眼睛。

他嗓音沙哑,和预设的不同,比所有的都要更好一点。

哈哈在他们脚边打转,朋友们在后面鼓掌。

他心跳如擂鼓,许久才说:"我会一直爱你。"

陈茵踮起脚拥抱他,声音贴在他耳边:"好巧,我也是。"

游淮呼吸很重,问她:"是愚人节玩笑吗?"

陈茵在他怀里摇头:"不是。"

她还想说什么,十二点的钟声却在此时敲响。

所有的话就都止住,变成了一句:

"生日快乐游淮,要我帮你许愿吗?"

"好啊,我的愿望都归你。"

那要许什么愿呢?陈茵很认真地想,然后双手合十,代替游淮许愿。

希望时间过得慢一点。

希望有时光机能回到只有他知道的那个午后。

然后她会走到偷偷在她的复习资料上写字的少年身边,对他说:

——没有过别人,自始至终,都只是你。

- 正文完 -

番外一 /
有请新娘亲吻新郎

　　陈茵和游淮的婚礼办了两场。
　　在绥北的这一场主要是宴请他们爸妈那边的亲戚朋友，在绥北最大的酒店包了场。陈茵原本把这件事想得很简单，无非穿个婚纱走个过场，敬个酒听别人说一些祝福的话就算完事儿。因此在夏思怡问她会不会有婚前焦虑的时候，她还挺乐观地说怎么会。
　　结果婚礼前夕她就后悔了，蒋琪筝在她房间挂了很多气球，布置得非常喜庆。当时她还拍照发了朋友圈专门提醒游淮来看问他梦不梦幻，游淮还没改口喊老婆，有些担忧地问："你晚上睡觉怎么办？"陈茵在凌晨三点被气球爆炸的声音吵醒时明白了游淮的意思。
　　她醒了就再也没能睡着，凌晨四点半的时候，化妆师和造型师过来。蒋琪筝请了厨师专门过来做饭，陈茵踩着拖鞋下楼看见一群人吃着热乎乎的早餐，进厨房也想盛一碗的时候看见自己的婚纱，脚步又停住，揉着太阳穴告诫自己要做最美丽的新娘，绕道去冲了杯麦片，又喝了半杯热牛奶。
　　早上六点所有准备工作结束，陈子芥和蒋琪筝两边的亲戚陆续到达，大人小孩儿全部拥进来。胆子大的小朋友围上来说"姐姐你好漂亮"，又伸出小手想摸摸她的脸，急忙被旁边喝水的化妆师拦住。陈茵刚笑着哄完这边说你也是个很可爱的小朋友，那边就又有个调皮的小男孩推搡别的小朋友被妈妈教训得"哇哇"大哭。
　　陈茵一阵头晕目眩，身体后仰看向站在门口同别人聊天的蒋琪筝，一副气若游丝的样子，用口型对她说："妈妈，我要累死了。"
　　结果被蒋琪筝做了个封口的动作，穿着一身红色的蒋琪筝走上来拍拍她的衣服，轻声教训她："婚礼，大喜的日子你说话注意点儿啊。"说完又拉她起来，带她去和叔叔、阿姨、伯伯、婶婶们打招呼。
　　陈茵转了一圈之后，觉得跟朋友们办的那一场一定要以简洁为主，形式主义全部免了，不然这种结一次要花半条命的婚真的这辈子结不了第二次。

说起来她又想起两人找婚礼策划公司的时候，负责策划的人员问他们想要什么样的婚礼。陈茵属于只要是好看的就可以，说白了就是没有要求但意见很多。游淮就只好担任那个提要求的人，按照陈茵的喜好跟策划公司那边提了一堆，最后许是担心无法落实，又补充了一句他没有经验，让策划公司的人看着来。

　　策划公司的小姐姐原本认真严肃地在记录，一听游淮这话就笑了，说来这儿的基本都没有经验，让两人压力不用太大，他们会多出几个方案让两人备选。最后又笑着开了个玩笑，眨眨眼说："毕竟你们男才女貌，到时候给我们做宣传都是我们赚了。"

　　游淮那段时间属于人逢喜事精神爽，听什么都开心，尤其是听到别人说他和陈茵般配，那简直就是马屁完全拍到位了。

　　陈茵在旁边完全不懂游淮的乐观，拿手机给他翻译：她的意思是，我们给的钱多，所以可以随便提要求。

　　看见消息后的游淮回复：你安静。

　　那时候盲目乐观的人，在这么忙碌的时候也是乐观的。

　　隔一会儿他就给她发一条消息。

　　yh.：我第一次发现，原来我家有这么多亲戚。

　　DOKi DOKi：+1。

　　yh.：服了，我都二十多岁了，还要跟着我爸妈一起喊叔叔、阿姨好，我今天到底是结婚还是接客？

　　DOKi DOKi：……+1。

　　yh.：要被熬干了……要不我们直接跑吧……这帮小孩儿开始问我什么叫结婚了……

　　DOKi DOKi：我不敢，我怕我爸妈一气之下把我赶出家门。

　　yh.：那我跟你去流浪。

　　DOKi DOKi：不行，我不想吃苦，你还是自己去流浪吧。

　　yh.：这是你跟你未来老公说话的态度？

　　yh.：你这跟家暴有什么区别？

　　陈茵正想回他，又被蒋琪筝拉着去跟关系远到她都不记得有见过的亲戚打招呼。

　　等游淮过来的时候，陈茵坐在床上，脑子已经空掉了。当伴娘的是家里的表姐、表妹，女孩们都很羞涩，新郎和伴郎过来敲门也没怎么为难就让人进来了。

　　看见游淮的那一刻，陈茵才觉得自己回过神，她撇撇嘴。在此之前她觉得婚礼真的跟想象中截然不同，完全就是世界上最无聊也是最烦琐的事情，累到已经生不出什么额外的情绪，但是在看见游淮之后，她才发现还是不一样。

那种强烈的身份转变带来的情绪翻涌难以言喻，她和游淮将成为法律意义上密不可分的关系。

游淮一身黑色西装，做了造型的头发看起来很酷。他跪在她面前，让公主穿上水晶鞋。旁边有人起哄问他结婚以后听谁的，陈茵思绪被打乱，偏过头视线没离开游淮，却代替他回："这种问题有什么问的必要吗？看心情啊，我心情好就选择性听我的，我心情不好就全听我的咯。"

围观的亲戚们同时发出"哇"的一声，夸张地说："阿淮你惨咯，以后得是个妻管严了。"

游淮看着陈茵笑，他耳朵有些红，但他自己没有注意，垂眸看着她的裙摆："嗯，都听老婆的。"

坐在婚车上的时候，陈茵去拉游淮的手，靠在他肩上问他："你紧张吗？"

游淮的手很热，掌心有汗水。

"还好吧。"可是他的嘴很硬，手指捏着她手背，又说，"但我担心你会紧张，婚礼上要说的词你想好了吗？"

陈茵自信地抬头："当然啦，提前那么久背的，而且就那几句，我又不是傻子。"

她清了下嗓，吸引来驾驶座的游淮表哥，又往旁边缩了下，轻声对游淮一个人彩排："非常感谢大家来参加我和游淮的婚礼，以后我会成为游淮最忠诚的伴侣，最知心的朋友、最可靠的退路。我们会携手走过人生每一段旅途，也会坚贞不渝地将爱他这件事落实到底。"

这词是她自己写的，当时写完就忍不住拿给游淮炫耀，问他自己是不是文采斐然。

游淮很捧场地鼓掌说："陈茵你不是文科状元真是绥北市的损失。"

这会儿游淮也很捧场，小声"哇"了一下："可以，记忆力绝了，婚礼现场都被你变成中国达人秀了，厉害啊老婆。"

陈茵不太习惯这个称呼，听得脸红，又捏他的手指，轻声"哼"了一下。然后车慢悠悠地一路驶到酒店门口。

接下来的时间就很琐碎，基本都是和宾客拍照、换婚纱、换造型、再拍照、再换婚纱、换造型。

好不容易到下午五点，婚礼正式开始，陈茵踩着高跟鞋觉得自己已经麻木。

造型师帮她换上正式婚礼的这一套主纱，站在门外，听见主持人说有请新娘的时候，陈茵都还觉得自己身体被机器人操控着。站在她旁边挽着她胳膊的陈子芥也没有表情，门被打开，陈茵挽着陈子芥胳膊，才发现爸爸的额头上有汗水。

他挽着她，像是回到幼儿园和小学的时候，她总喜欢拉着爸爸的手一蹦一跳地说着晚上想吃什么、想在哪里玩。但是长大后，就变得不善于表达自己情感，她已经很久没有挽过爸爸的手了。

见她有些愣住，陈子芥拍拍她的手背，什么话也没说，只是看着前方。

那么短的距离，陈茵走得却很慢，每一步都像是在和自己的少女时光道别，又像是在走向另一段少女时光。

主持人没有说煽情的台词，也没有介绍他们认识了多久，只是说他们是真的非常相爱。

陈子芥将陈茵的手放在游淮的手心，主持人问："爸爸有什么想跟女婿说的吗？"

话筒就在陈子芥嘴边，从来不怯场的陈子芥却紧张得沉默了好一会儿，才说了一句很俗的话："你们要幸福地走下去。"

真的很俗。

世界上所有的婚礼其实都是一个样子。

但是好奇怪，世界上所有的婚礼都能够精准戳中人的泪腺。

陈茵眼泪就是这么"啪嗒"落下来的。她扭头看见坐在台下的妈妈，妈妈穿着红色的裙子，扎着高高的头发，一如看小时候的她在台上表演那样骄傲地望向她，为她鼓掌、因她微笑。

陈茵这时候忽然明白，原来婚礼是第二次成人礼。

也是人生中第二次和父母道别。

到新娘新郎交换誓词的时候，陈茵拿着话筒，声音依旧带着哽咽。

原本准备好、在车上都能流畅背出来的词都受到影响，断断续续最后变成了全新的一段。

"游淮，我很爱你，我坚信我此生只会这么爱你，也确定余生都会像此时此刻一样爱你。我其实很讨厌变老，害怕成为要拄着拐杖才能站稳的老太太，失去年轻的肌肤和漂亮的外表，要戴着老花眼镜才能看清绿树和书。但是如果跟我一起变老的人是你，那好像还挺有趣。毕竟在那时，我可以对你说，喂，这个说话都不利索的老头子，我们已经走过人生这么长一段，可是哪怕你说话漏风，但我依旧爱你。"

她眼里有泪，脸上化着漂亮的妆，穿着最好看的婚纱。

是全场最闪耀的焦点。

游淮喉结滚动。

领结的束缚一次次提醒他这不是梦,这就是现实中的,他和她的婚礼。

主持人说:"新郎,你有什么想对新娘说的吗?"

他有好多好多想说的,拿起话筒,曾经写了整整一页纸的发言也全部不想再讲。

那些陈茵全部听过。

台下的长辈们拿着手机一个劲儿地拍他们。

背景音乐被换成了一首纯音乐。

他握着话筒的掌心出了汗。

他抿唇又再度张开,重复几个来回后,陈茵对他微笑,偏过头用口型对他说,放轻松。

声音好像在空中漂流了会儿,才重新回到他的身体里。

"陈茵,我想过很多次,和你结婚的场景,想过你会穿的婚纱,会说的话,想过你从台下走到台上,到我面前看着我的眼睛喊我的名字。因为彩排过太多次,所以你刚才走上来的时候,我有些分不清,这到底是现实还是做梦。"

底下有人在笑,说这是现实。

陈茵也跟着笑。

游淮也笑:"你知道,我很爱你。"

陈茵看着他:"我知道。"

游淮准备的那些漂亮话全没了,只有些笨拙地把发言变成了对谈,笨拙地看着陈茵的眼睛,说:"我只爱你。"

陈茵笑着又掉下眼泪,她点头:"嗯,这个我也知道。"

"所以我发誓,在未来的日子里,会一直对你好,只对你好,并因为一想到要跟你生活、组建家庭就开心得原谅生活中所有的不如意。"他拉着她的手,学她的样子偏过头看她笑,又温柔地抬手,知道不能蹭掉她的妆,轻轻擦掉她的眼泪,"陈茵,因为你,我更加坚信,这个世界是美好的。"

"我很爱你,也最爱你。"

婚礼是有流程的。

主持人说请新郎亲吻新娘,他们才能接吻。

这是彩排时就知道的事情。

但爱情没有流程。

在游淮说完那句话后,陈茵就成了最主动的新娘。

她踩着高跟鞋上前一步,然后抬手拉住游淮的领结。

"游淮,你知道我以前最讨厌听你说什么话吗?"

话筒已经记录不到他们的声音。

游淮低头看她:"什么?"

"我跟一个。你以前很喜欢说这句话,我觉得你很烦,但是现在,游淮,我也跟一个。"

她抬头，看着他的唇问："可以是新娘亲吻新郎吗？"

游淮笑："怎么不可以呢？"

那么现在。

有请新娘亲吻新郎。

番外二 /
一瞬即一生

1.

他们婚礼上的视频被游淮的妈妈发了朋友圈，又被申铠扬给转发到了所有群聊里。

申铠扬：游淮也算是给我们打了个样，要想婚礼效果好，还得表达能力好，我听视频里都有阿姨哽咽的声音了。

游淮刚领到结婚证，红本本在朋友圈晒了半小时不到，正回复各路亲朋好友的祝福评论呢，就被申铠扬他们在无数群聊都艾特了一遍。

陈茵坐在地上，正在给哈哈梳毛，放在一边的手机响个没完，拿起来一看全是调侃的。婚礼上她主动亲吻游淮的片段被朋友单独剪了出来，正问她：就这么爱？

陈茵身体后仰，看向坐在沙发上反复看红本本的游淮，重复了一遍朋友的话："就这么爱？"

游淮视线没能从红本本上挪看，漫不经心地说："嗯哼，毕竟现在受法律保护了，确实安心不少。"

陈茵本来想举起哈哈，让哈哈咬游淮，但哈哈实在是胖，她举起来难度有些大，只能用手戳游淮的膝盖："夏思怡她们问，地点到底确定没？"

是面向朋友办的婚礼，本来两人都想要轻松愉快一点，最好是Party类型，现场请个乐队来唱歌，主持人都不用找，就让申铠扬来，穿着婚纱、西装，大家一起开心玩一场不需要那些烦琐又疲累的环节。

但架不住游淮有别的想法。

他仪式感拉满，在世界地图上圈了几个地方跟陈茵说办旅行式婚礼吧，到一个地方就大家一起办一场Party，请摄影师拍很多照片。

陈茵本来觉得这个想法不错是不错，但是成年人的时间很难凑上，尤其像邬雨桐这种给资本卖命，请一天假比上天还难的，参加婚礼难度直线上升。

游淮却只说："都交给我就行了。"

他弯腰，伸手拍拍她的脑袋又揉揉哈哈的头。

"你只用漂漂亮亮、开开心心地玩就行。"

陈茵靠在游淮的腿上，拖着嗓子"哦"了一声，然后就真的什么都没管。

也没想到这件事还真给游淮办成了。

在东京铁塔的时候，申铠扬有点儿欠地唱着《会呼吸的痛》，给陈茵和游淮拍了照片，夏思怡拿着手机在网上找司仪该说的话，借机出来旅行的沈域转过身举起手机拍了张正在看夕阳的陈眠照片，陈眠抬头想看沈域的时候却被不远处燃放的烟花吸引了注意。

邬雨桐神秘兮兮地从背后拿出花，忽然扬声喊："祝你们新婚快乐！"

听不懂中国话的日本人朝他们看了过来。

陈茵觉得丢人，刚捂住脸，就见迟盛拿了邬雨桐的花，转手递给了站在他旁边正在拍烟花的女孩子。

游淮挺无语地在地上捡石头砸迟盛。

结果发展成一片混战。

他们往烟花的方向跑，夕阳被落在后面。

之后又去了马耳他，在当地偏正式地跟朋友办了场婚礼。

夏思怡抢到了捧花，申铠扬急中生智，用饮料拉环当戒指跪地求了个婚，没想到夏思怡答应了。

申铠扬蒙了，他第一反应竟然是看游淮，呆呆地问："啊？"

游淮没理会申铠扬。

他低头看陈茵："申铠扬是个傻子。"

陈茵深表赞同。

游淮又说："好在我不是。"

陈茵抬手拉住游淮的领带："聪明人不会在这种时候提别人的名字，这次应该不需要我提醒。"

游淮故作不懂："什么？"

陈茵瞪他，不解风情、不懂浪漫，还有很多罪名都可以在这时候给游淮扣上。

但他就像小时候一样，在惹她生气之后，又很快露出一副我懂了的表情，低头飞快地在她唇上亲了一下。

"亲吻我的新娘？"他问。

陈茵没说话。

他又换了个措辞："人生伴侣？"

陈茵有些想笑，急忙忍住，抿唇装作仍然不满意的样子。

"明白了，"游淮的眼睛里映着她的样子，她从中看见自己的雀跃和欢喜，从眼角染到眉梢，他也跟着笑，低头吻着她的唇说，"老婆。"

2.

婚后第三年,陈茵怀孕,游淮紧张到不行。陈茵有时候半夜醒来刚动一下,游淮就立马握住她的手,几乎是下意识反应问她:"怎么了宝宝?"

陈茵不知道他是睡着还是醒着,没说话。

"喝水,还是上厕所?"游淮已经坐了起来,伸手摸摸她的额头,又轻轻贴着她的肚子。

这个时候,陈茵总觉得心里是柔软的。

她抱着游淮的腰,跟他畅想宝宝会是个怎样的人。聊到一半她总会睡着,醒来以后也记不太清半夜说了些什么,只隐约记得半夜醒过。

孕期快结束的时候,她肚子已经挺大了,电视台那边提前请了孕假。游淮也把工作转到线上,他晚上给陈茵讲故事,从白雪公主讲到美人鱼。

陈茵打着哈欠听着听着就发呆,注意力再回来的时候,就听到游淮说白雪公主最后成了个优秀的设计师。

她有点儿蒙:"什么设计师?"

游淮说:"小矮人王国最优秀的设计师啊,为所有小矮人解决需求,实现了行业垄断,最后成为行业巨头,被称为站在行业金字塔尖的女人——白雪女王,又在一个冬天找到了自己的姐姐艾莎。两人一南一北,一个白雪女王、一个冰雪女王,最终称霸整个童话王国。"

陈茵愣了半天,刚抬手想为他的创造力鼓个掌,肚子就疼了起来。

宝宝就是在这个夜晚来临的。

是个非常活泼的小女孩儿。

哭声非常嘹亮,见谁都哭,见到她爸游淮哭得最狠。

后来司琦甚至提建议让游淮戴个口罩再去看自己女儿。

游淮对她的这个提议深表不解,甚至找陈茵告状,吃着她吃不完的月子餐。

"我妈现在心里都没有她儿子,只有她孙女了,我上次从她面前路过,她竟然让我走远点别吓到她孙女。你觉得这像——你别给我夹了,是你做月子不是我,该补充营养的是你不是我。"

陈茵敷衍地点点头,又问游淮:"你觉不觉得宝宝现在有点……不那么好看?"

游淮看着她,本来想说刚出生的孩子哪有什么好不好看的,他觉得自己的女儿是全世界最好看的小朋友。

但很可惜,这话他说不出来。

刚出生没多久的游聆音小朋友确实不太好看,皱巴巴一团,还总是哭。

新手爸妈都颇为头疼,抱也不敢抱,自称爸爸、妈妈的时候甚至有些尴尬。

游淮说:"我们跟她还不太熟,熟悉一下就好了。"

陈茵点头:"那我们先过渡一下。"

她想了会儿,问游淮:"我们先喊她全名,再喊她小名?"

从外面进来的司琦和蒋琪筝脚步顿住,都有些怀疑自己听见了什么。

3.
游聆音小朋友长到一岁的时候,已经跟爸爸、妈妈很熟悉了。

她可以在床上打滚,往左边钻到妈妈怀里,往右边钻到爸爸怀里。

她只要一笑,哈哈就会从外面跑进来,在床边摇着尾巴看着她。

周末的时候,申铠扬跟夏思怡带着儿子一起过来玩。

他们的儿子叫申岚耀,谐音跟外号都叫"伸懒腰"。

说是因为申岚耀小朋友真的很喜欢伸懒腰,干脆就叫这个名字。

这主意是夏思怡想的,陈茵问她,要是孩子长大不满意怎么办。夏思怡说那他就自己翻字典重新想个名字啊。申铠扬在旁边点头如捣蒜,竖起大拇指说这个主意非常好。

申岚耀比游聆音要大半岁,小朋友虽然名字奇奇怪怪的,但长得很好看,性格也很好,见谁都咧嘴笑。游聆音很喜欢咬他,申铠扬和夏思怡也不制止,在旁边嗑着瓜子问陈茵和游淮:"他们这算是青梅竹马吧?"

陈茵还没说什么。

游淮已把女儿抱了起来,他捂着游聆音的耳朵:"这不是小朋友能听的。"

游聆音"咯咯"直笑,又去咬爸爸的手,结果糊了好多口水。

申岚耀嗦着大拇指看着妹妹,又看看自己的爸爸、妈妈。

陈茵若有所思地看看申岚耀又看看游淮。

"我觉得——"

游淮干脆利落地打断她:"你不觉得。"

申铠扬不满意了:"我儿子怎么了?"

话音刚落,申岚耀小朋友就伸了个懒腰。

游淮看向申铠扬。

这次轮到申铠扬词穷了好半天才说:"能睡是福好吧?"

游聆音小朋友长到三岁到了读幼儿园的年纪。

没能跟申岚耀培养出什么青梅竹马的情谊,反倒是对囤东西产生了浓烈的兴趣。

她囤的东西奇奇怪怪的,比如妈妈拆完没及时扔的化妆品盒子,或者爸爸随手放在桌上的名片,再或者是哈哈的玩具,她都放在自己的小柜子里。

陈茵和游淮表面上装作不知道,背地里却都有点急。

为此还开了个家庭会议。

司琦说:"你小时候尿床,我们也没急啊。"

游淮:"……妈这件事你可以不提。"

蒋琪筝倒是想起来什么,看着陈茵:"你小时候也喜欢囤东西来着,我的高跟鞋经常少一只,都被你偷偷藏在床底下,我还揍了你一顿。"

陈茵沉默很久,才扭头看向客厅正在玩玩具的游聆音小朋友,最后选择把这口锅甩到游淮头上:"她肯定是在我肚子里听多了你讲的奇怪童话故事。"

游淮一脸问号:"跟捡东西有什么必然联系你告诉我。"

"因此——"陈茵慢吞吞地说,"觉得这个世界跟你描绘得不一样,才会选择什么都囤起来,说不定就是等着找机会搬去她的童话王国。"

"……牛的,"游淮甘拜下风,"我服了。"

在一个午后。

刚学会玩手机的游聆音小朋友解锁了妈妈的手机,给很多人发了消息,也不知道是怎么学会的发语音,都是一秒两秒的,说一声"哈喽""喂喂喂""你好"就很快结束。

陈茵从厕所出来,手机消息已经弹满了。

朋友们都在跟游聆音打招呼。

陈茵有些头疼,蹲在游聆音面前问她:"你不是有儿童手表吗?为什么要用妈妈的手机?"

游聆音撇撇嘴不说话。

陈茵自觉没有多严厉,却还是放柔了声音问:"可以告诉妈妈原因吗?"

"因为……"

小姑娘扎着松散的丸子头,一双眼睛像极了陈茵,鼻子和嘴巴却完美继承了游淮,撇嘴的时候显得格外委屈,长睫毛扇啊扇,好半天才扯着妈妈的衣服回:"我想爸爸了。"

游淮昨天刚出差。

这个理由陈茵相信,但不能理解:"你可以用电话手表给爸爸打电话。"

游聆音摇摇头:"这样不好。"

陈茵问:"哪里不好了?"

"因为……因为用妈妈的手机,给爸爸发消息,想爸爸的就是我和妈妈了!"

游聆音拽着陈茵的衣服,又凑过去问她:"爸爸回了吗?"

陈茵这时候发现,游聆音的嘴甜也遗传了游淮。

她最常挂在嘴边的就是"喜欢爸爸、妈妈,我爱爸爸、妈妈,以及我想爸爸、

妈妈"。

　　…………

　　游淮回到家的时候，客厅里只有哈哈。

　　书房的门开着。

　　陈茵抱着游聆音坐在书桌前，边念边教游聆音写。

　　——游淮先生你好，看到这封信的时候，希望你明白，你已经是全世界最幸福的人。

　　——因为，我们都爱你。

　　窗外阳光正好。

　　这是他们未来很多日子里，最寻常的一天。

　　时间飞速往前，回到很多年前的幼儿园门口。

　　穿着公主裙的小女孩儿被爸爸抱着。

　　站在幼儿园门口的小男孩儿看着她。

　　他们对视。

　　然后，一瞬间就被拉扯成了一生。

番外三 /
唯陈茵主义

分手第一年，三月底的时候，游淮回了趟绥北。司琦和游引出差不在家，他一个人在家待了整整一周，什么也没干，就是坐在客厅看电影，知名的、不知名的全看了个遍。直到四月一日的凌晨，迟盛和沈域摁响他家的门铃，他才关了电视机。

迟盛问他是不是在过原始人的生活。

沈域说失恋的人是这样的。

游淮坐在沙发上，被突然的光源晃了眼，手遮着眼睛，问他们两个是不是故意在他生日的时候给他找不痛快。

但说完又发现，好像自己每一年生日都是这样的。因为是在愚人节，恰好身边朋友又都是挺欠的类型，不会像别人的朋友那样避开敏感话题说些温暖人心的话，他们只会反复问他，真分了？不去找她了？真没可能了？

最后还会来一句：她跟你说生日快乐了吗？

游淮记不清自己喜欢陈茵多久。

但清楚记得自己什么时候知道喜欢的含义，大概是小学一年级，语文老师教写作文，教形容句，说妹妹的脸好像红苹果，红苹果就是形容妹妹红红的脸蛋，用苹果这种生活中能看见的东西来形容人就是形容句，说完又让他们写例句。

陈茵坐在他旁边，一脸困惑地问他："为什么要用东西来形容人，我们又不是东西！"

她语气义愤填膺，只可惜说出的话像是在骂人，但也给了游淮灵感。

他就落笔写，我同桌生气的样子像公园里垂头丧气的小花。

因为用了一个成语，所以被老师在全班表扬，只是作文里的对象并不满意。被妈妈一起接回家的路上，两人窝在后座。陈茵手腕上戴着的铃铛手链随着她晃手的动作响个没完，游淮得集中精神才听得见她压低声音的威胁，她说："游淮你死定了，我一定会还回来的。"

驾驶座上的司琦在红灯的时候拿起他的作文本，很满意地表扬他，说："儿子你真棒，"后面又玩笑般地补充了一句，"你怎么那么喜欢茵茵啊？作文里写的都是茵茵，怎么就不知道写妈妈？"

就是这么奇怪的一个瞬间。

说不好究竟是司琦的这句话还是陈茵的那句威胁，总之，牛顿的苹果就这么砸到了才一年级的游淮头上。

他被陈茵掐着胳膊，故作深沉地看着窗外，叹着气想。

大人们所说的喜欢，应该就是哪怕被她欺负、幼稚地威胁，也还是"算了，不反驳，随她吧"，这种无可奈何、没办法的心情吧。

这么一算，似乎时间节点也是明确的。

但游淮不太喜欢告诉别人，他应该是从小学一年级就喜欢陈茵。

长大后两人关系从剑拔弩张变成朋友，尽管在游淮看来，陈茵其实是把他当作自己最忠诚的手下，但也没什么所谓。那时的陈茵还是一个很幼稚的小女孩儿，喜欢闪闪发光的东西，每天换着不同的发夹和头绳，会卷起自己袖子把胳膊凑到他面前，问他："香吗香吗？我刚换的沐浴露。"

她没什么心眼，但脾气又很大。

游淮最常做的事情就是惹她生气和哄她开心。

她也会懊恼，抱着膝盖蹲在路边怎么都不肯走，又怕他走掉，所以拽着他的裤腿，蔫了吧唧地问他："我是不是很糟糕啊，游淮？"

她的困惑来源仅仅只是她的朋友买了马卡龙分给了其他人，但是没有分给她。

游淮不太懂女生之间的弯弯绕绕，也不理解一个马卡龙有什么值得她自我怀疑。

他从她手里扯出自己的裤腿，丢了一句你等着，就往旁边蛋糕店跑。他气喘吁吁地跟店员说"有马卡龙吗？还有多少，我全部要"。

他抱着一整盒马卡龙又出现在陈茵面前，这时才彻底想好该怎么哄她。

"别自我怀疑了，多大点事儿啊陈茵，不就是马卡龙？我给你买了。"

这种直接又明确的偏爱。

那时候，陈茵有个好朋友，翁莉莉还是翁茉莉或是翁美丽，他记不太清，总之是一个跟陈茵关系不错的女生。她给游淮写过信，内容文绉绉却满是少女心事。游淮也是后来才知道她还在一个名为"暗恋吧"的贴吧记录过他的所有点滴。

信里面有一句话游淮记忆很深。

她写：因为你，心都变成节奏怪异的鼓点，找不到任何规律，你一个眼神或是一句问候，鼓声就变成恋曲。

她问游淮："你怎么就确定你对陈茵一定是喜欢？"

他坐在椅子上，放下手里的笔，认真地说："看见她的时候，我听见了鼓点。"

后来那个暗恋吧，游淮也去看了。

里面多数都是女孩子的暗恋故事，对视、擦肩而过、问候，全变成了细腻的文字。

游淮当时想，如果要把他和陈茵之间的点滴变成文字，那估计得是新华字典的厚度。

他做不来这么细腻的事情，又很少觉得喜欢是一件心酸辛苦的事情。

哪怕陈茵跟他说，她觉得李秋明是真的很酷。

她跟在李秋明后面，他就跟在她后面。

他看着她，也问了一遍："你怎么就确定是他？"

但好在，陈茵没说她听见了鼓点。

她只是说，因为李秋明很酷，他打架的样子很帅，学校里也很多人喜欢。

游淮当时"啧"了一声，他直接抽了她手里抱着的奶茶，在她看过来的时候，第一次很郑重、不带玩笑意味地问："陈茵，难道我不帅吗？"

结果陈茵笑得前俯后仰，捂着肚子说："游淮你真的很自恋。"

陈茵第一次对他说一个男生很酷，维持的时间并不长。

很快她就兴致欠缺地对他说，李秋明一点也不酷了，她不想再跟在李秋明身后了。

她又变回了放学拽着他的书包缠着他抓娃娃、买小吃的大小姐。

他照旧一副不情不愿但还是被她轻易拖着走的样子，嘴里说着"陈茵你真的很专制独裁"，但是眼睛从来没有离开过她。

一次都没有。

那年愚人节，陈茵拿着他给她抓的娃娃，蹭他爸妈买的蛋糕，对他说生日快乐，说这全是她送给他的礼物，还催他赶紧闭上眼睛许愿。在他闭眼的时候，她又戳戳他胳膊，轻声说"要记得祝你最好的朋友陈茵考试及格啊"。

游淮没听她的，他那时候有点儿矫情，说出去一定会被朋友笑话地许了个愿望。

——他考试从来不作弊，过马路看见需要帮助的爷爷、奶奶也都会伸出援助之手，没做过什么坏事，所以，如果陈茵注定要喜欢什么人，那么这个人，能不能是他？

但愚人节真的不是一个很好的日子。

连生日愿望都会被当作玩笑话，没有被实现。

陈茵开始频繁提起沈域，这一年，他们读高一。

陈茵坐在他自行车后座，手里攥着他的校服外套，问他，游淮，沈域喜欢吃什么呀？沈域觉得什么样的女孩子比较可爱？温柔点儿的还是可爱一点的？

游淮一句话都没有说。

喜欢是一种什么感觉？

如果是小学的游淮，会说世界上有很多苹果，每个苹果都像陈茵。

如果是初中的游淮，会说每当靠近陈茵的时候，都能听见自己心跳的鼓点。

如果是高中的游淮，他会说，哪怕不开心，也还是想和她说话。

申铠扬说"你要不算了，总会有比陈茵更适合你的"。

游淮觉得申铠扬还是脑子有点不够用，他如果能这么轻易就算了，也不会这么多年也还是只喜欢她。他不想再对任何人解释，也不想让别人觉得他是可怜的、值得被安慰的，所以索性什么都不再说，只是笑着问能不能换个话题。

高三这年，他们频繁外出艺考。

他和陈茵一直并排坐着，一人一只耳机，有时候听他手机里的音乐，有时候听她的。

她收藏夹里有一首 I'm Yours 又有一首《以后别做朋友》，她无知无觉，将他的心脏提起又放下。

语文课的时候，老师说一鼓作气，再而衰、三而竭。

他趴在书堆上昏昏欲睡，窗帘被风吹得忽上忽下，阳光就这么一晃一晃地跳进来。他眯着眼看见在草稿本上写写画画的陈茵放下笔，举着本子笑着看向他。

她说："游淮你看，我画了你。"

游淮的视线就从她的脸上挪到她的本子上。

她画了一只垂着尾巴蹲在垃圾桶旁边的小狗，甚至还画了一根肉骨头。

她笑眯眯地等着他反驳她，然后两人惯例吵嘴打发时间。

但游淮没有，他有些突兀地说了一句："还是不行。"

陈茵问他什么意思。

他没回答，只是伸手推开她凑过来的额头，在心跳如擂鼓中对自己回答。

还是不行。

没有什么再而衰、三而竭。

她看向他的时候他喜欢，她跟他讨论别人的时候他也还是喜欢。

他的喜欢坚不可摧，不需要概率性的词作前缀，现在就可以给一个最肯定的答复。

他肯定，不会有人比陈茵更适合他。

他也肯定，自己不会喜欢上除陈茵之外的人。

然后愿望就好像乘坐了反方向的列车终于知道自己返航。

陈茵说她喜欢他。
他们交往。
报考同一所大学。
做着所有情侣都做的事情。
也像所有普通情侣那样，分手。
分手后游淮最介意、最抱歉的事情就是，分手那天是她生日。
他们在她的生日当天分手。
所以，他的生日她不送上任何祝福，当作不知道、忘掉，他都无所谓。
没有关系，总是需要平衡。
只是也会有些可惜，交往的时候陈茵什么都问过，就是没有像别人那样问过他，是从什么时候开始喜欢上她的。

分手第一年。
他难过的时候看了很多电影。
但是没找到和他们相似的主角。

分手第二年。
他开始接受分开的原因是自己不够成熟。
他去了很多地方旅行，买了很多纪念品，摆满了自己的次卧。
生日礼物堆得很高，但是祝福电话从来没有打通。

分手第三年。
他开了画廊和书店，在离她工作很近的地方。
但不太幸运，他们很少碰见。
这一年十二月格外冷。
他坐在"不开"KTV，听他们唱听烂了的曲目，时间一分一秒过去，在"陈茵没来、陈茵不会来"中终于接受分手，其实就是避开对方出现的所有场合。
但是。
——门被推开了。

如果陈茵能注意到，复习资料被撕掉了一页。
上面写着——
那就，做坚定的唯陈茵主义。

这是游淮最后一个众所周知的公开秘密。

/ 番外四
青梅竹马

游淮第一次见到陈茵的时候，觉得世界上的女孩子都是这样的话，那这个世界真的要完蛋了，同时他也安慰自己可能是年纪小没见过世面，或许不是所有女孩子都像陈茵这样难搞。但很快，他又发现别的女孩子确实比陈茵温柔善良，但他只想跟陈茵玩。

慢慢地，他发现陈茵的优点其实也很多。她会给他带巧克力和糖果，他跟迟盛一起玩奥特曼的时候，对迟盛说："陈茵其实对我挺好的。"迟盛一脸"你是脑子出问题了吗"的表情看着他。

唉，他们都不懂。游淮想的就很多，陈茵是个很简单的小女孩儿，喜欢谁就会邀请谁一起玩游戏，不喜欢谁就理都懒得理，她都送他巧克力了，怎么可能不喜欢他呢，他可是班里最受欢迎的男孩子。

他一晚上都没睡好，第二天妈妈叫他起床的时候，他赖着不起。妈妈一巴掌打在他屁股上，拎着他去了幼儿园。在门口碰见陈茵，她穿着粉色蓬蓬裙，一直盯着他看，他立马背过身擦干净眼泪。

老师笑着让他们牵手，陈茵噘着嘴，问他："游淮你是不是哭了？"

"没有！"游淮都快要跳起来，"我才没哭！"

"但你手上全是汗。"陈茵非常嫌弃，"你不要牵我了，你好脏哦。"

陈茵是个有洁癖的女孩子。

读小学一年级学会写日记的游淮在日记本上这样写，"癖"字太难写，用拼音作为替代。

到小学四年级的时候，他已经有很厚一本"陈茵观察日记"，妈妈无意间看见后问他："你观察人家陈茵干吗？"

他那时已经是个有性格的小朋友，学会对家长有所隐瞒，对着镜子给自己戴红领巾，故作高深地对妈妈说："你们不会懂的。"

他书包里永远放着两条红领巾，因为陈茵总会弄丢，在学校门口才开始把书包翻个底朝天，游淮故意在她急得不行时才走过去充当救星。

陈茵从来不会说谢谢，她只会瞪着那双漂亮的眼睛问他："你怎么才给我！"

迟盛走到他旁边，拍他肩膀："辛苦了。"

他看迟盛一眼："你也不懂。"

所有人都不懂。

他觉得始终只有自己懂，读初中时，他已经确定自己的心意。那会儿大家都很青涩，其实并不懂喜欢究竟是什么意思，很多人装成熟，看偶像剧里的情节就照搬，拿着信把人堵路上，恨不得所有人都听见，大声说："请收下我的心意吧！"

游淮被堵过很多次，已经熟练掌握拒绝的技巧。

抱歉、不好意思、不打算交朋友。

陈茵也替别人问过他，她纳闷："怎么会有人觉得你帅呢？"

游淮手里拎着她的书包，作势要丢出去："你再说一次？"

女生立马改口："怎么会有人不喜欢你呢？"

有啊，游淮想，你不就不喜欢我吗？

但苦情戏从来不适合他。

他甘愿奉献，自愿留在陈茵身边，当她最忠诚的竹马。

陈茵高调宣布自己要认识沈域那天，坐在他的床上，问他："你觉得他会理我吗？"

他没说话，那是两人第一次冷战时，他没哄她。

那年暑假他跟爸妈去国外待了半个月，回来时看见陈茵蹲在他家门口，用粉笔在地上画方格。

"陈茵。"他喊她名字，已经拔高的个子让她仰头才能看到他的脸，一个暑假过去，少年晒黑不少，站在阳光下，表情不明地问她，"你在干什么？"

陈茵站起来，拍拍自己裙子，看着他说："我在等你啊。"

她等了他一整个暑假，在他家的院子里画了很多个方格。

游淮突然就气消了。

算了，他对自己说，人生总是这样，不能事事都如意。

高三开学的时候，老李打算给班里人都换个位置。他听说后自己跑去办公室，问老李他跟陈茵的位置能不能不换。老李仿佛要将他看穿，手里抱着保温杯，让他给个理由。

游淮东扯西扯，一会儿说他这种性格只有陈茵才管得住，一会儿又说他跟陈茵认识那么久，比跟别人同桌总要方便点儿，最后自己也觉得这些理由离谱，放弃般地对老李说："求求你了李哥，别换我的位置呗，我只想跟她同桌。"

老李确实是个很好的班主任，他照顾他的少年心思，没说些要保持距离这样的话，只给游淮提了个要求："下次考试你跟你同桌都考高点，进步一点，我就不动你们的位置。"

于是游淮开始盯着自己跟陈茵学习，陈茵嫌烦，问他是不是要背叛组织，还打给在国外的迟盛，说学习差三人组即将变成两人组。迟盛在那边气得不行，跟陈茵你一言我一语扯个没完。他就跟教导主任似的翻着语文课本，铁面无私地对陈茵说："背吧，从《师说》开始。"

谁知道最后两人成绩提升全靠申铠扬牺牲，他考试那天得了肠胃炎，考了个全班倒数，所以在他后面的人都排名前进一位。

保住同桌的位置对游淮而言值得庆祝。

他买了个蛋糕送给陈茵，陈茵一脸困惑："谁生日？"

他想了会儿，指着门口的树说："它。"

陈茵"哦"了一声，跟他一起蹲在地上给蛋糕插蜡烛，又对树唱《生日快乐歌》，唱着唱着还是没绷住笑，伸手揉他的头发，说我们是不是好傻啊，游淮。

确实很傻，但高中做过的傻事又何止这一件。

高三上学期结束那天，音乐班全班同学一起在教室看《泰坦尼克号》。申铠扬跟邓畅演杰克和"肉丝"，游淮就在下面用正方形的彩纸给陈茵折纸玫瑰。她捏着纸巾在擦眼泪，看着桌上的玫瑰，瓮声瓮气地问他："这是什么呀？"

他托腮，学她的语气："玫瑰呀。"

陈茵吸吸鼻子："你给我玫瑰干什么呀？"

游淮笑："哄哄你呀，爱哭的小朋友有玫瑰。"

她一巴掌拍在他胳膊上，却把纸玫瑰郑重其事地放进了文具盒里。

尽管第二天就被压瘪丢进了垃圾桶，但被珍视的那一瞬间，游淮觉得自己比杰克幸运。

高三毕业那天，申铠扬发微信问他，高中有没有什么遗憾。

他说：没有吧。

申铠扬：没有就没有，没有吧是什么意思。

游淮：也会想，如果她一开始就喜欢我该多好。

申铠扬：肉麻了啊。

游淮：但她现在喜欢我，你知道这说明什么吗？

申铠扬：什么？

游淮：说明我确实是个很幸运的人。

后来。

游聆音小朋友舔着棒棒糖，坐在他腿上，奶声奶气地问他："爸爸，青梅竹马是什么意思呀？"

他给小女孩儿编着辫子，耐心地跟她解释说："青梅竹马的意思呢，就是你出生的那一天，上天就替你挑好了仆人。"

陈茵一个橘子砸过去，警告他："你好好说话。"

游聆音眨巴眨巴眼睛："爸爸？"

游淮改口："青梅竹马的意思，就是无论你做什么，那个人都会无条件支持你，永远是你最好的后盾。"

说着，他想起申铠扬家的儿子，又紧急补充："当然也有个前提，你的竹马得是爸爸这样的人。"

游聆音抱着爸爸的脖子，亲他一口，笑眯眯地说："爸爸是个好人！"

陈茵拽了一下小姑娘的辫子："那妈妈呢？"

小女孩儿扭过头，一双眼睛水灵灵的："妈妈是仙女呀！"

隔了一个多月，游聆音放寒假，一家人回到融萃湖庄。

游淮去外面买了吃的回来，在自己房间找到抱着女儿的陈茵。

她手里翻着他小学时的日记本，游聆音还看不懂复杂的字，好学地问陈茵："妈妈，这里写的是什么？"

陈茵看过去，笑着念："陈茵送给我糖果。"

"咦，是妈妈吗？"

"是呀。"

"妈妈送给爸爸糖果？"

"是呢。"

小朋友若有所思地点点头，一副小大人的样子对陈茵说："爸爸好爱妈妈。"

陈茵忍俊不禁，正想问她都在哪儿学的，就听见游淮懒散地说："是啊。"

他靠在门口，看着她，笑着重复了一遍："爸爸好爱妈妈的。"

说不清是什么时候开始爱的。

或许在意识到什么是爱之前,就已经很爱了。
但有一点毋庸置疑。
如果生命重来一次,他还是会坚定地只走向她。

番外五 / 那些时光

分手后陈茵最后悔的事情,就是大学时跟游淮的朋友关系处得太好,以至于总是能在朋友圈看到游淮的各种踪迹:他跟朋友去爬山、出去旅行、唱歌、玩桌游等。

他们不会屏蔽她,大概也没想过她会那么认真地找着所有关于游淮的痕迹。

最难受的一次,是看见一张照片里,游淮旁边有个陌生的女生,别人都看着镜头,但那个女生看着游淮。

陈茵一眼就能明白女生对他是什么心思,起初也没在意,但后来越来越频繁地看见两人出现在同一张照片里面。

懂她的人只有夏思怡。

她问陈茵:"我让申铠扬去问问?但应该不会是暧昧关系,游淮怎么可能——"

话没说完,陈茵就打断她:"不用去问,分都分了,他无论跟谁在一起都可以。"

就是嘴硬,其实内心介意得不行,偏要逞口舌之快。

夏思怡只好顺着她的话说"好吧好吧"。

但很快陈茵就后悔了。

她晚上跟舍友们出去吃东西时,看见游淮在对面,他旁边就是那个照片里见过的女生。两人正在说些什么,后面跟着他的舍友,大家默契地保持距离,为他们创造机会。

没人注意到,舍友都在讨论着八卦,只有她看一眼就停住脚步,心里排

山倒海，像是吃了一万颗柠檬，找不到生气的理由，也找不到难过的借口，只能强装无所谓，没事儿人一样吃饭、闲聊。

回宿舍后，她却说身体不舒服，拉上了床帘。她躺在床上，闭上眼就是游淮跟那个女生在一起的画面，怎么都睡不着，连胃都跟着疼。在黑暗中沉默很久，还是忍不住对自己服输，拿出手机问夏思怡：申铠扬知道吗，那个女生是谁？

等待夏思怡回复的时候，她在心里唾弃自己。

真是越活越回去了，当初分手的时候什么话都说得很好听，现在只是看见他跟别人走在一起就又不行了。不该是这样，哪怕一直以来，游淮都是低头的那一个，也不该在分手后还要求他只看向自己。

但是……她在心里质问自己，但是你真的能做到接受他和别人在一起吗？

做不到，她和游淮在一起太长的时光，长到无论她回忆自己成长的哪一个阶段，里面都有游淮的身影。她根本无法想象，游淮跟别人在一起的样子。

在胡思乱想的这段时间里，手机终于振动了一下。

她立马拿起来，看见夏思怡回复她：申铠扬说，是迟盛暗恋对象的表姐。

陈茵又发消息给迟盛，问他：你有喜欢的人了？

迟盛：谁说的？

陈茵：你喜欢的人有亲戚在我们学校吗？

她实在有够直接，但凡迟盛多想想就明白她这个问题是来自哪里。但迟盛正被考试困扰，动不了那么多脑子，回复她说：对啊，在你们学校，她男朋友跟沈域一个学校，怎么，你想认识一下？

陈茵顿时松了一口气。

还好，还好不是她所想的那样。

这天之后，她坦然接受自己所有自私，接受自己确实就是无法看着游淮找女朋友。

好在，游淮也确实一直没有交往新的对象。

拍毕业照那天，她穿着学士服在学校走了一整圈。后面跟着的摄影师问她想好在哪儿拍照了吗。她左右张望，看见熟悉的身影后才停了下来："就在这里吧。"

照片里远处的身影模糊，只有她能辨认出，那是游淮。

她其实不太愿意承认自己的别扭，也不愿意别人知道她用这么别扭的方式留住关于他的片段。

分手这几年,她觉得自己长进不少,可以独立完成很多事情,也学会接受离别。

只是偶尔,夜深人静的时候,她会想起游淮。那时候她总会回家,在门口步伐变慢,看着游淮家的大门,想着会不会这扇门突然就被打开,然后游淮从里面走出来。

可是没有,在她想念他的时候,他从来没有幸运出现过。

妈妈说,运气总是守恒的,不可能什么好事都轮到你。

她承认这话确实有道理,也接受凡是接受必有牺牲,只是在长大后,她也后悔过当初那么执拗地坚定自己的想法,不听他的任何解释,一根筋地觉得自己所有想法都是对的,应该听听他怎么想的。

但那时候的陈茵如果有现在的陈茵这么成熟,两人也不至于走到那一步。

她不自觉养成了拍照的习惯。

吃过的东西、走过的路、看见的树,全部记录在名为日常的相册里。

里面的图片一张都没有发过朋友圈,在自己生日那天全部打印了出来,装进相册里。

夏思怡问她:"你是打算跟谁分享吗?"

她一愣,下意识地说,没有。

但说完又陷入沉默。

其实是有的。

这些错过的日常,她记录时并没有多想,但全部装进相册里之后,才十分清晰地产生了想给游淮看看的想法。

如果有一天,两人能和好,她会抱着这本相册,用最轻描淡写的语气说,这是我们分开后,我的生活。

只是没想到,和好之后,陈茵就把这本相册给忘了。

直到两人婚后第二年。

游淮去她家帮忙收拾东西,翻出这本相册,她才想起来还有这一码事。

他翻着照片,她坐在他旁边给他讲。

——"这只猫超有意思的,我当时给它喂火腿肠,结果它高冷不吃,直接走掉。我以为它不想搭理我,就放在地上。等我买完饮料出来时,看见它蹲那儿在吃了,真的很傲娇哦!"

——"这棵树的树叶是心形的!厉不厉害?"

——"这个糯米鸡真的好好吃！但是老板是流动摊位，现在应该找不到了。"

…………

游淮耐心地听她一张张讲解。

陈茵没察觉到他有异常的情绪，直到最后一张，游淮看见他家大门。

陈茵支支吾吾："哦，这个就没什么故事了。"

游淮沉默地看向她，眼眶是湿润的，仿佛要哭了。

陈茵有些手足无措："就、就单纯只是路过嘛，随手记录一下。"

这时候，游淮的眼泪就突然掉下来了。

陈茵很少见到他哭，哪怕婚礼上，他都极度克制。

但现在坐在她的床上，看着她的相册哭了。

这让她有些内疚，用自己的袖子给他擦眼泪："游先生，我们都结婚这么久了，你不要这么脆弱哦。"

游淮声音沙哑："这很难不感动。"

"我都忘了这个，谁知道你能翻出来。"

"当时你想的什么，嗯？"

他不依不饶，陈茵只好仔细回忆。

当时想的是什么？

好像是，分手那么久了，到底怎么样才能和好，到底什么时候才能和好，以及她是真的很想他。

那时候不好意思说出口的话，现在全部告诉了他。

她捧着他的脸，认真地对他说："游淮，我很爱你。"

"嗯。"他睫毛湿润，笑着看向她，"我知道，我也是。"

后来的后来。

她给这本相册加上了最后一张照片。

是他们读幼儿园时拍摄的集体照。

她在背面写：

> 如果能穿梭时光，我会对那时的陈茵说，不要着急，一切都可以慢慢来，你可以做很多决定，也可以看很多风景。
>
> 你成长的所有道路中，都会有他的陪伴。
>
> 你们会有很多关系。

亲密的朋友、生涩的恋人、尴尬的前任……
这些关系都亲密却难以定义。

但告诉你一个秘密。
他永远比你想象的，更为爱你。